Liliane Fontaine

Die Richterin und der Kreis der Toten

PIPER

Zu diesem Buch

Aus der Zeitung erfährt Mathildes Ziehmutter Odile vom Tod zweier Freundinnen, die scheinbar eines natürlichen Todes gestorben sind. Sie lebten in einer besonderen Wohnresidenz auf dem Anwesen des Lichttemplerordens in der Nähe von Montauban-sur-Vidourle. Zur gleichen Zeit wird die verkohlte Leiche des Journalisten Luc Maille im Wrack seines ausgebrannten Autos entdeckt. Er war für seine investigativen Recherchen bekannt und erforschte zuletzt offenbar die Hintergründe des Suizids seiner Schwester, da er anzweifelte, dass die junge Frau tatsächlich von eigener Hand starb. Nur wenige Tage später wird die Leiche des Studenten Christian Flaubert aufgefunden, in seiner Hosentasche entdeckt die Polizei eine Visitenkarte von Luc Maille. Beim Versuch, einen Zusammenhang zwischen den Todesfällen herzustellen, führt eine erste Spur Mathilde de Boncourt, Commandant Rachid Bouradaa und Lieutenant Felix Tourrain schon bald zum Anwesen des Lichttemplerordens, der mehr Leute in seinen Bann gezogen hat, als sie zunächst ahnen …

Liliane Fontaine, die in Saarlouis nahe der französischen Grenze geboren wurde und französische Wurzeln besitzt, ist Krimiautorin und Kunsthistorikerin. Sie promovierte an der Universität des Saarlandes in den Fächern Kunstgeschichte und Klassische und Vorderasiatische Archäologie. Mit ihrer Familie lebt sie in Bremen sowie mehrere Wochen des Jahres in der Nähe von Nîmes, wo sie Kultur, Land und Leute und das Savoir-vivre Südfrankreichs genießt.

Liliane Fontaine

DIE RICHTERIN

UND DER KREIS DER TOTEN

Ein Südfrankreich-Krimi

PIPER

Mehr über unsere Autorinnen, Autoren und Bücher:
www.piper.de

Wenn Ihnen dieser Südfrankreich-Krimi gefallen hat, schreiben Sie uns unter Nennung des Titels »Die Richterin und der Kreis der Toten« an *empfehlungen@piper.de,* und wir empfehlen Ihnen gerne vergleichbare Bücher.

Von Liliane Fontaine liegen im Piper Verlag vor:
Ein Fall für Mathilde de Boncourt:
Band 1: Die Richterin und die Tote vom Pont du Gard
Band 2: Die Richterin und die tote Archäologin
Band 3: Die Richterin und der Kreis der Toten
Band 4: Die Richterin und das Ritual des Todes

Unser Versprechen für mehr Nachhaltigkeit
• Klimaneutrales Produkt
• FSC®-zertifiziertes Papier
• Hergestellt in Europa

FSC www.fsc.org
MIX
Papier aus verantwortungsvollen Quellen
FSC® C083411

Originalausgabe
ISBN 978-3-492-31557-9
1. Auflage April 2020
3. Auflage Juli 2021

Redaktion: Sandra Lode
Umschlaggestaltung: FAVORITBUERO, München
Umschlagabbildung: Bilder unter Lizenzierung von Shutterstock.com genutzt
Satz: psb, Berlin
Gesetzt aus der Adobe Garamond Pro
Druck und Bindung: CPI Books GmbH, Leck
Printed in the EU

Prolog

Girl you gotta love your man
Girl you gotta love your man
Take him by the hand
Make him understand
The world on you depends
Our life will never end
Gotta love your man, yeah

Das bunte Tuch war über ihre schwarzen hüftlangen Haare gelegt und im Nacken zusammengeknotet. So wie sie es in einem Fernsehbericht über die Hippiebewegung der Sechzigerjahre gesehen hatte. Mit nackten Füßen tänzelte sie durch das kleine Zimmer, wiegte ihren Oberkörper hin und her, umschlang ihn mit den Armen. Mit geschlossenen Augen flüsterte sie den Songtext mit, gab sich ganz dem Rhythmus der Musik, der Stimme des Sängers hin. Wie in einer Endlosschleife gefangen, hörte sie immer wieder dasselbe Lied. Gewittergrollen, in ihrer Fantasie sah sie die zuckenden Blitze am Himmel, spürte die ersten Regentropfen, zuerst berührten sie wie Perlen ihren Körper, dann wurde der Regen stärker, prasselte auf sie ein. Und sie genoss dieses Gefühl von Wasser auf ihrer Haut.

Riders on the storm.

Wie in Trance drehte sie sich immer schneller um die eigene Achse, warf den Kopf in den Nacken, gab sich der Illusion hin, dieser Songtext sei nur für sie geschrieben worden.

Take him by the hand
Make him understand
The world on you depends
Our life will never end

Das Hämmern an der Zimmerdecke katapultierte sie zurück in die Realität. Als würde jemand den Boden in der Wohnung über ihr mit einem schweren Stein malträtieren. Sie stellte die Musik leiser.

»Wird aber auch Zeit! Scheißmusik!«

Das bösartige Klopfen wurde eingestellt. Dafür drang nun von oben die Stimme des französischen Entertainers Nagui an ihre Ohren, der eine Spielshow moderierte. Am liebsten hätte sie im Gegenzug einen Besenstiel in die Decke gerammt. Doch was hatte das jetzt noch für einen Sinn? Sie schleuderte der Decke ein lautes *conard* entgegen, das wahrscheinlich ungehört in der Etage über ihr verhallte. Doch wozu sich noch ärgern?

Sie stellte die Musik ganz ab, steckte den Stick in die vordere kleine Tasche ihres Trekkingrucksacks. Mit ihm war sie gekommen, mit ihm würde sie die Wohnung verlassen. Kurz zögerte sie. Überlegte, ob sie es nicht doch gefaltet oder gerollt mitnehmen sollte. Das Poster war der einzige Wandschmuck. Doch sie brauchte es nicht mehr. Schließlich erwartete sie das Original. Fast.

Sie streifte die Gurte über ihre Schultern, klickte den Steckverschluss des Bauchgurts ein. Der Rucksack war verdammt schwer. Doch sie bedrückte eine andere, weit größere Last. Auf dem Zettel in der Küche stand alles, was er wissen musste. Doch er würde es nicht verstehen. Mit festen Schritten ging sie zur Wohnungstür, zog sie hinter sich zu. Sie nahm die Treppe. Wahrscheinlich funktionierte der Aufzug sowieso nicht.

Noch bevor sie die zweite Etage erreichte, roch ihre empfindliche Nase schon, was Mehdi zusammenbrodelte. Abfälle aus dem Schlachthaus, Lunge, Fell, Hufe, Schlund, Fett, das alles kochte er zu Hundefutter ein. Es stank bestialisch. Doch die Mühe schien sich zu lohnen. Mehdis goldgelber Pitbull bestand aus Muskeln und einem Fell, das wie flüssiger Honig in der Sonne glänzte.

Der Haustürschlüssel landete im Briefkasten, der genauso schief und verbeult an der Wand hing wie die übrigen neunundsiebzig Metallbehälter, von denen ein großer Teil aufgebrochen und nur notdürftig wieder repariert worden war. Sie trat vor das Haus, das wie alle anderen Häuser in dieser Gegend aussah. Hoch, nicht wirklich heruntergekommen, aber irgendwie schäbig. Drei Jungs bolzten mit lautem Geschrei auf einer von der Sommerhitze ausgedörrten Wiese vor dem Wohnblock. Katzen balgten sich um einen Fischkopf, ein alter Mann zerrte seinen Einkaufstrolley hinter sich her.

Ein neuer Abschnitt in ihrem Leben begann. Und sie würde IHN an der Hand nehmen. Für immer.

Our life will never end.

Kapitel 1

Mit leichtem Druck strich die Ärztin der alten Frau über die schlaffen Lider, schloss ihr die Augen. Geneviève Saint-Maclou ruhte unter dem weißen Laken, gerade so, als schliefe sie. Ihre Lippen waren bläulich grau, die Haut fahl. Ein letztes Mal fuhr Docteur Victorine Salagou der Toten sanft über das graue Haar, ordnete es, sodass die beiden dünnen geflochtenen Zöpfe das Gesicht einrahmten. Dann nickte sie dem Mann zu, der wie versteinert am Fußende des Bettes der Verstorbenen stand.

»Sie hat es überstanden, unsere liebe Geneviève. Sie hat nicht lange gelitten. Ihr Geist ist schon davongeflogen. Und schau, wie entspannt und glücklich sie wirkt.«

Tatsächlich umspielte ein feines Lächeln die Lippen der Toten. Ihre rechte Hand, die sich noch vor Minuten krampfhaft in die Bettdecke gekrallt hatte, lag nun wie erlöst auf ihrem Bauch. Victorine legte die linke daneben und sah auffordernd zu dem Mann, der weiter regungslos vor dem Bett verharrte.

»Jourdain?«

Der Mann trat an die Seite der Toten, beugte sich zu ihr, hauchte ihr einen Kuss auf die Stirn und legte eine weiße Lilie zwischen ihre Hände. Er drehte sich zu der Ärztin um, die ihn umarmte.

Eine Gestalt löste sich aus der Zimmerecke rechts vom Bett. In ihrem hellblauen Kleid war sie in dem nur schwach erhellten Raum wie mit der grau getünchten Wand verschmolzen. Unter ihren schwarzen Augen lagen dunkle Schatten. Joceline hatte die alte Dame bis zuletzt betreut und gepflegt. Nun stand sie unschlüssig neben dem Bett der Verstorbenen, die Hände umfassten ihre Oberarme, als wolle sie sich selbst Halt geben.

»Joceline, deine Aufgabe ist beendet.«

»Ich weiß, Jourdain. Doch diese Hilflosigkeit, die ich verspüre, wenn jemand von uns gegangen ist … Es ist immer dasselbe. Ich bin wie zerrissen. Auf der einen Seite die Trauer, auf der anderen Seite dieses Glücksgefühl, unsere lieben Verstorbenen bald wieder gesundet und erstarkt auf dieser Erde wandeln zu wissen. Und doch …«

Victorine trat zu der jungen Frau, fasste sie an den Schultern. »Joceline, du hast getan, was uns möglich war. Du hast kaum geschlafen, kaum gegessen in den letzten Tagen. Ich wäre glücklich, wenn ich in der Klinik mehr Mitarbeiter wie dich hätte. Einfühlsam und aufopferungsvoll. Geneviève war nicht die Erste, die wir gehen lassen mussten, und sie wird auch nicht die Letzte sein.«

Stumm nahmen sich die beiden Frauen in die Arme. Dann löste sich die Ärztin, schob Joceline sanft von sich weg.

»Du kannst nun die anderen hereinrufen, sie können von unserer Freundin Abschied nehmen. Seid nicht traurig, vielleicht ist Genevièves Seele jetzt schon mitten unter uns. Ich spüre geradezu ihre Anwesenheit. Sie hat es vorgezogen, diese Erde zu verlassen, aber in der Gewissheit, dass wir uns wiedersehen werden. Ist das nicht ein wunderbarer Gedanke? Ist es uns nicht ein großer Trost?«

Joceline nickte schweigend, Jourdain ging zum Fenster und starrte in die anbrechende Dunkelheit.

»Der Regen lässt allmählich nach. Es war in den letzten Nächten einfach zu kalt. Wie soll man so genesen?« Er wandte sich der Ärztin zu. »War es ihr vorbestimmt, an dieser Lungenentzündung zu sterben?«

»Nein, natürlich nicht. Aber Geneviève war ein alter Mensch, das Immunsystem wird wie alles andere schwächer. Jourdain, sie wusste, sie würde sterben, und alles ist gut. So, nun ruft die anderen herbei.«

Jourdain warf noch einmal einen Blick auf die Tote, die nun, so kam es ihm vor, noch entspannter, noch friedlicher dalag.

»Ja, alles ist gut.« Der Mann öffnete weit die Tür. Seine Stimme klang gedämpft. »Geneviève ist von uns gegangen.«

Eine kleine Prozession trat lautlos und stumm in das Zimmer, versammelte sich mit geneigten Häuptern um das Bett der Verstorbenen. Einige schluchzten laut, andere wischten sich verstohlen die Tränen aus den Augen. Sie hatten Geneviève Saint-Maclou geliebt, würden sie vermissen. Ihre Ruhe, ihre liebevolle Art, mit den Kindern umzugehen, ihre Ratschläge, vor allem für die jungen Frauen. Auf eine auffordernde Handbewegung Jourdains hin trat einer nach dem anderen an das Bett heran und legte eine weiße Lilie neben die Tote. Der schwere süße Duft, den die Blumen verströmten, raubte in dem kleinen Zimmer mit seinen dicken Wänden den Anwesenden nach kurzer Zeit fast den Atem.

»Wir nehmen nun im Geiste Abschied von Geneviève.« Jourdain breitete die Arme aus und führte sie in einer alles umschließenden Geste wie zum Gebet zusammen. »Wir waren ihre Familie, uns hat sie alles bedeutet. Ihr Körper ist nun eine tote Hülle, doch das darf uns nicht verzweifeln lassen. Denn wir wissen, in dieser Hülle waren Seele und Geist gefangen. Ihnen ist die Freiheit geschenkt worden. Sie haben sich auf die Suche gemacht und werden bald eine neue Heimat finden, dessen sind wir uns sicher. Und so wird unsere liebe Freundin dereinst wiederkehren. Der ewige Kreis der Geburt, des Lebens, des Todes, der Wiederkehr. Diese Gewissheit ist uns Trost und Freude zugleich.«

Murmelnd wiederholten die im Sterbezimmer versammelten Frauen und Männer die letzten Worte Jourdains.

»Der ewige Kreis der Geburt, des Lebens, des Todes, der Wiederkehr. Diese Gewissheit ist uns Trost und Freude zugleich.«

Auch Victorine Salagou flüsterte die Sätze, während sie nachdenklich die Gruppe beobachtete. Jourdain und die beiden anderen Männer trugen die gleiche Kleidung: helle Leinenhosen, weiße T-Shirts, ein dunkles Sakko aus einem groben Leinenstoff. Die vier Frauen waren in knöchellange hellblaue Gewänder gehüllt. Die jüngste von ihnen, Madeleine, war schwanger. Nun herrschte tiefe Stille im Sterbezimmer. Was wohl in den Köpfen dieser Männer und Frauen vor sich ging?

Nach wenigen Minuten unterbrach Jourdain das einvernehmliche Schweigen. Er räusperte sich. »Nun geht wieder eurer Arbeit nach.«

Die kleine Prozession verließ schweigend den Raum. Nur Madeleine verharrte noch einen Moment und warf Jourdain einen fragenden Blick zu. Victorine betreute die junge Frau während ihrer Schwangerschaft, es waren nur noch acht Wochen bis zur Niederkunft. Sie hatte Jourdain geraten, Madeleine von der Gartenarbeit zu befreien. Er blickte die werdende Mutter liebevoll an.

»Du ruhst dich aus. Das war sicher alles zu viel für dich. Schone dich, pass auf unser Kind auf. Wir sehen uns beim Abendessen. Sonja wird deine Arbeit im Garten übernehmen. Doch ich befürchte, die Pflanzen werden deine sanften Hände vermissen.«

Madeleine lächelte traurig. »Geneviève hat immer gesagt, ein verdurstetes Pflänzchen würde in meinen Händen wieder zu neuem Leben erwachen. Ich werde sie vermissen, und ich wünsche mir nichts sehnlicher, als ihr wiederzubegegnen.«

»Das wünschen wir uns alle, Madeleine, und nun geh.«

Als die junge Frau das Zimmer verlassen hatte, wandte sich Jourdain an die Ärztin. »Und wie geht es nun weiter?«

»So wie immer. Ich muss zurück nach Ganges ins Krankenhaus, werde den Totenschein ausstellen und ihn an den Bürgermeister schicken.«

Jourdain betrachtete die alte Frau auf ihrem Bett eingehend. »Wie sehen die Toten im Krankenhaus aus? Genauso friedlich? Ich habe hier bei uns noch keine einzige Verstorbene gesehen, die nicht ihren Frieden gefunden hätte. Alle hatten dieses Lächeln auf dem Gesicht.«

Die Ärztin zögerte. Was sollte sie Jourdain erzählen? Von den schmerzverzerrten Gesichtern? Von Kämpfen bis zum letzten Atemzug?

»Unsere Verstorbenen sind etwas Besonderes, Jourdain. Sie haben großes Glück, denn sie wissen, was sie erwartet. Und so können sie in Frieden gehen. Das ist nicht jedem Menschen vergönnt.«

»Und du bist wirklich sicher, dass man nicht mehr für Geneviève tun konnte?«

»Ja. Wir haben alles in unserer Macht Stehende getan. Unser ärztliches Wissen und Können, die Forschung, die Medikamente, nie waren wir weiter als heute. Und doch stoßen wir immer wieder an unsere Grenzen. Eine Lungenentzündung bei einem alten Menschen, noch dazu bei einem Menschen, der mit dem Leben abgeschlossen hat – dort versagen unsere Bemühungen ganz einfach.«

Kapitel 2

Victorine Salagou fuhr auf den Parkplatz, der den Ärzten des Krankenhauses von Ganges vorbehalten war. Die Chefärzte verfügten über reservierte Plätze, der Rest musste schauen, wo er blieb. Das war wieder mal typisch. Der dicke Fred, Chefarzt der Gynäkologie, hatte seinen noch dickeren Wagen wie immer äußerst großzügig über den weißen Streifen, der die Lücken voneinander trennen sollte, hinaus platziert, um ohne Probleme das Auto verlassen zu können. Victorine quetschte sich auf den verbliebenen Platz. Ein Spalt von kaum dreißig Zentimetern musste genügen, um sich aus ihrem Wagen herauszuwinden.

Vor Jahren war ein Landschaftsgärtner damit beauftragt worden, die Parkfläche zur Auflockerung mit Lindenbäumen zu bepflanzen. Der letzte Herbststurm hatte einen großen Teil der bernsteinfarbenen Blätter heruntergeweht, und zwei Männer waren fluchend dabei, sie zusammenzukehren und in große beige Säcke zu befördern. Hartnäckig machten aufkommende Windböen ihre Arbeit zunichte, hoben den Blätterhaufen an, wirbelten das Laub durcheinander.

Mit eiligen Schritten und kurz in Richtung der beiden Arbeiter grüßend, strebte die Ärztin dem Haupteingang zu, als ein plötzlicher Schwindel sie zwang innezuhalten. Sie wusste, die Schmerzen würden in wenigen Minuten folgen. Hoffentlich schaffte sie es noch bis in ihr Büro. Schon vor einer Woche hatte sie die Dosis erhöht, um einigermaßen den Tag überstehen zu können. Und die Abstände, in denen sie die Menge der Medikamente steigern musste, wurden immer kürzer. Waren es vor sechs Monaten noch mehrere Wochen gewesen, so schrumpften die Intervalle nun auf nur noch wenige Tage.

Vor dem Eingang standen drei ältere Männer, eingepackt in vorsintflutliche Trainingsanzüge. Jeder von ihnen inhalierte tief den Rauch seiner Zigarette. Victorine schüttelte den Kopf. Sie hatte es aufgegeben, solche Menschen davon überzeugen zu wollen, nach der Entfernung eines Lungenflügels oder dem Einsetzen eines Stents auf die Glimmstängel zu verzichten. Vergebliche Liebesmüh. Zumindest bei den meisten. Achtundzwanzig Jahre Berufserfahrung als Internistin hatten sie zu der Erkenntnis gebracht, dass Hippokrates recht hatte. *Nicht der Arzt heilt die Krankheit, sondern der Körper heilt die Krankheit.* Und wer das nicht einsah, dem konnte sie auch nicht mehr helfen.

»Docteur Salagou, einen Moment. Directeur Lemans möchte Sie sprechen.«

Blandine Thilliez, die ihren Dienst an der Information versah, besaß eine durchdringende, hohe Stimme. Victorine durchfuhr jedes Mal ein fast körperlicher Schmerz, wenn sie die Leute, egal ob Arzt, Schwester, Pfleger, Besucher oder Patient, durch die Öffnung in der Plexiglaswand, die die Information vom Foyer trennte, ansprach. Irgendwann würde die Wand einfach bersten.

»Er hat versucht, Sie auf Ihrem Handy zu erreichen. Wenn ich Sie sehe, soll ich Ihnen umgehend Bescheid sagen. Er erwartet Sie. Sofort.« Blandine zog sich zurück und kritzelte geschäftig etwas auf ein Blatt Papier. Ihre Mission war erfüllt.

Ohne auf die forsche Übermittlung der Aufforderung des Klinikdirektors einzugehen, marschierte die Ärztin an Blandine vorbei, würdigte sie keines Blickes. Lemans würde warten müssen. Jetzt, nachdem sie sich entschlossen hatte, zum Ende des Jahres das Krankenhaus zu verlassen, verspürte sie keine Eile mehr. Und das, was Lemans ihr zu sagen hatte, konnte sie sich auch in einer halben Stunde noch anhören. Er würde sie beknien, es sich doch noch einmal zu überlegen, ihr eine weitere Assistenzarztstelle versprechen, einen CT der neusten Generation.

»Victorine. Das haben Sie doch immer gefordert. Geringere

Strahlenbelastungen, schnellere Untersuchungen, präzise Diagnosen.«

Und sie würde zu allem Nein sagen. Aber erst in einer halben Stunde.

Victorine Salagous Sekretärin blickte von der Tastatur ihres Computers auf, als die Ärztin das Vorzimmer zu ihrem Büro betrat.

»Docteur, Lemans …«

»Ich weiß. Blandine hat es mir schon mitgeteilt. Wenn er anruft, ich bin in einer halben Stunde bei ihm.«

»Geht es Ihnen nicht gut, Docteur? Sie sind so blass.« Besorgt sah Tamina Oyenusi ihre Chefin an. Seit sieben Jahren hielt sie hier die Stellung, hielt Docteur Salagou den Rücken frei, vereinbarte Termine, schrieb Untersuchungsberichte und Patientenbriefe.

»Nein, alles okay. Ich bin zu schnell gegangen, mir ist nur ein wenig schwindlig. Geben Sie mir ein paar Minuten, stellen Sie keine Anrufe durch. Ich ruhe mich nur ein wenig aus.«

»Auch keinen Kaffee? Er ist frisch aufgebrüht.«

»Auch keinen Kaffee. Vielleicht später. Danke.«

Victorine verschwand in ihrem Büro. Tamina sorgte sich bereits seit Wochen um sie. Irgendwann würde sie mit ihr sprechen müssen. Aber nicht heute. Die Ärztin seufzte tief. Das Leben würde für Tamina auch ohne sie weitergehen.

Erneut erfasste ein Schwindel Victorine. Sie schaffte es eben noch auf ihren Sessel. Tief atmete sie ein und aus, die Vertigo ebbte langsam ab. Doch nun fuhren glühende Stiche durch ihren Schädel, drohten ihn zu spalten, bohrten sich gnadenlos in ihr Gehirn. Ihre Hände zitterten, als sie den Reißverschluss ihrer Handtasche aufzog. Kaum gehorchten ihre Finger, als sie diese zwang, den Blister aus der Verpackung zu ziehen und drei Tabletten herauszudrücken. Sie schluckte sie ohne Wasser, fast blieb die letzte ihr in der Kehle stecken. Victorine zog die unterste Schublade ihres Schreibtischs auf, griff nach einer kleinen Flasche Mineralwasser. Den Deckel abzuschrauben verlangte fast übermenschliche Kräfte. Mit bebenden Händen setzte sie die Flasche an die

Lippen, trank ein paar winzige Schlucke, um die Tabletten gänzlich hinunterzuspülen, verschluckte sich, hustete. Dann schloss sie die Augen, wartete.

Die Wirkung der Tabletten setzte nach kurzer Zeit ein. Die lodernden Flammen in ihrem Kopf erloschen. Mit einem Schlüssel, den sie in ihrer Tasche verwahrte, schloss sie die oberste Schublade ihres Schreibtischs auf. Da lag er, der große Umschlag mit seinem gnadenlosen Inhalt. Wie oft hatte sie die Bilder schon betrachtet. Glioblastom. Leise murmelte sie das Wort vor sich hin, strich mit dem Finger über den im Bild grün leuchtenden Fleck.

»Es ist sehr weit fortgeschritten. Ich brauche dir nicht zu erklären, was das bedeutet.«

Sie hörte Renés Stimme in ihrem Ohr. Leise, voller Bedauern. Eine Behandlung hatte sie abgelehnt. Ihr Kollege und Freund hatte nichts beschönigt. Eine Chemotherapie sei mit starken Schmerzen verbunden, stärker als die, die dieser bösartige Tumor verursachte. Eine Operation? Nein, zu spät. Wie lange noch? Erfahrungsgemäß verlangsame sich das Wachstum ein wenig. Vielleicht neun Monate, ein Jahr.

Docteur Victorine Salagou schob die Bilder mit dem unumstößlichen Befund zurück in den Umschlag. Außer René wusste niemand davon. Ein wenig Zeit blieb ihr noch. Und diese allerletzte Chance. Eigentlich nicht bezahlbar. Ein winziger Funke Hoffnung. Und wenn der verglühte, würde sie bald ihre irdische Hülle abstreifen und sich auf eine neue Reise begeben.

Kapitel 3

Eine Melodie trällernd, die sie zurzeit nicht aus dem Kopf bekam, schob Mathilde de Boncourt mit dem linken Ellbogen die Küchentür auf, mit der rechten Hand balancierte sie vorsichtig, als würde sie ein rohes Ei auf einem Löffel transportieren, ein kleines Tablett, auf dem Teller, Brotkorb, ein Einmachglas mit blau kariertem Deckel und ihre *bol* standen. Sie hatte sich ihr Frühstück auf der Terrasse unterhalb der Stufen zum Gartensaal des Château de Boncourt gegönnt. Vergangene Woche noch war es sommerlich heiß gewesen, dann hatten drei Tage mit sintflutartigem Regen die Temperaturen von siebenundzwanzig auf sechzehn Grad stürzen lassen. Dieser Oktober war eine Diva, die mit Wetterkapriolen von sich reden machte. Sie schenkte dem Land abwechselnd Sonne und Regen, ruhiges Spätsommerwetter und herbstliche Stürme. Der Herbst war unumstößlich da. Doch heute zeigte sich wieder die Sonne am Himmel, der Tag würde angenehm mild werden. Und eingepackt in eine dicke Wolljacke hatte Mathilde auch die spätmorgendliche Frische nichts anhaben können. Sie hielt es mit einem der alten Sprichwörter. *En octobre, il faut que l'homme vite s'habille quand le mûrier se déshabille.* Und wenn die großen Blätter des alten Maulbeerbaums, Relikt aus der Zeit, als in der Gegend noch Seidenraupen gezüchtet worden waren, durcheinandergewirbelt auf dem Kies lagen, war es eben sinnvoll, sich in warme Kleidungsschichten zu packen.

Mathildes Genießerfrühstück hatte aus drei Scheiben *pain de campagne*, dick bestrichen mit *rillettes de porc*, bestanden. Vor allem in der kühleren Jahreszeit bereitete Odile *rillettes* in großen

Mengen zu. Der würzige Brotaufstrich aus Schweineschmalz und Schweinefleisch köchelte stundenlang vor sich hin, wurde dann grob zerkleinert und von Odile gläserweise konserviert. Und natürlich durfte ein starker Kaffee nicht fehlen, den Mathilde aus einer Schale schlürfte, auf deren Außenseite die Figuren von Tintin und seinem Foxterrier Milou mehr zu erahnen als noch zu sehen waren. Sie hatte die Schale erst vor ein paar Wochen ganz hinten im Küchenschrank wiederentdeckt und Odile, dem guten Geist im Hause, strengstens verboten, ihre geliebte Kaffeeschale in den Geschirrspüler zu stecken. Obwohl sie schonend mit der Hand gespült wurde, kam es Mathilde vor, als verblassten die Helden ihrer Kindheit von Tag zu Tag mehr. Und das durften sie nicht. Diese kleine Schüssel war das letzte Geschenk ihrer Eltern gewesen, bevor sie bei einem Flugzeugabsturz ums Leben gekommen waren. Mathilde war gerade erst drei geworden. Nach dem plötzlichen Herztod der Großmutter nur ein paar Jahre später war sie von ihrem geliebten *grand-père* Rémy großgezogen worden. Rémy, Herr über Château de Boncourt und seine vielen umliegenden Hektar Wald und Weinfelder, war immer noch graue Eminenz und Patron im Weinbaubetrieb der Familie, der mittlerweile von Rémys Neffen Philippe geführt wurde.

Martin war total begeistert gewesen, als er die Kaffeeschale auf dem Abtropfbrett in der Küche entdeckt hatte. »*Sacrebleu*, so was hatte ich auch. Als Kakaobecher, Tim und Struppi. Meine Schwester Emma hat mit mir immer um ihn gestritten. Und dann ist er ihr eines Tages aus der Hand gefallen und in tausend Scherben zersprungen.«

Mathilde hatte nichts verstanden. Tim und Struppi? Martin hatte es ihr erklärt. Die beiden Helden, der fixe Reporter und sein treuer Hund, hießen in Deutschland Tim und Struppi. Er schrieb die beiden Namen auf einen Zettel. Tim ging Mathilde noch leicht von den Lippen, aber bei Struppi verknotete sich ihre Zunge. Für Martin hörte es sich an wie ein norddeutsches spitzes St, gefolgt von einem ü und einem lang gezogenen i. Sstrüpiii. Er war hingerissen.

Martin Endress, Kunsthistoriker und Reiseschriftsteller aus Bonn, war Mathilde im Jahr zuvor auf dem Markt in Uzès zufällig über den Weg gelaufen. Damals hatte niemand ahnen können, dass das Schicksal ihrer Familien auf seltsame Art miteinander verwoben war. Und im Laufe der letzten Monate hatte sich eine enge Freundschaft zwischen den beiden entwickelt. Mathilde ahnte, dass Martin ein wenig – oder mehr? – in sie verliebt war, doch für sie war es von unschätzbarem Wert, ihn einfach nur als Freund an ihrer Seite zu wissen. Ein Freund zum Reden, zum Lachen, zum Diskutieren und zum Anlehnen. Ihr Beruf als Untersuchungsrichterin in Nîmes forderte viel von ihr, manchmal – es kam zwar selten vor, aber es kam vor – mehr, als Madame le Juge Mathilde de Boncourt an emotionaler Last tragen konnte.

Im Sommer hatte der Deutsche ein altes Steinhaus in der Nähe von Château de Boncourt bezogen. Seitdem war er am Renovieren. Abnehmen des Putzes, um die Steine auch innen wieder sichtbar zu machen, Kampf gegen den Holzwurm in den Dachbalken, Zusammenbauen einer Küche, die aussehen sollte wie in der guten alten Zeit. Darunter verstand Martin Holzfronten in heller Farbe, eine dunkle Arbeitsplatte mit Kerben im dicken Holz, als habe ein Metzger ein Lammviertel darauf zerlegt, und eine Spüle aus weißer Keramik. Die Muße, eines seiner geplanten Buchprojekte zu beginnen, hatte er noch nicht gefunden.

Überhaupt, Mathilde konnte nur staunen und schmunzeln, mit wie vielen neuen Ideen Martin sie überraschte, seitdem er die Zusammenarbeit mit dem Cella-Verlag in Bonn aufgekündigt hatte. Eine Erbschaft hatte es ihm möglich gemacht, das alte Bauernhaus zu erwerben, und nun war er seit Monaten mit Feuereifer dabei, es umzubauen und einzurichten.

An diesem Vormittag herrschte eine Stille inner- und außerhalb der dicken Schlossmauern, die Mathilde geradezu gespenstisch vorkam. Alle waren unterwegs. Ihr Großvater, Philippe und Martin waren in Lyon, wo im Oktober regelmäßig der *Salon des Vignerons Indépendants* stattfand. Wie jedes Jahr erhofften die Winzer sich Auszeichnungen für ihre Weine, und wie jedes Jahr würden die Weine des Château de Boncourt mit mindestens zwei Goldmedaillen und mehreren Silbermedaillen prämiert werden. Odile war zum Markt in Saint-Gilles gefahren, um das einzukaufen, was der eigene Garten nun nicht mehr hergab und was die Fisch-, Käse- und Fleischhändler in ihren gekühlten Theken anboten. Sébastien streunte mit den beiden Hunden durch die Weinfelder, und Sébastiens Mutter, Vivienne, die normalerweise ihren Sohn, der das Downsyndrom hatte, nicht aus den Augen ließ, hatte einen Termin beim Coiffeur. Sie hatte Odile nach Saint-Gilles begleitet, um sich ihre Haare bei Adonis, *dem* Zauberkünstler für Haariges, neu stylen zu lassen.

Mathilde fuhr sich bei dem Gedanken an Coiffeure durch ihre rotblonde Mähne. Sie war eine Frau, die im Beruf größten Wert auf ihr Äußeres legte, aber zu Hause durften es, wie jetzt, Jeans mit Löchern in Kniehöhe – nicht künstlich herbeigeführt, nein, liebevoll gezüchtet – und eine weite, lockere Bluse sein, die mehr an ein Herrenhemd erinnerte als an ein Haute-Couture-Teil. Die Haare hatte Mathilde mit einem grünen Stirnreif einigermaßen gebändigt. Ihre Füße steckten in molligen Socken und ausgelatschten Espadrilles. Sie stellte das Tablett auf dem langen Refektoriumstisch ab, der seit Generationen zum Kücheninventar gehörte. Außer diesem und einem uralten Tellerschrank erinnerte nichts mehr an die Zeit, als hier dienstbare Geister schnippelten, kochten und anrichteten. Mathilde stellte das Glas mit *rillettes* in den Kühlschrank und spülte Besteck, *bol* und Teller ab.

»Ah, Mathilde ist aus den Federn gekrochen, wurde aber auch Zeit. Hier, nimm mir mal die Taschen ab.«

»Es ist Samstag, mein freier Tag. Und ich kann nichts dafür, wenn das Haus wie ausgestorben ist. Keiner hat mich geweckt. Noch nicht mal eine nasse Hundenase, die mich aufgescheucht hätte. Was hast du denn Leckeres mitgebracht?«

Neugierig kippte Mathilde Odiles Einkäufe einfach auf den Tisch und begann, die Papiertüten auf ihren Inhalt hin zu untersuchen. »Mmh, köstlich, frischer *boudin*. Mir läuft jetzt schon das Wasser im Mund zusammen. Machst du ihn heute Abend? Mit ganz viel Zwiebeln und Kartoffelpüree? Oder, noch besser, mit Bratkartoffeln? Bitte, meine liebste Odile.«

Boudin noir war eine von Mathildes Leib-und-Magen-Speisen, doch nur Odile verstand sich darauf, die Blutwurst so zu braten, bis sie außen kross und innen weich wie ein Brei war. Ein Gericht für den Herbst und den Winter, wenn es früh dunkel wurde und das Wetter ungemütlich und kalt.

»Wir beide, *ma petite*, sind heute Abend alleine, das wird ein Festschmaus nur für uns. Bis auf deinen Großvater weiß auch niemand in der Familie den Genuss eines frischen *boudin* zu würdigen. Wenn ich an das Gezeter von Vivienne denke. Sie erträgt noch nicht mal den Geruch. Nur gut, dass sie ihre eigene Küche hat, wo sie für Sébastien Fertigpizza in den Ofen schiebt.« Odile schnaubte angewidert durch die Nase und wiederholte in einem Ton, als würde Vivienne ihrem Sohn Abfälle auf den Teller legen: »Fertigpizza, so was kommt mir nicht auf den Tisch.«

Mathilde nickte verständnisvoll. Besser, Odile erfuhr nie, dass auch sie, wenn es mal schnell gehen musste, bei Mourad gleich um die Ecke vom Palais de Justice in Nîmes ein Stück Pizza kaufte und es dann auch noch mit Genuss verzehrte. Und nicht nur das. Im Tiefkühlfach ihres Kühlschranks in dem kleinen Apartment in Nîmes, in dem sie unter der Woche lebte, lagerten normalerweise mindestens zwei Kartons mit den italienischen Teigfladen.

»Ich habe dir übrigens etwas vom Markt mitgebracht.«

Feierlich und mit geheimnisvoller Miene legte Odile einen kleinen Karton auf den Tisch, ohne Bild, ohne Aufdruck. Nichts verriet, was sich darin verbarg. Gespannt beobachtete sie, wie Mathilde mit einer Mischung aus kindlicher Freude und einer Prise Argwohn die Schachtel öffnete. Mit ungläubigem Staunen zog sie Odiles Präsent hervor.

»Das ist jetzt nicht dein Ernst, Odile! Wie kommst du nur auf die Idee, ich würde so was benutzen? Das kannst du gerne wieder zurückbringen.« Fassungslos starrte Mathilde auf das, was vor ihr auf dem Tisch lag. Mit dem gleichen angewiderten Gesichtsausdruck, mit dem Odile an Fertigpizzen dachte, betrachtete sie den Gegenstand, ohne ihn zu berühren.

Odile ging erst gar nicht auf Mathildes ablehnende Haltung ein. Sie wusste, was gut für sie war, und damit basta. »Ich habe dir auch gleich verschiedene Aromen einpacken lassen. Schau, alles ganz erfrischend, Orangengeschmack, Pfefferminze. Na, was sagst du?«

»Ich glaube, ich brauche ganz dringend eine Zigarette.«

Mathilde kramte aus ihrer Hosentasche eine zerdrückte Packung Gauloises blondes und steckte sich eine Zigarette zwischen die Lippen. Dass es verboten war, in Odiles Heiligtum, der Küche, zu rauchen, war ihr in diesem Moment egal. Ein strenges Räuspern erinnerte sie wieder daran, und sie fummelte die Zigarette umständlich zurück in die Packung.

»Niemals, Odile, niemals, hörst du, kommt mir so was in die Nähe meiner Lippen. Eine E-Zigarette, bist du von allen guten Geistern verlassen? Eher höre ich auf zu rauchen. Und überhaupt. Gefährlich sind die Dinger auch noch. Sie explodieren in deinem Gesicht, und *pif!* ist die Nase weg.«

Empört marschierte sie in der Küche auf und ab. Ja, Odile hieß ihre Raucherei nicht gut. Und ja, sie hatte auch nicht ganz unrecht. Es waren eben nicht einfach nur ein, zwei Zigaretten. Nein, eine Packung musste am Tag schon dran glauben. Wie oft hatte Odile versucht, es ihr abzugewöhnen. Legte Zeitungsausschnitte mit schrecklichen Fotos von schwarzen Lungen auf den Frühstückstisch, berichtete, ihr Cousin Arnaud sei mit nur fünfundsiebzig Jahren wegen Lungenkrebs dahingeschieden. Und was für ein schrecklicher Tod das gewesen war. Ohne Rauchen hätte er hundert werden können.

Nach dem Attentat auf Mathilde im letzten Jahr, das sie fast das Leben gekostet hatte, war ihr für ein paar Wochen das Rauchen komplett verboten gewesen. Odile war nicht müde geworden, kundzutun, was für eine Wohltat dies für Mathildes Lungen bedeute und auch für die Tapeten, die Teppiche, die Gardinen und die Bettwäsche und überhaupt für alles in ihrem Zimmer im

Château. Es war Mathilde egal, sie hatte die erste Zigarette nach ihrer Gesundung einfach nur genossen, hatte sich mit dem ersten Zug endlich wieder lebendig gefühlt. Und jetzt kam Odile mit einer E-Zigarette daher. Unfassbar.

»Und schau, wie hässlich das aussieht.«

Breitbeinig setzte sich Mathilde auf einen Stuhl, hielt den eckigen Metallkörper der E-Zigarette vor ihre Lippen. Mit düsterem Blick starrte sie Odile an, bis diese in herzhaftes Lachen ausbrach. Sofort überzog ein breites Grinsen Mathildes Gesicht. Sie reichte Odile mit treuherzigem Augenaufschlag das ungeliebte Teil, die es wortlos wieder einpackte. Sie hatte es versucht. Aber sie wusste auch, wann man bei Mathilde besser den Rückzug antrat. Und dieser Moment war gekommen. Spätestens nach Mathildes kleiner theatralischer Einlage. Man konnte sich einfach nicht wirklich über sie ärgern.

Einträchtig packten die beiden Frauen weiter die Einkäufe aus, verstauten alles im Vorrats- und Kühlschrank. Die Sache war zwischen ihnen geklärt, es bedurfte keiner großen Reden.

»Hier, die Zeitung. Ich mache uns noch einen Kaffee.«

Odile legte den *Midi Libre* auf den Tisch. Während sie an der Kaffeemaschine herumhantierte, vertiefte sich Mathilde in die Tageszeitung. Sie fing grundsätzlich hinten an, las die Meldungen aus der Region von der letzten Seite bis zu den Schlagzeilen auf Seite eins.

»Odile? Diese Todesanzeige, schau mal, hier«, sie tippte mit dem Finger auf eine kleine Annonce auf der vorletzten Seite, »Geneviève Saint-Maclou ist gestorben. Den Namen gibt es bestimmt nicht häufig. Das kann doch nur die Geneviève sein, mit der du vor ein paar Jahren die Kabine auf deiner Nilkreuzfahrt geteilt hast. Du hast so viel von ihr erzählt.«

Odile setzte sich ihre Lesebrille auf die Nase und schaute Mathilde über die Schulter. Leise murmelte sie vor sich hin.

Geneviève Saint-Maclou. Ihre Familie ist unendlich traurig. Wir übergeben ihre Hülle der Erde, ihr Geist weilt weiter unter uns.

»Du hast recht, das kann nur meine Reisebekannte sein. Der

Name ist tatsächlich einmalig, das hat sie mir irgendwann erzählt. Sieh mal, in der Annonce stehen weder Geburtsdatum noch wann sie gestorben ist. Auch keine Adresse. Nichts. Aber das Kreuz neben ihrem Namen mit der Blume, die darum gewunden ist, das ist doch wirklich schön. Eine Lilie.«

Mathilde betrachtete Kreuz und Blume genauer. »Stimmt, eindeutig eine Lilie und ein griechisches Kreuz. Sehr schlicht und geschmackvoll.«

Odile nickte. »Schade, jetzt weiß ich noch nicht mal, wann und wo sie beerdigt wird. Wir hatten zwar schon seit Längerem keinen Kontakt mehr, aber ich wäre gerne zu ihrer Beisetzung gegangen.«

Sie las sich die Annonce ein weiteres Mal durch und runzelte dann die Stirn. »Das ist schon merkwürdig. Hier steht, ihre Familie ist unendlich traurig. Aber, das weiß ich ganz sicher, Geneviève Saint-Maclou hatte gar keine Familie mehr.«

Kapitel 4

Es war ein Fehler gewesen, seine Gegner so nahe an sich herankommen zu lassen, sie zu reizen, sie zu unterschätzen.

Der Wind zerrte an den Ästen, an die sich die langen ovalen gelbbraunen Blätter klammerten. Die, die zu Boden gefallen waren, bildeten zusammen mit der Nässe des Regens einen gefährlich rutschigen Teppich. Er fuhr langsam, nicht weil er sich der Gefahr bewusst war, die die kurvige enge Straße mit ihrem glitschigen Belag barg. Ein leichter Schwindel hatte ihn erfasst, und seine Augen suchten in der Dunkelheit einen Platz, wo er anhalten konnte. Müdigkeit lähmte seine Glieder. Winzige Sterne leuchteten auf. Nicht am Himmel, sie blitzten vor seinen Augen, in seinen Augen, bohrten sich hinter der Netzhaut in seinen Kopf. Das pelzige Gefühl im Mund ekelte ihn. Der Wagen schlingerte gefährlich, als er eine Ausbuchtung am Straßenrand ansteuerte.

Das Buch lag im Handschuhfach. Er hatte es immer dabei. Bunte Kringel tanzten vor seinen Augen, als er wie blind nach dem seidigen Einband tastete. Nur mühsam brachte er die nächsten Worte und Sätze zusammen. Er griff nach dem wattierten Umschlag auf dem Beifahrersitz. Heute Morgen hatte er ihn achtlos dorthin geworfen. Die Sendung eines Pariser Antiquariats. Er zog den Inhalt heraus, ein Bändchen mit Essays von Stephane Hessel, steckte das Buch mit dem roten Einband hinein. Der Adressat, dessen Namen er auf das Papier schrieb, war die erste Person, die ihm einfiel und von der er glaubte, hoffte, sie würde die richtigen Schritte unternehmen.

Im Handschuhfach war auch das Röhrchen mit Kautabletten gegen Kopfschmerzen. Sie wirkten direkt. Vielleicht halfen sie ihm dabei, wenigstens für kurz Zeit, etwas klarer im Kopf zu werden. Er schüttete eine Tablette in seine Hand, kaute, schluckte, wartete. Nichts. Im Gegenteil. Die bunten Kringel formten sich zu wilden Fantasiegestalten, die vor seinen Augen tanzten und winkten. Geisterhafte kleine Wesen, die ihn anlächelten und im gleichen Moment fratzenhafte Grimassen schnitten. Wollte er den Umschlag mit seinem wichtigen Inhalt noch in Sicherheit bringen, musste er wieder losfahren.

Im zweiten Gang fuhr er im Schritttempo, Kurve um Kurve verlangten ihm das letzte Quäntchen an Konzentration ab. Da, links ging es zu einem abgelegenen Gehöft. Direkt an der Straße stand der Briefkasten. Er ließ den Wagen ausrollen, hielt direkt vor dem großen Blechkasten. Als er ausstieg, knickten ihm die Beine weg. Mühsam zog er sich an der Autotür hoch. Die Klappe des Briefkastens war geöffnet. Der Umschlag, in dem das Buch lag, war dick, doch er passte durch den Schlitz, fiel mit einem dumpfen Geräusch hinein. Er konnte nur beten, dass die Hofbesitzer ihn an seinen Adressaten weiterleiteten.

Eine tiefe Erleichterung breitete sich in ihm aus. Er gab Gas, und die bunten Gestalten wurden zu farbenprächtigen Schmetterlingen. Wie winzige schillernde geflügelte Pferdchen spannten sie sich von Zauberhand geführt vor seinen Wagen. Schneller und schneller zogen sie ihn. Nichts konnte ihn mehr aufhalten. Er hob ab und flog und flog und flog …

Kapitel 5

Mathilde saß bereits um halb sieben in ihrem Büro im Palais de Justice in Nîmes. Am Sonntagabend war sie nach dem Essen in ihre Wohnung in der Altstadt von Nîmes gefahren. Mit der Hand strich sie über die glatte Pappe der zuoberst liegenden Akte. Die Dokumente waren am Freitag mit der Post aus Belgien gekommen. Mathilde hatte es sich nicht nehmen lassen, vor zwei Monaten ihre Ermittlungsakten höchstpersönlich nach Brüssel zu bringen.

Kurz hatte sie beeindruckt vor dem mächtigen Gebäude des Palais de Justice in Brüssel verweilt, einem Bauwerk des späten 19. Jahrhunderts von gigantischem Ausmaß. Wie winzig erschien Mathilde dagegen das Gerichtsgebäude in Nîmes. Doch sie war nicht zu ihrem Vergnügen nach Brüssel gereist. Hier lief eine Ermittlung auf Hochtouren, und sie würde dazu beitragen, damit diese erfolgreich abgeschlossen werden konnte. Frankreich und Belgien arbeiteten eng zusammen – aufseiten der Justiz und aufseiten des Verbrechens. Die Arbeit der französischen Ermittler war getan. Der Mann, der in Frankreich für all das unsägliche Leid vieler junger Mädchen die Hauptverantwortung trug, war tot. Tödlich verunglückt an einem sonnigen Junitag.

Im Sommer des Vorjahres hatte Lieutenant Felix Tourrain bei einer Hausdurchsuchung das Heft entdeckt. Darin waren Namen und Beschreibungen von Männern notiert, die sich an einem der jungen Opfer vergangen hatten. Für die Untersuchungsrichterin Mathilde de Boncourt, Commandant Rachid Bouraada und Lieutenant Felix Tourrain endlich der Beweis, der es ihnen ermöglichen sollte, diese Scheusale vor Gericht zu stellen und zu verurteilen. Ein Trugschluss, wie sich bald herausstellen sollte. Alle waren gewarnt worden. Gewarnt von einer Person, die Kenntnis vom Inhalt des Notizheftes erlangt hatte. Noch bevor Mathilde und ihr Team auch nur einen der Verdächtigen befragen konnten, waren ihre Ermittlungen zunichtegemacht worden. Jeder einzelne dieser Männer konnte ein hieb- und stichfestes Alibi vorweisen. Was für eine absurde Idee! Welche Impertinenz! Was erlaubte man sich! Nie hatten sie auch nur einen Fuß über die Schwelle des Hauses gesetzt, in dem das verdächtige Ehepaar ein kleines Mädchen wie eine Sklavin gehalten hatte.

Mathilde und ihr Team standen mit leeren Händen da. Bis zu dem Tag, als Commandant Bouraada die Nachricht vom tödlichen Unfall des Mannes erhielt, der an der Spitze des Mädchenhändlerrings in Frankreich stand, dort alle Fäden in der Hand hielt, für Nachschub sorgte, unliebsame Personen ausschaltete, Kinder in den Tod trieb und dabei immer seine schützende Hand über Mitwisser und Täter legte. Wie ein Lauffeuer hatte sich die Nachricht von seinem tödlichen Unfall auf der belgischen Autobahn im Palais de Justice in Nîmes herumgesprochen. Ungebremst war er auf einen Lastwagen aus Spanien aufgefahren. Der Mann war sofort tot gewesen. Eigentlich ein ganz normaler Unfall. Tragisch für die Hinterbliebenen. Wenn da nicht dieses kleine Mädchen gewesen wäre, das unverletzt aus dem Wagen geborgen worden war. Ein kleines Mädchen, das nichts mit dem Mann hinter dem Steuer zu tun hatte. Sie war nicht seine Tochter, nicht seine Enkelin, nicht das Kind von Freunden, nicht das von Verwandten.

Noch bevor die Meldung über den tödlichen Unfall im Radio oder im Fernsehen verbreitet wurde, hatte Bouraada seine belgischen Kollegen über den Verdacht, den die französischen Ermittler seit Monaten hegten, informiert. Bis jetzt, bis zu diesem Unfall, hatten sie dem Mann nichts nachweisen können. Er hatte eine schneeweiße Weste. Sie kannten weder die genaue Rolle, die er in dem offenbar europaweit agierenden Pädophilenzirkel spielte, noch wussten sie, auf welche Weise er seine Kontakte in die Szene pflegte. Und nun endlich der Beweis für seine widerlichen Machenschaften. Der Beweis in Gestalt eines fünfjährigen Mädchens.

Die belgische Polizei reagierte sofort. Dank des gespeicherten und noch immer abrufbaren letzten Ziels im Navigationsgerät und den Informationen der Kollegen aus Nîmes waren die belgischen Fahnder innerhalb kürzester Zeit an dem Ort, an dem die »Fracht« abgeliefert werden sollte. Ein unscheinbares Haus, abgelegen, wie geschaffen, um in aller Heimlichkeit und Abgeschiedenheit dort die schlimmsten Verbrechen zu begehen.

Drei Erwachsene wurden festgenommen. Handlanger und Aufpasser. Sie würden auspacken. Fünf Kinder im Alter zwischen acht und dreizehn Jahren wurden in heruntergekommenen Zimmern entdeckt. Mathilde konnte nur ahnen, welche Verletzungen ihre Seelen davongetragen hatten. Sie würden nie heilen.

Doch während einer Handvoll Dreckschweinen das Handwerk gelegt werden konnte, würden andere Männer und Frauen ihren Platz einnehmen. Sie würden weiter Millionen mit diesem verabscheuungswürdigen Geschäft verdienen, emotionslos und vollkommen unbeeindruckt vom Leid der Kinder. Und Mathilde hatte keine Hoffnung, dass dieser Abschaum der Menschheit jemals ausgerottet werden würde. Doch es gab nun einen Drahtzieher weniger, und das war gut so.

Sie seufzte und schob die Akte zur Seite. Es würde nicht die letzte auf ihrem Schreibtisch sein, die sich mit dem widerlichsten aller Verbrechen beschäftigte, dem Verbrechen an Kindern.

Kapitel 6

Diesen Morgen würde der Klempnermeister Frédéric Cahors nicht so schnell vergessen. Um acht Uhr wollte er an der Baustelle sein. Eine riesige hypermoderne Villa im Neubaugebiet von Saint-Hippolyte-du-Fort. Ein Auftrag, der gerade zur rechten Zeit gekommen war. Seine Firma Cahors Plombier musste um jeden Auftrag kämpfen. In den nächsten beiden Tagen würde er mit der Installation der Wasserleitungen fertig werden. Und er lieferte Wertarbeit. Nie gab es Beschwerden.

Cahors rumpelte mit seinem altersschwachen Kleintransporter in die nächste Kurve, und das schmatzende Geräusch der Reifen auf dem nassen Asphalt ermahnte ihn, vorsichtiger zu fahren. Der Sturm in der vergangenen Nacht hatte unzählige Blätter von den Kastanien geweht, der Straßenbelag war schmierig und tückisch geworden. Cahors lenkte den Wagen in die nächste Kurve, da sah er die Unglücksstelle. Die Mauer, die die schmale Straße vom Abgrund trennte, war nur noch rudimentär vorhanden. Er bremste ab und starrte durch das Beifahrerfenster. *Merde.* Was war denn hier passiert? Langsam ließ er den Kastenwagen ein Stück weiterrollen, bis zu einer Stelle, an der die Straße etwas breiter wurde und sich eine Ausbuchtung neben dem Fahrweg auftat. Cahors stieg aus und lief zurück, lauschte gleichzeitig intensiv auf die umgebenden Geräusche. Wenn jetzt ein Auto in die Kurve hineinbretterte und ihn erfasste …! Aber alles war ruhig.

Vielleicht konnte er ja noch helfen. Cahors war sich sicher, unterhalb der zerstörten Mauer lag ein nicht minder kaputtes Fahrzeug. Kurz überlegte er, ob es nicht klug wäre, das Warndreieck aus dem Auto zu holen und aufzustellen. *Zut.* Er hatte ja überhaupt keins dabei. Als er vor zwei Wochen wegen eines platten Reifens liegen geblieben war, hatte er es aufgestellt und vergessen, es wieder einzupacken.

Er erreichte die zerborstenen Steine und blickte besorgt auf das, was unterhalb der Mauerreste lag. Er schluckte. Hier konnte er mit Sicherheit nicht mehr helfen. Der Wagen, der die Steinmauer durchbrochen hatte, war beim Aufprall in zwei Teile gerissen worden. Das Heck lag zehn Meter vom Vorderteil entfernt. Allerdings konnte man das, was da unten lag, kaum noch als Auto identifizieren. Nur ein Wrack war übrig geblieben, ausgebrannt, schwarz. Dürre Äste reckten sich verkohlt auf der Fahrerseite dort hindurch, wo einmal die Windschutzscheibe gewesen war.

Cahors konnte es nicht genau erkennen, aber wahrscheinlich war der Wagen auch noch gegen einen jungen Baum oder einen Strauch gekracht. Jetzt spürte der Klempnermeister auch die Wärme, die von unten heraufstieg. Angestrengt spähte er in die Tiefe. Vielleicht lag jemand verletzt zwischen den Büschen. Oder hatte sich der Fahrer unverletzt vom Fahrzeug entfernen können? Cahors Augen fingen an zu jucken. Jetzt nahm er auch bewusst den Geruch von Verbranntem wahr. Von verbranntem was? Gummi? Leder?

Es war Zeit, Hilfe zu holen. Er wählte den Notruf der Feuerwehr und wartete. Diese Hilflosigkeit machte ihn, der sonst alles anpackte, ganz kribbelig. Sollte er vielleicht doch selbst nach unten klettern? Besser nicht. Er war nicht mehr der Jüngste, hatte seit einem Jahr eine künstliche Hüfte, und der Abstieg war steil und nicht eben ungefährlich. So etwas überließ man besser den Fachleuten.

Nach zehn Minuten hörte er endlich das erlösende Geräusch der Sirenen eines Feuerwehrfahrzeugs, der erste Wagen, der überhaupt nach dem Sprinter von Cahors die Straße befahren hatte. Drei Mann sprangen heraus, zwei mit Feuerlöschern in der Hand. Cahors hatte ihnen erklärt, es brenne nicht mehr, aber es würde noch Qualm aufsteigen. Kurz berichtete er dem Fahrer des Löschfahrzeugs, was er entdeckt hatte, während die beiden anderen sich vorsichtig an den steilen Abstieg zum Autowrack machten. Sich an den Zweigen der niedrigen Bäume und Sträucher nach unten hangelnd, näherten sie sich dem ausgebrannten vorderen Teil des Wagens, dessen Skelett sich vor einem riesigen Felsbrocken duckte. Cahors hörte einen erstickten Laut, und eine hektische Stimme drang nach oben.

»*Merde*, Yves. Wir müssen sofort die Polizei benachrichtigen. Auf dem Fahrersitz ist eine Leiche. Komplett verkohlt.«

Yves stöhnte auf, und Frédéric Cahors beugte sich geschockt so weit wie möglich über den Mauerrest. Was er für verbranntes Geäst gehalten hatte, waren die verkohlten Überreste eines Menschen. Kleine Steinbrocken lösten sich aus der Mauer, fielen in die Tiefe, und er zog sich schleunigst wieder zurück. Am liebsten wäre er wieder nach Hause gefahren. Er presste die Hand auf den Mund. Ihm war übel. Der arme Teufel da unten. Der Brechreiz verstärkte sich. Ein Eukalyptusbonbon, das in seiner Hosentasche steckte, wanderte in seinen Mund, und der Reiz ließ beim Lutschen nach. Doch er musste wohl warten, bis die Polizei auftauchte, die ihn ganz sicher befragen wollte. Auch das noch, er hatte total vergessen, auf der Baustelle anzurufen.

Yves hatte sein Handy gezückt. »Sonst noch was, Toni?«, rief er nach unten.

»Keine Ahnung, wie aussagekräftig das ist, aber die verbrannte Person scheint aus Nîmes zu stammen. Hier, das Autokennzeichen. Es hat so gut wie nichts abbekommen.«

Toni gab das Kennzeichen durch, das mit der Zahl 30 für das Département Gard endete. »Auf dem Heck ist links eine Metallplakette mit Krokodil und Palme, ziemlich eindeutig ein Wagen aus Nîmes, wenn du mich fragst.«

Yves hörte nur noch mit einem Ohr zu. Er hatte bereits einen Kollegen von der Polizei am Telefon, gab durch, was man hier entdeckt hatte, schloss mit dem Autokennzeichen. Keine halbe Minute später wusste der Feuerwehrmann, auf wen der Wagen zugelassen war. Er pfiff durch die Zähne. Der Mann war nicht nur in Nîmes bekannt, sein Ruf ging weit über Frankreichs Grenzen hinaus. Er war prominent. Es gab kein heißes Eisen, das der Journalist Luc Maille nicht angepackt hätte. Je heißer, desto besser. Und nun lag er tot, verbrannt bis zur Unkenntlichkeit, im Wrack seines Wagens.

*

Eine Stunde später beugte sich Docteur Alain Regis so weit wie möglich über den Rest der niedrigen Steinmauer, die die schmale Fahrbahn vom Abgrund trennte. Das Einsatzfahrzeug der Feuerwehr war abgefahren, der Transporter des Klempnermeisters Frédéric Cahors hatte mittlerweile sein Ziel in Saint-Hippolyte-du-Fort erreicht. Die Sonne blinzelte jetzt zwischen den Ästen der Esskastanienbäume hindurch. Regis trat einen Schritt zurück und nahm die Mauer in Augenschein. Tatsächlich war sie in der Breite eines Kleinwagens durchbrochen. Es war eine alte Mauer, deren Steine ohne Zement aufeinandergeschichtet waren und die noch hundert Jahre ihren Dienst getan haben würde, wenn nicht in der Nacht ein roter Peugeot sie pulverisiert hätte. Regis, der diensthabende *médecin légiste*, fluchte vor sich hin. Am Tag zuvor hatte er sich beim Joggen eine Sehnenzerrung im linken Fußgelenk zugezogen. Der Knöchel war angeschwollen, ein Stützverband behinderte ihn mehr, als dass er Linderung brachte. Noch nicht einmal Auto fahren war möglich, und so war der Gerichtsmediziner im Leichenwagen mit angereist. Er hatte gehofft, selbst zum ausgebrannten Wrack hinuntersteigen zu können, um sich mit den Bergungskräften und Kriminaltechnikern der *Identification criminelle* vor Ort ein genaues Bild zu machen. Doch der Knöchel und der steile Abhang machten ihm einen Strich durch die Rechnung. Hoffentlich waren wenigstens die Aufnahmen der Polizeifotografin aus jedem Blickwinkel angefertigt worden, wenn er schon nicht mit eigenen Augen das Schreckensszenario sehen konnte. Regis spähte erneut in den Abgrund, wo vier Männer dabei waren, die Leiche zu bergen. Mit polternder Stimme rief er seine Anweisungen hinunter.

»Passt auf, wenn ihr ihn einpackt, brecht bloß nichts ab. Und dann ab mit ihm in die Gerichtsmedizin.«

Ein von den Feuerwehrmännern bereits angelegter Trampelpfad, der allerdings mit größter Vorsicht zu begehen war, führte links der Mauer steil nach unten. Die sterblichen Überreste konnten nur mit Seilen, die an den Ösen des Leichensacks befestigt waren, nach oben gezogen werden, wo der Leichenwagen bereits auf ihren Abtransport wartete.

»Kann wirklich etwas abbrechen? Ein Arm oder ein Bein?«

Lieutenant Felix Tourrain stand mit dem Arzt am Straßenrand und starrte ebenfalls zwischen den Ästen der Kastanien, die jenseits der Mauer wuchsen, in die Tiefe. Regis brummte nur, und Felix hatte Mühe, ihn zu verstehen. Es ärgerte den Gerichtsmediziner einfach gewaltig, nicht direkt vor Ort sein zu können. Und jetzt auch noch der junge Lieutenant mit seiner, wie er fand, dämlichen Frage. Dort unten würde es noch dauern. Regis seufzte resigniert.

»Ich kann dir jetzt keinen Vortrag halten, aber beim Tod durch Verkohlung sind alle Hautschichten und die darunter liegenden Knochen betroffen. Es kommt zu einer Kontraktion der Muskulatur. Die Folge ist die Fechterstellung. Und wie sieht die aus?« Der Arzt wartete eine Antwort erst gar nicht ab. »Der Kopf ist zu einer Seite gedreht, Arm und Bein dieser Seite sind ausgestreckt, auf der anderen gebeugt.« Regis versuchte, die Haltung zu imitieren, und stieß einen Schmerzenslaut aus, als er sein rechtes Bein hob und es im Kniegelenk beugen wollte. Verdammt und zugenäht, diese beschissene Zerrung. Es war ihm kaum möglich, auf dem anderen Bein zu stehen. Felix konnte nur mühsam ein Grinsen unterdrücken. Der Arzt brachte seine Glieder wieder in ihre normale Position und ging nonchalant über seinen missglückten Versuch hinweg.

»Zu deiner Frage. Natürlich bröselt dir ein verkohlter Arm bei der Obduktion nicht einfach unter den Händen weg. Aber man muss schon vorsichtig vorgehen. Und das will ich für die da unten hoffen.«

Der Tote, der eben in den Bodybag verfrachtet wurde, war Felix' erstes Brandopfer. Die Männer hantierten ruhig und gelassen, und das Zuziehen des Reißverschlusses war für einige Sekunden das einzige Geräusch, das die morgendliche Stille durchbrach. Der Brandgeruch war bei Weitem nicht so intensiv, wie Felix es sich vorgestellt hatte.

»Man kann von Glück sagen, dass es in den letzten Tagen immer wieder geregnet hat. Noch vor einer Woche hätte ein weggeworfenes Streichholz genügt, um hier alles in Brand zu setzen.«

»Das kommt auf die Perspektive an«, brummte der Gerichtsmediziner. »Wenn es nicht geregnet und gestürmt hätte, wäre die Straße trocken geblieben, keine nassen Blätter hätten sie in eine Rutschbahn verwandelt, und der Fahrer wäre vielleicht nicht in sein Verderben gerast.«

Felix zuckte mit den Schultern. Da hatte Regis auch wieder recht.

Das schwarz-gelbe Absperrband der Polizei, das über mehrere Meter links und rechts der Mauer flatterte, wurde angehoben, und Commandant Rachid Bouraada zog sich am dicken Ast einer Kastanie hoch an den Straßenrand. Felix war es ein Rätsel, wie sein Vorgesetzter es fertigbrachte, in jeder Situation wie aus dem Ei gepellt auszusehen. Jeder andere hätte jetzt Dreck an den Hosenbeinen, Ruß am Hemd, Matsch an den Schuhen. Bouraadas Kleidung war wie immer tadellos. Dunkle Jeans, die üblichen Mokassins hatte er durch Stiefel ersetzt, an denen, soweit Felix erkennen konnte, wenigstens am Absatz Blätter klebten, ein weißes Hemd, darüber heute eine wattierte ärmellose Weste. Sein braunes Gesicht wirkte angespannt, aber nicht angestrengt.

»Verdammt steil und immer noch ganz schön heiß da unten. Felix, der Ladekran ist unterwegs? Sobald er da ist, sollen die Kollegen die Straße für die Zeit der Bergung komplett absperren.«

Eine zeitweilige Straßensperrung war eingerichtet worden, um Wendemanöver der Einsatzfahrzeuge möglich zu machen. Sie wurde von zwei Polizisten in Warnwesten geregelt, die nach Bedarf auch ein Fahrzeug passieren ließen, denn die unscheinbare *Route départementale* war nicht nur verdammt eng und kurvig, sie war auch für die Bewohner von Montauban-sur-Vidourle die Hauptverbindung zu der nächstgrößeren Gemeinde Saint-Hippolyte-du-Fort. Allerdings waren, seitdem die Polizei und die Rettungskräfte ihre Arbeit aufgenommen hatten, erst vier Fahrzeuge in Richtung Saint-Hippolyte-du-Fort unterwegs gewesen. Alle hatten in Höhe des Unfallortes abgebremst und angehalten, wollten wissen, was passiert sei. Felix hatte sie ohne Kommentar weitergewinkt, konnte allerdings nicht verhindern, dass ein besonders hartnäckiger Gaffer in der nächsten Kurve anhielt, um sich selbst ein Bild der Lage zu verschaffen. Als er ein Handy zückte, um Fotos vom Unfallort zu machen, hatte Felix demonstrativ sein Handy in Richtung des Gaffers gehalten. Das hatte gereicht, ihn zurück in sein Auto zu scheuchen.

»Achtung, der Leichensack kommt hoch.«

Bouraada trat zur Seite und ließ den Mann an der Seilwinde seine Arbeit machen. Der weiße Plastiksack wurde vorsichtig in eine Wanne gelegt, die im Leichenwagen verschraubt war. Regis verabschiedete sich.

»Vor morgen Mittag kann ich euch keine Ergebnisse liefern. Capitaine Rougier wird mit einigen Polizeischülern der Leichenschau beiwohnen. Ihr könnt es euch also sparen.« Der Arzt sah zu Felix. »Siehst du, die lernen noch was«, drückte sein Blick aus. »Der Tote kostet mich in seinem Zustand etwas mehr Zeit. Also, Anrufe sind zwecklos. Ich melde mich.«

Der Gerichtsmediziner erhob die Hand zu einem kurzen Abschiedsgruß, kletterte mit leisem Stöhnen auf den Beifahrersitz und verschwand mitsamt seiner grausigen Fracht.

Rachid wischte sich die Hände an einem blütenweißen Stofftaschentuch ab. »Zumindest haben wir einen Namen für unseren Toten, wenn er es denn war, der hinter dem Steuer saß.«

»Und wenn er es nicht war, ist dann überhaupt noch eine Identifizierung möglich?«

»Felix, was lernt ihr denn eigentlich während eurer Ausbildung? Ein wenig Rechtsmedizin gehört doch wohl immer noch dazu.

Zumindest war es während meiner Zeit so. Die Identifizierung von verkohlten Leichen ist über DNA-Abgleich oder den Gebissvergleich möglich. Und wenn wir einen Namen zu einer Leiche haben, finden wir auch meist den passenden Zahnarzt. Das wird uns Gewissheit geben. Eine Identifizierung durch Angehörige wird dagegen schwierig oder fast unmöglich.«

Felix wurde rot. Schon die zweite Nachhilfe in Sachen Gerichtsmedizin für heute. Und natürlich wusste er das alles. Eigentlich. In diesem Moment klingelte das Handy des Lieutenant. Er lauschte für einen Moment, legte dann auf.

»Der Bergungskran trifft jede Minute ein.«

Ein scharrendes Geräusch unterbrach das Gespräch. Jean-Jacques LeVian, Leiter der *Identification criminelle*, zog sich am Ast der Kastanie nach oben. Er rutschte auf den losgelösten Steinen, die den Abhang hinunterrollten, ab, und Bouraada hielt ihm helfend die Hand hin.

»Danke. Wir haben da unten etwas Interessantes entdeckt. Das Opfer ist offenbar nicht sofort in seinem Wagen verbrannt. Ein Wunder, dass er den Aufprall zunächst überlebt hat. Offenbar ist er aus dem Auto geschleudert worden und mit dem Kopf auf einen Stein geknallt. Wir haben Blutspuren und Haare samt Kopfhaut an einem Felsbrocken gefunden. Er hat es zurück in das Wageninnere geschafft. Warum auch immer. Dann ist er in den Flammen umgekommen.«

»Er hätte sich also retten können, wenn er sich von seinem Fahrzeug entfernt hätte?«, fragte Felix.

»Es wäre theoretisch möglich gewesen, ja. Ob er den Unfall dann überlebt hätte, bleibt bis zum endgültigen Bericht von Regis jedoch offen.«

LeVian zog seine Handschuhe aus, verabschiedete sich von seinen Kollegen und stapfte zum Wagen der *Identification criminelle*.

»Vielleicht wollte er etwas aus dem Auto bergen. Brisantes Material, ein Notebook, eine Kamera?«, sinnierte Felix.

»Das wird die genaue Untersuchung des Unfallfahrzeugs ergeben, ob überhaupt etwas in dem Wagen war, das den Brand einigermaßen überstanden hat. Doch deine Überlegung ist plausibel«, pflichtete Rachid seinem Kollegen bei. »Luc Maille und brisantes Material – beides ist untrennbar miteinander verbunden.«

Kapitel 7

Tagebucheintrag Luc Maille

Von jetzt an werde ich meine Gedanken in diesem Buch festhalten. Warum? Weil ich mich immer wieder erinnern möchte. Es war ein Zeichen, dass ich es wiederentdeckt habe.
Die Nachricht hat mir den Boden unter den Füßen weggezogen.
SELBSTMORD
Offenbar spricht alles dafür, doch ich glaube nicht daran.
Wenn mir jemand prophezeit hätte, dass ich meine Beobachtungen, Ideen, Gespräche ganz altmodisch auf Papier niederschreibe, ich hätte ihm gesagt, er sei ein aus der Zeit gefallener Spinner. Wozu wurden diese kleinen handlichen Notebooks denn erfunden? Um jederzeit und überall das niederzuschreiben, was einem eben in den Sinn kommt. Gut, das kann man auch auf Papier. Wenn man Nostalgiker ist.
Mir ist es besonders wichtig, die Gespräche aufzuzeichnen. Ein Aufnahmegerät verstört die meisten. Darauf kann ich verzichten. Wie andere ein fotografisches Gedächtnis haben, kann ich mich genau an das gesprochene Wort erinnern, kann es eins zu eins wiedergeben. Eine Art Savant-Syndrom, nur bin ich vollkommen normal.
Warum halte ich mich mit solchen Überlegungen überhaupt auf? Was zu mir passt, Notebook oder handschriftliche Notizen? Weil es mit dem Papier, auf das ich schreibe, etwas Besonderes auf sich hat. Es ist nicht nur ein Blatt Papier, es sind viele Blätter. Gebunden in einem Buch mit rotem Einband. Der Einband fühlt sich an wie Seide, dunkelgrüne Drachen springen oder

liegen darauf herum. Ein goldenes Schloss ermuntert den Schreiber, auch seine geheimsten Gedanken preiszugeben. Denn dieses Buch kann man abschließen, es ist ein Tagebuch.
Sie hat es mir vor zwei Jahren zum Geburtstag geschenkt. Ich glaube, ich habe das Gesicht verzogen, als ich es aus dem Geschenkpapier wickelte. Was habe ich in diesem Moment gedacht? Das ist doch was für kleine Mädchen? Was für ein drolliges Geschenk? Ich weiß es nicht mehr. Ich habe es in einen Karton gelegt, sicher, dass es dort für immer schlummern würde.
Und nun werde ich die Seiten füllen, bis ich weiß, was geschehen ist. Schritt für Schritt werde ich allem auf den Grund gehen.
Als ich das Büchlein wiederentdeckte – es hatte mich ja nie verlassen –, wusste ich, es hätte Leonice gefallen, dass ich meine Gedanken hineinschreibe.
Wo fange ich an? An dem Tag, als sie vor meiner Tür stand? Ich war seit einer Woche aus Afrika zurück. Vollkommen erledigt. Und da stand sie einfach vor der Wohnungstür. Natürlich habe ich sie nicht erkannt. Wie auch? Mit großen dunklen Augen sah sie mich an. »Ja, bitte?« Auf dem Rücken trug sie einen Rucksack, der fast genauso groß war wie sie selbst. »Bonjour. Ich bin Leonice. Deine Schwester.« Diese Aussage hat mich in dem Moment weniger erstaunt als ihr kanadischer Akzent. Und ich, der ich das Misstrauen in Person bin, zweifelte von der ersten Sekunde an nicht daran. Leonice war meine kleine Schwester. Leonice aus Kanada. Was sie erzählte, stimmte mich weniger traurig, als dass es mich wütend machte. Zu unserem Vater hatte ich seit meinem siebten Lebensjahr keinen Kontakt mehr. An einem Oktobertag hatte er meine Mutter und mich verlassen, kurz darauf in Kanada eine Frau geheiratet, von der meine Mutter sagte, sie sei zur Hälfte Indianerin. Einige Jahre später kam Leonice auf die Welt, zu einem Viertel Indianerin. Und dann passierte das, was mich so wütend machte. Zum zweiten Mal ließ mein Vater ein Kind im Stich. Beim Wandern in den Bergen abgestürzt. Auch Leonice' Mutter. Konnte er nicht besser aufpassen?

Leonice. Knapp hundertsechzig Zentimeter groß, unglaublich hübsch. Schwarze Haare, glänzend wie das Gefieder eines Raben. In der Sonne schimmerte es bläulich. Hohe Wangenknochen. Für jedermann ein strahlendes Lächeln parat. Sie trat in mein Leben, zog in meine Wohnung und begann mit einem Studium. Anthropologie. Wir schmiedeten Pläne. Ich würde endlich das Buch schreiben, das ich schon immer geplant hatte. Wir wollten uns ein Haus im Grünen suchen. Nicht zu einsam gelegen, Leonice musste die Uni und die Annehmlichkeiten einer Stadt erreichen können.
Und dann kam dieser unsägliche Tag. Ein Typ hatte ihr einen Zettel in die Hand gedrückt. Eine Einladung, die sofort Leonice' Sinne ansprach. Das Bild eines alten Indianers mit runzeligem Gesicht war auf dem Flyer, darunter in fetten roten Lettern das Thema eines Vortrags: »Der Glaube an das Leben nach dem Tod bei den Indianern Nordamerikas«. Leonice war nicht zu halten. Ich hatte an diesem Abend keine Zeit. Und so fuhr meine kleine Schwester mit meinem Wagen zu diesem Vortrag. Hätte ich nur geahnt, welche Konsequenzen das für uns beide haben würde.
Und nun ist Leonice tot. Selbstmord. Ich kann und will nicht daran glauben, und ich werde nicht eher ruhen, bis ich die Wahrheit kenne.

Kapitel 8

Am nächsten Tag um sechzehn Uhr erreichte Commandant Bouraada der Anruf des Gerichtsmediziners. Das »Grillgut« – Originalton Regis – sei untersucht, und es gebe Interessantes zu berichten. Eine Stunde später standen Rachid Bouraada und Felix Tourrain vor der gläsernen Tür zum Obduktionssaal. Docteur Regis winkte ihnen einladend zu, und die Polizisten betraten den kühlen Raum. Breite Neonleuchten an der hohen Decke hüllten ihn in ein kaltes weißes Licht. An diesem Ort sorgte Alain Regis dafür, dass kein Verbrechen unentdeckt blieb. Zumindest versuchte er es. Ein leises, gleichmäßiges, jedoch undefinierbares Geräusch erfüllte den Obduktionssaal. Es war keine richtige Melodie, eher ein Auf und Ab von Tönen, die jedoch in ihrer Abfolge eine unglaubliche Ruhe in den Raum sandten. Eine schon fast hypnotische Wirkung ging von diesen Tönen aus, und die beiden Ermittler blieben für einen Moment verblüfft und regungslos stehen. Regis schmunzelte. Alle, die sein Reich betraten, reagierten so, seitdem der *médecin légiste* diese CD hörte, wenn er seiner Arbeit nachging.

»Was ist das, Regis? Ich komme mir vor, als würde ich in einem Aquarium stehen.« Suchend schaute sich Bouraada um. Diese Melodie, oder wie immer man es nennen wollte, schwebte geradezu durch den Raum. Eine fast klagend anmutende Tonfolge breitete sich aus, wechselte zu einer hellen lang gezogenen Sequenz. Ein Geräusch, das an langsam an einen Strand heranrollende Wellen erinnerte, gesellte sich dazu.

Wie ein Schuljunge hob Felix die Hand. »Das ist …« Doch weiter kam der Lieutenant nicht.

Regis legte seinen rechten Zeigefinger an die Lippen. »*Chut*, still jetzt, hört genau hin.«

Die Töne erreichten ihren Höhepunkt, hell, bittend, flehend, ebbten ab, verstummten.

»Nun, was wolltest du sagen?«, fragte Regis Felix wie ein alter Schulmeister.

»Der Gesang der Buckelwale, wenn ich mich nicht irre.«

»Ist es nicht verzaubernd? Sphärenklänge, unglaublich entspannend und wunderschön. Aber nun zu dem, weswegen ihr hier seid. Bestellt Mathilde einen schönen Gruß von mir, Madame le Juge kann die Ermittlungen aufnehmen.«

»Unsere Leiche ist also Opfer eines Verbrechens geworden?«

»Davon gehe ich aus«, brummte Regis und wandte sich zu Felix. »Da es sich für unseren jungen Kollegen hier um seine erste Brandleiche handelt, werde ich ein wenig ausholen. Zum jetzigen Zeitpunkt wissen wir noch nicht, ob der Tote tatsächlich Jean-Luc Maille ist. Weiterhelfen werden uns die Zahnimplantate im Unterkiefer, anhand der wir wohl nicht lange auf eine Identifizierung warten müssen. Drei Zähne sind ihm entweder ausgeschlagen worden, oder er hat sie bei einem Sturz verloren. Dabei kam es auch zu einer Fraktur des Unterkiefers. Auch hierzu müsste es Unterlagen bei seinem behandelnden Zahnarzt oder Kieferchirurgen geben. Diese Verletzung liegt ein paar Jahre zurück. Zähne wie auch Zahnfüllungen und Implantate können Temperaturen bis eintausendzweihundert Grad Celsius aushalten. Warten wir also ab, bis wir den Zahnarzt gefunden haben, der uns über die Identität seines ehemaligen Patienten aufklärt. Nun, wie bin ich bei der Untersuchung des Brandopfers vorgegangen, *mon lieutenant*?«

Felix zuckte mit den Schultern. Manchmal konnte Regis auch ganz schön nerven. »Sagen Sie es mir, Sie sind der Fachmann.«

»Stimmt. Grundsätzlich müssen wir uns bei Leichen mit Verbrennungen die Frage stellen, ob sie durch die Flammen selbst oder die Rauchentwicklung gestorben sind. Zweite Frage: Sind die Opfer bereits davor durch Gewalt zu Tode gekommen, sprich, sind sie ermordet worden? Wenn das Opfer noch gelebt hat, entdecken wir meist verschluckten oder eingeatmeten Ruß in Magen und auch Lunge, oder die Krähenfüße verraten es uns. Ja, du hast richtig gehört, Felix. Krähenfüße. Dringt Rauch in die Augen, versucht man, sie instinktiv zu schließen, dadurch entstehen kleine Falten in den Augenwinkeln, in denen sich der Ruß nicht ablegen kann, es bleiben helle Stellen. Die Krähenfüße.«

Rachid Bouraada wies auf den Toten, dessen Körper in seiner unnatürlichen Haltung unter einem Laken für ihre Augen verborgen auf dem kühlen Stahl des Obduktionstischs lag. »Krähenfüße konnten Sie sicher nicht mehr entdecken. Aber was haben wir konkret?«

Der *médecin légiste* machte es spannend. »Keine Würgemale, die bei diesem Grad der Verkohlung allerdings nur schwer zu entdecken sind, außer das Zungenbein ist gebrochen. Ich habe mir Mühe gegeben, *messieurs*, aber nichts entdeckt. Nun, wie sieht es mit einer Stich- oder Schussverletzung aus? Sie kann ich auch in einem solchen Fall relativ leicht entdecken. War aber nichts. Was haben wir überhaupt? Wir haben Knochenbrüche. Besonders schwerwiegend ist eine gebrochene Rippe, die die Lunge durchstoßen hat. Schon der Aufprall mit dem Wagen hätte genügt, den Mann zu töten. Aber er hat ihn überlebt. Ganz sicher tödlich wären die Folgen des traumatischen Pneumothorax gewesen. Letztendlich ist unser Freund hier aber in den Flammen umgekommen. Er hatte nie eine Chance. Aber war es ein gewöhnlicher Unfall?«

Bis jetzt hatte niemand mehr eine Frage gestellt. Regis würde sie sowieso nicht beantworten, bis er nicht seine Erläuterungen beendet hatte. Der Gerichtsmediziner wischte sich mit der Hand über die Stirn und fuhr mit seinem Bericht fort.

»Nun, ich werde euch die Frage beantworten: Nachdem das Auto durch die Mauer gerast und in die Tiefe gestürzt ist, ist unser Toter herausgeschleudert worden. Dabei ist er mit dem Kopf mit voller Wucht auf einen sehr kantigen Stein geprallt. Die Folge war eine linksseitige Felsenbeinlängsfraktur mit starken Blutungen aus dem äußeren Gehörgang. Das Felsenbein ist diese Stelle an unserem Schädel.« Regis tippte Felix mit dem Zeigefinger zwischen Ohr und Schläfe. »Und er hat eine Menge Blut verloren. Interessant sind allerdings die Haare und die Kopfhaut, die LeVian auf dem Felsbrocken sichergestellt hat. Wir haben sie umgehend auf Alkohol und Drogen untersucht. Ich weiß ja, dass Madame le Juge schon mit den Hufen scharrt. Und das Analyseergebnis hat es in sich. Ihr wisst, mich überrascht man nicht so leicht, doch so was ist mir noch nicht begegnet. Euer Opfer ist, nun, wie soll ich sagen, mit großer Wahrscheinlichkeit in den Tod getrieben worden.«

Kapitel 9

Mathilde de Boncourt klappte die Mappe mit Alain Regis' Obduktionsbericht zu.

»Eine wahnwitzige Geschichte. Ein Mann stürzt mit seinem Wagen in den Abgrund, verbrennt bis zur Unkenntlichkeit. Was wissen wir über den Toten, Rachid? Was hat es mit dieser Substanz auf sich? Für Regis ist die Sachlage klar. Wie sehen Sie es? Reichen die Erkenntnisse tatsächlich aus, um mit den Ermittlungen zu beginnen?«

Die Untersuchungsrichterin saß hinter ihrem Schreibtisch in ihrem Büro im Palais de Justice in Nîmes. Ihr gegenüber hatte Commandant Bouraada Platz genommen.

»Ganz sicher. Bei dem Toten handelt es sich ohne Frage um den Journalisten Luc Maille. Der Zahnarzt, der ihm vor knapp vier Jahren die Zahnimplantate eingesetzt hat, ist ausfindig gemacht worden, und er konnte sich noch gut an seinen Patienten erinnern. Dem Journalisten waren – nach Ansicht des Zahnarztes – durch einen mit Gewalt ausgeführten Hieb der Unterkiefer gebrochen und drei Zähne ausgeschlagen worden. Maille hat angegeben, gestürzt zu sein, und auch auf mehrfaches Nachfragen hat er an dieser Version festgehalten. Ihm wurden dann …«, Bouraada zog die Mappe heran, blätterte im Obduktionsbericht und zitierte, »… *die Knochenbruchstücke über eine Miniplattenosteosynthese mit dem ortsständigen Kieferknochen verschraubt und stabilisiert.* Der Tote ist also zweifelsfrei identifiziert.«

Mathilde schrieb mit Großbuchstaben den Namen des Opfers auf einen karierten Block und nickte nachdenklich. »Luc Maille. Ein Name, den viele fürchteten. Zumindest diejenigen, die Dreck am Stecken haben. Und dieser Vorfall oder Überfall vor vier Jahren ist nie aktenkundig, nie der Polizei gemeldet worden?«

»Nein, es liegt nichts vor.«

Rachid legte eine kleine Pause ein. Dann fuhr er mit Bedauern in der Stimme fort: »Es tut mir wirklich leid um diesen Mann. Ein Einzelgänger, ein einsamer Jäger. Ich habe seine Arbeit bewundert. Wenn er einen Artikel präsentiert hat, gab es immer einen großen Aufschrei. In der Politik, in der Industrie oder wo auch immer. Ich habe ein Interview mit ihm gesehen, ist noch gar nicht so lange her. Er kam gerade aus einem Krisengebiet in Schwarzafrika. Der Mann war sich absolut der Gefahren, denen er ausgesetzt war, bewusst. Sie gehörten zu seinem Leben. Da waren die drei ausgeschlagenen Zähne letztlich nichts. Eine Warnung vermutlich, nicht mehr und nicht weniger. Oder sehen Sie das anders?«

Mathilde schüttelte den Kopf. Eine Strähne ihres rotblonden Haares, das sie mit einem dunkelvioletten Band im Nacken zusammengebunden hatte, löste sich, fiel ihr ins Gesicht. Mit einer anmutigen Bewegung strich sie sich das Haar hinter ihr rechtes Ohr. Das Band passte farblich exakt zu Mathildes Schuhen. Mittlerweile, es waren achtzehn Monate seit dem Attentat vergangen, bei dem sie lebensgefährliche Verletzungen erlitten hatte, trug sie auch wieder ihre geliebten Pumps mit Absätzen, bei deren Höhe es Rachid schwindlig wurde. Doch Mathilde bewegte sich auf ihren High Heels fort wie andere in ihren Sportschuhen. Die Untersuchungsrichterin überließ bei ihrer Kleidung nichts dem Zufall. Die Knöpfe am Jackett ihres dezent gestreiften grauen Hosenanzugs blitzten als violette Farbtupfer auf.

»Nein, Sie haben vollkommen recht. Maille war ein unglaublich zäher Brocken. In jeder Hinsicht. Er war ganz sicher kein Mann, der sich von Warnungen hätte beeindrucken lassen. Wenn jemand den Namen ›investigativer Journalist‹ tragen durfte, dann er. Ich kann mich noch gut an einen Skandal, den er ans Licht gebracht hat, erinnern. Es war noch während meines Studiums, und Maille hatte Missstände auf den Trockendocks im Hafen von Sète aufgedeckt. Arbeiter wurden für einen Hungerlohn beschäftigt. Sie mussten die Schiffsrümpfe mithilfe von Sandstrahlgebläsen von Algen und Muscheln reinigen. Und die Lacke, die dabei gelöst wurden, enthielten hochgiftige Biozide. Maille hatte sich eingeschleust und am eigenen Leib erfahren, unter welchen Umständen die Männer dort arbeiteten. Nach seinem ersten Artikel über diese Missstände war er brutal zusammengeschlagen worden. Bis heute weiß niemand, wer die Auftraggeber waren. Sie sind nie gefunden worden. Auch das war damals eine klare Warnung an ihn.«

Rachid nickte zustimmend. »Menschen wie er oder Sie, Madame le Juge, gehen täglich ein Risiko ein, das wissen Sie nur zu gut, Mathilde.«

Für einen kurzen Moment dachte er an die hilflose, durchscheinende Gestalt im Krankenbett. Abwechselnd mit Rémy, Mathildes Großvater, hatte er nach dem Attentat an ihrer Seite gewacht.

»Von den Gefahren, denen Sie und Ihre Kollegen ausgesetzt sind, ganz zu schweigen.« Die Untersuchungsrichterin strich mit der Hand über ihren rechten Oberschenkel. Eine Kugel hatte an dieser Stelle die Arterie zerfetzt, und eine weißlich schimmernde Narbe erinnerte sie tagtäglich an den Mordanschlag.

Der Commandant legte eine zweite Mappe auf Mathildes Schreibtisch. »Felix hat ein Dossier zu den Aktivitäten von Maille zusammengestellt. Die Nachforschungen in Sète hat ihm einer tatsächlich richtig übel genommen. Allerdings war dieser Überfall auf ihn die einzige Gewaltreaktion auf seine Veröffentlichungen, die auch aktenkundig geworden ist. Maille hat sich für seine Recherchen immer sehr viel Zeit genommen. Meist sind zwei, drei Jahre vergangen, bis er sein Material zusammenhatte und es mit einem Paukenschlag der Öffentlichkeit präsentierte.«

Mathilde unterbrach Rachid. »Maille hat doch auch außerhalb Frankreichs an heißen Storys gearbeitet. Diese Geschichte mit den Waffenschiebern an der Côte d'Ivoire. Er kam mit ihr ein paar Wochen nach dem mysteriösen Verschwinden von Guy-André Kieffer aus Abidjan zurück. Kieffer hat zu fragwürdigen Praktiken beim Anbau und Export von Kakao an der Elfenbeinküste recherchiert. Er wurde entführt, seinen Wagen hatte man am Flughafen von Abidjan gefunden. Von Kieffer, das heißt von seiner Leiche, fehlt bis heute jede Spur.«

Rachid tippte mit dem Finger auf die Mappe und öffnete sie. »Felix hat auch alle Fälle, in denen französische Journalisten in den letzten zwanzig Jahren unter rätselhaften Umständen ums Leben kamen, in seinem Dossier. Kieffer war ja nicht der Einzige, den man zum Schweigen gebracht hat. Hier, Jean-Pascal Couraud. Er ist 1997 in Tahiti verschwunden. Oder Didier Contant. Hat für den *Figaro* gearbeitet. Er war aus Algier zurückgekehrt, wo er Informationen zum Tod der sieben Trappistenmönche gesammelt hatte, die in Tibherine 1996 ermordet wurden. Contant hat seine Arbeit 2004 mit dem Leben bezahlt. Angeblich Selbstmord. Sturz aus einem Hotelzimmer in Paris. Die Liste ist noch länger. Und wenn wir uns vor Augen führen, welche brisanten Themen sich Maille vorgeknöpft hat, ist es nicht abwegig zu vermuten, dass ihn das gleiche Schicksal wie seine Kollegen ereilt hat. Jemand hat ihn mundtot gemacht.«

Mathilde stand auf, streckte sich, ging ein paar Schritte. Ihr rechter Fuß war eingeschlafen. Seit dem Attentat passierte dies häufiger. Sie öffnete die Tür zu ihrem Vorzimmer.

»Christine, würden Sie uns bitte zwei Kaffee machen? Und wenn Sie was Süßes zum Knabbern hätten, wäre das meine Rettung.«

»Wird erledigt, kommt sofort«, ertönte die Stimme von Mathildes Sekretärin.

»Ich musste mir schon wieder einen Vortrag wegen meines Zigarettenkonsums von Odile anhören. Stellen Sie sich vor, Rachid, Odile wollte mir eine E-Zigarette andrehen. Ich und eine E-Zigarette.« Mathilde schüttelte sich. »Aber entschuldigen Sie. Ich habe Sie einfach unterbrochen. Aber mein Kaffeedurst und der Wunsch nach einer Zigarette … Sie kennen mich ja. Und vom Genuss meiner Gauloises kann mich leider nur etwas Süßes abhalten.«

»Das ist ja ganz was Neues. Es gibt tatsächlich etwas, das Sie von Ihrer Zigarette abhalten kann? Aber davon abgesehen, ein Kaffee kommt mir auch gerade recht«, sagte Rachid schmunzelnd.

Mit einem Tablett bewaffnet schob Christine die Tür zu Mathildes Büro mit dem Fuß auf. »Ihr Kaffee. Allerdings habe ich nur ein paar Schokoladenkekse anzubieten. Oder soll ich noch schnell was anderes besorgen? Eclair? Mille-feuille?«

Rachid sprang auf, nahm der Sekretärin das Tablett ab und stellte es auf den Schreibtisch. Der Kaffee dampfte in den Bechern, und sein kräftiges Aroma erfüllte das Zimmer. Auf einem mit Früchten bemalten Teller lagen ein Dutzend *Pattes de Chat*, ovale kleine Kekse, deren eine Hälfte mit dunkler Schokolade überzogen war.

»Nein, alles wunderbar, Christine. Vielen Dank. Und bitte, nehmen Sie doch die Akte, die dort auf dem Schrank liegt, mit. Lassen Sie sie Maître Lagarde bringen. Meine Stellungnahme liegt bei.«

Christine griff sich den dicken Aktenordner und verließ Mathildes Büro, nicht ohne Rachid einen kurzen koketten Augenaufschlag zu schenken. Sie war glücklich verheiratet, hatte eine entzückende kleine Tochter und einen hingebungsvollen Ehemann. Aber bei Commandant Bouraada durfte sie schon mal ein wenig ins Schwärmen geraten.

Mathilde und Rachid ließen sich ihren Kaffee und die Kekse schmecken. Nachdem Mathilde den letzten Krümel mit dem Finger aufgestippt und in ihren Mund befördert hatte, lehnte sie sich zufrieden in ihrem Sessel zurück.

»Nun, wir waren bei der gefährlichen Arbeit der investigativen Journalisten stehen geblieben. Woran hat Maille in letzter Zeit gearbeitet? Oder ist es eine ältere Story, die ihn womöglich das Leben gekostet hat?«

Rachid stellte seinen Kaffeebecher ab.

»Felix hat alles chronologisch geordnet. Nach seinen Enthüllungen zu den Schiffsreinigern in Sète hat Maille die folgenden Jahre eine ganze Anzahl von Artikeln zum Thema Verstrickungen der Politik in diverse Waffenschiebereien verfasst. Zuletzt die Sache an der Côte d'Ivoire 2004, die Sie eben erwähnten. Es folgten mehrere Aufenthalte in Lateinamerika. Hier hat Maille zu den Machenschaften einer Organspendenmafia recherchiert, die gut betuchte Europäer, hier war nicht nur Frankreich betroffen, mit allem versorgt hat, was der menschliche Körper hergibt. Die blinden Kinder von Ecuador, denen man die Augen entfernt hat. Es war Maille, der dies aufgedeckt hat.«

Mathilde schloss die Augen. Grauenhaft. Wie mochte sich wohl ein Mensch fühlen, der wusste, dass die Augen eines geschändeten Kindes ihm ermöglichten, Licht, Farben, die Welt zu sehen? Oder hatten die Empfänger der Organe keine Ahnung davon?

»Danach hat man eine Zeit lang nichts von ihm gehört«, fuhr Rachid fort. »Keine Artikel, keine Reportagen, zwei Jahre nichts. Niemand weiß, ob er an einer heißen Sache dran war, ob er untergetaucht war oder ob er einfach nur Abstand von den Gräueln, über die er schrieb, gewinnen musste. Und plötzlich war er wieder da. Im Vorfeld der Olympischen Spiele hat er seine Recherchen zum Thema Blutdoping herausgebracht. Eufemiano Fuentes ist beileibe kein Einzelfall, wenn es um diese Form des Dopings geht. So mancher Kopf eines Arztes ist nach den Aufdeckungen Mailles gerollt. Im letzten Jahr hat er dann dem Konzern LAMORLAIT das Leben schwer gemacht. Bei der Produktion von Trockenmilch für Babynahrung wurde die Milch mit Wasser gestreckt. Um dies zu vertuschen, setzte man Melamin zu, das mit seinem hohen Stickstoffanteil Milchprotein vortäuscht. Die Gewinnspanne stieg, und Hunderte von Kleinkindern in Osteuropa wurden krank. Der Skandal war zahlenmäßig nicht vergleichbar mit dem in China, und es gelang LAMORLAIT mit Zahlungen in Millionenhöhe, den Ball flach zu halten.«

»Also hat sich Maille in all den Jahren viele Feinde gemacht. Ist sein Tod also ein später Racheakt? Waffenschmuggel, Organhandel, Doping, diese Themen sind doch immer wieder und immer noch aktuell. Ist er erneut auf brisantes Material gestoßen? In was hat er sich nach diesem Trockenmilchskandal verbissen?

Und vor allem, wem ist er dabei so auf die Füße getreten, dass man ihm nach dem Leben getrachtet hat? Er war freier Journalist. Oder hatte er ausnahmsweise einen Auftraggeber?«

Der Commandant schüttelte den Kopf. »Diese Fragen können wir zurzeit alle noch nicht beantworten. Doch wenn wir herausfinden, an welcher Story er zuletzt gearbeitet hat, haben wir eine Chance, seinen Mörder zu finden.«

Mathilde warf einen hoffnungsvollen Blick in ihren Kaffeebecher. Leer. Sie seufzte. »Wahrscheinlich. Allerdings scheint mir der Fall jetzt schon höchst kompliziert. Ein Sturz aus dem Fenster, der wie ein Selbstmord inszeniert ist, eine Autobombe, das alles haben wir schon gehabt. Aber ein solches Szenario ist neu und vor allem mysteriös. Ein namhafter Journalist, bekannt für seine Enthüllungen, stürzt mit seinem Wagen in einer gefährlichen Kurve in den Abgrund. Auf den ersten Blick ein Unfall. Auf den ersten Blick«, wiederholte die Untersuchungsrichterin murmelnd. Sie beugte sich über ihren Schreibtisch und suchte den Bericht des Gerichtsmediziners zu den Ergebnissen der Haaranalyse heraus. Mathilde hatte ihn vorhin nur kurz überflogen. Den genauen Inhalt würde Rachid ihr erläutern. »Was sind das für Substanzen, die Regis entdeckt hat? Was können sie anrichten?« Sie lehnte sich wieder zurück und sah den Commandant abwartend an.

»Scopolamin und Hyoscyamin. In dieser Zusammensetzung sind sie Bestandteile des *jusquiame noire*, des Schwarzen Bilsenkrauts. Zwar ist die gesamte Pflanze giftig, aber die Wurzeln und die Samen haben es besonders in sich. Und wie bei vielen Giften kommt es natürlich auf die Dosis an. Dreißig Samen zermahlen und in einer Flüssigkeit aufgelöst reichen aus, einen Mann zu töten. Das Zeug wirkt auf das zentrale Nervensystem. Es kommt zu Kopfschmerzen und Schwindelgefühl, zu Schüttelkrämpfen und Halluzinationen. Das Sehvermögen wird beeinträchtigt, der Pulsschlag erhöht, der Blutdruck steigt an. Am Ende folgt Bewusstlosigkeit mit tödlicher Atemlähmung. Und diese halluzinogenen Effekte haben es in sich. Das geht so weit, dass der Betroffene glaubt, fliegen zu können. Und dieses Halluzinieren war wohl auch der Grund, weshalb er wieder zurück in sein Auto ist. Vielleicht hat er geglaubt, weiterfahren oder vielmehr fliegen zu können.«

»*Oh, là, là*, soll also heißen, Maille ist absichtlich beziehungsweise unter dem Einfluss des Bilsenkrauts durch die Mauer in den Abgrund geflogen, einfach so? Fffffft.«

Mathilde bewegte mit einer schnellen Geste ihren Arm in einem weiten Bogen nach vorne. Bouraada musste sich zusammenreißen, um nicht zu lachen. Bei aller Ernsthaftigkeit des Themas entbehrte Mathildes Reaktion nicht einer gewissen Komik.

»Das würde Regis im Moment so nicht unterschreiben, es ist lediglich ein Verdacht. Der Verdacht, dass jemand Maille eine hohe Dosis dieses Krauts verabreicht hat, wohl wissend, dass er während der Fahrt die Kontrolle über seinen Wagen verlieren wird. Und wenn er, was nahezu auszuschließen ist, es doch bis nach Hause oder auf einen Parkplatz oder wohin auch immer geschafft hätte, die Atemlähmung hätte letztendlich zu seinem Tod geführt.«

Mathilde hatte gespannt zugehört und dabei kleine Pflanzenblättchen auf ihren Block gemalt. »Das hört sich zunächst alles sehr fantastisch an. Hat Regis etwas dazu gesagt, wie weit Maille in diesem Zustand unter dem Einfluss des Giftes überhaupt hätte fahren können?«

»Nein. Wir wissen nicht, wann er es zu sich genommen hat. Regis vermutet, maximal eine Stunde vor dem Unfall. Die Frage ist nur, wo und wie. Er ist aus Richtung Saint-Jean-du-Gard und Montauban-sur-Vidourle gekommen. Falls er sich in diesem Bereich aufgehalten hat, kommt von Saint-Jean-du-Gard bis kurz vor der Unfallstelle quasi jede Ansiedlung, jedes Gehöft infrage.«

»Dann suchen wir also im Moment die berühmte Nadel im Heuhaufen.« Mathilde tippte etwas in ihren Computer und drehte dann den Bildschirm zu Rachid. »Städtchen, Dörfer, Käffer, Bauernhöfe, einzelne Häuser. Er kann überall gesessen und dieses Teufelszeug zu sich genommen haben. Erzählen Sie mir noch etwas mehr über das Schwarze Bilsenkraut und seine Wirkung.«

Rachid warf einen Blick auf den Bericht von Docteur Regis. »*Et bien*, das Schwarze Bilsenkraut wächst quasi überall auf der Welt, also auch bei uns. Als Rauschmittel ist es bereits seit Jahrhunderten bekannt, und es war wichtiger Bestandteil der Hexensalbe, auch genannt Flugsalbe. Die Hexenverfolger des Mittelalters glaubten, Frauen, die sie für Hexen hielten, rieben sich damit ein, um zum Hexensabbat fliegen zu können.« Rachid blätterte weiter zu den Inhaltsstoffen des Schwarzen Bilsenkrauts.

»Und Maille flog in den Tod.« Mathilde schüttelte fassungslos den Kopf.

»Ja, so kann man sagen. Er hatte das Zeug im Körper. Die Bestandteile, die das Kraut so gefährlich machen, heißen Hyoscyamin und Scopolamin. Die tödliche Dosis liegt bei etwa fünfzig Milligramm, aber auch weniger hohe Dosen können, wie gesagt, durch Atemlähmung zum Tod führen. Die Symptome habe ich Ihnen eben schon geschildert. Die Gefahren, die das Schwarze Bilsenkraut birgt, sind schon seit der Antike bekannt. Mit Verstand angewendet, besitzt es auch heilende Wirkung. Den Punkt kann ich weglassen, auf Maille hat es jedenfalls nicht zugetroffen. Zusammenfassend kann man sagen, Mailles ›Chancen‹, in den Tod zu rasen, lagen bei fast hundert Prozent. Dass er den Unfall zunächst überlebt hat, grenzt an ein Wunder. Allerdings waren seine Verletzungen so schwer, dass er früher oder später auch an deren Folgen gestorben wäre. Eine Rippe hatte die Lunge durchbohrt. Der Tod hatte mehrere Optionen, sich Luc Mailles zu bemächtigen: Verbrennen, Atemstillstand, durchbohrte Lunge. Suchen Sie sich was aus, Mathilde.«

»Der Unfall wäre also perfekt gewesen, einen Mord zu vertuschen, wenn Regis nicht dieses«, Mathilde sah auf ihren Notizblock, »Scopolamin und Hyoscyamin in Mailles Haaren beziehungsweise der Kopfhaut, aus der sie sprießen, gefunden hätte?« Sie lehnte sich in ihrem Schreibtischstuhl zurück und verschränkte die Arme hinter dem Kopf. »Es ist schon faszinierend, wie schnell unsere Rechtsmedizin einem Verbrechen auf die Spur kommen kann. Kaum ist die Droge im Körper, wandern ihre Bestandteile schon bis zur Haarwurzel.«

Rachid nickte beipflichtend. »Da haben Sie allerdings recht. Regis hat gesagt, ab dem Zeitpunkt, an dem jemand eine Droge zu sich genommen hat, dauert es im Schnitt eine Woche, bis das Haar mit der in der Wurzel eingelagerten Droge aus der Kopfhaut herausgewachsen ist. Doch viele Drogen sind bereits nach mehreren Stunden im Haarfollikel und in der Haut nachweisbar, da sie auch mit dem Schweiß ausgeschieden werden und so in die bereits außerhalb der Haut befindlichen Haarabschnitte gelangen.«

»Wie könnte man ihm die Droge verabreicht haben? Und vor allem, wie kann sich Regis sicher sein, dass Maille sie nicht selbst und damit freiwillig eingenommen hat?«

Mathildes Block war nun vollends mit stilisierten Pflanzenblättchen geschmückt. Sie legte den Stift aus der Hand.

»Die Frage habe ich auch gestellt. Regis hat mich auf seine jahrzehntelange Erfahrung als Arzt und Gerichtsmediziner verwiesen. Er hält es für ausgeschlossen, dass jemand eine so hohe Dosis freiwillig zu sich nimmt, um sich das Leben zu nehmen. Er meinte, es gibt elegantere und vor allem angenehmere Methoden. Regis geht davon aus, dass die giftigen Bestandteile des Bilsenkrauts in eine Flüssigkeit gemischt wurden. In Tee, Kaffee, Bier. Alles ist möglich. Maille hat das giftige Zeug getrunken, ohne es zu wissen. Wir können auf die Intuition unseres Doktors vertrauen. Und ich persönlich glaube auch nicht daran, dass ein Mann wie Luc Maille Selbstmord begeht.«

Kapitel 10

»Jedes Hotelzimmer ist ja gemütlicher. Na ja, zumindest war die Kriminaltechnik hier schnell fertig. Eine Kommode mit vier Schubladen und ein Schrank sind wirklich keine große Herausforderung.«

Felix Tourrain stand etwas ratlos in dem knapp fünfzig Quadratmeter großen Appartement, letzte Heimstatt von Luc Maille. Die Wohnung lag im fünften Stock eines Hochhauses im Quartier Galilée in Nîmes. Ein Hochhaus, das schon bessere Tage gesehen hatte, aber noch weit davon entfernt war, als Herd eines sozialen Brennpunkts bezeichnet werden zu können. Die Schmierereien an der Außenfassade beschränkten sich auf den Hinweis, Omans Schwester sei eine Nutte. Harmlos. Und der Aufzug funktionierte. An der Tür zu Mailles Wohnung gab es kein Namensschild.

Ein neugieriger Nachbar hatte seine Wohnungstür schnell wieder zugezogen, als ihm klar wurde, wer sich Zugang zu dem Appartement verschaffte. Flics waren nichts für ihn. Denen begegnete man besser erst gar nicht. Und den Typen aus der 5.7 kannte er sowieso nicht. Das hatte er dem Rothaarigen dann allerdings doch mitgeteilt, als der an seiner Tür geklingelt hatte.

»Und niemand will etwas mit ihm zu tun gehabt haben. Die Wahrnehmungen der anderen Mieter gehen auch vollkommen auseinander. Die einen sagen, er wohnte vielleicht seit einem Monat hier, die anderen dachten, die Wohnung stünde leer. Nicht viel herauszuholen bei den Nachbarn.« Felix fuhr sich durch seine roten Haare. »Ich befürchte, viel können wir Madame le Juge über das Leben von Maille nicht berichten.«

Rachid Bouraada seufzte. »Da hast du leider recht. Kein Wunder, dass die meisten Bewohner des Hauses annahmen, die Wohnung stünde leer. Sie steht ja auch quasi leer. Der Mann lebte aus dem Koffer, und das genügte ihm offenbar vollkommen.«

In der Tat war das Schlafzimmer bis auf eine am Boden liegende Matratze und einen zweitürigen billigen Kleiderschrank unmöbliert. Im Schrank Bettwäsche zum Wechseln, sonst nichts. Ein dunkler großer Rollkoffer lag geöffnet in einer Ecke. Vier Poloshirts, drei Pullover, zwei Chinos, Unterwäsche, Socken, ein abgetragener Blazer, eine Wachsjacke – der Mann hatte wirklich keinen großen Wert auf seine Garderobe gelegt. In einem zweiten, sehr viel kleineren Zimmer, eher eine Art Kammer, stand ein zusammengeklapptes Gästebett an der Wand, darüber hing ein mit Reißzwecken befestigtes Poster eines Musikers – Jim Morrison, längst verstorbener Sänger der Doors. Am bewohntesten wirkte noch die Küche. Zumindest konnte man ahnen, dass sich dort jemand einen Kaffee gekocht und ein Baguette belegt hatte. Ein Kaffeefilter im Müll und auf dem Tisch zurückgelassene Brotkrümel zeugten davon. Ein Glas Marmelade, ein Becher Margarine und zwei Eier waren der trostlose Inhalt des Kühlschranks. Das Wohnzimmer dominierte eine riesige Couch, die aussah, als sei sie dem Sperrmüll gerade noch entgangen. Ihr gegenüber stand ein einfaches Phonomöbel, darauf ein Flachbildfernseher, darunter eine Stereoanlage mit Plattenspieler. Die darauf abzuspielenden Schallplatten waren in einer Holzkiste ordentlich nebeneinandergestellt. Felix zog ein paar Hüllen heraus. Maille hatte die alten Rockbands bevorzugt. Deep Purple, The Doors, Pink Floyd, Black Sabbath, Led Zeppelin. Einzig eine schwarz lackierte Kommode mit roten Schubladen schien mit Bedacht als Möbelstück Einzug in das Appartement gehalten zu haben.

»Eine Kommode aus China«, mutmaßte Felix. »Sabine hat eine ähnliche.« Die Restauratorin Sabine Chong beflügelte seit dem Sommer die Fantasie des jungen Lieutenant. Die beiden hatten sich im Laufe einer Ermittlung um den Tod einer Archäologin kennen- und lieben gelernt. »Nur sind die Schubladen von Sabines Kommode vollgestopft. Und hier, nichts. Vielleicht ist sie ja neu, und Maille ist nicht mehr dazu gekommen, etwas hineinzulegen? Oder er hat das, was drin war, mitgenommen?«

Rachid war ebenso ratlos wie Felix. Er schüttelte den Kopf. »Nein, neu, also frisch aus dem Möbelhaus, ist sie bestimmt nicht. Sieh mal hier, ein Kratzer, und Staub liegt auch auf dem Lack. Doch darüber nachzugrübeln, was drin gewesen sein könnte, bringt uns auch nicht weiter. Verdammt, Felix, der Mann war Journalist. Nicht einfach nur ein Reporter, der über ein Feuerwehrfest berichtet, der Typ war hinter den ganz großen Storys her. Und das Material dazu hat er nicht einfach hier rumliegen lassen. Wenn er an einer neuen Geschichte dran war, hatte er seine Unterlagen vielleicht sogar bei sich. Gibt es noch nichts Neues von den Kollegen, die Mailles Wagen untersuchen? Ruf an, die sollen in die Hufe kommen. Das macht mich ganz verrückt, so mit leeren Händen dazustehen. Keine Verwandten, die man befragen kann, kein Büro, das wir auf den Kopf stellen könnten.«

Rachid trat ans Fenster, durch das er auf ein gegenüberliegendes Hochhaus blickte. Das wunderbare Südfrankreich von seiner schäbigen Seite. *Bonjour tristesse.* Oder lag es an dem Dauernieselregen, der seit Stunden die Welt in unkleidsames Grau hüllte?

»Und alles so trostlos hier. Ob Maille doch depressiv war?« Rachid murmelte die Frage vor sich hin.

Felix telefonierte in der Küche, um den Kriminaltechnikern ein wenig Dampf zu machen. Nach zwei Minuten kam er zurück. »Da ist nichts zu machen. Alles zu einem Klump zusammengeschmolzen oder nur noch Asche. Wenn Maille etwas in seinem Wagen hatte, ist es für immer und ewig verloren.«

Das Handy des Commandant klingelte. Stirnrunzelnd schaute er auf das Display, eine unbekannte Nummer. Kurz bedeutete er Felix zu schweigen.

»Ja?« Dann lauschte er dem Anrufer mit angespannter Miene. »Danke. Wir sehen uns in einer halben Stunde.«

Er sah zu Felix. »Ein Kollege von Maille, ein Reporter des *Midi Libre*. Er glaubt zu wissen, hinter was Maille her war.«

*

Robert »Bob« Boisset hatte als Treffpunkt Leons Bistro in der Nähe des Bahnhofs von Nîmes vorgeschlagen, nur wenige Meter von den Redaktionsräumen des *Midi Libre* entfernt. Der Regen hatte nachgelassen, und die beiden Polizisten erreichten trockenen Fußes ihr Ziel.

Eine Reihe von grellen Lichtspots in der Decke erhellte das Innere des Bistros. Drei Dartspieler vertrieben sich ihre Zeit und fluchten abwechselnd vor sich hin, wenn einer von ihnen zum Leidwesen der beiden anderen den Pfeil in der Mitte der Scheibe treffsicher landen konnte. Ein Pärchen saß knutschend direkt vor der Fensterfront zum Boulevard Talabot. Außer Leon, Inhaber des Bistros, schenkte niemand Bouraada und Tourrain Aufmerksamkeit. Ein Mann hatte sich in die hinterste Ecke des Raumes verzogen, sein Gesicht hinter einer Ausgabe des *Midi Libre* verborgen. Auf einem Stuhl lag ein breitkrempiger Fedora, der Mann selbst steckte in einem beigen Mantel.

Humphrey Bogart, schoss es Felix durch den Kopf, der ein glühender Verehrer und Kenner des Schauspielers und seiner Filme war. Der Mann legte die Zeitung auf den Tisch und nickte den beiden Polizisten zu. Das war also ihr Informant. Er stand zur Begrüßung auf, und im Gegensatz zu Bogart, der nur knappe ein Meter siebzig groß gewesen war, brachte es der Journalist des *Midi Libre* auf fast zwei Meter Körpergröße. Sein Gesicht war hager und der Druck seiner knochigen Hand bei der Begrüßung fast schmerzhaft.

»Commandant Bouraada?« Fragend ging sein Blick zu Rachid. Der nickte und stellte seinen Kollegen Lieutenant Felix Tourrain vor. Ein Wink von Bob Boisset zum Mann an der Theke bedeutete diesem, drei Kaffee zu bringen. Boisset hatte erst gar nicht gefragt.

»Können Sie mir, sozusagen als Gegenleistung, schon was zum Tod von Maille sagen?« Boisset ging gleich in medias res. »Wie ist er gestorben? Wenn Sie die Ermittlungen aufgenommen haben, darf ich wohl von einem Gewaltverbrechen ausgehen?«

Die drei Kaffees wurden in kleinen weißen Tassen gebracht. Einen Moment blieb der Wirt neugierig am Tisch stehen, wischte ein paar unsichtbare Krümel mit einem schmuddeligen Geschirrtuch von der braunen Holzplatte. Die Männer schwiegen, und mit einem Achselzucken marschierte Leon zurück hinter seine Theke.

»Monsieur Boisset, wir sind nicht hier, um auf einen Tauschhandel einzugehen. Wie Sie so klar erkannt haben, befinden wir uns mitten in den Ermittlungen, und wenn Sie dazu beitragen können, etwas Licht in das Dunkel um den Tod Ihres Kollegen zu bringen, wäre uns das eine große Hilfe.«

Bouraada löffelte Zucker in seine Tasse und rührte gemächlich um. Felix hatte bereits an seinem heißen Kaffee genippt und sich dabei prompt die Oberlippe verbrannt.

»Aber, aber, *messieurs*. Sie vergeben sich doch nichts, wenn Sie mir sagen, ob Maille einem Verbrechen zum Opfer gefallen ist oder ob ein schnöder Unfall ihn dahingerafft hat. Ein wenig habe ich natürlich schon selbst recherchiert. Und diese Recherchen lassen nur einen Schluss zu. Ein Mann wie Maille rast nicht einfach bei Scheißwetter in eine gefährliche Kurve. Da hat jemand nachgeholfen, ganz sicher. Nur wie? Also, was können Sie mir sagen, was dürfen Sie mir sagen?« Erwartungsvoll blickten Boissets graue Augen zu Rachid und Felix.

Die beiden Polizisten schwiegen zunächst. Bouraada trank seinen Kaffee. Dann fasste er einen Entschluss. »*Et bien*, was Sie jetzt hören, hat in Ihrer Zeitung noch nichts verloren. Verstehen wir uns da?«

Bouraada war klar, dass er nun Dinge preisgab, die viele Journalisten mit Genuss in ihrem nächsten Artikel verbraten würden. Doch Boisset war zu clever. Er kannte die Spielregeln. Würde er jetzt gegen sie verstoßen, wären dies die letzten Details gewesen, die er jemals von der Polizei erhalten hatte.

»Sie bekommen von uns grünes Licht, wenn Ihr Artikel rauskann. Bis dahin, absolutes Stillschweigen.«

Boisset nickte und hob in einer kindlichen Geste die Hand zum Schwur. »Sie können sich auf mich verlassen, *mon commandant*.«

»Gut, wenn wir uns also einig sind, Boisset. Ihr Kollege ist in den Tod getrieben worden.«

Der Journalist riss die Augen auf. Die Tasse, die er eben zum Mund führen wollte, knallte auf den kleinen Teller. Scharf sog er die Luft ein. »In den Tod getrieben? Wie meinen Sie das? War jemand hinter ihm her? Nein, das glaube ich nicht. Einen Verfolger hätte er abgeschüttelt. Maille war ein verdammt guter Autofahrer. Wussten Sie, dass er 2008 an der Rallye Dakar teilnehmen wollte? Das Rennen ist schließlich abgesagt worden, weil man Attentate durch terroristische Gruppen befürchtete. Kurz zuvor waren in Mauretanien vier französische Touristen und drei Soldaten getötet worden. Maille hätte das nicht weiter gestört, er war ein Abenteurer und hat einige Risiken auf sich genommen. Und eins davon hat ihn wohl jetzt das Leben gekostet. Aber ich schweife ab. Er ist also getrieben worden? Das heißt, unter normalen Umständen wäre sein Wagen nicht im Abgrund gelandet. Genau, wie ich vermutet habe.«

Boisset schenkte den beiden Polizisten ein selbstzufriedenes Lächeln. Dann trank er seinen Kaffee, überlegte. Bouraada und Tourrain warteten ab. Plötzlich schlug der Journalist mit der flachen Hand auf den Tisch. »Das ist es. Maille war nicht Herr seiner Sinne, stimmt's? Kein Alkohol, er vertrug eine ganze Menge. Drogen? Drogen! Er war vollgepumpt mit Drogen. Das ist es.«

Felix war beeindruckt. Boisset war ein Profi, er konnte eins und eins zusammenzählen. Wie viel würde sein Chef jetzt noch preisgeben?

»Das lassen wir jetzt einfach mal so stehen, Monsieur Boisset. Und nun ist die Reihe an Ihnen: Woran hat Maille gearbeitet? Hat er Ihnen etwas anvertraut?«

Boisset senkte die Stimme zu einem Flüstern. »Gut, lassen wir das so stehen. Anvertraut hat er mir gar nichts. Wir waren Kollegen, keine Freunde.« Der Journalist griff in seine Manteltasche und zog einen zerknitterten Zettel heraus. »Es ist mir einfach nur aufgefallen. Wir saßen vor ein paar Wochen bei einem Bier zusammen. Hier. Genau dort, wo Sie nun sitzen, Commandant, saß Maille. Ein Priester kam rein, in vollem Ornat. Also mit langer schwarzer Soutane. Diese von oben bis unten geknöpften Dinger. Ich habe ihn zwei-, dreimal gesehen. Bin ja auch nicht regelmäßig hier. Er kam also rein, trank einen Kaffee, ging wieder. Maille sah ihm nach mit so einem ganz merkwürdigen Blick. Dann murmelte er *le père et les enfants*, der Vater und die Kinder. Also Vater als Bezeichnung für den Priester, alles andere macht ja keinen Sinn. Als ich fragte, was er damit sagen will, reagierte er überhaupt nicht. Den Rest müssen Sie sich zusammenreimen. Ich denke, er war hinter einer ganz aktuellen Story her. Missbrauch in der Kirche. Haben Sie gehört, was in Deutschland los ist? Tausende Kinder geschändet, Hunderte Priester und Seelsorger die Täter. Bei uns sieht es garantiert nicht besser aus. Ich glaube, Maille war da an einer ganz großen Sache dran. So groß, dass ihn jemand zum Schweigen gebracht hat. Da frage ich mich doch ganz spontan, ob man ihm vielleicht zu viel Weihrauch zu schnüffeln gegeben hat. Macht das Zeug high?«

Zufrieden grinsend lehnte sich Boisset zurück. Wenn das mal kein Knaller für die beiden Flics war.

Felix ergriff das Wort. »Namen hat er keine genannt? Eine Person, eine spezielle Kirche?«

»Nein, nichts. Nur das, was ich Ihnen eben gesagt habe. Allerdings war da noch eine andere Sache. Eine Kleinigkeit, die noch auf eine ganz andere Geschichte hinweisen könnte. Gibt es noch einen Nachschlag von Ihnen, *mon commandant?*«

Rachid Bouraada verzog keine Miene. Stumm blieb er sitzen. Seine dunkelbraunen Augen blickten ruhig und abwartend.

»Gut, gut, ich seh schon. Da ist nicht mehr für mich drin. Ich will es Ihnen trotzdem verraten. Ich sage nur Pferdewetten. Da laufen Manipulationen weltweit. Gedopte Pferde, Pferde, die zurückgehalten werden. Pferde, die vom Arzt was bekommen, was sie lahm macht. Und dabei ist eine ganze Menge Geld im Spiel. Allein was ein siegreicher Hengst später an Decktaxe einbringt. Auch wenn er zeitlebens im Rennsport ohne ärztliche Unterstützung eine lahme Ente gewesen wäre.«

»Wissen Sie darüber Näheres, oder sind das wieder reine Vermutungen, Monsieur Boisset? Sonst vergeuden Sie nämlich unsere Zeit.«

Der Journalist riss erstaunt die Augen auf. »Wie bitte? Ich vergeude Ihre Zeit? Was soll ich denn sagen? Viel habe ich ja nicht gerade erfahren.« Er sprang von seinem Stuhl auf, griff nach dem zerknitterten Stück Papier.

»Bleiben Sie sitzen. Erzählen Sie, was Sie wissen.«

Boisset nahm wieder Platz und setzte eine beleidigte Miene auf. Dann lenkte er ein: »Okay, es ist tatsächlich nicht viel. Und das, was ich weiß, habe ich ebenfalls nur einem Nebensatz von Maille entnommen. Es war zufällig am selben Tag. Zuerst der Priester. Dann haben wir weiter über Belanglosigkeiten geplaudert. Wie Sie sich vorstellen können, plappert niemand gerne gegenüber einem Kollegen aus, an welcher pulitzerpreisverdächtigen Story er gerade arbeitet. Beim Rausgehen hat Maille einen Blick auf die *L'Équipe* geworfen, die auf einem der Tische lag. Es war der Bericht über ein Pferderennen. Die Schlagzeile lautete: *810:10 Außenseiter gewinnt in Hongkong*. Und Maille hat wieder nur so vor sich hin gemurmelt: *›Ich krieg euch alle dran.‹* Ich habe nicht weiter nachgebohrt, er hätte mir sowieso nichts erzählt. *Alors, messieurs*, das war es, was ich zu berichten hatte. Und hier als kleine Aufmerksamkeit eine Kopie der Schlagzeile von damals aus der *L'Équipe*.«

Boisset schob Rachid das Blatt zu. *810:10*, stand da in dicken schwarzen Lettern.

»Dann haben Sie sich die Mühe, danach zu suchen, gespart. Und noch ein kleiner Tipp. Ebenfalls ganz gratis. Fragen Sie doch einfach mal bei seiner Schwester nach. Die beiden standen sich sehr nahe, vielleicht hat er ihr seine Geheimnisse anvertraut.«

Bob Boisset wollte sich nun endgültig verabschieden. Er dehnte seine langen Glieder und hielt den Polizisten seine Rechte hin. Der Journalist blickte dabei in zwei völlig verblüffte Gesichter. »Wie, Sie wussten nicht, dass Maille eine Schwester hatte?« Er setzte sich wieder hin.

Felix fasste sich als Erster. »Soweit wir wissen, hatte Luc Maille überhaupt keine lebenden Angehörigen.«

»Nun, dann kann ich Ihnen ein wenig auf die Sprünge helfen. Er hatte eine jüngere Schwester, mindestens zehn Jahre jünger. Sie hat wohl viele Jahre in Kanada gelebt und kam vor drei Jahren nach Frankreich. Ich habe sie mal kennengelernt, dachte zuerst, sie wäre seine Freundin. Ein hübsches Ding übrigens, die kleine Schwester. Lange schwarze Haare, hohe Wangenknochen, ein Model ist an ihr verloren gegangen. Und Maille ging ganz in der Rolle des großen Bruders auf. Er warnte mich gleich, die Finger von ihr zu lassen.«

»Und wo finden wir diese Schwester? Hat sie auch einen Namen?«

Boisset zuckte mit den Schultern. »Tut mir leid, da kann ich nicht weiterhelfen. Wie gesagt, ich habe sie nur einmal gesehen, wir haben uns ein wenig unterhalten. Das ist mindestens zwei Jahre her. Ich kann mich noch nicht mal daran erinnern, ob sie mir überhaupt ihren Namen genannt hat. Wohnt sie denn nicht bei Maille? Was frag ich da. Wohl nicht, sonst wüssten Sie ja von ihrer Existenz. Na dann, viel Glück beim Suchen und Finden. Und wenn es was im Fall Maille zu berichten gibt, denken Sie zuerst an mich.«

Mit diesen Worten erhob sich der Journalist endgültig, verabschiedete sich und ließ zwei nachdenkliche Polizisten zurück.

Kapitel 11

Mathilde stand am geöffneten Fenster ihres Büros. Der Qualm ihrer Gauloises kräuselte sich, löste sich in Luft auf. Die Restaurierungsarbeiten an der antiken römischen Arena auf der gegenüberliegenden Seite gingen voran. Auf dem Gerüst vor den mächtigen Steinen standen zwei Frauen mit weißen Helmen auf den Köpfen. Sie schienen zu debattieren.

Vielleicht die verantwortlichen Restauratorinnen, überlegte Mathilde.

Wie Steinmetze sahen die beiden zumindest nicht aus. Zwei zierliche Persönchen, zumindest aus der Entfernung betrachtet. Dort, wo bereits restauriert war, strahlten die Steine hell. Mathilde fand die dunklen, unbehandelten schöner, authentischer. Aber sie hatte keine Ahnung von diesem Metier. Der Touristenstrom hatte im Herbst etwas nachgelassen, und die Schlange an der Kasse vor der Arena war überschaubar kurz.

Das Telefonat mit Odile am Morgen ging Mathilde nicht aus dem Kopf. Sie hatte versucht, die alte Frau zu beruhigen, aber Odile hatte nicht lockergelassen.

Mathilde, da stimmt was nicht, glaub mir.

Sie drückte den Rest ihrer Zigarette aus und rief durch die geöffnete Tür ins Vorzimmer: »Christine, kann ich bitte den *Midi Libre* von heute haben?«

Ein leises Rascheln war zu vernehmen, und Mathildes Sekretärin kam mit der gewünschten Zeitung ins Büro. »Wenn das für heute alles ist, Madame le Juge? Heute habe ich es ein bisschen eilig, daher würde ich gern ein paar Minuten früher gehen.« Abwartend stand Christine vor Mathildes Schreibtisch.

»Natürlich, gehen Sie nur. Ich erwarte in einer Viertelstunde noch einmal Commandant Bouraada. Und wenn es uns nach einem Kaffee gelüstet, bekommen wir das schon hin.«

Fast hatte Mathilde den Eindruck, Christine würde es sich anders überlegen und zumindest die Ankunft des Commandant abwarten wollen. Doch es eilte wohl wirklich, denn keine drei Minuten später hatte Christine den Palais de Justice verlassen.

Mathilde blätterte die Tageszeitung bis zu den Todesanzeigen durch. Und da war sie. Die Anzeige, die den Lesern das Ableben von Rosalie Guermont verkündete.

Rosalie Guermont. Ihre Familie ist unendlich traurig. Wir übergeben ihre Hülle der Erde, ihr Geist weilt weiter unter uns.

Tatsächlich, bis auf den Namen waren der Text und die Lilie identisch mit der Anzeige von Geneviève Saint-Maclou. Und auch Rosalie hatte, nach Meinung von Odile, keine Angehörigen mehr. Allerdings wusste Odile, wo Rosalie zuletzt gewohnt hatte. Die beiden älteren Damen hatten einen losen freundschaftlichen Kontakt gepflegt, solange Madame Guermont in Saint-Gilles gelebt hatte. Kurz vor ihrem siebzigsten Geburtstag hatte sie ihr Haus verkauft und war in eine besondere Wohnresidenz gezogen, in der Alt und Jung zusammenlebten. Eine Residenz im wahrsten Sinne des Wortes. Nicht eben preiswert, aber sehr stilvoll in einer ehemaligen mittelalterlichen Komturei des Templerordens untergebracht.

Mathilde schmunzelte über Odiles detektivischen Spürsinn. Kaum hatte diese die Anzeige gelesen, hatte sie die Telefonnummer der Wohnresidenz bei Montauban-sur-Vidourle herausgefunden und dort angerufen. Man möge sie bitte mit Madame Geneviève Saint-Maclou verbinden. Und Odile hatte fast der Schlag getroffen, so hatte sie es Mathilde mit dramatischem Schnaufen geschildert, als man ihr mitteilte, Madame Saint-Maclou sei vor mehr als einer Woche verschieden. Ihre Bekannte hatte also tatsächlich ebenfalls dort gelebt. Zwei tote Freundinnen innerhalb von knapp zwei Wochen, beide ehemals in dieser Residenz lebend. Das könne doch kein Zufall sein. Und wer gab sich denn da als Familie aus? Ob Mathilde nicht mal nachhaken wolle.

Die Untersuchungsrichterin schaute auf die Uhr. Bis Rachid kam, hatte sie noch etwas Zeit. Und wenn es Odile beruhigte … Sie würde sich nach den beiden *certificats de décès*, den Totenscheinen, erkundigen. Diese wurden vom Arzt, der den Tod bescheinigte, den Behörden, in diesem Fall der *mairie*, übergeben. Auf der *partie supérieure* des Scheins waren die allgemeinen Angaben vermerkt, die Personalien des Verstorbenen, der Zeitpunkt des Todeseintritts. Der zweite Teil der Bescheinigung, die *partie inférieure*, dagegen war anonym und vom Arzt verschlossen und versiegelt. In ihr wurde die Todesursache vermerkt. Die Erklärung über den Todesfall, die *déclaration de décès*, musste innerhalb von vierundzwanzig Stunden nach Todeseintritt beim zuständigen Rathaus des Verstorbenen eingereicht werden. Und hier würde Mathilde nachfragen. Denn der bescheinigende Arzt hatte in dieser Erklärung auch die Möglichkeit, den Tod als *mort suspecte* zu deklarieren. Und das kam gar nicht so selten vor, denn die Voraussetzungen dazu, einen Todesfall als verdächtig einzustufen, waren in Frankreich sehr niedrig. Schon ganz banale Unklarheiten über die Todesumstände reichten dafür aus. Und gemäß dem französischen *Code de Procédure Pénale* mussten alle Verdachtsfälle an die Strafverfolgungsbehörden gemeldet werden. Und bei diesen lag in den Fällen Saint-Maclou und Guermont nichts vor, so viel hatte Mathilde schon herausgefunden. Fehlte also nur noch ein Gespräch mit der *mairie* in Montauban-sur-Vidourle, um sich zu vergewissern, dass beide Todesfälle ohne Verdachtsmomente bescheinigt worden waren. Allerdings war sich Mathilde jetzt schon sicher, dass alles seine Ordnung hatte, und sie würde Odile mit bestem Wissen beruhigen können. Allerdings musste sich Odile wohl noch ein wenig gedulden. In der *mairie* von Montauban-sur-Vidourle ging niemand ans Telefon.

Kapitel 12

Auf dem Weg zum Palais de Justice machte Rachid am späten Nachmittag in einer Pâtisserie halt und ließ sich zwei *choux à la crème*, große Windbeutel mit einer köstlichen Füllung aus Schokoladensahne, einpacken. Wenn Mathilde schon freiwillig auf eine Zigarette verzichtete, waren die süßen Gebäckstücke ganz sicher willkommen. Viel hatte er der Untersuchungsrichterin ansonsten nicht zu bieten. Die beiden Storys, die Boisset für sie gehabt hatte, waren recht dünn. Allerdings waren sie im Moment auch die beiden einzigen Spuren, denen sie nachgehen konnten.

Der Wachmann Bruno Garcia hatte im Foyer des Palais de Justice Dienst, und er winkte dem Commandant grüßend zu. Bruno war es zu verdanken gewesen, dass Mathilde de Boncourt das schwere Attentat überlebt hatte. Für ihn war Mathilde die personifizierte Justitia, und wenn sie mit wehender Robe durch das Gebäude eilte, vom Wunsch beseelt, der Gerechtigkeit zum Sieg zu verhelfen, musste er sich eingestehen, dass er, obwohl mit einer geliebten Ehefrau und entzückenden Kindern gesegnet, ein ganz klein wenig in sie verliebt war. Bruno zeigte auf den Pappkarton mit blauer Schleife, in dem Rachid die Windbeutel transportierte.

»Das weiß Madame le Juge bestimmt zu schätzen, *mon commandant.*«

Rachids Gesicht überzog eine feine Röte. Bruno konnte von seinem Termin mit Mathilde nichts wissen. War es denn so offensichtlich, zu wem er mit seinen Pâtisserien wollte?

»Danke, Bruno, das glaube ich auch.«

Das Vorzimmer zu Mathildes Büro war leer. Christine war offenbar schon weg. Ihr Schreibtisch war penibel aufgeräumt.

Rachid klopfte an Mathildes Bürotür, die nur angelehnt war, und trat nach einem fröhlichen »Nur herein, Rachid« ein. Die Untersuchungsrichterin stand am offenen Fenster und wedelte den Rauch ihrer Zigarette ohne allzu großen Erfolg nach draußen.

»Unter diesen Umständen esse ich sie beide auf.«

Bouraada stellte den Karton mit seinem süßen Inhalt auf den runden Besprechungstisch.

»Unterstehen Sie sich, Rachid. Das, was da drin ist«, Mathilde näherte sich neugierig der Schachtel, »habe ich mir verdient.« Sie drückte die Zigarette im Aschenbecher aus und zeigte auf dessen Inhalt. »Dies könnte meine dritte, vierte, fünfte Zigarette in den letzten dreißig Minuten sein. Ich sage ›könnte‹. Ist sie aber nicht. Schauen Sie. Es ist erst die zweite, auf die anderen habe ich schweren Herzens verzichtet.« Sie zupfte die Schleife auf und hob den Deckel an. »*Choux à la crème*, mit Schokoladenfüllung. Ahh, da läuft mir das Wasser im Mund zusammen. Ich schlage vor, wir stärken uns zuerst, und dann berichten Sie mir.«

Nach nur drei Minuten hatte Mathilde den nicht eben kleinen Windbeutel verputzt. Sie fächelte sich den Puderzucker, der von dem Gebäck gerieselt war, mit der Hand von der Bluse. Rachid hatte seine Portion noch nicht einmal zur Hälfte gegessen. Er hatte seinen Windbeutel in die obere und die untere Hälfte geteilt und mit einem Kaffeelöffel die Sahne gleichmäßig in jede Hälfte gehäuft. Nun schob er die untere Hälfte zu Mathilde.

»Wenn Sie mögen?«

»Sieht man mir das an? Da sage ich nicht Nein.« Und schon hatte Mathilde sich die halbe Portion auf ihren Teller geschoben und pickte nach vier Bissen den letzten Krümel auf. »So, jetzt kann's losgehen. Was haben Sie mir mitgebracht, Rachid?«

Bouraada berichtete ihr von dem auf den ersten Blick nicht sehr ergiebigen Treffen mit Bob Boisset, dessen Informationen doch sehr vage gewesen seien. Allerdings habe er ihn und Felix mit der Mitteilung über die Existenz einer jüngeren Schwester überrascht.

»Er soll seiner Schwester sehr nahegestanden haben. Wo diese sich aufhält, wissen wir noch nicht. In Mailles Wohnung gab es allerdings keinen einzigen Hinweis auf eine Schwester. Kein Foto, keine Frauenkleidung. Wir haben natürlich nicht explizit danach gesucht, aber so etwas wäre uns aufgefallen. Vielleicht kann sie uns die Frage beantworten, mit was Maille sich in letzter Zeit beschäftigt hat. Uns bleibt also vorerst nur das, was wir von Boisset erfahren haben. Ich denke, er hält sich an unsere Abmachung und wartet mit den Interna zum Tod von Maille in seinem Artikel, bis wir ihm grünes Licht geben.«

Mathilde stutzte kurz, als der Commandant ihr berichtete, er habe Boisset gesagt, Maille könnte in den Tod getrieben worden sein. »Sind Sie da nicht ein wenig zu sehr ins Detail gegangen?«

»Nein, ich denke nicht. Boisset hatte sich schon vorher von der Unfalltheorie verabschiedet. Auf die Idee, es könnten Alkohol oder Drogen im Spiel gewesen sein, war er sowieso schon von ganz alleine gekommen.«

Mathilde nickte. »*Et bien*, und er wird warten. Boisset ist ein Profi und weiß, was er zu verlieren hat. Wir sind die Kühe, die er melken kann. Und wenn er uns vertreibt, ist Schluss mit Informationen. Ich kenne Bob seit Jahren. Er ist zuverlässig. Hinter jeder Story her wie ein Hund hinter einer *saucisse de Toulouse*, aber er hält Wort. Nun, was vermutet Bob? Woran könnte Maille gearbeitet haben?«

»Boisset hat nicht wirklich etwas Konkretes aus dem Hut gezaubert. Zwei Sachen hat er aufgeschnappt, von denen er glaubt, sie könnten Maille beschäftigt haben.«

Rachid zog einige zusammengefaltete Blätter aus der Tasche seines Sakkos, faltete sie auseinander, legte sie auf den Tisch und strich sie glatt.

»Ich beginne mit den Pferderennen. Boisset vermutet – mehr als eine Vermutung oder vielleicht noch weniger, ist es tatsächlich nicht –, Maille könnte sich mit Unregelmäßigkeiten im Pferderennsport beschäftigt haben. Pferderennen sind ein milliardenschweres Geschäft. Ich konnte es selbst kaum glauben. Aber wussten Sie, dass der weltweite jährliche Umsatz bei Pferdewetten einhundert Milliarden, Milliarden, nicht Millionen, Euro beträgt?«

Mathilde stieß einen Pfiff aus.

»Nein, keine Ahnung. Und was könnte Maille Brisantes entdeckt haben?«

»Ich weiß es nicht. Laut Boisset hat er lediglich gesagt: *›Ich krieg euch alle dran.‹* Doch ob dieser Satz sich tatsächlich auf die Schlagzeile der *L'Équipe* über einen außergewöhnlichen Außenseitersieg bei einem Galopprennen in Hongkong bezieht ...?« Rachid legte Mathilde die Kopie der Schlagzeile aus der Sportzeitung vor. »Mir erscheint allerdings der erste Verdacht, den Boisset geäußert hat, vielversprechender. Er erinnert sich an eine Begebenheit mit einem Priester. Der kam ins Bistro, trank einen Kaffee, ging sofort wieder. Nichts Außergewöhnliches. Doch Maille habe den Mann lange und mit einem merkwürdigen Blick gemustert und dann gemurmelt: *›Der Vater und die Kinder.‹* Auf Nachfragen von Boisset hat Maille nicht reagiert. Boisset kam dann natürlich auf den naheliegenden Gedanken, Maille könnte sich mit Missbrauchsfällen in der Kirche befasst haben. Er hat auch noch mit einer seltsamen Idee aufgewartet. Er hat sich nämlich die Frage gestellt, ob zu viel Weihrauch high macht. Was halten Sie davon, Mathilde?«

Mathilde starrte Rachid mit großen Augen an. »Das meinen Sie jetzt nicht ernst? Hier in unserer Region sind fast siebzig Prozent der Einwohner katholisch. Und Weihrauch wird in der katholischen Kirche bei besonderen Feiern verwendet. Müssten da nicht, sagen wir bei einer Messe zu Weihnachten, die Gläubigen in einen Rausch verfallen und von den Bänken kippen? Weihrauch entsteht doch beim Verbrennen eines speziellen Harzes.«

»Genau. Es ist das Harz des Boswellia. Ein kleiner Baum oder eher Strauch. Ich musste mich natürlich auch erst schlaumachen. Das beste Harz kommt aus dem Oman. Weihrauch war schon in der Antike ein begehrter und damit sündhaft teurer Stoff. Im Islam wird er allerdings zu Heilzwecken benutzt. Schnupfen, Husten, Darmprobleme, Magengeschwüre, alles kann mit Weihrauch behandelt werden. Übrigens, das Harz nennen die Araber *Träne Allahs*. Sehr poetisch, nicht wahr?« Bouraada lächelte, und feine Fältchen erschienen um seine braunen Augen. »Doch zurück zum

Rausch durch Weihrauch. Es hätte wunderbar gepasst. Ein pädophiler Priester trachtet Maille nach dem Leben, lässt ihn Weihrauch schnüffeln, und unser Journalist rast in den Tod.«

Sein Lächeln vertiefte sich, und Mathilde kam nicht umhin, wieder einmal festzustellen, wie ungemein attraktiv der Commandant war. Sie lächelte zurück.

»Nur haben wir es mit dem gefährlichen Schwarzen Bilsenkraut zu tun und nicht mit einem Klümpchen Harz. *Et bien*, wo fangen wir am besten an? Maille hat uns ja nichts hinterlassen. Keine Notizen in der Wohnung, kein Notebook, nichts. Eigene Büroräume hatte er nicht. Da bleibt nicht viel übrig. Hoffen wir also auf die Schwester, machen wir uns auf die Suche nach ihr.« Die Untersuchungsrichterin lehnte sich in ihrem Sessel zurück und biss sich auf die Unterlippe. »Beginnen werden wir mit der Priestergeschichte. Woher kam der Priester, der im Bistro aufgetaucht ist? Fragen wir Leon, den Wirt. Wahrscheinlich kennt er den Mann. Eine zweite Frage ist die nach dem Woher. Woher mag Maille mit seinem Wagen gekommen sein, bevor er in den Tod raste? Wie lange, sagte Regis, braucht das Schwarze Bilsenkraut bis zu seiner fatalen Wirkung? Maximal eine Stunde? Schmale Straße, enge Kurven, schlechte Sicht, gefährlich rutschige Fahrbahn. Wie schnell mag er gefahren sein? Sechzig, siebzig Stundenkilometer? Schneller im Rauschzustand?«

Mathilde hatte auf ihrem Bildschirm eine Karte der Region um den Unfallort geöffnet. Mit dem Ende eines Kugelschreibers tippte sie auf einen Punkt.

»Die Auswahl an Kirchen ist in dieser eher dünn besiedelten Gegend nicht sehr groß. Hier, Saint-Jean-du-Gard ist am weitesten entfernt, Montauban-sur-Vidourle liegt am nächsten, um nur die etwas größeren Orte zu nennen.« Mathilde hielt inne und massierte sich mit Zeige- und Mittelfingern die Schläfen. »Allerdings muss ich gestehen, dass ich mich mit der Vorstellung eines Kirchenmannes, der Maille Bilsenkraut im Kaffee oder Tee verabreicht, etwas schwertue. Um nicht zu sagen, es erscheint mir geradezu absurd. Doch das spielt keine Rolle. *Alors*, wie weit ist also Montauban von der Unfallstelle entfernt, und gibt es dort eine Kirche?«

»Bis zum Ortseingangsschild sind es etwa fünfzehn Kilometer«, antwortete Bouraada sofort. »Und es würde mich wundern, wenn es dort keine Kirche gibt. Und in Saint-Jean-du-Gard sieht es nicht anders aus. Und was machen wir mit den Manipulationen im Pferderennsport? Mein Bauchgefühl sagt mir, wir sind damit auf einer falschen Fährte.«

»Mir geht es nicht anders, aber wir müssen auch da dranbleiben. Wir haben also alle Hände voll zu tun. Felix soll sich mit Nanterre in Verbindung setzen. Die Einheit der Police nationale, die für krumme Dinger im Pferderennsport zuständig ist, sitzt dort. Die *Division des courses* wird uns weiterhelfen können. Und wir genehmigen uns morgen früh einen Kaffee bei Leon. Ich bin gespannt, ob er uns sagen kann, was es mit dem Priester in seinem Bistro auf sich hat.«

Kapitel 13

Tagebucheintrag Luc Maille

Als das Telefon klingelte, ahnte, nein wusste ich, dass etwas Schreckliches geschehen war. Die Frauenstimme war melodisch, sanft.
»Monsieur Luc Maille?«
»Ja.«
»Es geht um Leonice Howard. Sie sind der nächste Angehörige, nicht wahr?«
Mein Hals war wie zugeschnürt, ein Eisklumpen breitete sich in meinem Magen aus. Luc, reiß dich zusammen.
»Leonice ist meine Schwester.«
Ist meine Schwester. Präsens.
»Monsieur Maille. Leonice ist heute Morgen in Ganges im Krankenhaus eingeliefert worden. Es tut mir leid, sehr leid. Sie ist vor einer halben Stunde verstorben. Wir konnten nichts mehr für sie tun.«
Ich weiß nicht, wie lange ich geschwiegen habe. Ich glaube, ich habe noch nicht einmal mehr geatmet. Hat die Frau überhaupt ihren Namen genannt?
»Wer sind Sie? Und was heißt, verstorben? WAS IST PASSIERT?« Die letzten Worte habe ich ins Telefon gebrüllt.
Die Leute, die eine solche Nachricht überbringen, sind es gewohnt, dass man sie anschreit. Die Stimme blieb ruhig, freundlich, professionell. Sie bat mich, ins Hospital von Ganges zu kommen, Leonice zu identifizieren. Das müsse sein. Die Frage, was geschehen war, musste ich wiederholen.

»Man hat Ihre Schwester mit einer Überdosis an Schlaftabletten und Beruhigungsmitteln in die Klinik gebracht. Doch es war zu spät. Es tut mir leid.«
Ruhig, sanft, als wolle mir die Stimme nicht wehtun. Wer ist »man«?, wollte ich fragen. Doch im gleichen Moment war mir klar, wo »man« zu finden war.
Ich muss all meine Sinne beisammenhalten!!

Kapitel 14

Mathilde hatte in der Nacht fast kein Auge zugetan. Windböen, die die Fensterläden klappern ließen, waren durch die Rue Dorée gefegt. Ihr Appartement im Herzen von Nîmes war keine vierhundert Meter von ihrem Arbeitsplatz im Palais de Justice entfernt, ein angenehmer Fußweg bei ruhigem Wetter, ein Kampf gegen den Wind, wenn er sich in der Flucht zwischen den alten Häusern seinen Weg bahnte. Sie hatte heute auf ein Frühstück in den eigenen vier Wänden verzichten müssen. Nicht einmal eine Scheibe Toast, geschweige denn etwas Butter und Marmelade, um das trockene Brot aufzupeppen. Wenn Odile um das Innenleben von Mathildes Kühlschrank gewusst hätte, wäre sie höchstwahrscheinlich beladen mit Lebensmitteln aufgetaucht, die dann der Reihe nach in die passenden Etagen sortiert worden wären. In das obere Fach Marmelade und Oliven, in der Mitte Joghurt, Käse und Wurst, unten Fleisch und Fisch, in den Schubladen das Gemüse. Eine Ordnung, die Mathilde noch nie eingehalten hatte. Bei ihr wanderte alles dorthin, wo gerade Platz war. Und Platz gab es meist zur Genüge.

Sie hatte den Kragen ihres beigen Trenchcoats bis unter die Ohren gezogen, auf ihrem Kopf thronte eine schwarze Baskenmütze, ein Barett. Ihre Füße steckten heute in flachen, wärmenden Stiefeletten. Der Wind zerrte an dem Wollschal, den sie sich um den Hals gewickelt hatte. Ein Touristenpaar – warum standen Feriengäste überhaupt so früh auf? – marschierte mit strammem Schritt vor ihr her. Er in kniekurzer Hose. Bei diesem Wetter. Mathilde schnappte das Wort Mistral auf. Sie schmunzelte. Für die Touristen war jeder etwas stärkere Wind gleich ein Mistral.

Wenn dieses Lüftchen, gut, es war ein starkes Lüftchen, ein Mistral wäre, würde der Mann in seiner kurzen Hose erfrieren und mit aller Macht gegen den eisigen Wind in der schmalen Häuserschlucht ankämpfen müssen, um nicht umgeweht zu werden.

Mathilde steuerte das Café de la Paix am Ende der Rue Dorée an. Ein schneller Kaffee im Stehen und ein buttriges Croissant genügten ihr, um den Tag zu beginnen. Das kleine Café war voll von Menschen, die es ihr gleichtaten. Man kannte sich vom Sehen, grüßte sich, schlürfte seinen *café au lait* oder *café serré* und war schon wieder draußen. Mathilde huschte noch gerade rechtzeitig in den Palais de Justice, bevor sich ein Platzregen über der Stadt ergoss. Diese Wassermassen waren nicht ungewöhnlich für den Oktober, und sie ließen mancherorts die kleinen, gemütlich dahinfließenden Flüsschen und Bäche zu reißenden Gewässern anschwellen.

Christine war noch nicht an ihrem Platz. Mathilde hängte ihren Mantel in den Schrank, legte die Mütze auf die Ablage. Die molligen Stiefeletten behielt sie an. Der Regen prasselte nun gegen das Fenster, rann in Strömen am Glas hinunter. Wie man es aus Filmen kannte, wenn, so vermutete Mathilde, ein Regenschauer in Szene gesetzt werden sollte, indem man eimerweise das Wasser an die Fenster klatschte. Keine gute Idee, es nun zu öffnen, um in Ruhe eine Zigarette zu rauchen, ohne den lästigen Qualm im Zimmer zu haben. Sie legte ihre Packung Gauloises und das Feuerzeug schon einmal auf der Fensterbank parat. Im Palais, in den Büros, herrschte strengstes Rauchverbot. Aber sich hinausbeugen, um zu qualmen, war nicht verboten, zumindest war ein solches Verbot noch in keiner Hausordnung aufgetaucht. Sie würde also warten.

Um neun hatte Mathilde ein Gespräch mit Juge Demongeot. Er hatte einen Fall zu verhandeln, den sie in ihrer Funktion als Juge d'Instruction auf den Weg gebracht hatte. Keine große Geschichte: Betrug und Hochstapelei.

Ein kleiner Versicherungsvertreter hatte sich in mehreren Fünfsternehotels als Comte ausgegeben, sich Champagner aufs Zimmer servieren lassen und russischen Kaviar schüsselweise verzehrt. Und war verschwunden, wenn es die Rechnung zu begleichen galt. Nach achtzehn Monaten, in denen er eine Zeche in Höhe von mehreren Zehntausend Euro geprellt hatte, wurde er geschnappt, als er nur mit einem Handtuch bekleidet das Badezimmer des Negresco in Nizza verließ. Es war erstaunlich, wie lange er sein Unwesen treiben konnte, obwohl alle hochpreisigen Hotels des Landes einen Warnhinweis und ein Foto des Hochstaplers erhalten hatten.

Nun war es halb neun. Zeit genug, es erneut in der *mairie* von Montauban-sur-Vidourle zu versuchen. Nach fünfmaligem Klingeln wurde abgehoben. Eine jugendliche, nasale Stimme meldete sich. »*Mairie* Montauban-sur-Vidourle, Sie sprechen mit Charlotte Seigneur. Was kann ich für Sie tun?«

Mathilde nannte ihren Namen und ihren Titel und äußerte den Wunsch, umgehend mit dem Bürgermeister verbunden zu werden. Sie bemerkte, wie Charlotte kurz die Luft anhielt, als die Worte Juge d'Instruction fielen.

»Einen Moment bitte, der Bürgermeister ist gerade gekommen.«

Es raschelte, Charlotte hatte die Hand auf die Sprechmuschel gehalten und wahrscheinlich ihrem Chef zugeflüstert, wer ihn sprechen wollte. Dann ertönte erneut die nasale Stimme. »Madame le Juge, Maire Fricon, einen Moment, ich verbinde.«

»Fricon. *Bonjour*, Madame le Juge, womit kann ich dienen?«

»*Bonjour*, Monsieur le Maire. Ich rufe aus Nîmes an und habe ein paar Fragen zu zwei Todesfällen, die in den letzten Wochen in Ihrer Gemeinde zu bedauern waren. Bei den Verstorbenen handelt es sich um Geneviève Saint-Maclou und Rosalie Guermont.«

Maire Fricon räusperte sich, hustete. »Entschuldigen Sie, Madame le Juge. Darf ich fragen, aus welchem Grund Sie die beiden Todesfälle interessieren?«

Mathilde hatte mit dieser Frage gerechnet. Natürlich hatte sie keine offizielle Mission, und einer Privatperson musste der Bürgermeister keine Fragen beantworten. Sie blieb bei der Wahrheit, wenigstens zur Hälfte.

»Meine Tante war eine gute Bekannte von Rosalie Guermont und hat über diese bei einem Besuch in der Wohnresidenz auch Madame Saint-Maclou kennengelernt. Sie hat die beiden Todesanzeigen gesehen und fragt sich, wem sie die wertvollen Kunstbände, die sie von den beiden Damen geliehen hatte, zurückgeben darf. Ich gehe davon aus, Sie haben die Totenscheine? Und wissen, welche Notare den Nachlass verwalten?«

»Das tut mir leid, dass Ihre Tante zwei Freundinnen innerhalb so kurzer Zeit verloren hat. Die Bücher können Sie ganz sicher in der Templerburg abgeben. Die Residenz, in der die beiden Damen gelebt haben, liegt innerhalb der Mauern der ehemaligen Templerkomturei von Montauban-sur-Vidourle. Eines der wichtigsten *monuments historiques* unserer Region«, fügte Fricon nicht ohne Stolz hinzu. »Denkmäler aus der Templerzeit, die so perfekt erhalten sind, sind eine Rarität. Nun, wie ich eben sagte, am besten geben Sie die Kunstbücher dort ab. Was und an wen die beiden Damen etwas zu vererben hatten, weiß ich natürlich nicht. Soll ich Ihnen die Adresse des *Ordre du Temple de la Lumière* geben?«

»Danke, die Adresse habe ich schon von meiner Tante. *Der Orden des Lichttempels.* Die Bewohner sind demnach also die Lichttempler? Ein eigenartiger Name.«

Fricon lachte. »Das hören wir in unserem Dorf nicht zum ersten Mal, wir haben uns daran gewöhnt. Aber der Name passt. Es ist ja auch keine gewöhnliche Wohnanlage. Der Name des Ordens gibt einen Hinweis auf die Templer, in deren ehemaliger Komturei die Ordensmitglieder und ihre Gäste leben. Und das Licht, nun, es ist eben das Licht. Es steht für Helligkeit, positive Ausstrahlung. So hat es das Oberhaupt des Ordens jedenfalls erklärt. Es ist ein ganz besonderer Ort. Ich bin immer wieder beeindruckt, wie bunt gemischt die Bewohner dort sind. Alte Menschen, die alleine nicht mehr klarkommen, junge Mütter aus prekären Verhältnissen, die nicht wissen, wohin, Menschen, die ihren Halt im Leben verloren haben. Junge und Alte, Kranke und Gesunde, Arme und Reiche. Ein tolles Miteinander. Doch zurück zu Ihrem Anliegen. Konnte ich Ihnen denn nun weiterhelfen? Haben Sie sonst noch etwas auf dem Herzen?«

Mathilde hatte fasziniert gelauscht. Odiles Freundinnen hatten sich offenbar einen wunderbaren, familiären Ort für ihre letzten Jahre gewählt.

»Ja, vielen Dank. Und es ist schön zu hören, dass Geneviève und Rosalie ihren Lebensabend in einer solchen Umgebung verbringen durften. Diese Gemeinschaft ist den beiden ja quasi zur Familie geworden. So stand es in den Anzeigen. Die Damen sind sicherlich sanft entschlafen.«

Wieder lachte der Bürgermeister. »Madame le Juge, höre ich da etwa einen winzigen Zweifel? Da kann ich Sie ganz beruhigen. Kein *mort suspecte*. Der für Sie ganz sicher von Interesse wäre. Die beiden Frauen sind in der Tat sanft entschlafen. Docteur Salagou hat die Totenscheine ausgestellt, sie liegen mir vor. Victorine Salagou ist Chefärztin im Hospital von Ganges und betreuende Ärztin in der Residenz.«

Mathilde notierte sich den Namen. »Es gibt keine Ärzte direkt vor Ort?«

»Nein. Die Bewohner sind zum größten Teil fit. Es ist ja kein Altersheim. Insofern kommen die Ärzte nach Bedarf. Und Ganges ist ja nur ein paar Kilometer entfernt.«

»Dann danke ich Ihnen für die Informationen, Monsieur le Maire. Das heißt, eine Frage habe ich noch. Wie finanziert sich diese Residenz, wenn sie Mütter und Kinder aus prekären Verhältnissen aufnehmen kann?«

»Nun, die Frage ist schnell beantwortet. Zum einen gibt es ein reges, erstklassiges Kulturprogramm, die Leute kommen von nah und fern zu Vorträgen und Konzerten. Die Eintrittsgelder machen allerdings nur einen kleinen Teil der Einnahmen aus. Bewohner wie Madame Saint-Maclou oder Madame Guermont zahlen, nun in diesem Fall zahlten, natürlich jeden Monat eine beträchtliche Summe, um dort zu leben. Es gibt auch Spenden, und die Angehörigen zahlen ebenfalls nicht unwesentliche Summen, um ihre Lieben gut versorgt zu wissen. Ansonsten steckt hinter alldem eine finanziell gut ausgestattete Stiftung. Mit den Zinsen werden, soweit ich informiert bin, größere Ausgaben getätigt, wie Renovierungskosten.«

»Ich hoffe, Sie halten mich nicht für allzu neugierig. Doch wer steckt hinter dieser Stiftung? Das muss ja ein wahrer Menschenfreund sein.«

»Eher eine Menschenfreundin. Clemence Riche-Tallier, die Messerfabrikantin. Sie hat in ihrem Testament die Stiftungsgründung und deren Ausstattung mit zwei Millionen Euro verfügt. Die Erben waren natürlich nicht eben erfreut, wie Sie sich vorstellen können. Sie haben vergeblich versucht, das Testament anzufechten. Was sie aber am meisten ärgerte, war die Tatsache, dass die Gebäude und das Terrain der Templerkomturei an die Stiftung fielen. Nun, ich hoffe, ich konnte Ihre Frage zufriedenstellend beantworten, Madame le Juge. Ich muss zu einer Ratssitzung. Doch wenn Sie, vielleicht als Ruhesitz für Ihre Tante, am *Ordre du Temple de la Lumière* interessiert sind, statten Sie doch einfach der Residenz einen Besuch ab. Allein die mittelalterlichen Gebäude werden Sie zum Staunen bringen.«

Mathilde hatte alle Informationen erhalten, die sie interessierten. Sie würde Odile beruhigen können.

Kapitel 15

Felix Tourrain hatte die Nacht in Montpellier verbracht. Hier lebte seine Freundin Sabine Chong, die als Restauratorin am Archäologischen Institut der Universität Paul-Valéry arbeitete. Übermorgen würde sie für eine Woche zu einem archäologischen Kongress nach Wien fliegen, und Felix vermisste sie jetzt schon. Die Tage mit ihr waren ihm kostbar, und seine Recherchen zur Welt des Pferderennsports konnte er genauso gut in Montpellier wie in Nîmes anstellen.

Die beiden jungen Leute saßen beim Frühstück und blickten sich zwischen einem Schluck Kaffee und dem Biss in eine Scheibe Toast verliebt in die Augen.

»Felix, was ich dich schon ewig fragen wollte. Meine schwarzen Haare kommen ja nicht von ungefähr, schließlich ist mein Vater Chinese. Aber du und deine roten Haare, weniger südfranzösisch geht es doch kaum. Oder stammt deine Familie gar nicht aus dem Süden?« Sabine legte ihren angeknabberten Toast auf den Teller und beförderte einen neuen Klecks Aprikosenmarmelade darauf.

»Ganz ehrlich, mit der Frage habe ich schon viel früher gerechnet. Oder fällt dir erst jetzt auf, dass an mir ein Feuermelder verloren gegangen ist?« Felix grinste.

»Ich arbeite mich eben bei dir Schicht für Schicht nach oben. Umgekehrt, wie wir Archäologen es normalerweise machen. Und nun bin ich bei deinen Haaren angekommen, die ich übrigens ausgesprochen sexy finde.« Sabine beugte sich über den Tisch und strubbelte Felix mit den Fingern durch die wild vom Kopf abstehende Haarpracht.

»Na, sexy hat meine Haare noch niemand gefunden. Aber

so selten kommt das auch nicht vor, dass ein seit Generationen hier verwurzelter Südfranzose rote Haare hat. Denk an Madame le Juge, die hat rotblonde Haare. Sie hat mal erzählt, einer ihrer Urahnen hätte eine waschechte Normannin von ihrem elterlichen Hof bei Burcy entführt. Daher die Farbe und die Sommersprossen. Bei mir war es ganz ähnlich. Zwar keine Familienlegende aus adeligen Kreisen, aber auch eine ganz nette Geschichte. In meinen Adern fließt schottisches Blut. In meiner Familie werden seit zig Generationen Schafe gezüchtet. In der *Montagne noire* keine Seltenheit. Meine Familie lebt heute noch nördlich von Carcassonne. Mein Urahn hat nach einer besonders widerstandsfähigen Rasse, die zudem ordentlich Milch gibt, gesucht. Und ist in Schottland fündig geworden. Überleg dir mal, wie lange er für ein paar Schafe unterwegs gewesen sein muss. Apropos Schafe.«

Felix angelte nach dem Stück *Tomme de Brebis*, der auf einem Holzbrett lag, schnitt sich eine Scheibe ab und schob sie sich in den Mund.

Sabine schüttelte sich. »Wie kann man nur zum Frühstück so herzhaftes Zeug essen?«

»Mein liebes Süßschnäuzchen, das kann man, wenn man in den Pyrenäen geboren ist.« Felix lächelte Sabine liebevoll an. »Stell dir vor, ein entfernter Cousin hat heute noch Abkömmlinge dieser Schafe aus Schottland. *Alors*, so ist mein Urahn mit einer Handvoll Tiere inklusive meiner Urahnin nach Frankreich zurückgekehrt. Sie ist allerdings freiwillig mitgekommen. Man sagt, es gibt keinen Zweig unserer Familie, in dem nicht irgendwann mal ein rothaariges Kind auf die Welt kommt. Meinen hat es auf jeden Fall schon getroffen, wie du siehst. In meiner Kindheit war das kein Zuckerschlecken unter all den dunkelhaarigen Kindern. *Carotte* war noch einer der netten Ausdrücke. Aber heute steh ich natürlich drüber. Meine Urgroßmutter hat mich immer getröstet, ich könnte mir später die Haare ja mit Rastik färben.«

»Rastik? Wie Rastalocken?«

»Nein, so hat man früher die Haare gefärbt. Meine Urgroßmutter hat dazu Galläpfel und sonstiges Zeug zusammengemischt.

Einige der Herren des Dorfes waren ganz wild auf das Zeug, weil es sie angeblich jünger hat aussehen lassen, wenn sie ihre grauen Haare damit übertüncht haben. Mit Rastik sind die Haare tiefschwarz geworden. Ich habe es natürlich nicht ausprobiert. Und *mamie* mischt nicht mehr. Sie ist zu alt.«

»Das kann doch wohl jetzt nicht dein Ernst sein, deine Urgroßmutter lebt noch?« Sabine starrte Felix ungläubig an.

»Zu ihrem neunundneunzigsten Geburtstag im Februar nehm ich dich mit und stell dich vor. Sie wird große Freude an deinen schwarzen Haaren haben.« Felix grinste frech und fing geschickt die zusammengeknüllte, mit Hufeisen und Kleeblättern bedruckte Papierserviette auf, die Sabine nach ihm geworfen hatte. »Sag mal, ganz anderes Thema, wo ich die Hufeisen sehe. Kennst du dich mit Pferderennen aus?«

»Also Felix, du erstaunst mich immer wieder. Wie kommst du denn auf die Idee?«

Felix wurde rot. »War nur so ein Gedanke. In Hongkong hat ein Pferd als Außenseiter seinen Wettern eine Riesensumme eingebracht ...« Er schwieg und blickte Sabine treuherzig an.

»Und daher hast du gedacht, Sabine ist Halbchinesin, Hongkong ist ein Teil von China, und schon muss ich Ahnung von Pferderennen haben. Du kannst ja ganz schön schräg drauf sein, mein kleiner *lieutenant*.« Sie brach in Gelächter aus.

Das liebte Felix an Sabine. Ihre unkomplizierte und humorvolle Art. Er musste schlucken, so riesig war der Glückskloß, der in seinem Hals steckte.

*

Lässig schlenderte Felix eine Stunde später zur PMU City an der Place Saint-Come in Montpellier. Die Idee, sich in einem der PMU-Wettbüros umzuhören, war ihm spontan gekommen. Die *Division des courses* konnte er später noch anrufen. Ihn interessierte, wie ein echter Anhänger des Pferderennsports das Problem mit mafiösen Strukturen beim Wetten und Beeinflussen der Rennen durch Doping sah. Hier, in einem der zahlreichen Wettbüros, saßen die, die alles über Pferderennen wussten. Vierundzwanzig Stunden rund um die Uhr konnte man auf alle Pferderennen in der Welt wetten, Geld loswerden oder gewinnen. PMU war die Abkürzung für *Pari-mutuel-urbain*, dem führenden Anbieter für Pferdewetten in Europa.

Felix betrat das Wettlokal, in dem sechs alte Männer gebannt vor einem fast unter der Decke aufgehängten Fernseher saßen. Gerade wurde live ein Pferderennen aus Hongkong übertragen, wo es schon vier Uhr nachmittags war. Er setzte sich dazu, starrte auf den Bildschirm, wo ein Jockey in dunkelblauer Bluse mit gelben Punkten auf einem braunen Pferd dem Ziel entgegenraste. Nach wenigen Sekunden war klar, dass keiner der Männer auch nur einen Cent gewonnen hatte.

»Darf ich Sie was fragen?« Felix tat nach den wenigen Augenblicken des Nach-oben-Starrens schon der Nacken weh, und er überlegte, wie die Männer diese Haltung den ganzen Tag über beibehalten konnten.

»Wenn Sie fragen wollen, welcher Gaul im nächsten Rennen gewinnt, wir wissen es auch nicht.« Mit meckerndem Lachen blickte ein winziger glatzköpfiger Alter Beifall heischend in die Männerrunde.

»Und unser guter Louis muss es wissen. War selber früher ein Champion. Nicht wahr, Louis, mein Kleiner?«

Fast hatte Felix es sich gedacht. Louis war kaum größer als ein Kind, mit fassartig nach außen gebogenen Beinen.

»Nein, nur so allgemein. Ich habe überhaupt keine Ahnung von Pferderennen. Aber, nur so als Beispiel, wie viele Rennen werden in Hongkong gelaufen? Zweihundert, zweihundertzwanzig im Jahr? Schätze ich mal.«

Felix hatte eine einfache Rechnung aufgemacht. Zwei Renntage im Monat mit je zehn Rennen waren zwanzig Rennen im Monat. Mal zwölf, abzüglich vielleicht Feiertagen.

Erneut brandete Gelächter auf. »Da kannst du locker mal das Dreifache rechnen. Die laufen siebenhundert im Jahr. Die Schlitzaugen sind ganz verrückt nach Pferderennen.«

Felix zeigte sich beeindruckt. »Und man kann dabei so richtig Kasse machen? Habe gehört, vor Kurzem gab es dort einen 810:10-Außenseitersieg. Da haben Sie wahrscheinlich auch ordentlich abgesahnt.«

Hoppla, da hatte er offenbar einen wunden Punkt getroffen. Mit versteinerten Mienen sahen die Männer ihn an. Dann brummte Louis: »Auf die Gurke hat von uns keiner gesetzt. Sonst würden wir Champagner trinken und uns nicht mit einem Bierchen begnügen müssen.«

Bedauernd verwies er auf eine leere Flasche Kronenbourg vor sich auf dem Tisch. Felix verstand den Wink und orderte noch ein paar Flaschen. In der nächsten halben Stunde erfuhr er, was einen echten Steher im Galopprennsport ausmachte, welche Geschwindigkeit ein Traber erreichte, was man unter einem Pedigree und einem Handicap verstand und dass Außenseitersiege gar nicht so selten vorkamen. Star Appeal, der Name müsse ihm doch etwas sagen. Dieses deutsche Pferd hatte 1975 den Prix de l'Arc de Triomphe mit einer Quote von 1197:10 gewonnen. Unfassbar. Unglaublich. Wenn das mal mit rechten Dingen zugegangen war. Hier hakte Felix ein, näherte sich vorsichtig dem Thema Manipulation im Pferdesport. Wenn jemand wusste, wie so etwas lief, dann diese alten Pferdeleute.

»Na, was glaubst du denn, mein Junge? Natürlich wird da beschissen und betrogen. Mal im kleinen, mal im großen Stil. Wie überall, wo's um Geld geht.«

Kopfschüttelnd sahen sich die Männer an. Von welchem Planeten stammte denn der Junge?

»Und wie fliegt so was auf? Da braucht es doch schon einen, der nachbohrt, vielleicht einen Journalisten, der sich ins Milieu einschleicht?«

Nun brachen die sechs vollends in Gelächter aus. Alle redeten durcheinander. »Milieu. Meine Güte, wo hast du das denn her? Glaubst du, ein Journalist verkleidet sich als Stallbursche, um irgendwelchen krummen Dingern auf die Spur zu kommen? Wozu haben wir denn unsere Polizei? Die haben Spezialisten gegen das organisierte Verbrechen. Und gerade was die Schweinereien im Pferderennsport angeht, sind die ganz schön auf Zack, die Jungs. Erst vor ein paar Wochen hat die DC einen Wettmafiaring ausgehoben. Letztes Jahr die Kroatengang in Bordeaux, ebenfalls dreckiges Wettgeschäft, dem die Flics auf die Spur gekommen sind. Sag mal, Kleiner, liest du denn keine Zeitung?«

Felix nickte wissend. Der Besuch im Wettbüro hatte sich gelohnt. Wenn sogar die Kenner der Materie darauf vertrauten, dass die DC sämtlichen Gaunereien auf die Spur kam, dann war ein Luc Maille nicht unbedingt notwendig, um einen Skandal aufzudecken. Er gab noch eine Runde Bier aus und verließ das Wettbüro. Er würde sich umgehend mit der *Division des courses* in Nanterre in Verbindung setzen, aber er war jetzt schon davon überzeugt, dass dieser Anruf für ihre Ermittlungen in Sachen Luc Maille in eine Sackgasse führen würde.

Kapitel 16

Mathilde und Rachid hatten sich für elf Uhr in Leons Bistro verabredet. Rachid war bereits von Felix über das Ergebnis seiner Recherchen zum Thema Pferderennen und organisiertes Verbrechen informiert worden. Die DC in Nanterre hatte absolut keinen Hinweis darauf, dass in den letzten Wochen oder auch in absehbarer Zeit auf einer der Pferderennbahnen eine Manipulation im großen Stil gelaufen oder geplant war. Mit den Kollegen im Bereich der Organisierten Kriminalität war Nanterre weltweit vernetzt und tauschte sich regelmäßig aus. Nein, im Moment herrschte Ruhe, vielleicht ein paar kleine Gaunereien, aber nichts, was einem Skandal auch nur ähnlich sah. Rachid hatte Felix daraufhin gebeten, sich noch einmal am Unfallort umzuschauen. Auch wenn die Spurensicherung ihrer Arbeit akribisch nachging, es war nie auszuschließen, dass auch einmal eine winzige Kleinigkeit übersehen wurde. Und Lieutenant Felix Tourrain, da war sich der Commandant sicher, war ein Ermittler, dem nicht das kleinste Detail entging.

Rachid wartete vor dem Bistro, als Mathilde im Laufschritt um die Ecke bog, mit einer Hand hielt sie ihre Mütze fest, mit der anderen drückte sie ihre Handtasche an die Brust. »*Bonjour*, Rachid. *Mon dieu*, so ein heftiger Wind. Nur schnell hinein.«

Rachid hielt Mathilde die Tür auf, die ihm von einer Böe fast aus der Hand gerissen wurde. Heute illuminierten, neben den Spots an der Decke, altmodische Wandleuchten das Innere des Lokals, Kandelaber, die eigentlich mittels zwei Glühbirnen Licht ins Dunkel bringen sollten. Allerdings war bei über der Hälfte der Wandleuchten nur eine Glühbirne auch tatsächlich einsatzbereit.

Mathilde und Rachid erklommen zwei Barhocker. Die Untersuchungsrichterin zog ihre Mütze vom Kopf und schüttelte die Haare wie ein nasser Hund sein Fell.

Außer ihnen waren noch drei weitere Gäste in der Bar, jeder an einem separaten Tisch, die Nasen in Zeitungen gesteckt, vor sich einen Kaffee. Misstrauisch sah Leon zu Rachid hinüber. Ein und derselbe Flic in so kurzer Zeit in seinem Lokal? Einen Flic erkannte er auf den ersten Blick. Und meist versprachen sie Ärger. Zumindest war der Typ diesmal in attraktiver Begleitung. Leon polierte ein Glas fertig, stellte es hinter sich auf ein Regal und setzte ein zuvorkommendes Lächeln auf.

»Was darf es sein?«

»Zwei *café au lait*«, bestellte Mathilde für beide.

Es brummte und zischte, und kurz darauf standen die Kaffeetassen auf dem Tresen. Der Wirt nahm das Polieren der Gläser wieder auf. Lange würde es nicht mehr dauern, bis einer der beiden das Wort an ihn richtete, ging es ihm durch den Kopf. Mathilde und Rachid tranken schweigend ihre Tassen leer. Leon legte den Lappen weg und wartete ab.

»Monsieur Leon …«

»Einfach nur Leon«, unterbrach der Wirt den Mann, den er für einen Flic hielt. Und da, tatsächlich zog dieser seinen Dienstausweis aus der Jackentasche.

»Commandant Bouraada, PJ. Das ist Madame le Juge de Boncourt. Wir haben ein paar Fragen an Sie. Erinnern Sie sich an diesen Mann? Ist er oft bei Ihnen Gast gewesen?«

Bouraada hatte ein Foto von Luc Maille dabei und legte es neben seine Tasse. Er drehte es so, dass der Wirt das Gesicht auf der Fotografie genau betrachten konnte. Leon warf nur einen kurzen Blick darauf, schob es dann ein Stück zurück.

»Maille, der Journalist. Habe schon gehört, er ist tot. Ein Autounfall, wie man sagt. Er ist hin und wieder hier gewesen, nicht regelmäßig, aber auch nicht unregelmäßig.«

Leon kratzte sich am Kinn, überlegte. »Muss wohl so drei Wochen her sein, dass ich ihn zum letzten Mal gesehen habe.«

»War er in Begleitung? Oder kam er alleine?«

»Mal so, mal so. Der *Midi Libre* ist gleich um die Ecke. Er traf sich mit Kollegen, manchmal war er alleine, kam auch mal vor, dass eine Frau ihn begleitet hat. Aber nicht oft. Ziemlich jung, ziemlich hübsch. Irgendeiner hat gesagt, es sei seine Schwester.« Leon zuckte mit den Achseln. »Aber sicher bin ich mir nicht. Sie fragen doch nicht einfach so. Grundlos, meine ich. War also doch kein Unfall? Man munkelt, jemand hatte es auf Luc abgesehen. Sind Sie deswegen hier? Ist was dran an dem Gerücht? Also, um das gleich vorwegzunehmen: Hier verkehren nur anständige Leute. Wenn er sich mit jemandem getroffen hat, der ihm am Zeug flicken wollte, dann nicht hier. Mehr habe ich nicht zu sagen.«

Demonstrativ drehte sich Leon um, griff nach dem nächsten Glas und seinem Lappen und begann mit Inbrunst, einen Wasserfleck zu entfernen.

»Monsieur Leon, wir sind noch nicht fertig. Ist es mal laut geworden zwischen Maille und einem Gast, gab es einen Streit?« Der Commandant hatte das Foto wieder eingesteckt.

»Nein, nicht dass ich wüsste. Einen Streit muss man ja nicht lauthals nach außen tragen. Es gab auf jeden Fall keine Auseinandersetzung zwischen Luc und sonst wem. So was dulde ich nicht. Wer hier ausfallend wird oder Streit sucht, fliegt raus.«

Mit einer entschlossenen Geste stellte der Wirt das letzte Glas auf das Regal. Sorgfältig faltete er den Lappen zusammen. Dann nickte er in Richtung Kaffeeautomat.

»Noch einen Kaffee zum Abschied? Oder wollen Sie auch noch was wissen, Madame le Juge?«

Mathilde hatte bis jetzt nichts gesagt. In die Befragungen ihres Commandant mischte sie sich nur selten ein. Sie hörte zu, sammelte Eindrücke, machte sich ihre Gedanken. Doch nun war sie an der Reihe. »*Et bien*, wenn Sie mich schon so fragen, dann möchte ich gerne wissen, ob in Ihrem Bistro auch Priester verkehren.«

»*Hein?* Priester? Wie meinen Sie das, Madame le Juge?«

»Wie ich es sage. Gehören auch Priester zu Ihren Kunden?«

»Natürlich gehören auch Priester zu meinen Kunden. Hier verkehren alle. Ich frage weder nach Beruf noch nach politischen Ansichten. Da hätte ich ja viel zu tun. Wie gesagt, Streithähne bleiben draußen. Ansonsten sind mir alle willkommen. Sogar die Flics.« Leon verzog das Gesicht zu einem schiefen Grinsen. »Und Richterinnen, wenn sie so apart sind wie Sie.«

Mathilde gab das Grinsen zurück. »*Alors*, was ist nun mit den Priestern?«

»Habe ich doch eben schon gesagt. Die kommen auch. Nicht viele. Eher selten. Ganz selten. Lediglich Père Joseph taucht regelmäßig auf. Immer am selben Tag. Ein kleiner Kaffee, dann ist er wieder weg. Das war's.«

»Und kannten sich dieser Père Joseph und Luc Maille?«

»Keine Ahnung. Es würde mich wundern, wenn sie sich hier nicht mal über den Weg gelaufen wären. Haben vielleicht auch mal das eine oder andere Wort miteinander gewechselt. Kann schon sein. Aber bedeutet das, man kennt sich?« Leon breitete die Hände aus.

»Nein, nicht zwingend. Da haben Sie recht, Monsieur Leon.«

»Eben«, brummte der. Was die beiden nur von ihm wollten?

»Was wissen Sie über Père Joseph?«

»Quasi nichts. Er ist ein Priester. Katholisch. Läuft tagein, tagaus in seinem schwarzen Gewand rum. Kommt einmal die Woche, grüßt freundlich, trinkt seinen *café serré*, verschwindet wieder. Ist keine fünf Minuten hier drin. Ah, und wenn es Ihnen weiterhilft, seine Kirche ist nicht weit von hier. Die *Église Notre-Dame-des-Enfants*.«

Verblüfft schauten sich Rachid und Mathilde an. Sollte es so einfach sein? Es ging nicht um einen Priester, der Kinder missbrauchte, sondern um einen, dessen Kirche *Église Notre-Dame-des-Enfants – Unserer Lieben Frau der Kinder* hieß? Doch Maille hatte auf das Erscheinen des Priesters reagiert, so die klare Aussage von Boisset. Was verband also den Journalisten mit diesem Mann der Kirche?

Rachid und Mathilde bezahlten trotz Leons Protest ihre Kaffees und verließen das Bistro. Der Wind hatte sich, wie so häufig im wetterkapriolenerfahrenen Oktober, schlagartig gelegt, nicht ohne vorher die dunklen Wolken vom Himmel zu schieben. Der zeigte sich noch in einem milchigen Grau, das sich bald in ein strahlendes Azurblau verwandeln sollte. Und kaum hatte sich die Sonne ihren Platz zurückerobert, kletterten die Temperaturen einem neuen herbstlichen Rekordwert entgegen.

Die *Église Notre-Dame-des-Enfants* lag in der Tat nur wenige Hundert Meter vom Bistro entfernt.

»Merkwürdig. Boisset hat nicht gewusst, dass dieser Père Joseph ganz in der Nähe seine Schäfchen hütet?« Mathilde stopfte ihre Mütze in die Handtasche.

Rachid zog seine Sonnenbrille aus der Brusttasche seines Sakkos und setzte sie auf. »Wie Leon sagte, kam der Priester kurz auf einen Kaffee und ging wieder. Und immer am selben Tag. Wenn das nun ein Tag ist, an dem Boisset eben nicht ins Bistro kommt, haben sich ihre Wege nur ganz selten gekreuzt. Und der Priester hat offenbar auch nie groß ein Gespräch gesucht, zumindest nicht mit Boisset, wie es aussieht. Warum also sollte er wissen, in welcher Kirche der Mann seinen Dienst versieht?«

»Sie haben ja recht. Doch wie dem auch sei, wir wissen nun, wo wir ihn finden, und werden hoffentlich bald erfahren, was Père Joseph mit Maille verbunden hat.« Aufmunternd lächelte Mathilde den Commandant an, als dessen Handy klingelte. Rachid sah auf dem Display Felix' Namen und stellte das Telefon umgehend auf laut.

»Felix, ich bin mit Madame le Juge unterwegs. Was gibts für Neuigkeiten? Hast du noch was entdeckt?«

Die jugendliche Stimme des Lieutenant ertönte aus dem Handy. »Ah, *bonjour*, Madame le Juge. *Salut*, Rachid. Ich habe nichts entdeckt, ich bin noch gar nicht dazu gekommen. Ich bin wieder in Nîmes. Wir haben eine weitere Leiche …« Felix legte eine Kunstpause ein.

Rachid schmunzelte. Felix war ein hervorragender Polizist, aber immer noch ein Kindskopf. Mit seinen Redepausen glaubte er, die

Spannung seiner Gesprächspartner ins Unermessliche zu steigern. Der Commandant spielte für den Moment mit.

»Felix, wir sind schon ganz zappelig vor Spannung. Jetzt schieß endlich los.«

»Eine Leiche in den *Jardins de la Fontaine*. Ein junger Mann. Seine Identität ist noch nicht geklärt. Er ist zwischen fünfundzwanzig und dreißig Jahre alt, weiß und lag in einem der Wasserbecken. Das Becken, wo in der Mitte diese Figur sitzt. Die Frauenfigur auf dem Sessel, die Wasser aus einem Behälter kippt. Also, dort, wo die Brücken sind, stehen im Wasser doch diese Pfeiler, und zwischen zweien hing er. Ein Arbeiter, der das Becken reinigen wollte, hat ihn entdeckt.«

Felix, der, ohne Luft zu holen, berichtet hatte, schnaufte kurz durch. Mathilde nutzte die Pause.

»Sie meinen das Becken mit der Nymphe in der Mitte, das Nymphäum, mit den Vasen und den Putten auf den Ecken?«

»Ja, genau. Also, dort wurde die Leiche entdeckt. Der Mann wurde wahrscheinlich erschlagen und dann ins Becken geworfen, aber wir müssen die Obduktion abwarten. Auf den ersten Blick sieht es nach einem Raubüberfall aus. Er hatte nichts bei sich, keine Tasche, kein Portemonnaie, einfach nichts.« Eine neue Kunstpause.

»Sehr schön, Felix, und was ist an dieser Leiche nun für uns im Speziellen so interessant?« Rachid wusste genau, dass Felix ihnen keinen Toten präsentieren würde, der nichts mit dem aktuellen Fall zu tun hatte.

»Nun, man hat in der linken Gesäßtasche seiner Jeans eine Karte gefunden, genauer gesagt, eine Visitenkarte. Die Person, die den Mann tötete, hat offenbar alles mitgenommen. Aber diese Karte steckte schon länger in der Hosentasche, ist mindestens einmal mitgewaschen worden. Beim Trocknen der Hose klebte sie dann am Stoff fest. Ich habe das alles eben erst von der Spurensicherung erfahren. Im Moment bin ich noch vor Ort, die Leiche ist schon bei Regis in der Gerichtsmedizin.«

Rachid und Mathilde rechneten schon mit einer dritten Pause.

Doch da sprudelte es schon aus Felix heraus: »Und was mag das wohl für eine Visitenkarte gewesen sein?« Winzige Pause. »Es war eine Karte unseres toten Journalisten, Luc Maille.«

Kapitel 17

Père Joseph faltete die Zeitung sorgfältig zusammen und legte sie in den Korb, in dem bunt glänzende Prospekte, die *Midi Libre* der vergangenen Tage, aufgeschlitzte Briefkuverts und zerrissene Notizzettel auf ihren Abtransport in die große Papiertonne warteten. Er hatte den Artikel mehrfach gelesen. Es tat ihm leid um den Mann, den er in Leons Bistro kennengelernt hatte. Père Joseph ging einmal in der Woche in das Bistro, und dann nur, um einen schnellen Kaffee zu trinken auf dem Weg zu Louise, der er regelmäßig zu Hause die Beichte abnahm. Die alte Frau war bettlägerig und konnte ihre Wohnung nicht mehr verlassen.

Der Mann hatte sich als Luc Maille vorgestellt und gefragt, ob er ein paar Minuten Zeit für ihn hätte. Maille hatte sich zu ihm gesetzt, in seinem Kaffee herumgerührt und dann nichts gesagt. Joseph hatte, obwohl die Zeit drängte, geduldig abgewartet. Dass Maille etwas auf der Seele lag, war unverkennbar. Er hatte ihm dann die Entscheidung abgenommen, jetzt und im Bistro zu reden, und Maille eingeladen, ihn in seiner Wohnung direkt bei der Kirche zu besuchen. Père Joseph hatte nicht damit gerechnet, dass Maille sein Angebot annehmen würde. Doch dann stand der Journalist tatsächlich vor der Kirchentür. Er hatte dem Priester sein Herz ausgeschüttet und ihm das Versprechen abgenommen, über das, was er ihm anvertraute, zu schweigen. Doch nun hatte sich die Situation dramatisch geändert. Maille war tot. Musste er, Joseph, sich noch an das Versprechen gebunden fühlen? Es war keine Beichte gewesen, die er dem Journalisten abgenommen hatte. Nur ein Gespräch, ein offenes, ja fast freundschaftliches Gespräch.

Dem Zeitungsartikel der aktuellen *Midi Libre* war nicht zu entnehmen, was tatsächlich passiert war. Ein Unfall mit Todesfolge, hieß es in Zeile zwei lapidar. Joseph kramte noch einmal die Zeitung aus dem Korb, blätterte zum Artikel, strich die Seite glatt. Auf dem Foto war von dem Unfallwagen nichts zu sehen. Nur die Mauer, die in der Breite eines Autos durchbrochen war. Der Verfasser des Artikels, Bob Boisset, kommentierte die Unfallsituation, ging auf einige Stationen im Leben und in der Karriere seines Kollegen Luc Maille ein, um dann die Frage zu stellen, die ganz sicher bald die ermittelnde Polizei beantworten könne, ob es sich um einen den Straßenverhältnissen geschuldeten Unfall gehandelt habe.

Was sonst? Erneut landete die Tageszeitung im Korb. Père Joseph dachte nach. Vielleicht würde ihm sein Chef dort oben einen Hinweis geben. Es war sowieso Zeit, die Kirche über Mittag abzuschließen.

*

Mathilde hatte sich von Bouraada nach dem Anruf von Felix verabschiedet. Rachid war umgehend zu den *Jardins de la Fontaine* aufgebrochen, um sich dort mit seinem Kollegen zu treffen. Und Mathilde hatte den Eindruck, dass ihm dies gar nicht ungelegen kam. Ob Rachid schon einmal eine unliebsame Begegnung mit einem Vertreter der katholischen Kirche gehabt hatte?

Sie streckte ihr Gesicht den wärmenden Sonnenstrahlen entgegen. Die herbstliche Kühle war milden Temperaturen gewichen. Und als ob der Wetterwechsel ein Signal gewesen wäre, waren die Trottoirs auf einen Schlag belebt, Menschen eilten Mathilde entgegen, überholten sie. Sie schaute auf ihre Uhr. Kurz vor zwölf, für viele der Beginn der Mittagspause. Mathilde verspürte ein nagendes Gefühl im Magen. Um sich irgendwo gemütlich hinzusetzen, fehlte ihr heute allerdings die Zeit. Aber ein belegtes Sandwich im Stehen … sie würde es auf dem Weg zu Père Joseph verzehren. *Zut.* Sie hätte besser vorher angerufen. Was, wenn der Priester überhaupt nicht in seiner Kirche anzutreffen war? Womöglich selbst eine Mittagspause machte?

Mathilde verzichtete auf ihren Imbiss und beschleunigte ihre Schritte. Wenn sie sich beeilte, war sie noch rechtzeitig an der *Église Notre-Dame-des-Enfants*. Die Kirche schloss zur Mittagsstunde, öffnete erst wieder um halb vier. So viel hatte sie vorhin bei der Suche nach der Adresse im Internet noch herausgefunden. Sie bog um eine Ecke, am ersten Haus war das Straßenschild befestigt. Rue de Bouillargues. Weit konnte es nun nicht mehr sein. Und da stand sie auch schon davor. Das Erste, was Mathilde ins Auge sprang, war der hohe, schlanke achteckige Turm, in dessen oberstem Geschoss schmale Öffnungen den Blick auf eine mächtige Glocke freigaben. Rechts davon schloss sich die Kirche an, ein auf wenige Schmuckelemente reduziertes Gebäude mit einer zweigeschossigen Fassade.

Mathilde gefiel die Kirche. Schnörkellos und doch irgendwie vornehm. Martin würde ihr bestimmt auf Anhieb sagen können, aus welcher Zeit das Gebäude stammte. Die doppelflügelige Eingangstür war einen Spalt geöffnet. Mathilde drückte die Klinke herunter, um sie ganz aufzuschieben, als gleichzeitig jemand versuchte, von innen die Tür zu schließen.

»Bitte warten Sie, lassen Sie mich rein.«

Einem Reflex folgend, hatte Mathilde ihren Fuß in den offenen Spalt geschoben und stemmte sich mit der rechten Schulter gegen die Tür. Fast wäre sie gestürzt, als der Holzflügel plötzlich mit einem Ruck geöffnet wurde. Mathildes Augen, die eben noch in die Sonne geblickt hatten, mussten sich zuerst an den dunklen Innenraum gewöhnen. Dann erst wagte sie einen Schritt hinein. Nur wenig Licht fiel durch die schmalen Fenster ins Innere. Rechts, in Höhe der letzten Stuhlreihe, stand an der Wand ein eisernes Gestell, auf dem Teelichte unruhig flackerten.

»Père Joseph?«

Eine massige Gestalt stand Mathilde gegenüber. Ganz in Schwarz. Nicht nur die Kleidung des Priesters war schwarz, ganz wie sie der Wirt Leon beschrieben hatte. Das Gewand reichte bis zu den Knöcheln, die Knöpfe spannten über dem mächtigen Bauch des Geistlichen. Aufmerksame Augen sahen Mathilde abwartend an. Dunkle Augen in einem Gesicht, dessen Anblick sie im ersten Moment die Luft anhalten ließ. Drei tiefe Narben zerklüfteten die linke Wange, dunkle Wunden, geschlagen in eine ansonsten ebenmäßige tiefschwarze Haut. Hell leuchteten dagegen der weiße kleine Kragen am Hals des Priesters und seine schlohweißen kurzen Haare.

»Ja, ich bin Père Joseph, Joseph Demba. Aber alle nennen mich nur Père Joseph. Was kann ich für Sie tun, Madame …?«

»Mathilde de Boncourt, Juge de Boncourt. Wenn Sie ein paar Minuten Zeit für mich hätten?«

Der Priester atmete tief ein und wieder aus. »Warten Sie, ich schließe eben noch ab. Wollen wir hierbleiben, ist Ihnen das recht?«

Mathilde fröstelte. Der Innenraum war kalt. Nicht nur kalt, sondern auch noch feucht. Putz blätterte von der Wand hinter den Kerzen. Wahrscheinlich fehlte zur Unterhaltung des Gebäudes das notwendige Geld. Martin hatte ihr irgendwann erzählt, in Deutschland würden die Kirchen über eine Steuer mitfinanziert. In Frankreich ein Unding. Hier finanzierte sich die Kirche hauptsächlich aus Spenden. Und oft verdienten die Priester weniger als den staatlich garantierten Mindestlohn von knapp tausendfünfhundert Euro bei einer Fünfunddreißigstundenwoche. Doch die Stille gefiel ihr. Kaum war die dicke Holztür verschlossen, drang kein einziges Geräusch mehr von draußen zu ihnen.

»Gerne.«

Der Priester trat nun direkt auf Mathilde zu, begrüßte sie mit einem kräftigen Händedruck. Eine Weile beließ er seine Hand in der von Mathilde. »Ihnen ist kalt, wenn Sie wollen, meine Wohnung ist direkt nebenan.«

»Nein, nein, alles in Ordnung. Setzen wir uns, Père Joseph.«

Der Mann nickte, fasste Mathilde am Ellbogen und geleitete sie zur letzten Stuhlreihe. Beide nahmen Platz. Plötzlich fühlte sich Mathilde wie ein kleines Mädchen. Der Mann schüchterte sie ein. Nicht in dem Sinne, dass er ihr Angst oder Unbehagen bereitet hätte. Nein, eher so, wie sie im Alter von vier oder fünf

Jahren den Besuch des Père Noël mit einer Mischung aus Freude und Bangen erwartet hatte. Sie schüttelte das nostalgische Gefühl ab, es wich der Professionalität einer Untersuchungsrichterin.

»Père Joseph, ich komme gerade aus Leons Bistro. Sie verkehren dort regelmäßig, wie mir der Wirt sagte. Haben Sie im Bistro den Journalisten Luc Maille kennengelernt? Sie wissen, dass er tot ist?«

Der Priester nickte. Er hatte es geahnt, als er heute die Zeitung in der Hand gehalten hatte, gespürt, dass der Tod von Maille ihn noch eine Weile beschäftigen würde.

»Ja, ich habe es in der *Midi Libre* gelesen. Schlimme Geschichte. Und ja, ich habe ihn gekannt, vom Sehen, im Bistro. Und dann stand er eines Tages vor der Kirchentür. So wie Sie.«

Père Joseph schwieg, dachte an jenen Tag zurück. Es regnete in Strömen, das Wasser lief in winzigen Bächen über den Hut und die dunkelgrüne Wachsjacke, die der Journalist trug. Joseph hatte sich gerade um eine undichte Regenrinne gekümmert.

»Luc Maille stand dort. Ich glaube, er traute sich nicht hinein. Und dann saßen wir hier. Er war verzweifelt, ratlos und sagte, er brauche meine Hilfe.« Joseph lächelte.

»Und was wollte er genau von Ihnen?«

»Nun, er wollte seine Schwester beerdigen. Die junge Frau hatte Selbstmord begangen. Wie Sie wahrscheinlich wissen, ist es für manche Kirchenvertreter immer noch schwierig, sich mit dem Gedanken anzufreunden, einen Selbstmörder in geweihter Erde zu bestatten. Maille wollte von mir wissen, ob ich dazu bereit wäre. Ich habe keinen Moment gezögert, seiner Bitte nachzukommen. Am Ende unseres Gesprächs allerdings ließ er eine Andeutung fallen, die mich fassungslos machte.«

Der Priester zögerte kurz. Würde er nun einen Stein ins Rollen bringen, der einen nicht wiedergutzumachenden Schaden anrichtete?

Mathilde hob die Brauen. »Welche Andeutung?«

»Luc Maille war der Überzeugung, seine Schwester habe keinen freiwilligen Suizid begangen. Sie sei entweder in den Selbstmord getrieben oder von fremder Hand getötet worden.«

Mathilde stieß hörbar die Luft aus. Das war ja ein Ding. Die Suche nach der Schwester hatte noch nicht einmal begonnen, und hier erhielt sie die Nachricht, dass sie tot war. Bruder und Schwester nicht mehr am Leben. Maille, so wie es aussah, in den Tod getrieben, seine Schwester durch einen Suizid, an den ihr Bruder nicht geglaubt hatte.

»Wann war die Beerdigung?«

»Vor gut drei Monaten. Es war ein besonders heißer Tag. Möchten Sie das Grab sehen?«

Der Priester stand auf und deutete auf eine niedrige Tür, die vom Seitenschiff aus der Kirche führte. Mathilde erhob sich, und die beiden gingen schweigend nach draußen zum angrenzenden Friedhof. Père Joseph führte die Untersuchungsrichterin zu älteren Gräbern, die aufgelassen worden waren, um für neue Platz zu schaffen. Ein schlichter Grabstein, eine dunkle Steinplatte, die das Grab bedeckte. Darauf eine Tafel mit dem Bild der Toten und der Inschrift *Ich werde dich nicht vergessen. Luc.*

Mathilde betrachtete eingehend die Fotografie der jungen Frau. Sie war wunderschön gewesen. Auf dem Grabstein keine Daten, nur ihr Name. Leonice Howard.

Kapitel 18

Tagebucheintrag Luc Maille

Die Haare schwarz wie Ebenholz, das Gesicht weiß wie Schnee. Die Lippen rot wie … Nein, die Lippen nicht rot wie Blut. Die Lippen leichenblass. So lag sie bis zum Hals unter einem weißen Tuch, Körper, Arme, Beine verdeckt. Tatsächlich sah es aus, als schliefe sie. Friedlich. Sie war wahrlich nicht die erste Leiche, die ich sah. Aber sie war die erste Tote, deren Anblick mein Herz zerriss.
Ich weiß nicht, wie ich nach Ganges gekommen bin, ohne einen Unfall zu bauen. Im Foyer erwartete mich eine Ärztin, Docteur Victorine Salagou. Graublondes, kurzes Haar, sehr schlank, attraktiv. Sie lächelte, doch ein bitterer Zug lag um ihren Mund. Ihr Händedruck war fest, ihre Stimme voller Mitgefühl. Sie begleitete mich in den Keller, wo die Toten sich schon einmal an ihr kühles Grab gewöhnen können. Ein Polizist der Police municipale kam uns entgegen und grüßte. Die Frage, ob die Polizei ermittle, verneinte die Ärztin mit einem Kopfschütteln. Es gab dazu keinen Anlass. Sie fragte, ob sie mich begleiten solle.
Nein, ich wollte mich alleine von meiner kleinen Schwester verabschieden. Die Haare schwarz wie Ebenholz … Nur würde Leonice nie mehr erwachen, kein Prinz sie auf seinem weißen Pferd in sein Königreich entführen.
Ich weiß nicht, wie lange ich in diesem Saal der Toten war. Fünf Minuten, eine Viertelstunde? Man ließ mich in Ruhe. Als die große Glastür aufglitt, schob ein junger Pfleger den nächsten Kandidaten für den Friedhof hinein. Mon dieu, *wie sarkastisch.*

Ich sollte diese Worte ausradieren, aber ich lasse sie stehen. Er kaute Kaugummi, hatte Kopfhörer auf und schob die Bahre mit Schwung hinein. Als er mich sah, wurde er rot, nickte mir zu. Zeit zu gehen. Ein letztes Versprechen zu geben.

Vor der Tür erwartete mich die Ärztin mit zwei Bechern Kaffee, ich solle sie in ihr Büro begleiten. Als wir dort ankamen, war der Kaffee kalt.

Was Docteur Salagou zu berichten hatte, ist schnell zusammengefasst. Leonice ist von einer Freundin (Wer ist das?) entdeckt worden. Sie lag leblos auf dem Boden eines ehemaligen Stallgebäudes (?). Man hat sie umgehend nach Ganges gebracht, aber jede Hilfe kam zu spät. Ein tödlicher Cocktail aus Beruhigungsmitteln und Schlaftabletten.

Wie ein Schlag in den Magen hat es mich getroffen, was ich dann erfuhr. Leonice soll bereits geraume Zeit unter schwersten Depressionen gelitten haben, von denen diese Frau, die mir nun in ihrem Büro gegenübersaß, sie befreien wollte. Was wohl gründlich danebenging. Schon wieder dieser ekelhafte Sarkasmus. Warum hat mich Leonice nicht mehr an ihrem Leben teilhaben lassen? Sie würde vielleicht noch leben, wenn ich mich hartnäckiger darum bemüht hätte. Insofern ist ihr Tod auch meine Schuld. AUCH! WESSEN SCHULD SONST NOCH?

Ich fragte nach dem Totenschein. Den dürfe sie mir nicht aushändigen. Es stehe nichts Außergewöhnliches drin. Kein mort suspecte. *Brigadier chef principal Dieudonné Borie von der Police municipale habe den Leichnam von Leonice ebenfalls in Augenschein genommen. Es gibt keine Zweifel, Selbstmord. Der Totenschein geht jetzt an die Mairie von Montauban-sur-Vidourle. »Sie können sich nun um die Beisetzung Ihrer Schwester kümmern. Es wäre schön, wenn Sie Leonice' Freunde benachrichtigen, sobald der Termin für die Beerdigung feststeht«, waren ihre abschließenden Worte.*

Die Freunde? Dieser Orden, der Leonice so viel bedeutet hat? Ich bin aufgestanden und gegangen. Habe ich mich verabschiedet?

Kapitel 19

»Jourdain, wann werde ich Sie wiedersehen?«

Die Verzweiflung in Noras Stimme bereitete ihm fast körperliche Schmerzen. Bittend streckte sie Jourdain Cabasse ihre Hände entgegen. Er umfasste sie, wie zwei welke Blätter lagen sie zwischen seinen kräftigen Händen. Die Frau war immer noch wunderschön. Cabasse konnte sich gut vorstellen, wie sie vor zwanzig, dreißig Jahren auf die Männer gewirkt haben musste. Und noch immer wirkte.

Als er Nora Tonnier zum ersten Mal begegnet war, es mussten mittlerweile fünf Jahre vergangen sein, glaubte er, die ins irdische Leben hineingetauchte Fee Saurimonde vor sich zu sehen. Eine Fee, eine wilde Frau aus den Legenden seiner Heimat um Foix. Feingliedrig, ihr langes goldblondes Haar reichte ihr bis zur Hüfte. Blaue Augen, die bis auf die Seele blicken konnten. Und der Schmerz, den diese Frau erlitten hatte, drang ihm sofort bis tief in sein Herz, wurde zu seinem Schmerz. Die Fee Saurimonde aus den Bergen des Languedoc, eine tragische Heldin aus alten Sagen. Sie war gekommen, um Jourdains Rat einzuholen, seine Hilfe zu erbitten, eine Hilfe, die er ihr nicht bieten konnte. Er war zu schwach.

»Weißt du, beim letzten Mal glaubte ich, sie mit den Händen greifen zu können. Ich habe sie gesehen, gerochen, auf meinen Lippen den zarten Flaum ihrer Haut gespürt. Ich habe sie gehört, aber ich konnte sie nicht berühren. Warum?«

Nora und Jourdain saßen in dem kleinen Wohnzimmer von Noras Appartement, das sie seit nun fünf Jahren in der Komturei bewohnte. Sie war die Erste gewesen, die sich entschlossen hatte, eine der Wohnungen im Anwesen des *Ordre du Temple de la Lumière* längerfristig zu beziehen. Die Bewohner konnten ihre vier Wände nach eigenem Geschmack möblieren. Die Wohnung von Nora war, gemessen an dem immensen Reichtum, der ihr zur Verfügung stand, sehr schlicht eingerichtet. Ein einfacher Schreibtisch aus Holz, ein Bücherregal, in dem sich Bücher stapelten, in zwei Reihen hineingeschoben waren, sich davor türmten. Ein ovaler Glastisch. Herausragend nur die beiden Lehnstühle, gefertigt von Gustave Serrurier-Bovy, dem Erfinder des Art nouveau. Zwei Einzelstücke, deren Wert, so hatte Nora einmal ganz nebenbei erwähnt, dem Preis für einen gehobenen Mittelklassewagen entsprach. Kein Teppich bedeckte den kühlen Steinboden. Vor einem Fenster stand ein zweiter Tisch. Ein bunter Kinderschal, bedruckt mit winzigen Elefanten, bedeckte das rissige Holz. Darauf zwei brennende Kerzen auf silbernen runden Tellern, die die Fotografie eines kleinen Mädchens rahmten.

Mit großen blauen Augen schaute es in die Kamera. Ein breites Lächeln, eine Zahnlücke, ein sommersprossiges Gesicht, die goldblonden Haare zu zwei Zöpfen geflochten. Amandine Tonnier. Noras Tochter. Im Alter von acht Jahren war sie entführt worden. Trotz der Zahlung eines Lösegeldes in Höhe von drei Millionen Francs blieb das Kind verschwunden. Die Entführer hatten sich nie wieder gemeldet. Das war nun einundzwanzig Jahre her. Die Polizei hatte nach Monaten der fieberhaften Suche ihre Bemühungen eingestellt. Sie gingen davon aus, dass die Entführer Amandine schon vor der Lösegeldübergabe, spätestens jedoch kurz danach, getötet hatten. Daran hatte Nora nie glauben wollen. Ein ganzes Heer von Privatdetektiven hatte sich fünfzehn Jahre lang eine goldene Nase verdient, ohne auch nur den kleinsten Hinweis auf Amandines Verbleib zu finden.

Jourdain hielt Noras Hände immer noch umfasst, knetete sie vorsichtig. Diese leichte Massage ihrer Finger entspannte Nora. Er war ein faszinierender, ein charismatischer Mann, und vor dreißig Jahren hätte sie sich in ihn verlieben können. In den wiedergeborenen Jim Morrison, Jim Morrison in seinen besten Jahren, ein Jim Morrison mit einem braunen und einem blauen Auge. Jourdain hatte Augen wie ein Husky, dachte Nora nicht zum ersten Mal. Als sie noch in Paris lebte, führte ihr Weg sie immer wieder zum Friedhof Père-Lachaise, auf dem auch der Rockmusiker beerdigt war. Sie wusste nicht, warum, aber nach Amandines Verschwinden zog es sie wie magisch fast täglich dorthin. Vielleicht erhoffte sie sich Trost von der friedlichen Atmosphäre, erwartete von irgendjemandem eine Antwort auf die Frage, wo ihre geliebte Tochter war, wartete auf eine Antwort, die sie nie bekam.

Während einem ihrer seltenen Urlaubstage vor fünf Jahren in den Cevennen fiel ihr ein Flyer in die Hände, der an der Rezeption ihres Hotels in Anduze ausgelegt war. Die Werbung für einen Vortrag. Irgendetwas über den letzten Tempelritter. Der Vortragende war Jourdain Cabasse. Eine junge, eine lebende Ausgabe von Jim Morrison. Nora besuchte den Vortrag, kam mit Jourdain ins Gespräch. Sie verließ ihr Hotel, mietete sich in der kleinen Wohnung in der Templerkomturei ein und blieb.

»Wann, Jourdain, wann kann ich Amandine wiedersehen? Du hast doch mit ihm gesprochen, oder?«

Der Schmerz in Noras Stimme, die Verzweiflung in ihren Augen, Jourdain konnte es kaum ertragen. »Bald, in ein paar Tagen, nächste Woche. Du weißt, der Lichtbringer kann nur Kontakt aufnehmen, wenn sein Geist dazu bereit ist. Es ist für ihn anstrengend, mit der Welt in Verbindung zu treten, die uns verborgen ist. Ich verspreche dir, sobald er sich dem Wunder wieder gewachsen fühlt, wird er für dich da sein. Lass ihn sich ausruhen. Vielleicht werden seine Kräfte beim nächsten Mal so gewaltig sein, dass du Amandine ganz nahe sein kannst. Schau, heute ist ein wunderbarer Tag. Mach einen Spaziergang, verkriech dich nicht in diesen Wänden. Versprich mir das. Amandine ist überall. Hör auf die Stimmen der Vögel, lausche dem Rauschen der Blätter, umarme die Bäume. Du wirst sie hören, du wirst sie spüren. Und bald wird sie dir wieder ganz nahe sein.«

Nora nickte matt. Er hatte recht. Amandine hatte die Natur geliebt. Jourdain verabschiedete sich von ihr mit einem Kuss auf die Stirn. In der Tür drehte er sich noch einmal um. Nora stand mit dem Rücken zu ihm, den Kinderschal an sich gepresst. Er wusste, sie würde noch stundenlang in dieser Position verharren, den Blick auf einen nur für sie sichtbaren Punkt außerhalb ihres Zimmers gerichtet. Als warte sie auf ein Zeichen von irgendwoher. Ihre Schultern bebten, sie weinte. Leise zog er die Tür hinter sich zu.

Kapitel 20

»Es kann Zufall sein. Doch daran mag ich nicht glauben.«

Rachid und Felix hatten sich am nächsten Tag um zwölf in Mathildes Büro eingefunden. Hier liefen die Fäden ihrer Untersuchungen zusammen, wurden verknüpft oder entwirrt.

»Da gebe ich Ihnen recht, Rachid, es wäre ein wenig zu viel Zufall. Was wissen wir über unseren Toten von gestern?«

Sie sah zu Felix hinüber, der, an die Fensterbank gelehnt, sein kleines Notizbuch aufschlug. Die Angewohnheit, alle Details in einer handlichen Kladde festzuhalten, die er permanent mitschleppte, hatte der junge Lieutenant von seinem Vorgesetzten Rachid Bouraada übernommen. Auch Mathilde hatte einen Schreibblock vor sich liegen. Abwartend balancierte sie einen Bleistift zwischen Zeige- und Mittelfinger.

»Der Tote heißt Christian Flaubert, neunundzwanzig Jahre, Student der Physik. Ein Parkmitarbeiter hat ihn entdeckt, als er die Blätter aus dem Nymphäum entfernte. Als Flaubert entdeckt wurde, war er etwa vierundzwanzig Stunden tot. Er wurde mit einem harten Gegenstand auf den Hinterkopf geschlagen. Da er nichts bei sich trug, also kein Portemonnaie, ist auf den ersten Blick ein Raubüberfall nicht auszuschließen. Anschließend hat man ihn über die Balustrade gehievt und im Wasserbecken verschwinden lassen.«

Rachid ergänzte: »Doch die Visitenkarte in der Gesäßtasche seiner Jeans sagt uns, dass der tote Christian Flaubert nun unser Fall ist.«

Er leerte seinen Kaffeebecher und stellte ihn auf das Tablett, auf dem Mathildes Sekretärin ein Körbchen mit Calissons zum

Kaffee gestellt hatte. Die süße Leckerei aus Mandeln und kandierten Früchten war bis auf ein Stück innerhalb weniger Minuten verschwunden gewesen. Rachid hielt Felix den kleinen Korb hin, und mit einem Bissen verschwand der letzte Calisson d'Aix im Magen des Lieutenant.

»Sämtliche Taschen, also die von Hose, Hemd, Jacke, waren leer«, fuhr der Commandant fort. »Nur in der linken Gesäßtasche klebte die Visitenkarte. Flaubert muss sie wohl schon länger mit sich herumgetragen haben. Vielleicht hatte er sie einfach vergessen. Wie dem auch sei, bei einer Wäsche steckte die Karte in der Hosentasche und wurde mitgewaschen. Feucht, wie sie war, klebte sie am Stoff fest und blieb dies auch im getrockneten Zustand. Es war eine Karte von Luc Maille. Die beiden hatten also höchstwahrscheinlich persönlichen Kontakt.«

Das Kratzen von Mathildes Bleistift auf Papier setzte für einen Moment aus. »Sehr schön. Flaubert ist nun unser Fall. Was wissen wir über ihn? Student der Physik. Und sonst? Wer hat ihn identifiziert?«

Felix öffnete erneut sein Notizbuch. Konzentriert gab er seine Einträge wieder. »Identifiziert hat ihn heute früh sein Professor, Georges Gaudou. Von ihm haben wir auch erfahren, dass Flaubert Vollwaise war. Er ist in einem Kinderheim aufgewachsen. Keine Verwandten. Ansonsten verlief sein Leben in ›normalen‹ Bahnen. Schule, Bac, Studium. Ein Einzelgänger und hochbegabt. Bevor er mit dem Studium begonnen hat, absolvierte er eine Lehre als Kulissenmaler und hat danach ein Jahr am Theater in Nîmes gearbeitet. Das Geld sollte ihn während der ersten Semester über Wasser halten. Deswegen auch das relativ hohe Alter für einen Studenten. Dann jedoch bekam er ein Stipendium. Zuletzt saß er an seiner Doktorarbeit. Gaudou hat ihn heute Morgen als vermisst gemeldet. Flaubert war nicht zum Doktorandenkolloquium erschienen, ein Muss, wenn er sein Stipendium nicht verlieren wollte. Und er hat bis gestern noch keinen einzigen Termin versäumt.« Felix klappte das Büchlein wieder zu.

»Da hat sein Professor aber schnell reagiert«, konstatierte

Mathilde. »An welchem Thema hat Flaubert denn gearbeitet? Irgendwas, das unseren Journalisten hätte interessieren können?«

Felix schloss die Augen und wiederholte aus dem Gedächtnis: »Ethik als die vierte holografische Dimension.«

Er schmunzelte, als er die grünen Augen Mathildes wie eine einzige Frage auf sich gerichtet sah.

Rachid nahm ihm die Antwort ab. »So habe ich auch geschaut, Mathilde. Flaubert war ein Fachmann für Hologramme. 3-D-Gestaltung, einfach ausgedrückt. Erinnern Sie sich an den Wahlkampfauftritt von Jean-Luc Mélenchon? Er ist mithilfe der Hologrammtechnik an sieben verschiedenen Orten gleichzeitig aufgetreten. Diese Technik erweckt sogar Tote zum Leben. Und hier setzt die Frage der Ethik ein. Ist es vertretbar, einen Toten wieder auf die Bühne zu bringen, ihn sprechen oder singen zu lassen, als wäre er nie von dieser Erde verschwunden? Tote treten jenseits von lokaler Raum- und Zeitbegrenzung auf. Unser Physiker hat sich also eher mit einem philosophischen Thema auseinandergesetzt.«

Mathilde ließ sich in ihrem Sessel zurücksinken und stieß die Luft aus. Kurz schloss sie die Augen. Hier bahnte sich ein Fall an, der in seiner Komplexität beeindruckend war. Noch wussten Rachid und Felix nichts von dem, was ihr der Priester anvertraut hatte.

»Das lassen wir jetzt einfach mal so stehen. Hologrammtechnik ist zumindest kein Thema, mit dem sich Maille nach unserem aktuellen Kenntnisstand beschäftigt hat. Wir werden dem aber nachgehen müssen. Was ihn aber ganz sicher umgetrieben hat, war der Tod seiner Schwester. Sie hat sich das Leben genommen.«

Nun war es an den beiden Polizisten, erstaunt und fragend in die Runde zu schauen. Mathilde stand auf und ging zum Fenster. Der Herbstwind hatte wieder Fahrt aufgenommen und zerrte an einer Plane, die am Gerüst vor der Arena befestigt war. Felix rutschte ein Stück zur Seite, und Mathilde lehnte sich neben ihn an die Fensterbank.

»Luc Mailles jüngere Schwester hat sich umgebracht. Père

Joseph, der Priester der Kirche *Notre-Dame-des-Enfants*, hat sie beerdigt. Leonice Howard hieß die junge Frau. Sie kam vor ein paar Jahren aus Kanada nach Frankreich. Maille war ihr älterer Bruder, sie ist zu ihm gezogen, nachdem ihre Eltern in Kanada bei einer Bergwanderung ums Leben gekommen waren. Luc war der Sohn ihres Vaters aus erster Ehe, also ihr Halbbruder. Und Leonice' Mutter hatte indianische Wurzeln.« Mathilde seufzte. »Auf dem Grabstein ist ein Foto von ihr. Sie war wirklich ein unglaublich schönes Mädchen. Und ihre Herkunft konnte sie nicht verleugnen. Père Joseph sagte, Maille habe keinen Moment an einen Selbstmord geglaubt. Leonice sei ermordet worden, oder jemand habe sie in den Suizid getrieben.«

Mathilde schwieg und spähte sehnsüchtig nach ihrer Handtasche, wo ihre Gauloises schlummerten. Die süßen Calissons hatten leider nicht ausgereicht, ihren Appetit auf einen Glimmstängel zu dämpfen. Aber sie würde standhaft bleiben. Erneut stieß sie einen tiefen Seufzer aus.

»Mehr wusste Père Joseph nicht. Weder auf welche Weise Leonice sich umgebracht haben soll, noch wo, noch wer den Totenschein ausgestellt hat. Maille hat ihm nichts erzählt, er hat nicht gefragt. Ich glaube, dieser Priester hat selbst viel durchgemacht. Vielleicht ist er deswegen so, also so wenig neugierig und verschwiegen. Das Ganze war vor drei Monaten. Im Sommer hat er das Mädchen beerdigt. Und nun ist ihr Bruder tot. Und wenn der nun recht mit seinem Verdacht hatte, seine Schwester sei nicht freiwillig in den Tod gegangen? Genauso wenig wie er selbst?«

Mathilde kehrte zu ihrem Schreibtisch zurück, setzte sich und streckte ihr rechtes Bein aus. Seit dem Attentat war sie offensichtlich wetterfühlig. Ein Pochen unterhalb der Narbe, die eine Kugel hinterlassen hatte, sagte ihr, dass es bald kälter werden würde.

»Rachid, Sie sprechen bitte mit Flauberts Professor. Kann das Thema Hologrammtechnik für einen Journalisten brisantes Material ergeben? Wenn ja, wer könnte daran interessiert sein, Flaubert wegen dieses Wissens zu ermorden? Und Sie, Felix, versuchen bitte, so viel wie möglich über Mailles Schwester herauszufinden.

Sprechen Sie noch einmal mit Père Joseph. Wir brauchen einen Anhaltspunkt, wo das Mädchen zuletzt gelebt hat. Um den Totenschein und damit die Antwort auf die Frage, wo und wie Leonice sich das Leben genommen haben soll, werde ich mich kümmern.« Und um den Floh, den sich meine liebe Odile ins Ohr gesetzt hat, fügte sie in Gedanken hinzu.

Kapitel 21

Mathilde legte den Hörer auf. Sie wusste sich keinen Rat mehr. Vor einer Stunde hatte sie noch verkündet, sie kümmere sich darum, wo und wie Leonice Howard sich das Leben genommen hatte, wollte in Erfahrung bringen, wer den Totenschein ausgestellt hatte. Und nun? Nichts. Bei einem Selbstmord war, wie bei einem Gewaltverbrechen, die Polizei hinzuzuziehen. Sie entschied, ob Ermittlungen angestellt wurden. Doch der Suizid einer Leonice Howard war nirgendwo aktenkundig geworden. Auch keine Meldung an den ONS, den *Observatoire national du suicide*, ein Forschungsinstitut, das sämtliche Informationen zu Suiziden in Frankreich sammelte und auswertete. Sie griff nach ihrem Handy und wählte Felix' Nummer.

»Felix, waren Sie schon bei Père Joseph? Sie sind auf dem Weg. *Bien.* Vielleicht fällt ihm doch noch was ein. Es ist nicht zu glauben, aber Leonice' Tod ist nirgendwo registriert. Sie kann in der Bretagne gestorben sein oder in Lothringen oder weiß der Teufel wo. Haken Sie auch noch mal bei Boisset nach, obwohl von ihm wahrscheinlich nicht viel mehr zu erwarten ist. Und halten Sie mich auf dem Laufenden. *À bientôt.*«

Nein, von Boisset Antworten auf die Fragen nach Leonice Howard zu erhalten, war höchst unwahrscheinlich. Er wusste bis jetzt ja noch nicht einmal, dass Mailles Schwester tot war. So kamen sie nicht weiter. Ein Journalist, vergiftet mit einem alten Hexenkraut und keine Idee, wer ihm das Zeug verabreicht hatte. Seine Schwester und die Frage, wo und wie sie aus dem Leben geschieden war. Ein erschlagener Student mit einer Visitenkarte von Maille in der Hosentasche. Und nicht der kleinste Anhaltspunkt, wie alles zusammenhing.

Mathilde schaute auf die Uhr. Halb zwei. Es machte keinen Sinn, hier zu sitzen und zu grübeln. Im Moment kam sie einfach nicht weiter. Sie würde heute früher das Büro verlassen und mit Odile nach Montauban-sur-Vidourle fahren. Obwohl sie ihr versichert hatte, beide Freundinnen seien eines natürlichen Todes gestorben, hatte Odile nicht lockergelassen. Da halfen auch die Hinweise auf zwei regulär ausgestellte Totenscheine ohne Verdachtsmomente und die Worte des Bürgermeisters, wie einfühlsam man bei den Lichttemplern mit den alten Menschen umging, nichts. Die gute Seele blieb stur. Und nicht nur das. Odile hatte ihre Spürnase erneut eingesetzt.

Wenn schon zwei ihrer Bekannten die alte Komturei als letzte Wohnstätte ausgewählt hatten, warum nicht auch eine dritte? Diese Wohnresidenz bot alles, was sich ein älterer Mensch nur wünschen konnte. Und Altersruhesitze mit solch einem hervorragenden Renommee waren in dieser Gegend rar gesät. Odile hatte ihr altmodisches Notizbüchlein, in dem die Seiten noch einzeln nach den Buchstaben des Alphabets aufgeblättert werden konnten, zurate gezogen und einige ihrer Freundinnen angerufen. Bei der neunten Nummer war sie fündig geworden. In der Wohnung von Babette Regnier lebte jetzt deren Neffe. Er konnte Odile mitteilen, dass Babette seit einem halben Jahr in Montauban lebte, inmitten der Gemäuer des *Ordre du Temple de la Lumière.* Und dieser Freundin beabsichtigte Odile, einen Überraschungsbesuch abzustatten. Und Mathilde hatte ihr versprochen, sie, wenn es ihre Zeit zuließ, dorthin zu kutschieren.

*

Eine Stunde später waren die beiden Frauen auf dem Weg nach Montauban-sur-Vidourle. Odile hatte sich einen dicken Schal bis über die Ohren gezogen. Ihre Hände steckten in selbst gestrickten Handschuhen, und an den Füßen trug sie derbe Schuhe, von denen Mathilde wusste, dass mollige Lammfellsohlen darin steckten.

»Odile, du übertreibst. So kalt ist es doch nun auch wieder nicht. Vertrau meinem Bein, die Kälte wird erst noch kommen.«

»Phh, die Cevennen sind für ihre Wetterkapriolen bekannt. Und der Oktober erst recht. Ehe du dich versiehst, bricht der Winter ein. Und außerdem zieht es in deinem Auto. Das Verdeck ist nicht dicht. Wie kann man nur auf die Idee kommen, sich ein Cabrio zuzulegen?«

Mathilde hatte sich das grüne Peugeot-Cabrio im letzten Frühling gekauft. Der Wagen war so alt wie sie, und es gab keinen größeren Genuss, als sich bei offenem Verdeck den Wind durch die Haare wehen zu lassen.

»Wenn nicht hier, wo dann, meine liebste Odile? Viele beneiden uns um unser Wetter. Wir sind der Süden. Die Leute kommen nicht umsonst in den Midi, um hier Urlaub zu machen.«

»Ja, ja. Und wenn es draußen vierzig Grad hat, brutzelt dir das Hirn weg«, schnaubte Odile.

Mathilde lachte. Sie war mit der Fürsorge der Haushälterin aufgewachsen, und die hatte noch keinen Deut nachgelassen. Rauch nicht so viel! Was ist das für ein Fleck auf deiner Bluse, so gehst du mir nicht aus dem Haus! Zieh dich warm an! Setz einen Sonnenhut auf! Schmatz nicht so! Schlürf nicht so! Die Untersuchungsrichterin musste sich eingestehen, dass sie es genoss, so umsorgt zu werden.

»Was hast du eigentlich in deiner Tasche? Ein Geschenk für deine Freundin Babette?«

Die große Handtasche stand eingeklemmt zwischen Odiles Füßen auf dem Boden, damit sie nicht in einer Kurve, in die Mathilde ihren Wagen mit Schwung manövrierte, umkippte.

»Eine Flasche selbst gemachten *Liqueur de Pêches*. Haben Lucette und ich im Sommer für den Hofladen gemacht. Schmeckt, als würdest du in einen frischen Pfirsich beißen. Kein Vergleich zu diesem parfümierten Zeug, das es sonst wo zu kaufen gibt.« Odile schnalzte mit der Zunge.

»Das ist nichts für mich, das süße Zeug. Und meinen Weißwein würde ich mit so was nie im Leben verschandeln.«

»Das weiß ich. Deshalb sind ja auch noch ein paar Flaschen von unserem Likör übrig«, entgegnete Odile neckend.

»*Wow*, schau dir das an.« Mathilde fuhr auf einen großen

gekiesten Parkplatz. Vor ihnen erstreckte sich auf einer Anhöhe eine lange Mauer aus Bruchsteinen, die die gesamte Komturei umgab. Die Ecken wurden von dicken Rundtürmen gefasst. »Wenn Martin das sehen könnte. Ob er die Anlage kennt?«

Hinter der Mauer, die an drei Stellen durch zwei niedrige Fußgängerpforten und ein breites geöffnetes Zufahrtstor durchbrochen war, erhob sich ein runder Turm mit einem kegelförmigen Dach, dessen Mauern durchlöchert wie ein Schweizer Käse aussahen. Von den übrigen Gebäuden innerhalb der Umfassung konnte man lediglich die Ziegeldächer erspähen.

»Da schau, ein Taubenturm, ein *pigeonnier*«, erläuterte Odile mit Kennermiene. »In den Löchern leben und brüten die Tauben. Wir hatten hinter dem Château auch mal einen. Er ist abgerissen worden, als dein Großvater noch ein kleiner Junge war. Hat er mir erzählt. Auf dem Gemälde des Schlosses, das in der Bibliothek hängt, ist er im Hintergrund zu sehen.«

»Stimmt. An der Stelle steht heute der Pavillon.«

»Ja, viele der Taubentürme sind verschwunden. Dein Großvater hätte ihn nie abreißen lassen. Wahrscheinlich würde der Turm sowieso unter Denkmalschutz stehen. Sie waren ein Wahrzeichen für Reichtum. Sogar auf Bauernhöfen. Der König musste allerdings um Erlaubnis gefragt werden, wenn man einen bauen wollte. Und so manches dieser Täubchen, das dort nistete, ist natürlich auf dem Teller gelandet. Ein *pigeon farci aux champignons et châtaignes*, das wär doch was für nächsten Sonntag. Taube, gefüllt mit Champignons und Esskastanien. So, jetzt aber genug geschwatzt. Babette wird Augen machen, wenn sie mich sieht. Und du holst mich in einer Stunde wieder ab?«

Mathilde hatte sich auf der Fahrt spontan entschlossen, der Kirche von Montauban einen Besuch abzustatten. Auch wenn es nicht mehr danach aussah, dass Maille zu Missbrauchsfällen innerhalb der Kirche recherchiert hatte, war Montauban-sur-Vidourle das Städtchen, das nur wenige Kilometer vom Unfallort entfernt lag. Warum also nicht einfach an der Kirchentür klopfen und dem Priester ein paar Fragen stellen?

»Ich glaube kaum, dass dir eine Stunde reicht, um mit Babette Erinnerungen aufzufrischen. Ich werde wahrscheinlich eher früher kommen, um mir die Templerkomturei etwas genauer anzuschauen. Sie erscheint mir perfekt erhalten. Und auch auf den Orden bin ich neugierig. Frag Babette mal ein wenig aus, ich bin gespannt, was sie über ihn zu erzählen hat.«

Kapitel 22

Père Joseph war in der Tat ein in jeder Hinsicht beeindruckender Mann. Felix hatte sich telefonisch bei ihm angemeldet, und der Priester hatte einem Treffen direkt zugestimmt. Allerdings nicht, ohne Felix schon am Handy zu sagen, er glaube nicht, der Polizei weitere Hinweise auf Luc Maille und dessen Schwester geben zu können.

Père Joseph empfing den Lieutenant in seiner Wohnung, die sich im Erdgeschoss eines unmittelbar neben der Kirche liegenden Vierparteienhauses befand. Aus der kleinen Küche, die durch einen Vorhang vom Wohn-Ess-Zimmer abgetrennt war, drang der aromatische Duft frisch aufgebrühten Kaffees. Felix hatte das Angebot, eine Tasse mit dem Priester zu trinken, dankbar angenommen, und so saßen die beiden wie zu einem gemütlichen Plausch verabredet an dem niedrigen Couchtisch, der überladen war mit Zeitungen und Büchern. Ein handschriftliches Manuskript lag auf dem Sofa, daneben eine Lesebrille.

Père Joseph entging der neugierige Blick des Polizisten nicht. »Meine Predigt für den nächsten Sonntag. Meine Gemeinde erwartet von mir Antworten auf die drängenden Fragen dieser Zeit. Antworten, die ich den Menschen nicht geben kann. Aber ich kann versuchen, sie in ihrem Glauben zu bestärken und selbst aktiv zu werden, Missstände zu verbessern, oder noch besser, sie auszurotten. Aber was kann ich für Sie tun, *mon lieutenant?* Wie ich Ihnen schon am Telefon sagte, ich denke, ich habe Madame le Juge alles erzählt, was ich weiß.«

»Père Joseph, oder ist es Ihnen lieber, wenn ich Sie Monsieur Demba nenne …?«

»Nein, nein, Père Joseph ist in Ordnung. So nennen mich alle.«

Felix starrte für einen Moment auf das dunkle Gebräu in seiner Tasse und dachte in dieser Sekunde, dass er noch nie einen Menschen mit einer solch tiefschwarzen Haut gesehen hatte. Er merkte, wie er errötete. Durfte man das überhaupt denken? Oder war dieser Gedanke schon rassistisch? So ein Quatsch. Er trank einen Schluck und verbrannte sich prompt den Mund.

»Ja, dann Père Joseph. Manchmal fallen einem im Gespräch Dinge ein, denen man vorher keine Bedeutung beigemessen hat. Kleinigkeiten, ein Wort, eine Geste, ein Gesichtsausdruck. Luc Maille kam also zu Ihnen, weil er sich wünschte, dass seine Schwester Leonice auf einem geweihten Friedhof beerdigt wird. War das Mädchen so gläubig? War Maille Ihrer Kirche besonders verbunden?«

»Wohl kaum. Ich habe ihn vorher noch nie hier gesehen Ich kannte Maille aus dem Bistro hier in der Nähe. Wir haben ein-, zweimal ein Wort miteinander gewechselt. Das Wetter, ein Fußballergebnis. Ich weiß es nicht mehr. Auf jeden Fall waren es belanglose Dinge. Nichts Tiefschürfendes. Und Leonice habe ich nie kennengelernt. Ich weiß also nicht, ob sie an Gott geglaubt hat.«

»Hat Luc Maille Ihnen gegenüber erwähnt, wer sich geweigert hat, das Mädchen zu beerdigen?«

»Ich habe nicht gesagt, dass jemand sich geweigert hat. Das ist eine Vermutung von mir, mehr nicht. Maille hat darüber kein Wort verloren, und ich habe nicht danach gefragt.« Père Joseph saß aufrecht in seinem Sessel, seinen Kaffee hatte er nicht angerührt. »Allerdings fällt mir da eine kleine Geschichte ein, die mich sehr berührt hat. Sie wird Ihnen bei Ihrer Suche, wo und warum das Mädchen gestorben ist, wohl nicht weiterhelfen. Aber ich will Sie Ihnen trotzdem gerne erzählen.«

Der Priester lehnte sich nach hinten, schloss die Augen, fuhr sich mit den beiden Mittelfingern kreisend über die Stirn und begann, mit leiser Stimme zu reden.

»Aponi, er nannte seine Schwester einmal Aponi, nicht Leonice.

Ich habe ihn gefragt, was das für ein Name sei. Es ist ein indianischer Name und bedeutet Schmetterling, hat mir Maille dann erklärt. Und der Schmetterling habe eine ganz besondere Bedeutung. Ich weiß jetzt nicht, ob Maille das nun ein Trost war. Man kann es sich bei einem solchen Mann eigentlich nicht vorstellen. Ein Journalist, der für seine brillanten Recherchen bekannt war, glaubt doch nicht an Esoterik oder Übersinnliches.«

Père Joseph hielt inne. So ganz hatte Felix ihm nicht folgen können. Was hatte es denn nun mit dem Schmetterling auf sich, und wieso sollte das Tierchen Maille ein Trost gewesen sein? Noch bevor er fragen konnte, fuhr der Priester fort:

»Ob Leonice diesen indianischen Namen schon immer hatte, weiß ich nicht. Oder ob Maille oder wer auch immer ihr den Namen gegeben hat. Sonst hat er weiter nichts zu diesem Namen gesagt. Ich habe dann selbst nachgeschaut. Der Schmetterling ist ein ganz besonderes Tier. In vielen Kulturen betrachtet man ihn als die auferstandene Seele eines Verstorbenen, ein Symbol der Wiedergeburt und Unsterblichkeit. Und bei den Indianern verkörpert dieses Insekt den Geist eines Toten. Wenn man einen Schmetterling sieht, so erinnert man sich des Verstorbenen und findet in dem Gedanken Kraft, dass der Tod nicht das Ende ist, sondern der Beginn eines neuen Lebens. Und für die Hinterbliebenen ist der Glaube tröstlich, dass die Verstorbenen in der Gestalt eines Schmetterlings über die Lebenden wachen. Sie sind sozusagen Botschafter aus der Welt, in die wir alle irgendwann hineingehen werden. Ein schöner Gedanke, nicht wahr?«

Ja, ein schöner Gedanke. Aber nichts, was Felix weiterbrachte. Und so verabschiedete er sich fünfzehn Minuten später von Père Joseph, der es sehr bedauerte, der Polizei keine brauchbaren Hinweise geben zu können.

Zwanzig Minuten später verließ Felix auch Leons Bistro, wo er sich mit Bob Boisset verabredet hatte. Boisset konnte es kaum glauben, dass Luc Mailles wunderschöne Schwester nicht mehr unter den Lebenden weilte. Und dass sie Selbstmord begangen haben sollte, war für ihn unfassbar. Was kam einem so hübschen jungen Ding denn nur in den Kopf? Auf die Nachricht brauchte Boisset einen Pastis mit ganz wenig Wasser. Und einen zweiten, um das Gehörte wirklich zu verdauen. Doch zu dem, was er Felix und dem Commandant bereits zu erzählen wusste, hatte er nichts hinzuzufügen gehabt.

Felix wählte Mathildes Handynummer. Es meldete sich nur die Mailbox, und er fasste mit knappen Worten die Ergebnisse der beiden Gespräche zusammen. »... Viel ist es also nicht, Madame le Juge, und ich bezweifle, dass uns die Schmetterlingsstory groß weiterhilft.«

Die beiden Befragungen von Père Joseph und Boisset waren erheblich kürzer gewesen, als Felix eingeplant hatte. Noch würde es drei Stunden dauern, bis es dunkel wurde. Und Rachid hatte ihn darum gebeten, den Unfallort noch einmal in Augenschein zu nehmen. Allerdings war ihm dabei die Leiche von Christian Flaubert in die Quere gekommen.

Er stieg in seinen Wagen und gab Montauban-sur-Vidourle in sein Navi ein. In weniger als einer Stunde wäre er an dem Ort, wo Luc Mailles Wagen in den Abgrund gestürzt war. Sich noch einmal dort umzuschauen konnte in der Tat nicht schaden.

Nach fünfzig Minuten Fahrt stellte Felix sein Auto einige Hundert Meter von der Unfallstelle entfernt auf einem Wanderparkplatz ab. Er ging entlang der Straße, auf der ihm nur ein Wagen hupend entgegenkam. Ansonsten herrschte Stille, die nur vom heiseren Schrei eines Greifvogels auf Beutezug unterbrochen wurde. Felix legte den Kopf in den Nacken und erspähte den Jäger über den Baumwipfeln. Soweit er erkennen konnte, zog ein Mäusebussard in elegantem Schwung seine Kreise. Vor vier Wochen war er mit Sabine im Tal der Jonte gewesen. Sie hatten ein Zimmer in einer romantischen kleinen Pension gemietet und sich ein Wanderwochenende gegönnt. Sabine hatte ihn auf die verschiedenen majestätischen Greifvögel aufmerksam gemacht, und sie hatten erstmals am Himmel die ausgewilderten Bartgeier mit eigenen Augen gesehen. Der Flug dieser Vögel faszinierte Felix ungemein. Mit welcher Grazie sie sich den Luftströmungen anvertrauten und mit welcher Präzision sie ihre Beute auf dem Boden oder in der Luft schlugen. Gut, die Bartgeier waren Aasfresser. Doch mit einer Flügelspannweite von fast drei Metern waren sie imposante Könige der Lüfte.

Felix erreichte die durchbrochene Steinmauer. Ein rot-weißes Absperrband und ein in die Mitte der Mauer gerollter Felsbrocken warnten die Vorbeifahrenden vor der Gefahrenstelle. Vorsichtig stieg Felix den Abhang hinunter. Steine rollten unter seinen Füßen hinab, und fast wäre er selbst ins Rutschen gekommen, wenn er nicht die tief hängenden Zweige einer knorrigen Steineiche zu fassen bekommen hätte. Am Fuße des Hangs zeugten nur noch durch Ruß dunkel verfärbte Felsbrocken und versengtes Buschwerk von dem, was sich vor ein paar Tagen hier zugetragen hatte.

Das ausgebrannte Autowrack war mittlerweile von der Kriminaltechnik zum Verschrotten freigegeben worden. Felix wusste selbst nicht so genau, nach was er eigentlich Ausschau hielt. Und so heftete er seine Augen auf den Boden, drehte hier und da einen Stein um, betrachtete kritisch abgebrochene Äste, ohne dass es ihn in diesem vertrackten Fall auch nur einen winzigen Schritt näher zu einer Lösung gebracht hätte. Was hatte er denn erwartet?, fragte er sich selbstkritisch. Dass das Team der Spurensicherung etwas übersehen haben könnte? Die Leute machten ihre Arbeit ausgezeichnet. Verdrossen schob er mit dem Fuß ein paar Blätter auseinander. Was war das? Felix bückte sich und hob das Ding auf. Nichts. Der abgerissene und mittlerweile verrostete Verschluss einer Getränkedose. Er steckte ihn in die Tasche seiner Jacke. Aber da war noch etwas anderes gewesen. In dem Moment, als er seinen Fund aufgehoben hatte, glaubte er gedämpfte Schritte gehört zu haben. Nicht in direkter Nähe. Felix lauschte angestrengt. Er war sich sicher, es waren menschliche Schritte auf weichem Boden gewesen.

»Hallo, ist da jemand?«

Felix bewegte sich in die Richtung, aus der er das Geräusch gehört hatte. Eindeutig, es waren Schritte, die nun beschleunigt wurden. Felix rannte los, näherte sich der Person, die offensichtlich vor ihm flüchtete.

»Bleiben Sie stehen, Sie haben nichts zu befürchten. Verdammt noch mal, Sie sollen stehen bleiben.«

Felix legte noch einen Zahn zu, bog auf dem Waldweg, den er nun erreicht hatte, um eine Kurve. Und da sah er die Person, eine Gestalt in einem dunklen Kapuzenpullover. Schlank, nicht sehr groß und verdammt schnell. Felix begann zu keuchen, und ein unvermitteltes Seitenstechen raubte ihm fast die Luft. Er musste anhalten. Die Person verschwand mit federnden Schritten aus seinem Blickfeld. Was hatte sie hier gewollt? Felix atmete tief in den Bauch, die Stiche ließen nach. Wahrscheinlich war er lediglich einem Jogger auf den Fersen gewesen oder einem Wanderer oder einfach jemandem, der von dem Autounfall gehört oder gelesen hatte und am Ort des Geschehens seine Neugierde befriedigen wollte. Und es war ziemlich sicher ein jüngerer Mensch gewesen. Flink wie ein Reh war er ihm entkommen. Und wer jenseits der dreißig trug noch einen Kapuzenpullover, den auf der Rückseite ein Glitzertotenkopf zierte?

Felix kletterte den Abhang hoch zur Straße und trottete zu seinem Auto zurück. Der Tag hatte bis jetzt nichts gebracht. In der Nähe, nur wenige Kilometer entfernt, lag Montauban-sur-Vidourle. Er würde den Kollegen der Police municipale dort einen Besuch abstatten. Vielleicht war ihnen Luc Maille irgendwann über den Weg gelaufen. Nachzufragen konnte auf keinen Fall schaden.

Durch den kleinen Ort war Felix schon öfter durchgefahren. Angehalten hatte er hier noch nie. Er staunte nicht schlecht, als er das Schild entdeckte, das gleich hinter dem Ortseingangsschild den Gast herzlich willkommen hieß. Felix bremste ab, um es sich genauer anzuschauen. Man war offenbar äußerst mitteilsam in Montauban. Dreitausend Einwohner, ein Ort ohne Pestizide und dazu eine *ville fleurie*, also ein Städtchen, das sich seines reichen Blumenschmucks rühmte. Es gab zwei Hotels, eine Kirche, ein Heimatmuseum und ein *monument historique* aus dem 12. Jahrhundert, eine denkmalgeschützte ehemalige Komturei des Templerordens.

Felix fuhr langsam durch die Hauptstraße, zu der sich nach zweihundert Metern auf der rechten Seite ein länglicher Platz gesellte. Und da war es auch schon, das Dienstgebäude der Police municipale. Er parkte seinen Wagen neben einem grünen Peugeot älterer Bauart. Dort, wo heute die Stadtpolizei residierte, schien früher ein Ladenlokal gewesen zu sein. Davon zeugte noch die große Schaufensterfront, die in der unteren Hälfte nun dunkel getönt war. Darüber konnte man einen Blick in das Innere des Gebäudes werfen. Felix erkannte einen Tresen, vor dem ein Polizist mit einem ordentlichen Leibesumfang und eine schlanke Frau, die den Polizisten um einen Kopf überragte, standen. Felix kniff die Augen zu und öffnete sie wieder. Irgendwie war er ihm unbewusst gleich bekannt vorgekommen, dieser dunkelgrüne Peugeot. Nur hätte er ihn hier niemals vermutet. Seine Augen wanderten wieder in das Büro der Police municipale. Kein Zweifel. Auch die Haarpracht war unverkennbar. Vor dem Tresen im Polizeigebäude von Montauban-sur-Vidourle stand Madame le Juge.

Kapitel 23

Tagebucheintrag Luc Maille

Ich hatte mich verabschiedet, meine Visitenkarte auf den Schreibtisch gelegt, eine Karte von Docteur Salagou erbeten, weil ich mir sicher war, ich würde nicht das letzte Mal mit ihr sprechen. Seit dem letzten Eintrag ist einige Zeit vergangen.
Dieser Orden, er war der Anfang allen Übels. Als ich den Brief von Leonice im Briefkasten fand, wäre ich am liebsten sofort losgefahren, um sie wieder mit nach Hause zu nehmen. Sie hatte mir ja immer wieder von diesen Gutmenschen, die dort leben, erzählt. Nach jedem Besuch war sie ein Stück mehr beseelt von diesem Ort und seinen Bewohnern, den Lichttemplern in der alten Templerkomturei von Montauban-sur-Vidourle.
Sie hat sich verändert nach ihrem Umzug zu diesen Leuten. Ich wollte Leonice besuchen, und sie hat es von Anfang an abgeblockt. Sie ist nach Nîmes gekommen. Warum wollte sie mich nicht bei den Lichttemplern sehen? Ich war einverstanden, weil ich sie nicht verlieren wollte. Und habe sie doch verloren. Bei ihrem letzten Besuch versuchte ich, sie zum Bleiben zu überreden. Keine Chance. »Luc, mein Zuhause ist jetzt woanders.« Irgendwann kam sie gar nicht mehr. Auch am Telefon wirkte sie abweisend. Ein letztes Treffen fand dann doch in der Nähe ihres neuen »Zuhauses« statt. Wir haben uns in einer Bar verabredet. Nach fünf Minuten war unser Gespräch beendet. Wenn ich überhaupt noch Kontakt zu ihr halten wolle, solle ich sie bitte endlich in Ruhe lassen. Sie würde sich melden, versprochen. Ich habe ihren Wunsch akzeptiert und sie nicht mehr gesehen.

Das Gespräch mit dem Pfarrer von Montauban war wenig aufschlussreich. Ich hätte mir gewünscht, mehr von ihm zu erfahren. Ein netter älterer Herr, der alle Hände voll damit zu tun hat, seine versprengten Schäfchen zusammenzuhalten. Bis auf die Tatsache, dass die Lichttempler die alte Templerkirche entweiht haben, das heißt, das war Sache des zuständigen Bischofs, und dies Père Émeric immer noch ein ziemlicher Dorn im Auge ist, hat er sich kaum zum Orden und den Leuten, die in den alten Gemäuern wohnen, geäußert. Weder negativ noch positiv. Ich habe den Eindruck, er beherzigt das Motto: Leben und leben lassen. Allerdings hat er Verständnis dafür gezeigt, dass ich Leonice nicht in der Nähe von Montauban beerdigt sehen möchte. Und nun hat meine kleine Schwester ihre letzte Ruhe auf dem Friedhof der Kirche Notre-Dame-des-Enfants gefunden. Ich habe es ja nicht weit, um sie dort zu besuchen. Ob sie traurig war, dass nur ich sie auf diesem Weg begleitet habe? Ich habe es einfach nicht fertiggebracht, diese Leute, diese Ordenstypen, zu informieren. Docteur Salagou hat mich mehrfach angerufen, um den Termin der Beisetzung in Erfahrung zu bringen. Ich wäre ausgerastet, wenn ich eine oder einen dieser Lichttempler am Grab gesehen hätte.

Und ich bin weiterhin der festen Überzeugung, Leonice wäre niemals freiwillig in den Tod gegangen, wenn diese Menschen ihr wirklich etwas bedeutet hätten. Victorine Salagou ist da ganz anderer Meinung. Sie sprach von einer tief sitzenden psychotischen Depression, unter der meine Schwester angeblich gelitten haben soll. Und sie glaubt auch, diese habe mit dem tödlichen Wanderunfall ihrer Eltern begonnen. Verlustängste seien häufig eine Ursache für diese schwere Erkrankung. »Ihre Schwester hat zuletzt den Bezug zur Realität verloren, Monsieur Maille.«

Der erste Kontakt von Leonice zum Ordre du Temple de la Lumière *hätte mich aufhorchen lassen müssen. So euphorisch kam sie zurück von diesem Vortrag. Keine zwei Tage später ein neuer Grund, nach Montauban zu fahren. Ein Konzert. Eigentlich nichts dagegen einzuwenden, natürlich ist sie hin. Ich war in diesen Tagen dabei, meine Reise nach Peking vorzubereiten. Ein kleines, aber feines Treffen der führenden Rüstungsnationen zum Thema »Verbot« autonomer Waffensysteme. Haha. Journalisten der teilnehmenden Länder waren dazu eingeladen. Leonice wäre gerne mitgekommen. Allerdings fehlte mir das nötige Kleingeld, um ihr diese Reise zu ermöglichen. FATAL.*

Auch diese Trennung muss laut Docteur Salagou etwas in Leonice ausgelöst haben. Fünf Tage China! Fünf Tage, die eine in ihr schlummernde Psychose zum Leben erweckten? Ganz ehrlich, mir will das einfach nicht in den Kopf. Da muss mehr dahinterstecken. Eine so gravierende Trennung, dass sie meine Schwester in tiefste Verzweiflung stürzte, so tief, dass das Leben für sie keinen Sinn mehr machte, war doch diese Chinareise nicht. Oder? Fange ich schon an zu zweifeln? Nein, so weit wäre Leonice nicht gegangen. Vier Tage in München, drei in Dublin, fünf in Genf. Und nichts ist passiert. Doch wenn die Ärztin recht mit dieser Idee von Trennungsängsten hat und ich bin nicht der Auslöser gewesen, WER hat sie dann im Stich gelassen und dieses Drama heraufbeschworen? Gleichgültig, ob Leonice freiwillig in den Tod gegangen ist – wenn eine Trennung der Auslöser war, trägt DER, der sie vollzogen hat, die Schuld an ihrem Tod. Diese Person hat sie getötet. Und die Ärztin schweigt dazu. Will partout nicht damit rausrücken, WER infrage kommt. Ja, der Tod ihrer Eltern hat sie mitgenommen. Aber sie kam als aufgeschlossenes, fröhliches Mädchen bei mir an. Nie habe ich sie für depressiv gehalten. Und fünf Tage China, verehrte Madame le docteur, erlauben Sie, dass ich lache, sollen ausgereicht haben? Ich werde Ihnen wohl weitere Fragen stellen müssen. Wissen Sie, das ist mein Beruf.

Kapitel 24

Nachdem Mathilde Odile abgesetzt hatte, war sie auf direktem Weg nach Montauban-sur-Vidourle gefahren.

Schon von Weitem erkannte man den Turm der Dorfkirche, der mit einer zierlichen eisernen Bekrönung endete, einem Glockenkäfig, der die Glocke wie ein kostbares Schmuckstück umschloss. Kaum jemand war auf den Trottoirs oder Straßen unterwegs, Montauban war zu dieser Jahreszeit ein verschlafenes Nest. Mathilde passierte das Dienstgebäude der Police municipale. Hier sollte sie später auch noch kurz vorbeischauen. Die Dorfpolizisten waren zwar nicht in den Fall des toten Journalisten eingebunden, aber ein Gespräch mit ihnen konnte nichts schaden.

Auf den Parkflächen standen nur wenige Autos, ausnahmslos alle aus der Region. Den Platz, auf dem laut Hinweisschild montagmorgens die Marktstände aufgebaut wurden, dominierte ein gewaltiges Kriegerdenkmal. Vier aus einem Felsen herausgemeißelte Soldaten schienen dem wuchtigen Steinblock entkommen zu wollen. Einer von ihnen trug mit erhobener Hand eine Fahnenstange, an der die Trikolore aus Stoff mangels eines stärkeren Windes halbherzig wehte. Der Platz war bis auf eine getigerte Katze, die ihn in Windeseile überquerte, wie ausgestorben. Mathilde konnte sich das Treiben vorstellen, das hier in den Sommermonaten, wenn die Urlauber den Nationalpark der Cevennen eroberten, herrschte. Dicht gedrängt würden sie sich inmitten der Einheimischen am Markttag treiben lassen, um die Stühle der Cafés und Bars, in denen heute nur die Stammgäste unter sich blieben, wahre Kämpfe ausfechten.

Mathilde parkte ihren Peugeot vor einem Schuhgeschäft, dessen Auslage sich zurzeit an Wanderer und Pantoffelträger wandte. Ein Pappschild in der Eingangstür wies die Kundschaft darauf hin, dass der Laden von Oktober bis Februar am Nachmittag geschlossen blieb. Wenig Kundschaft erwarteten wohl auch das Blumengeschäft und der Souvenirladen, die Rollgitter waren heruntergelassen. Sogar in der Boucherie war es dunkel. Der Grill, der sonst vor der Tür stand und in dem sich die Hähnchen am Spieß drehten, war im Verkaufsraum der Metzgerei platziert. Doch an der Grundversorgung der Dorfbevölkerung an Brot, Getränken und Medizin fehlte es nicht. In der Boulangerie brannte Licht, der rot leuchtende Schriftzug TABAC der *Bar-Tabac* blinkte mit dem grünen Kreuz über dem Eingang zur Pharmazie um die Wette. Rot und grün. Nicht mehr lange hin bis Weihnachten, fuhr es Mathilde durch den Kopf, war doch der traditionelle Weihnachtsbaum der Familie de Boncourt mit roten Glaskugeln am grünen Baum geschmückt, solange sie sich erinnern konnte. In ein paar Wochen würde in Montauban zwischen den zurückgeschnittenen Platanen in ihrem typisch in allen Brauntönen gemusterten Rindenkleid die Beleuchtung für die Festtage installiert werden. Mathildes Blick blieb am Friseursalon *Kitty* hängen, in dem eben eine ältere Frau in einem rosa Kittel einer Kundin Lockenwickler aus dem Haar drehte. Montauban im Oktober, ein typisches, außerhalb der Saison verschlafenes Dorf in den Cevennen.

Mathilde wandte sich zur Kirche, einem schlichten, schmucklosen Gebäude mit einem Rundbogenportal. Auf einem umlaufenden Gesims saßen vier Tauben, die ihre Köpfe im Gefieder versteckten. Der Glockenturm mit seiner aufwendigen geschmiedeten Haube stand wie ein Fremdkörper neben dem Gotteshaus. Die Untersuchungsrichterin drückte die Klinke des Portals herunter. Verschlossen. Vielleicht gab es ja an der Seite noch einen weiteren Zugang. Mathilde ging rechts um die Kirche herum und entdeckte eine niedrige Tür, die sich in diesem Moment öffnete. Ein junges Mädchen trat heraus, in der Hand zwei verwelkte Chrysanthemensträuße.

»*Bonjour*, Mademoiselle, ist der Pfarrer zu sprechen?«

»Da haben Sie aber Glück, Madame. Er ist eben aus Ganges zurückgekommen. Père Émeric betreut schließlich fünf Pfarreien. Er schrubbt täglich zig Kilometer. Seine Gemeinden liegen total weit auseinander. Das müssen Sie sich mal vorstellen, früher hatte jede Pfarrei ihren eigenen Priester. Und das in seinem Alter. Er ist ja schon seit Jahren eigentlich in Rente. Aber es hat sich kein Nachfolger gefunden. Und so lange wird er weitermachen. Was wollen Sie denn von ihm?«

Mathilde hatte erst gar nicht versucht, den Redefluss der jungen Dame zu stoppen. Man traf schließlich selten auf so auskunftsfreudige Menschen.

»Ich habe nur ein paar Fragen an ihn. Wo finde ich Père Émeric?«

»In der Sakristei. Gehen Sie hier durch und dann gleich nach rechts. Sagen Sie ihm, ich bringe nur die Blumen auf den Kompost. Bin gleich wieder da.«

Mit schnellen Schritten enteilte das Mädchen. Neugierig war sie also auch. Nur schnell zurück, um zu erfahren, was los war. Mathilde trat ein. Ein Hauch von Weihrauch drang in ihre Nase. Kurz schaute sie sich um. Wie das Äußere war auch das Innere der Kirche sehr schlicht. Ein einfacher Saal, den Rundbogenfenster, deren Glas ein abstraktes grau-blaues Muster aufwies, erhellten. Rechts von ihr stand ein Taufbecken, das erheblich älter als die Kirche sein musste. Mathilde hatte nicht viel Ahnung, aber die vier steinernen Personen, die das Becken hielten, erinnerten sie an die Portalfiguren der Abteikirche von Saint-Gilles.

Ein Scheppern ließ Mathilde zusammenfahren, irgendetwas aus Metall war auf den alten, unebenen Steinboden gefallen. Das Geräusch kam aus der Sakristei. Neugierig betrat sie den kleinen Raum, der an drei Seiten bis unter die Decke reichende Wandschränke aus Holz besaß, deren Türen mit einem einfachen geschnitzten Kreuz verziert waren. Soeben richtete sich ein Mann auf, in der Hand den Deckel eines Kelchs, den er aufmerksam musterte. Mathilde schätzte den Priester auf Anfang siebzig. Man sah ihm an, dass er in jungen Jahren einen athletischen Körper besessen haben musste. Mit breiten Schultern stand er kerzengrade da und inspizierte den Deckel, ob dieser beim Aufprall auf den Boden beschädigt worden war. Noch hatte er Mathilde nicht bemerkt.

»Père Émeric?«

Der Priester zuckte zusammen und fuhr herum. War seine Statur auch schlank und aufrecht, so standen ihm die Jahre doch ins Gesicht geschrieben. Seine Haut erinnerte Mathilde an fahles, knittriges Pergament. Blaue Augen blickten aufmerksam durch schmale Gläser eines modernen Brillengestells, das auf einer ausgeprägten Hakennase saß. Den sonst kahlen Schädel umgab ein dichter, grau gelockter Haarkranz, weiße Haarbüschel sprossen aus den Ohren. Mit einem behänden Schritt war Père Émeric am Wandschrank und stellte den Kelch samt Deckel hinein. Er schloss ab, steckte den Schlüssel in die Hosentasche und wandte sich Mathilde zu, die er stumm musterte.

Sie konnte sich nicht erinnern, dass sie jemals beruflich mit einem Mann der Kirche zu tun gehabt hatte. Und nun führte sie innerhalb kurzer Zeit Gespräche mit zwei Priestern, deren Wirkung auf sie nicht unterschiedlicher hätte ausfallen können. Beide groß, beeindruckend, physisch wie auch in der Ruhe, die sie ausstrahlten. Doch wenn Père Joseph ein offenes, einnehmendes Wesen hatte, so erweckte Père Émeric in Mathilde den Eindruck eines Raubvogels, der aufmerksam beobachtete, jedoch abwartend und auf der Hut war. Auf der Hut wovor?

»*Bonjour,* mein Name ist Mathilde de Boncourt, ich bin Untersuchungsrichterin aus Nîmes und habe ein paar Fragen an Sie. Können wir uns vielleicht setzen? Ach ja, und ich soll Ihnen ausrichten, die junge Dame mit den Blumen sei gleich wieder zurück.«

»Marion.«

Die Stimme des alten Priesters war klar und fest. Er wies auf zwei Holzstühle. Auf einem lag ein Messgewand.

»Warten Sie, ich hänge es eben auf.« Die frische Stimme von Marion drang in die Sakristei. Und schon war die junge Frau dabei, das trapezförmige Gewand über einen Bügel und anschließend in den Wandschrank zu hängen. »Soll ich hier noch ein wenig aufräumen?«

»Danke, Marion, aber ich glaube, Madame le Juge möchte mit mir alleine sprechen. Wir sehen uns dann übermorgen, die Kirche ist für die Hochzeit der Renards vorzubereiten.«

Marion blieb noch einen Augenblick in der Tür stehen. Dann zuckte sie mit den Schultern. »Wie Sie wollen. Dann, *au revoir*, Madame, Père Émeric.«

»Es riecht nach Weihrauch, nicht wahr?« Mathilde nahm auf dem frei gewordenen Stuhl Platz. Nach kurzem Zögern setzte sich auch der Priester.

»Ja, wir hatten eine Trauerfeier. Es ist für die Angehörigen tröstlich, wenn sie sich in ihrem Schmerz an Rituale klammern können. Und Weihrauch gehört eben dazu.«

»Eine Beerdigung? Gerade eben?«

»Nein, eine schlichte Trauerfeier. Der Leichnam ist bereits in Chile beigesetzt worden. Der Sohn eines Gemeindemitglieds hat seinen dort lebenden Bruder besucht und ist überraschend gestorben. Die Bestattung fand in Santiago statt. Die Angehörigen haben eine Trauerfeier auch in seinem Heimatort gewünscht. Und die war heute. Doch was kann ich für Sie tun, Madame le Juge?«

Mathilde kramte in ihrer Handtasche und zog ihr Handy heraus. Sie hatte von Luc Maille kein Foto dabei, weder vom lebenden noch vom toten Journalisten. Das Bild aus dem *Midi Libre* musste genügen. Schließlich hatte sie ursprünglich auch nicht geplant, den hiesigen Priester aufzusuchen.

»Père Émeric, wissen Sie, wer das ist?« Mathilde hielt dem alten Priester ihr Handy vor die Nase.

»Maille, der Journalist. Ich kannte ihn. Er war wegen seiner Schwester hier. Madame le Juge, auch an mir gehen die Nachrichten nicht einfach vorbei. Natürlich habe ich gelesen, dass er in der Nähe bei einem Autounfall ums Leben kam. Tragisch, sehr tragisch. Zuerst die Schwester und nun er.«

Mathilde stockte der Atem, sie hatte mit ihrem Besuch einen

Volltreffer gelandet. »Ja, Leonice Howard. Ich habe gestern mit Ihrem Kollegen, der das Mädchen im Sommer beerdigt hat, gesprochen. Père Joseph ist Seelsorger in der *Église Notre-Dame-des-Enfants* in Nîmes. Kennen Sie ihn zufällig?«

Der alte Mann blickte Mathilde spöttisch an. »Wo denken Sie hin, Madame. Wir sind zwar nicht mehr viele in unserer Branche, und ich kenne natürlich auch einige meiner Brüder, aber doch nicht jeden einzelnen. Nein, der Name sagt mir nichts. Gut, er hat Leonice beerdigt. Das freut mich.« Er seufzte zufrieden. »Aber das ist sicherlich nicht die einzige Frage, die Sie mir stellen wollen. Also, legen Sie los. Ich muss in einer Stunde zu einem Brautgespräch in Saint-Hippolyte-du-Fort sein.«

Mathilde zog ihren Notizblock und einen Stift aus der Handtasche und legte sich ihre Merkutensilien auf den Schoß. »Auf welche Weise hat sich Leonice Howard das Leben genommen? Und wo? Wer hat den Totenschein ausgestellt, und warum ist ihr Tod nicht aktenkundig geworden? Ich meine damit, hat es keine polizeiliche Examinierung gegeben? Und liege ich mit der Vermutung, dass Maille seine Schwester in Nîmes hat beerdigen lassen, weil kein anderer Priester eine Selbstmörderin in geweihter Erde bestatten wollte, richtig?«

Père Émeric lehnte sich, soweit dies möglich war, bequem auf seinem harten Holzstuhl zurück. Er verschränkte die Arme, dachte einen Augenblick nach.

»Sehr interessant und nicht ganz abwegig, Ihre Vermutung. Fangen wir also bei Ihrer letzten Frage an. Wissen Sie, Madame le Juge, die Zeiten haben sich geändert. Als ich hörte, dass die junge Frau sich das Leben genommen hat, bin ich zunächst davon ausgegangen, ihr Bruder würde sie gerne in der Nähe beisetzen lassen. Leonice wäre nicht der erste Mensch, der sich das Leben nimmt, den ich bestatte. Was glauben Sie, wie viele Einsame, Alte, Verlassene hier in den Bergen, in den Dörfern, in denen niemand mehr leben will, Hand an sich legen? Sollen all diese armen Seelen ohne den letzten Zuspruch Gottes bleiben? Nein. Diese Menschen waren des Lebens überdrüssig, depressiv, wussten keinen anderen

Ausweg mehr, und unser zunehmendes Wissen über depressive Erkrankungen hat auch die Kirche veranlasst, ihre Sichtweise auf Selbstmord zu ändern. Daher bleibt es uns Priestern überlassen, wie wir verfahren. Wie heißt es unter anderem im Katechismus der katholischen Kirche: *Man darf die Hoffnung auf das ewige Heil der Menschen, die sich das Leben genommen haben, nicht aufgeben. Auf Wegen, die Gott allein kennt, kann er ihnen Gelegenheit zu heilsamer Reue geben. Die Kirche betet für die Menschen, die sich das Leben genommen haben.* Wobei ich persönlich den Passus mit der Reue streichen würde. Mit anderen Worten, ich hätte Leonice Howard natürlich beerdigt.«

Er stockte und fuhr sich mit einer müden Geste über die Augen.

Mathilde kannte diesen Moment. Erinnerungen, Emotionen drängten an die Oberfläche. Sie ließ dem alten Mann Zeit, sich zu sammeln, und schwieg.

»Nun, gestorben ist das Mädchen im Krankenhaus von Ganges. Als man sie gefunden hat, lebte sie noch. Docteur Salagou hat den Totenschein ausgestellt. Sie ist Ärztin dort in der Klinik. Es gab keinen Zweifel an einem Selbstmord. Dieudonné Borie, er ist Polizist bei unserer hiesigen Police municipale, hat den Leichnam auf Geheiß des Bürgermeisters noch in Augenschein genommen, hatte aber ebenfalls keinen Zweifel daran, dass sich Leonice das Leben genommen hatte. Alles Weitere müssen Sie Docteur Salagou beziehungsweise Borie, unseren *Brigadier chef principal*, fragen.«

»Warum ein hiesiger Polizist? Warum niemand aus Ganges?«

»Weil Leonice hier in Montauban gelebt hat. Und hier ist sie auch gestorben.«

Mathilde hatte die wesentlichen Punkte ihrem Notizblock anvertraut. Sie konnte es kaum glauben. Nichts hatten sie über die Umstände von Leonice' Tod gewusst, und nun wurden alle Fragen durch diese eher zufällige Begegnung mit dem alten Priester beantwortet.

»Hier im Ort? Wo hat sie gelebt?«

»Nein, nicht direkt im Ort. Sie lebte in der Templerkomturei«,

Père Émeric verzog das Gesicht, »bei diesem Orden, dem *Ordre du Temple de la Lumière*, diesen Lichttemplern. Es ging ihr wohl schon länger nicht gut. Docteur Salagou hat sie fast ein halbes Jahr wegen schwerer Depressionen behandelt. Tja, und dann kam dieser Tag, an dem ihr das Leben nichts mehr bedeutete. Wie ein sterbendes Tier hat sie sich in den alten Schafstall der Komturei zurückgezogen und dort eine Überdosis an Schlaftabletten und Beruhigungsmitteln geschluckt. Deswegen war Maille auch hier. Er wollte von mir etwas über den Orden erfahren. Ich vermute sogar, dass er die Lichttempler für den Tod seiner Schwester in irgendeiner Form verantwortlich gemacht hat. Kein Wunder, dass er sie nicht hier beerdigen lassen wollte. Aber, wie gesagt, das ist eine reine Vermutung. Mir sind diese Leute egal. Das habe ich auch Maille gesagt. Die machen da oben ihr Ding. Sollen sie. Das ist alles, was ich weiß. Alles, was die offiziellen Untersuchungen zu dieser Tragödie angeht, erfahren Sie vom Doktor und Dédé Borie.«

Mir sind diese Leute egal. Die machen da oben ihr Ding. Mathilde waren bei diesen Worten weder die Verärgerung in Père Émerics Stimme noch die Zornesfalten, die sich neben seiner Nasenwurzel gebildet hatten, entgangen.

»Père, ich habe den Eindruck, dass Ihnen die Leute nicht einfach nur egal sind, sondern dass Sie mit dem Orden grundsätzlich nicht viel anfangen können. Irre ich mich da? Wie ich gehört habe, tun die Lichttempler viel Gutes, sind im ganzen Ort anerkannt. Sie bieten Lesungen und Konzerte an, sorgen für die kulturelle Vielfalt im Ort, sie haben Arbeitsplätze geschaffen, was in dieser Region doch sicherlich nicht von Nachteil ist.«

Père Émeric brummte unverständlich vor sich hin. Der Groll stand ihm ins Gesicht geschrieben. Dann stand er auf, ging zu einem der Wandschränke und schloss ihn auf. Er zog ein Buch heraus, das sich als altes Fotoalbum entpuppte, und hielt es Mathilde hin.

»Hier sind Aufnahmen von verschiedenen Votivfesten, Hochzeiten und so weiter. Sie brauchen gar nicht weit zu blättern.«

Mathilde hatte das Album bereits aufgeschlagen. Die ersten Fotos zeigten das geschmückte Portal der Kirche von Montauban-sur-Vidourle. Fröhliche Menschen, einen sichtlich jüngeren Père Émeric.

»Halt, das ist das Bild, das ich Ihnen zeigen will. Schauen Sie, das ist die Templerkirche. Die Gebäude der ehemaligen Komturei sind noch sehr gut erhalten. Alles steht auch unter Denkmalschutz. Und das hier ist die Kirche. Der Heiligen Jungfrau Maria geweiht. Der Bau ist etwas ganz Besonderes. Es ist ein Zentralbau. Die sind meist der Muttergottes geweiht. Für die Templer eine der wichtigsten Figuren der Religionsgeschichte. Und was sehen Sie auf diesem Foto?«

Mathilde betrachtete die alte Fotografie. Auch hier eine fröhliche Menschenmenge. Vor dem Kirchenportal stand auf einem Gestell eine fast lebensgroße Marienstatue. Drei lange Balken waren unter dem Gestell befestigt und ragten seitlich darüber hinaus, sodass es von sechs Personen getragen werden konnte. Sechs Männer in schwarzer Kleidung, mit schwarzen Hüten auf dem Kopf standen entspannt daneben.

»Das ist das Foto einer Marienprozession. Wir haben sie jedes Jahr am ersten Sonntag im Mai abgehalten. Von der Marienkirche in die Berge und wieder zurück. Eine ganz schöne Schufterei für die Träger.« Der alte Priester brach ab.

»Und jetzt gibt es diese Prozession nicht mehr«, schloss Matilde.

»Genau. Der Orden hatte die Komturei geerbt, und kurz darauf erklärte die für uns zuständige Diözese von Nîmes die Profanierung der Kirche. Sparmaßnahmen. Wir konnten nichts dagegen tun. Das Marienbildnis steht jetzt bei uns. Es ist Ihnen vielleicht aufgefallen. Gleich links, wenn Sie in die Kirche kommen. Die Prozession gibt es immer noch. Nur eben jetzt von hier aus. Allerdings finden sich kaum noch Männer, die die schwere Statue tragen wollen. Der Kirchenvorstand hat schon überlegt, ein etwas kleineres Modell zu nehmen. Aber das erscheint mir nicht richtig. Das soll mein Nachfolger irgendwann entscheiden. Nun, lange Rede, kurzer Sinn, seitdem ist mir der Orden zwar nicht direkt ein Dorn im Auge, schließlich sind seine Anhänger für den ganzen Ort tatsächlich eine Bereicherung. Aber Sie können mir glauben, es bricht mir das Herz, wenn ich diesen wunderbaren, ehemals unserer Jungfrau Maria geweihten Bau nur sehe. So vollkommen seines Sinnes beraubt.« Er seufzte tief.

Ja, Mathilde konnte die Trauer des alten Priesters nachvollziehen. »Und was ist nun in der ehemaligen Kirche? Wie wird sie genutzt?«

»Was weiß ich. Es interessiert mich auch nicht. Sie ist meist abgeschlossen. Man kommt nur noch rein, wenn ein Konzert oder Ähnliches darin stattfindet. Vielleicht dient sie den Lichttemplern auch für eigene Rituale, wenn sie denn welche haben. Vielleicht haben die ja auch den Heiligen Gral entdeckt, und der wird dort wie ein Schatz verborgen aufbewahrt. Hat man hier im Ort zumindest schon gemunkelt. Wenn Sie mich fragen, natürlich absoluter Humbug. Doch wer weiß das schon?«

Kapitel 25

Tagebucheintrag Luc Maille

Nichts. Docteur Salagou war freundlich, hatte mir aber weiter nichts zu sagen. Aber irgendetwas stimmt nicht mit IHR! Dieser bittere Zug um ihren Mund – weil sie ein Geheimnis mit sich herumträgt?
Der Polizist aus Montauban hat keinen Zweifel an der SelbstmordTHEORIE! Er ist fast handgreiflich geworden, als ich ihm unterstellt habe, mit dem Orden gemeinsame Sache zu machen, alles zu vertuschen.
Auch im Ort kein böses Wort über die Lichttempler. Sie schaffen sogar Arbeitsplätze! Ha! Das Argument zieht immer. Da kann einer das größte Arschloch sein, aber wenn er Arbeitsplätze schafft … Auf ihren Feldern, die sie selbst bewirtschaften, gibt es das ganze Jahr über genügend zu tun. Dazu dieser ganze Kulturzirkus. Konzerte, Lesungen, Töpferkurse. Wie ungebildet sind die Bewohner von Montauban bis zum Zuzug dieser Gemeinschaft doch gewesen. Könnte man meinen. Nur einer hat kein gutes Haar an ihnen gelassen – der Fleischer. Die Lichttempler und fast alle Bewohner der Komturei sind Vegetarier. Und mitten unter ihnen Leonice, die das Motto »Fleisch ist mein Gemüse« geradezu zelebriert hat.
Irgendwo muss es doch einen Haken geben. Diese Lichttempler sind einfach zu perfekt! Ich wollte vorbereitet sein auf diesen Besuch. Habe mir Zeit gelassen mit meinen Recherchen, wollte den Orden bis ins Detail kennenlernen, bevor ich dort persönlich aufschlage. Ich hätte nicht gedacht, dass ich im Netz auf so wenig

Brauchbares über den Ordre du Temple de la Lumière *stoßen würde. Wenn ich doch wenigstens den Hinweis gefunden hätte, dass es sich um eine zumindest unter Beobachtung stehende Sekte handelt. Doch das Wort Sekte taucht in diesem Zusammenhang nicht auf. Auch die Dorfbewohner haben es nicht in den Mund genommen. Orden, Gemeinschaft, eine große Familie, Wohltäter, Gutmenschen, all das, ja. Aber Sekte …*

Im Netz sind nur einige dünne Informationen. Oberhaupt dieser »großen Familie« ist Jourdain Cabasse. Offensichtlich schon von Beginn an. Mit ein paar Freunden hat er sich vor zehn Jahren einen verlassenen Hof auf der Causse Méjean gekauft, dort Schafe gezüchtet und Käse hergestellt. Ziemlich groß aufgebauscht wurde die Geschichte mit den Erbstreitigkeiten dann in der Presse. Clemence Riche-Tallier vermachte in ihrem Testament vor einigen Jahren Cabasse und seinen Anhängern die ehemalige Templerkomturei bei Montauban-sur-Vidourle und eine ordentliche Stange Geld. Und seitdem sitzt der Orden dort und tut nur Gutes. Wann sich die Gruppe den Name Ordre du Temple de la Lumière *gegeben hat, ist nicht herauszufinden. Gut, dann werde ich Monsieur Cabasse persönlich danach fragen.*

Ich Idiot. Vielleicht kann mir ja MIVILUDES weiterhelfen. Da hätte ich früher draufkommen können. Wenn jemand Kenntnis darüber hat, dass es sich bei diesem Orden um eine Sekte handeln könnte, dann MIVILUDES, höchstoffizielle Stelle unter Aufsicht unseres Premierministers, die über das Sektenwesen aufklärt und es bekämpft. Jeanne Dietrich, eine Kollegin der schreibenden Zunft, ist vor ein, zwei Jahren Pressesprecherin dort geworden. Von Le Monde zu MIVILUDES. Ganz verstanden habe ich das nie.*

*

* Mission interministérielle de vigilance et de lutte contre les dérives sectaires

Das Telefonat mit Jeanne war kurz. Natürlich hat sie sich an mich erinnert. Vor allem daran, dass ich ihr noch ein Abendessen schuldig geblieben bin. Ein Blick in ihren Computer, und was sie zu berichten hat, frustriert mich. Vor ein paar Jahren stand der Orden tatsächlich kurze Zeit unter Beobachtung. Doch nur aus einem einzigen Grund: Die Erben von Madame Riche-Tallier haben einen großen Wirbel veranstaltet und den Orden quasi angezeigt. Ihnen ging es dabei allerdings nur darum, Cabasse und seine Leute aus der Komturei zu entfernen und das entgangene Erbe, es ging um zwei Millionen, die in einer Stiftung stecken, wieder auf ihrem Konto zu sehen. Es gab nach gewissenhaften Recherchen für MIVILUDES keinen einzigen Anhaltspunkt, dem Orden tatsächlich Sektencharakter nachzuweisen. Dafür fehlte der ausbeuterische Charakter, der eine Sekte hauptsächlich definiert. Gut, dann werde ich mir mein eigenes Bild machen!
Erstaunt hat mich dennoch die Zahl, die Jeanne mir genannt hat. Rund vierhunderttausend Mitglieder tummeln sich in derzeit einhundertdreiundsiebzig beobachteten Sekten. Der Ordre du Temple de la Lumière *ist aber definitiv nicht darunter.*
Ob ich mich anmelde? Nein, es soll ein Überraschungsbesuch werden. Ich schätze, man erwartet mich sowieso schon seit geraumer Zeit.

Kapitel 26

Zum zweiten Mal in diesem Jahr führte ihn sein Weg an die Universität von Montpellier. War es vor ein paar Monaten der Mord an der Archäologin Flavia Leone, die einen Lehrstuhl am *Institut d'archéologie mediterranéenne* der *Université Paul-Valéry* innegehabt hatte, so war es heute der gewaltsame Tod des Studenten Christian Flaubert. Rachid hatte eine Verabredung mit dessen Professor Georges Goudon.

Er war bereits eine Stunde vor dem ausgemachten Termin losgefahren und rauschte zunächst an Montpellier vorbei. Rachid musste im Haus seines Vaters Tayeb in Frontignan nach dem Rechten sehen.

Tayeb Bouraada war für sechs Wochen nach Algerien gereist. Verwandtenbesuche, wie er sagte. Im Sommer hatte ein entfernter Cousin, der sich bei Rachids Vater eingenistet hatte, für erhebliche Aufregung gesorgt. Der junge Mann war aus Algerien geflohen in der Angst, dort von der Polizei festgenommen zu werden. Er war in den Verdacht geraten, dass ein Auto, das er auf seinen Namen angemietet hatte, für ein Bombenattentat benutzt werden sollte. Mittlerweile war der Cousin dank der Unterstützung Mathildes und eines befreundeten Anwalts nach Algier zurückgekehrt, wo er auf seinen Prozess wartete, der hoffentlich für ihn zu einem guten Ende führte. Zumindest war der Verteidiger, der ihn in Algier vertrat, einer der besten seiner Zunft. Und Rachid wusste genau, dass sein Vater keine unerhebliche Summe zur Bezahlung des Advokaten beigetragen hatte.

In Nîmes hingen dichte dunkle Wolken über der Stadt. Doch je näher Rachid dem Meer und Frontignan kam, umso stärker rissen sie auf und überließen den Himmel einem kräftigen Blau. Das Haus seines Vaters lag in der Nähe des Bahnhofs. In diesem niedrigen, gelb gestrichenen Gebäude war Rachid groß geworden. Rechts vom Haus schirmte ein hohes eisernes Tor das Grundstück vor neugierigen Blicken ab. Die Läden waren zugeklappt und von innen verriegelt.

Rachid parkte seinen Wagen direkt vor dem Tor und stieg aus. Auch im Oktober herrschte in der kleinen Stadt am Meer noch Ferienstimmung, und an einem solch sonnigen Tag würde der acht Kilometer lange Sandstrand von Frontignan-Plage mit Sicherheit voller Leben sein. In Deutschland, Belgien und Holland waren die Herbstferien angebrochen, und wer sich in den letzten Wochen des Jahres nach fast sommerlichen Temperaturen sehnte, konnte zumindest heute von den wärmenden Strahlen der Sonne profitieren.

Im Haus war alles in Ordnung. Die getrockneten Lavendelblütensträußchen, die in der Küche neben dem Fenster hingen und im Wohnzimmer in eine Vase gesteckt waren, sorgten für einen angenehmen Geruch in den dunklen Räumen. Rachid versorgte die beiden Topfpflanzen, zupfte ein paar verwelkte Blättchen ab, ging aufs Klo und zog dreimal die Spülung, um frisches Wasser in den Spülkasten zu befördern.

Auch im angrenzenden Schuppen war alles in Ordnung. Dort lagerte das Treibholz vom Strand, das Tayeb sammelte und zu kleinen Holzskulpturen verarbeitete. Seine Nachbarin, die einen Souvenirladen unterhielt, verkaufte die Holzarbeiten für ihn, und Tayeb besserte seine Rente damit ein wenig auf. Rachid schloss alles gewissenhaft ab. In zwei Wochen würde sein Vater zurückkommen.

»*Bonjour,* Rachid. Ich habe die letzten Delfine Ihres Vaters verkauft. Soll ich Ihnen das Geld geben?«

Neben Rachids Wagen stand Tayebs Nachbarin Carla Brouni. »Das Einzige, was mich von der ehemaligen Präsidentengattin unterscheidet, ist ein O«, pflegte sie jedem Kunden mitzuteilen. Und lachte dabei so breit, dass ihre falschen Zähne blitzten. In der Tat war Madame Brouni so ziemlich das genaue Gegenteil der bekannten Sängerin. Genauso hoch wie breit, auf dem Kopf eine Pracht aus unzähligen winzigen Löckchen. Rachid war sich sicher, dass es sich um eine Perücke handelte, denn noch nie hatte er Carla mit einer anderen Frisur gesehen.

»*Bonjour,* Carla. Da wird Papa sich freuen. Dann hat es ja fast bis zum Ende der Saison gereicht. Aber behalten Sie das Geld, und geben Sie es ihm, wenn er in zwei Wochen wieder zurückkommt.«

»Es hätten ein paar Delfine und Zikaden mehr sein können. Ende des Monats mach ich dicht. Dann kann er, wenn die Touristen weg sind, den Strand in Ruhe absuchen und mir neue Kunstwerke fürs nächste Jahr zaubern. Ich vermisse Ihren Vater, Rachid. Wird er jetzt öfter nach Algerien reisen? Gibt es dort jemanden, der auf ihn wartet?« Bei den letzten Worten war Carla rot geworden.

Rachid hatte es sich schon gedacht. Wahrscheinlich hatte die Nachbarin ihn deswegen abgepasst. Carla Brouni zeigte also Interesse an seinem Vater. Warum auch nicht? Tayeb war immer noch ein gut aussehender Mann und Carla Rachids Mutter gar nicht so unähnlich, zumindest was die Figur anbelangte. Er schmunzelte.

»Nein, Carla, es wartet dort niemand auf ihn. Er besucht Verwandte. Das ist alles. Wenn Sie weiterhin ein Auge auf sein Haus haben, bin ich Ihnen sehr dankbar. Und sagen Sie ihm, er soll mich anrufen, wenn er wieder zu Hause ist. Bis zum nächsten Mal, *au revoir.*«

Rachid stieg in seinen Wagen. Er musste bei dem Gedanken, sein Vater könne womöglich auf Freiersfüßen wandeln, schmunzeln. Zumindest hatte er seinem Sohn dann etwas voraus.

Eine halbe Stunde später hatte er Montpellier erreicht. Die Universität setzte sich aus drei eigenständigen »Unteruniversitäten« zusammen, wobei der Studiengang Physik dem Bereich *Sciences et Techniques du Languedoc* der Université Montpellier 2 zugeordnet war. Rachid hatte sich mit Professeur Goudon in der Cafeteria des *Maison des étudiants* verabredet, einem modernen Gebäudekomplex, in dem sich die Studenten zum Lernen, Austauschen und zu kulturellen oder sportlichen Aktivitäten trafen. In Geudons Büro wurden, wie er dem Commandant am Telefon sagte, an diesem Tag zwei Fensterscheiben ausgewechselt. »Das Revolutionsgen steckt so tief in uns drin, dass schon die Ankündigung von Überprüfungen ausreicht, mir eins auszuwischen. Schwarzer Tafellack, nicht mehr zu entfernen.«

Georges Goudon war ein hochgewachsener schlanker Mann Anfang vierzig. Sein gepflegter Dreitagebart stand ganz im Gegensatz zu seinen blonden Haaren, die zu verfilzten Dreads gedreht waren. Ausgeblichene Jeans und ein zu großes Sweatshirt vervollständigten den Eindruck eines ganz und gar modernen Professors der Physik. Als Goudon Bouraada in der Tür entdeckte, verabschiedete er sich von einer Studentin, die ein Lehrbuch, in dem er geblättert hatte, in ihre Tasche steckte. Sie stand auf und machte den Platz für den Polizisten frei. Goudon erhob sich und reichte Rachid die Hand.

»*Bonjour,* Monsieur Bouraada. Ich habe Sie gleich erkannt.«

»*Bonjour,* Professeur Goudon. Mich persönlich oder Commandant Bouraada, den Polizisten?« Rachid war nicht entgangen, dass der Professor auf die offizielle Anrede verzichtet hatte.

Goudon schmunzelte. »Während meiner Studienzeit habe ich die Hüter des Gesetzes schon von Weitem gerochen. Genau wie die zielsicher meine Plantagen ausgehoben haben. Allerdings sind diese Zeiten vorbei, *mon commandant.*« Er lachte herzlich. »Auch eine Cola? Ich lade Sie ein. Hier ist die Luft ganz schön trocken, und ich muss mich noch ein wenig fit halten. Die Vorlesungen gehen bis in die späten Abendstunden.«

Rachid nickte, und Goudon kam kurz darauf mit zwei Dosen Cola, die er aus einem Getränkeautomaten hatte plumpsen lassen, zurück. Er setzte sich, und das Lächeln auf seinem Gesicht wich einer tiefen Betroffenheit.

»Ich kann es immer noch nicht fassen. Christian tot. Ich hoffe, Sie und Ihre Kollegen werden das Schwein, das ihm alles genommen hat, schnell fassen. Er stand am Anfang einer ganz großen Karriere als Wissenschaftler. Wissen Sie, ich bin nur zehn Jahre älter als Christian. Und wir waren uns in vielen Punkten ähnlich.

Unsere Forschungen bedeuten uns alles, aber wir stellen auch Fragen. Bringt das, was wir erforschen, entdecken, die Menschheit wirklich weiter? Oder wird es ihr auf lange Sicht schaden? Die Fragen der Ethik dessen, was wir machen, sind ganz eng mit unserem Tun verbunden. Verstehen Sie, was ich meine?«

Rachid hatte ein paarmal an seiner Cola genippt und ansonsten seinem Gegenüber zugehört. Nun zückte er sein kleines Notizbuch, legte es auf den Plastiktisch, darauf einen Kugelschreiber. »Ich denke, schon. Wie lange und wie gut kannten Sie Christian Flaubert?«

»Seit dem Beginn seines Studiums. Sie wissen wahrscheinlich, dass er davor am Theater in Nîmes gearbeitet hat. Alles, was er anpackte, machte er gewissenhaft und schnell. Bac mit achtzehn, drei Jahre Ausbildung, ein Jahr am Theater, Bachelor, Master in Physik. Dann die Forschungen und Recherchen für seine Doktorarbeit. Ich bin, das heißt, ich war sein Doktorvater. Und wir hatten ein sehr gutes Verhältnis. Natürlich konnte ich nicht in ihn hineinschauen. Das ließ er auch gar nicht zu. Brillant, aber ein Einzelgänger. Und er war streng mit sich. Er hatte, soweit ich weiß, nie eine feste Freundin. Dafür hatte er keine Zeit.«

Goudon unterbrach sich, trank einen Schluck und dachte kurz nach.

»Das heißt, im Laufe der letzten Wochen hat sich das vielleicht auch geändert. Da war er irgendwie anders. Noch nachdenklicher als sonst. Aber vielleicht bilde ich mir das auch nur ein.« Wieder setzte er seine Coladose an die Lippen. Dabei liefen ihm ein paar Tropfen aus dem Mundwinkel, verteilten sich in seinem Bart. Er wischte sie mit der Hand weg.

Rachid machte sich erste Notizen. Das hörte sich doch vielversprechend an. Was hatte sich in Flauberts Leben geändert? War es tatsächlich die Beziehung zu einer Frau?

»Christian Flaubert war Vollwaise. Das ist Ihnen bekannt, Professor. Hat er mit Ihnen jemals über seine persönliche Geschichte gesprochen? Unsere Nachforschungen haben ergeben, dass seine Eltern ebenfalls Opfer eines Gewaltverbrechens wurden.«

»*Mon dieu*, nein. Ich wusste nur, dass er im Waisenhaus von Béziers groß geworden ist, bis ihn eine Pflegefamilie im Alter von dreizehn Jahren zu sich genommen hat. Merkwürdige Menschen, wie Christian einmal mir gegenüber angedeutet hat. Er redete ja nicht viel über sich. Sie leben heute als Missionare irgendwo in Südamerika. Hat Christian gewusst, wie seine Eltern gestorben sind?«

Rachid nickte. »Muss er wohl. Er war dabei, als seine Eltern bei einem Brand ums Leben gekommen sind. Er konnte gerettet werden.«

»Und wer hat das der Familie angetan?« Goudon hielt jetzt seine Coladose umfasst, als würde er sie gleich zusammenquetschen wollen.

»Ein Einbrecher, der seine Spuren verwischen wollte. Er wurde geschnappt, bei einem anderen Einbruch. Der Mann ist zwei Jahre später im Gefängnis an Lungenkrebs gestorben. Allerdings hat er bestritten, den Brand gelegt zu haben. Er ist rein aufgrund der belastenden Indizien verurteilt worden.«

Goudon stieß ein bitteres Lachen aus. »Passend, oder? Da sterben zwei Menschen an einer Rauchvergiftung, daran stirbt man schließlich zumeist bei einem Brand. Und dieses Schwein kratzt ab, weil es wahrscheinlich zu viel geraucht hat.«

»Glauben Sie, das war die ausgleichende Gerechtigkeit?«

»Ausgleichende Gerechtigkeit? So was gibt es nicht in unserer Welt. Aber das brauche ich Ihnen wohl nicht zu sagen.«

Die beiden Männer saßen für einen Moment in stummer Eintracht beisammen. Dann nahm Rachid seine Befragung wieder auf.

»Sie haben sich sehr schnell Sorgen gemacht, als Flaubert nicht zu seinem Gespräch mit Ihnen erschienen ist.«

»Allerdings. Ich konnte mich hundertprozentig auf Christian verlassen. Er versäumte keinen einzigen Termin und war immer pünktlich. Und weil er in letzter Zeit anders war, noch introvertierter, hatte ich Sorge, es könnte etwas passiert sein. Und ich wusste ja nicht, wo ich nach ihm suchen sollte.«

»In der Tat hat uns dieser Punkt irritiert.« Rachid setzte eine nachdenkliche Miene auf und legte eine kleine Kunstpause ein. »Als Sie die Leiche identifiziert haben, gaben Sie an, nicht zu wissen, wo Christian Flaubert wohnt. Ist es nicht ungewöhnlich, dass ein Doktorvater das nicht weiß? Es muss doch auch Post an ihn herausgegangen sein, von der Uni, von Ihnen?«

Goudon rutschte unruhig auf seinem Stuhl herum. »Ich gebe zu, es war ein Versäumnis von mir, nicht nachgehakt zu haben. Christian hatte bis vor ein paar Wochen ein Zimmer in der neuen Wohnanlage *La cité Triolet 2*. Ein Kommilitone, Kevin Robillet, hat es dann übernommen. Die Post ging weiter an diese Adresse, und Christian hat sie dort abgeholt. Das habe ich alles nur durch Zufall erfahren. Kevin hat mir irgendwann ein paar Briefe vorbeigebracht. Die sollte ich beim nächsten Gespräch an Christian weitergeben. Ich war total perplex, als ich hörte, dass er nicht mehr in Montpellier lebt. Wie hätte mir das auch auffallen sollen? Wir haben uns zu festen Terminen einmal im Monat getroffen. Und an denen gab es nichts zu rütteln. Die Meetings mit mir waren wesentlicher Bestandteil seines Studiums. Hätte er die nicht wahrgenommen, wäre er sein Stipendium los gewesen. Wie ich bereits sagte, daher ja auch meine Sorge, als er nicht zur vereinbarten Zeit auftauchte. Ohne das Geld hätte er alles vergessen können. Und seine Doktorarbeit bedeutete ihm alles.«

»Sein Verschwinden, zumindest aus der Wohnung, hat das Ihrer Meinung nach mit der Veränderung, die Sie verspürt haben, zu tun? Oder mit seiner Doktorarbeit?«

»Keine Ahnung. Aber ich glaube, wenn es etwas mit seiner Arbeit zu tun hatte, wäre mir das nicht entgangen. Was seine Forschungen betraf, hat er mit mir über alles gesprochen.«

Rachid lehnte sich in seinem Stuhl zurück, und die Rückenlehne gab ein wenig nach. Wo nach dem letzten Aufenthaltsort von Flaubert suchen? In Frankreich gab es keine Meldepflicht. Als Nachweis für den Wohnsitz galten Strom- oder Wasserrechnungen. Wenn jemand die für den Studenten bezahlt hatte, konnten sie lange suchen. Und das bei zig Energieanbietern. Er erweiterte seine Notizen um die Buchstaben EDF und Co. und umkringelte sie dick.

»Professeur Goudon, was war das Besondere an Flauberts Doktorarbeit? Das Thema *Ethik als die vierte holografische Dimension*, was bedeutet das? Wir haben zwar schon ein wenig darüber gehört, aber ...« Rachid hob entschuldigend die Hände.

Goudon schmunzelte. »Die Hologrammtechnik. Auch für den Laien ein hochinteressantes und spannendes Thema. Wir entdecken sie in der Werbung, schauen fasziniert auf eine Bühne, auf der ein längst verstorbener Künstler seine Lieder, seine Schauspielkunst zum Besten gibt, als würde er leibhaftig vor uns stehen.«

»Oder ein Politiker«, warf Rachid ein.

»Genau, oder ein Politiker. Sie spielen auf den Wahlkampfauftritt von Jean-Luc Mélenchon an, der sich mittels der Hologrammtechnik an sieben verschiedenen Orten seinem Wahlkampfpublikum gleichzeitig mitteilen konnte. Und das ist möglich durch diese Technik. Die Frage der Ethik setzt ein, wenn sogar Tote zum Leben erweckt werden. Die Hologrammtechnik macht es möglich, Tote jenseits von lokaler Raum- und Zeitbegrenzung auftreten zu lassen. Doch ist es richtig, mit diesen Toten Geld zu verdienen? Sie können nicht mehr um ihre Erlaubnis gefragt werden. Kurz gesagt, stellt sich die Frage, sollte man die Toten nicht einfach ruhen lassen? Ich persönlich finde den Gedanken furchtbar, eine Band, sagen wir, die Rolling Stones, nach dem Ableben sämtlicher Bandmitglieder vor Publikum auf einer großen Bühne als eine Illusion auftreten zu lassen. Als 2012 während des Coachella-Musikfestivals in Kalifornien der bereits 1996 verstorbene Rapper Tupac Shakur auf der Bühne stand, glaubten die Fans sogar, sein Tod sei ein Fake gewesen und er stehe tatsächlich leibhaftig vor ihnen. Das nimmt doch groteske Züge an, meinen Sie nicht auch?«

Rachid ging auf die Frage nicht ein. »Und welche Position hat Flaubert eingenommen?«

Goudon musste nicht lange überlegen. »Das weiß ich nicht. Das sollte das Schlussstatement seiner Arbeit werden. Er hat sich nie dazu geäußert, ob er das nun gut oder schlecht findet. Hologrammtechnik-Unternehmen wetteifern untereinander, um die Rechte an Auftritten längst verstorbener Stars wie Marilyn Monroe oder Humphrey Bogart zu erwerben. Millionen kann man damit verdienen, die Monroe in ihren legendären Posen als 3-D-Avatar auf die Bühne zu bringen. Oder stellen Sie sich Albert Einstein vor, der den Schülern die Relativitätstheorie erklärt. Die Möglichkeiten sind unglaublich, unglaublich vielfältig, aber in meinen Augen in ihrer Umsetzung auch unglaublich schrecklich. Wenn ich eine Einschätzung geben sollte, würde ich sagen, auch Christian hat einen solchen Einsatz der Hologrammtechnik unter den ethischen Gesichtspunkten, die ich Ihnen jetzt nur knapp zusammengefasst habe, abgelehnt. Doch Sie wollen alles sehr genau wissen, Monsieur Bouraada. Glauben Sie, der Tod von Christian könnte irgendetwas mit seiner Arbeit zu tun haben?«

Rachid zuckte mit den Schultern. »Auf den ersten Blick sieht es nach einem gewöhnlichen Raubüberfall aus. Doch haben Forschungsergebnisse nicht schon oft den Neid von Berufskollegen entfacht?«

Goudon schnappte sichtlich empört nach Luft. »Das ist keine Forschungsarbeit, von der ich oder irgendjemand profitieren würde. Hier geht es nicht um Ergebnisse, die irgendwann gewinnbringend an die Industrie verkauft werden können. Hier geht es um eine Art philosophischer Betrachtung und nicht um technische Fragen.«

Rachid ließ den Einwand unkommentiert, trank seinen letzten Schluck Cola und wartete mit entspannter Miene, die auch ihre Wirkung auf sein Gegenüber nicht verfehlte, bis sich Goudon wieder beruhigt hatte.

»Apropos Technik. Wie funktioniert so ein Hologramm?«

Goudon verschränkte die Arme und sah Rachid, wie diesem schien, nun mitleidig an. Jetzt bewegte sich der Professor auf sicherem Terrain.

»Ich glaube kaum, dass Sie so viel Zeit mitgebracht haben, dass ich Ihnen das Ganze bis ins Detail erklären kann. Ich werde also versuchen, Ihnen das Wichtigste in wenigen Sätzen verständlich zu machen. Hologrammtechnik oder Holografie ist nichts anderes als die weiterführende Stufe der Fotografie oder des Films, aber eben alles dreidimensional. Doch wirklich neu ist das nicht, letztendlich ein Trick, der schon im 19. Jahrhundert auf Jahrmärkten für Staunen sorgte. Pepper's Ghost, eine Methode, die der Engländer John Pepper erfunden hat, ein Illusionstrick mit Spiegeln und einer ausgeklügelten Beleuchtung vor und hinter einer Glasscheibe. Dabei wird der Eindruck erzeugt, Objekte würden erscheinen und wieder verschwinden. Bei unserer modernen Technik wird ein Projektor an der Decke installiert. Er wirft ein Video – also beispielsweise das Video eines Musikerauftritts – auf einen spiegelnden Boden. Der reflektiert dann das Geschehen auf eine transparente Folie oder auch Glasplatte, die darüber in einem Winkel von etwa fünfundvierzig Grad angebracht ist. Die dadurch erzielte sehr echt wirkende Darstellung ist allerdings nur für die Zuschauer vor der Bühne so real wahrnehmbar. Schon wenn sie neben der Projektion stehen, wird das Bild verzerrt. Ich könnte Ihnen jetzt noch etwas von Lichtwellen, Lichtkomponenten und Lichtphasen erzählen, aber glauben Sie mir, es würde zu weit führen.«

Rachid nickte zustimmend. Das, was Goudon knapp zusammengefasst hatte, reichte ihm in der Tat. Und ob dieses Wissen ihnen bei ihren Ermittlungen überhaupt dienlich war, stand in den Sternen.

Der Professor erhob sich. »Ich hoffe, ich konnte Ihnen ein wenig weiterhelfen. Ich muss jetzt leider los, die nächste Veranstaltung ruft.«

»Einen Augenblick noch, Professeur Goudon. Kennen Sie diesen Mann, das heißt, wissen Sie, ob Flaubert ihn kannte?« Rachid zog ein Foto des toten Journalisten Luc Maille aus seiner Mappe und legte es auf den Tisch.

»Natürlich, das ist Luc Maille, ging doch durch die Presse. Allerdings bin ich dem Mann nie persönlich begegnet. Und ob Christian ihn kannte, kann ich Ihnen beim besten Willen nicht sagen. Warum fragen Sie? Hat er etwas mit dem Mord an Christian zu tun?« Goudon fixierte noch einmal das Foto und sah dann gespannt zu Rachid.

»Es tut mir leid, dazu kann ich Ihnen nichts sagen. Ich danke Ihnen für die Zeit, die Sie sich genommen haben, Professeur Goudon. Sollte Ihnen noch etwas einfallen, hier ist meine Karte.«

Kapitel 27

Mathilde traute ihren Ohren nicht, als sie die Tür öffnete. Ein zartes Bimmeln ertönte, und sie stand direkt vor dem Tresen, der die Eintretenden von den Büros der Mitarbeiter der Police municipale trennte. Die Räumlichkeiten hatten sicherlich früher einmal ein Geschäft beherbergt. Sowohl die Türglocke, die noch immer ihren Dienst tat, wie auch das große Schaufenster, das nun in der unteren Hälfte abgedunkelt war, sprachen dafür. Hinter dem Tresen herrschte gähnende Leere. Niemand anwesend, der eine Beschwerde oder ein anderes Begehren der Bürger von Montauban aufnehmen konnte. Die Wände links und rechts des Eingangs waren voll mit Plakaten, die vor Taschendieben während der Sommermonate warnten oder mit Suchhinweisen nach verschwundenen Jugendlichen die Bevölkerung um ihre Mithilfe baten.

Mathilde wartete eine Minute, dann drückte sie mit Nachdruck den altertümlichen Klingelknopf, der eher zu einem Hotel als zu einer Polizeidienststelle passte. Nach einer weiteren Minute bequemte sich ein Polizist im dunklen, langärmeligen Poloshirt mit blauen Bruststreifen und dem Schriftzug Police municipale hinter den Tresen. Er wischte sich über den Mund, an dessen Oberlippe eindeutig Brotkrümel vom eben verzehrten Imbiss zeugten. Der Mann war Ende fünfzig, untersetzt und wirkte sehr behäbig, was allerdings täuschen konnte, denn unter dem Poloshirt zeichneten sich muskulöse Oberarme ab. Ansonsten erinnerte Mathilde die ganze Gestalt an die von Barbapapa, einer Comicfigur aus ihrer Kindheit.

Der runde Kopf ging ohne erkennbare Verschlankung in den Hals über, der sich in Richtung Schultern wiederum verbreiterte.

Eine Taille war nicht auszumachen. Der Mann sah aus wie ein Mensch gewordener gekneteter Teigklumpen – oder eben wie Barbapapa. Das war also Dédé Borie, Brigadierchef principal der Police municipale, wie Mathilde an dem blauen Schulterstück mit den gelb-schwarz-roten Streifen erkannte. Er blickte Mathilde ohne erkennbares Interesse an.

»Ja?« Eine Frage, was sein Gegenüber von ihm erwarte, kurz und bündig.

»Dédé Borie?«

»Wer sonst! Was kann ich für Sie tun, Madame?«

Oha, man hatte Monsieur in seiner wohlverdienten dritten oder vierten Pause gestört. Und dies ließ er nun Mathilde wissen und spüren.

»Ich komme eben von Père Émeric. Er meinte, Sie könnten mir vielleicht weiterhelfen.«

Mathilde setzte ihr gewinnendstes Lächeln auf, ihre grünen Augen strahlten den Polizisten an. Doch die Wirkung ihrer Bemühungen blieb bescheiden, um nicht zu sagen, ohne Resonanz. Borie stand wie festgemauert auf der anderen Seite, verzog keine Miene.

»Ja, und?«

Mathilde entschloss sich, in medias res zu gehen. Sie kramte ihren Dienstausweis aus der Handtasche und knallte ihn auf den Tresen. Doch Borie blieb auch davon unbeeindruckt. Im Gegenteil. Ein Gähnen veränderte für einen kurzen Moment seine starren Gesichtszüge, dann begann er, mit dem rechten kleinen Finger seine Zahnzwischenräume von irgendwelchen Essensresten zu befreien. Jetzt reichte es Mathilde. Der Typ hatte noch nicht mal einen Blick an ihren Dienstausweis verschwendet.

»Dieudonné Borie? Mein Name ist Mathilde de Boncourt, Untersuchungsrichterin aus Nîmes. Hätten Sie die Güte, mir ein paar Minuten Ihrer kostbaren Zeit zu widmen?«

Père Émeric hatte ihr verraten, dass Dédé die Abkürzung für Dieudonné war und der Brigadierchef principal nichts mehr hasste, als wenn er mit diesem Namen angesprochen wurde. Die

Reaktion ließ nicht lange auf sich warten. Dédé Bories Gesicht erstrahlte in ungesundem Rot. Für einen Moment erwartete Mathilde einen Wutausbruch. Doch der blieb aus. Der Mann sackte in sich zusammen und stieß die Luft aus. Ein Ballon, der angepikst worden war. Er trat zur Seite und klappte einen Teil des Tresens hoch, damit Mathilde ihm in den hinteren Bereich der Diensträumlichkeiten folgen konnte.

»Und wenn jetzt jemand kommt?«, fragte sie Borie, der missmutig vor ihr herstapfte.

»Dann hör ich das und lass ihn warten«, brummte es vor ihr. »Und außerdem kommt gleich meine Kollegin. Die Leute schütten sowieso lieber ihr das Herz aus.«

Mathilde rollte mit den Augen. Was war denn das für ein merkwürdiger Typ? Ungehobelt und offensichtlich am falschen Platz, im falschen Beruf. Doch vielleicht tat sie ihm auch unrecht. Viele Angehörige der Polizei, die so viele Jahre, wie Borie sie wohl auf dem Buckel hatte, ihren Dienst geleistet hatten, waren desillusioniert, warteten nur noch auf die Pension, die er vermutlich in zwei, drei Jahren genießen durfte. Zermürbender Job, schlechte Bezahlung. Wahrscheinlich wurden viele wie der Brigadierchef principal.

Das Büro des Dienststellenleiters war gemütlich eingerichtet. Fast wie ein Wohnzimmer. Schreibtisch mit bequemem Sessel, geblümte Couch mit karierter Wolldecke am Fußende, Stehlampe daneben. Alles sicherlich aus seinem Privatfundus. Borie zeigte auf einen Stuhl, der beladen mit Motorradzeitschriften in einer Ecke stand. Mathilde zögerte nicht lange, packte die Hefte auf den Boden und zog den Stuhl zum Schreibtisch, hinter dem es sich Borie bequem gemacht hatte.

»Nun, Madame le Juge, was liegt an?« Er lächelte versöhnlich und schob einen Teller, auf dem die abgenagten Reste zweier Hähnchenschenkel lagen, zur Seite.

»Ich habe nur ein paar Fragen, Brigadier Borie. Es geht um einen Selbstmord im Sommer diesen Jahres innerhalb der Mauern des *Ordre du Temple de la Lumière*, genauer im ehemaligen Schaftstall dieser Templerkomturei. Eine junge Frau, Leonice Howard. Sie erinnern sich?«

Borie hatte sich einen Bleistift aus einem Kaffeebecher mit abgebrochenem Henkel gefischt und klopfte rhythmisch auf die Holzplatte seines Schreibtischs. Dann kratzte er sich damit am Hinterkopf und steckte ihn wieder zurück in den Becher. Mathilde wartete geduldig ab.

»Ja, natürlich erinnere ich mich. Kommt ja nicht so häufig vor, eine Leiche in einem Schafstall. Also, um genau zu sein, der Schafstall wird nicht mehr als solcher genutzt. Diese Lichttempler haben früher ein paar Tiere gehalten, es aber wieder aufgegeben. Dann haben sie den Stall richtig schön hergerichtet. Heute finden dort Töpferkurse oder Lesungen und so ein Kram statt. Ganz gemütlich, so zwischen den ganzen Holzbalken. Eine der Jüngerinnen hat sie gefunden. Da Docteur Salagou zufällig gerade auf dem Anwesen war, hat man sie sofort gerufen. Das Mädchen lebte noch. Der Krankenwagen war im Nullkommanichts da und brachte sie nach Ganges ins Hospital. Victorine, also die Ärztin, blieb die ganze Zeit bei ihr. Erste Maßnahmen zur Rettung von Mademoiselle Howard wurden noch im Schafstall getroffen. Doch sie kamen einfach zu spät. In der Klinik ist sie kurz darauf verstorben. Man hat mich gerufen, ich habe die Leiche in Augenschein genommen. Es gab keinerlei Verdachtsmomente, es könnte etwas anderes als Selbstmord gewesen sein. Weder für mich noch für Docteur Salagou. Das Mädchen litt schon längere Zeit unter schwersten Depressionen. Es handelte sich zweifelsfrei um einen Suizid durch eine Überdosis von Schlaftabletten und Beruhigungsmitteln. Docteur Salagou hat den Totenschein ausgestellt und den nächsten Angehörigen benachrichtigt, den Bruder. Das war's.«

Borie, der die Fakten nur so runtergerattert hatte, runzelte die Stirn. »Ehrlich gesagt dachte ich eigentlich, Sie seien seinetwegen hier. Schließlich hatte er nur ein paar Kilometer von Montauban seinen tödlichen Unfall. Aber aus der Sache sind wir ja raus. Die PJ aus Nîmes hat die Untersuchungen übernommen. Dazu könnte ich Ihnen also sowieso nichts sagen.«

Zufrieden verschränkte Borie die Arme. Er hatte gesagt, was zu sagen war.

Mathilde nickte und resümierte für sich noch einmal alle Fakten. Mit den Erkenntnissen durch ihren Besuch bei Père Émeric hatte sich die Situation für sie und ihr Team grundlegend geändert. Offensichtlich gab es an dem Selbstmord von Leonice nicht den geringsten Zweifel. Luc Maille war also auf dem Holzweg gewesen, wenn er ein Verbrechen dahinter vermutet hatte. Und doch hatte dem Journalisten jemand nach dem Leben getrachtet, ihn ins Jenseits befördert. Warum? Allerdings, wenn Maille nicht an den Suizid seiner Schwester geglaubt hatte, war er ganz sicher bei der Police municipale vorstellig geworden, hatte Fragen gestellt. Und nicht nur hier, auch im Krankenhaus von Ganges und bei diesem Orden.

Dédé Borie beobachtete die Frau, die ihm gegenübersaß. Attraktiv, ganz sicher äußerst hartnäckig und gewissenhaft. Warum schwieg die Untersuchungsrichterin so lange? Erwartete sie weitere Informationen? Er gab sich einen Ruck.

»Maille war übrigens direkt nach dem Tod seiner Schwester hier. Er erschien mir etwas wirr, wollte eine Anzeige machen. Da ich jedoch keinerlei Anhaltspunkte hatte, dass ein Verbrechen vorliegt, musste ich ihn dann fast mit Gewalt rauswerfen. Er war ganz schön stur. Doch was sollte ich machen? Alles ist korrekt abgelaufen.«

Borie hob die Hand und zählte mit den Fingern noch einmal die Fakten auf. »Erstens, Leonice Howard wird vollgepumpt mit Tabletten von einer Jüngerin gefunden. Zweitens, trotz direkter Hilfe gibt es keine Rettung. Drittens, ich habe den Leichnam in Augenschein genommen. Keine Gewalteinwirkung, nichts. Sie lag da, als würde sie schlafen.« Sein Gesicht wurde nachdenklich. »Wissen Sie, Madame le Juge, ich mag Ihnen heute wie ein alter behäbiger Polizist vorkommen, der nur noch auf seinen Ruhestand wartet. Aber so ist es nicht. Ich bin Polizist mit Leib und Seele, und Sie können mir glauben, es entgeht mir nichts. Hätte ich nur den leisesten Zweifel gehegt, etwas würde nicht stimmen, dann wäre Leonice Howard untersucht worden. Wir hätten ihr Gerechtigkeit widerfahren lassen.«

Nun schwieg Borie und wies einladend zu einer altmodischen orangefarbenen Thermoskanne. Ein Friedensangebot. Mathilde leistete innerlich Abbitte. Sie nickte, und der Polizist goss zwei Tassen voll, die er auf dem Schreibtisch auf zwei Papierservietten platzierte. In stummer Eintracht genossen sie den ersten Schluck des starken Gebräus, jeder in seine Gedanken versunken. Ein Wort war Mathilde im Kopf hängen geblieben. Jüngerin. Handelte es sich beim *Ordre du Temple de la Lumière* vielleicht um eine religiöse Sekte? Sie konnte sich nicht erinnern, ob der Bürgermeister im Zusammenhang mit den Lichttemplern den Begriff Sekte benutzt hatte. Sie hakte nach.

»Sie haben bereits zweimal von Jüngerin gesprochen. Wie meinen Sie das? Ich habe mich bis jetzt noch nicht mit diesem Orden beschäftigt. Handelt es sich Ihrer Meinung nach um eine religiöse Sekte?«

Borie sah Mathilde erstaunt an. »Ich denke, den Begriff Jüngerin habe ich unbewusst gewählt. Diese Gruppe nennt sich Ordre – Orden. Da verstehe ich zuerst mal eine Art Kloster darunter, etwas Religiöses, etwas, das mit der Kirche, mit Gott zu tun hat. Aber so ist es dort nicht. Ich glaube, die haben einfach eine Lebensform gewählt, die so ähnlich wie in einem Kloster ist, aber doch irgendwie anders. Zum Beispiel haben der Chef und einige andere Männer eine Art, ja, wie soll ich sagen, Uniform an. Nichts Militärisches. Aber ein besserer Begriff fällt mir nicht ein. Vielleicht Ordensgewand oder wie man es in der Kirche nennen würde. Schlichte Hosen, einfache Hemden mit kleinem Stehkragen, alles ohne Schnickschnack, wenn Sie verstehen, was ich meine. Nun, sie haben jedenfalls das Gleiche an. Und genauso ist es bei den Frauen. Die, die dem Orden angehören, tragen lange, altmodische Gewänder. Wie auf Gemälden der Jungfrau Maria oder Magdalena. Nur ohne Kopftücher. Daher ist mir das Wort Jüngerin wahrscheinlich einfach so rausgerutscht. Vielleicht sollte man sie eher Gefährtinnen nennen. Denn den Eindruck habe ich schon, dass die Frauen alle ein Auge auf Jourdain Cabasse, den Leiter des Ordens, geworfen haben.« Borie zwinkerte Mathilde zu.

Das konnte sie nun nicht beurteilen. Doch ihr Interesse an Cabasse und seinem Orden wuchs. »Ich nehme an, Sie verrichten schon seit vielen Jahren Ihren Dienst in Montauban, lange bevor die Lichttempler sich hier niedergelassen haben. Wie ist Ihr persönlicher Eindruck? Hatten Sie schon mit ihnen zu tun? Irgendein Konflikt mit dem Gesetz?«

»Seit dreißig Jahren, Madame le Juge, bin ich hier bei der Police municipale. Und hier werde ich meinen Einsatz für die Allgemeinheit auch beenden. Nein, noch nie ein Konflikt. Fleißige Leute, freundlich, beliebt im ganzen Ort. Sie kümmern sich auch außerhalb ihrer Komturei um alte Leute. Schauen Sie sich einfach selbst dort um. Ich kann so lange überlegen, wie ich will. Es gibt nichts Negatives zu berichten. Anfangs hat sich natürlich der eine oder andere die Frage gestellt, wie sich der Orden finanziert. Kurz machte das Gerücht die Runde, ein betuchter Bewohner sei schneller gestorben, als ihm lieb war. Doch das war der blanke Unsinn.«

Bories Magen grummelte hörbar, und er warf einen Blick auf die Reste seines Imbisses. Dann sah er wieder zu Mathilde, die ein Schmunzeln nicht unterdrücken konnte.

»Wie gesagt, alles Unsinn. Monsieur Tardy, der ein Zimmer in der Templerburg hatte und dort lebte, war an Weihnachten bei seiner Schwester zu Besuch gewesen, und das wohlgemerkt im Elsass. Dort ist er von einem Bierlaster angefahren worden. Er ist in Straßburg gestorben. Und hier haben ein paar Lästermäuler erzählt, man habe den alten Mann um die Ecke gebracht, um an sein Erbe zu kommen. Das übrigens an seine Schwester ging. Wenn Sie sich also fragen, ob der Orden sich bereichert, indem er die Alten um die Ecke bringt, muss ich Sie enttäuschen. Es gibt Bewohner, sehr reiche Bewohner, die seit Jahren dort leben. Und die, die die Komturei in einem Sarg verlassen haben, sind alle ohne Zweifel eines natürlichen Todes gestorben. Docteur Salagou, die sich um die Kranken und auch die Sterbenden kümmert, ist über jeden Zweifel erhaben.« Borie nickte nachdrücklich und klopfte mit seinem Zeigefinger bekräftigend auf den Schreibtisch. »Ihr würde ein Mord nicht entgehen, glauben Sie mir. Außerdem finanziert sich der Orden vor allem über eine Stiftung, die Riche-Tallier-Stiftung. Seitdem das bekannt ist, gibt es auch keine dummen Gerüchte mehr im Ort. Clemence Riche-Tallier, die Messerfabrikantin, hat dem Orden, das heißt der eigens für ihn gegründeten Stiftung, eine hohe Summe vermacht. Die Erben waren vielleicht aufgebracht, das kann ich Ihnen sagen. Wir sprechen hier von zwei Millionen Euro. Die Zinsen werden zu einem kleinen Teil in die Durchführung der kulturellen Veranstaltungen gesteckt oder auch mal für ein Stipendium ausgegeben. Sie dienen aber vor allem der Instandhaltung der Gebäude. Eine feine Sache.«

Von der Geschichte mit der Stiftung und den verärgerten Erben hatte Mathilde schon vom Bürgermeister gehört. »Da gebe ich Ihnen recht. Wo findet man heutzutage noch so viel Uneigennützigkeit. Wer verwaltet denn dieses Vermögen? Monsieur Cabasse?«

»Soweit ich informiert bin, liegen die Gelder auf einem Konto bei der BNP Paribas. Und zwar nicht nur das Geld der Stiftung, sondern auch die Monatseinnahmen durch die Vermietung sowie Gelder durch Erbschaften und Schenkungen. Am besten fragen Sie Brigitte Pibarot, sie ist die Leiterin der hiesigen Niederlassung der Bank.«

Mathilde notierte den Namen, schloss ihr Notizbuch und steckte es in ihre Handtasche. »Noch eine Frage. Der Name Christian Flaubert. Sagt der Ihnen etwas?«

Borie brauchte nicht nachzudenken. »Nein, nichts. Wer soll das sein?«

»Ein toter Student. Es ist möglich, dass er und Maille sich kannten.« Sie zuckte mit den Schultern. Schade, es wäre auch zu schön gewesen, wenn Borie von einer persönlichen Begegnung zwischen den beiden Männern gewusst hätte.

Der Polizist trank den letzten Schluck Kaffee und stellte seine Tasse ab. »Ein toter Journalist, ein toter Student? Mir scheint, Sie haben einen komplizierten Fall auf dem Tisch, Madame le Juge.

Auch wenn wir hier in Montauban nicht in die Ermittlungen involviert sind, interessiert es mich natürlich schon, was bei den Untersuchungen zu Mailles Tod bis jetzt herausgekommen ist.«

Mathilde überlegte kurz, ob sie das Schwarze Bilsenkraut erwähnen sollte, ließ es dann aber sein. »Maille ist von der Straße abgekommen und ungebremst durch die Mauer gerast. Er war schwer verletzt, starb dann letztendlich durch das Feuer, das auch den Wagen vollkommen zerstört hat. Allerdings war er laut Toxikologie nicht ganz Herr seiner Sinne, als es passiert ist.«

»Was genau hat er genommen? Alkohol, Drogen, Medikamente?«

»Es tut mir leid, aber dazu kann ich im Moment nichts sagen.« Mathilde hob entschuldigend ihre Hände.

Borie gab sich damit zufrieden. So wie er die Untersuchungsrichterin einschätzte, konnte er sich das Nachbohren schenken, sie würde weitere Nachfragen nicht beantworten.

Mathilde erhob sich. Sie war mit dem Ergebnis ihrer beiden Spontanbesuche mehr als zufrieden. Allerdings blieb das Motiv für den Mord an Luc Maille weiter rätselhaft, wie auch seine Beziehung zu Christian Flaubert noch viele Fragen aufwarf.

Der Brigadier schälte sich aus seinem Sessel. »*Au revoir*, Madame le Juge. Es tut mir leid, wenn ich anfangs einen, wie soll ich sagen, wenig kooperativen Eindruck auf Sie gemacht habe. Aber Sie können sich nicht vorstellen, wie oft unsere Dienststelle mit Lappalien belästigt wird. Wo ist die nächste Pharmazie? Wo kann ich ein Kanu mieten? Wo gibt es das knusprigste Brot? *Alors*, nichts für ungut.«

Mathilde und Borie passierten den Tresen, verabschiedeten sich mit einem herzlichen Händedruck. In diesem Moment öffnete sich mit Gebimmel die Tür. Ein schlaksiger Rotschopf spazierte herein, sein Gesicht ein einziges Fragezeichen. Mathilde sah ihn verblüfft an. Wo kam denn jetzt Lieutenant Tourrain her? Noch bevor sie Felix danach fragen und ihn mit seinem Kollegen von der Police municipale bekannt machen konnte, stürmte eine junge Frau durch die offene Tür. Klein, schlank, mit einem dunklen

Kapuzenpullover, den auf der Rückseite ein Totenkopf aus glitzernden bunten Steinen zierte.

»*Salut,* Dédé, sorry, ich weiß, bin zu spät. Hatte noch was zu erledigen.«

Und schon hatte sie die Tür hinter sich zugeworfen und war an den dreien vorbei. Sie hatte weder Mathilde noch Felix eines Blickes gewürdigt. Entschuldigend hob Borie die Hände.

»Ein stürmisches Mädchen. Das war Coco. Coralie Mollard. Meine Kollegin. Coco und Dédé, so kennt man uns hier. So ein bisschen wie Asterix und Obelix«, sagte er grinsend. »Es erübrigt sich zu fragen, wer von uns beiden Obelix ist«, fügte er sich den Bauch tätschelnd hinzu.

Erneut ertönte das Bimmeln der Türglocke. Jetzt betrat eine hagere Frau, fast so groß wie Mathilde, mit hektischen Schritten die Polizeidienststelle. Die grauen Haare kurz geschnitten, über der Oberlippe war der Schatten eines Damenbartes zu erkennen. Ihre Augen waren gerötet. Ohne Rücksicht darauf zu nehmen, dass Borie im Gespräch war, drängte sie sich zu ihm durch.

»Dédé, er ist weg. Diesmal musst du ihn suchen lassen. Und lass ihn mit Blaulicht nach Hause bringen. Alle sollen es sehen. Seit fünf Tagen habe ich nichts mehr von ihm gehört. Dieses Schwein. Fünf Tage! Wie im letzten Jahr, als er mit dieser Schlampe in Deauville war. Aber so billig wie damals kommt er mir jetzt nicht mehr davon. Du kannst ihm sagen, den Ring, mit dem er sich wahrscheinlich wieder bei mir einschmeicheln will, kann er sich sonst wohin stecken.«

»Beruhig dich, Virginie. Geh schon mal nach hinten. Nimm dir einen Kaffee, ich bin gleich bei dir.«

Mit vor Wut verzerrtem Gesicht verschwand die Frau in Bories Büro.

»Heute ist echt kein normaler Tag. Im Herbst verirren sich höchstens zwei Leute in der Woche zu uns. Aber zuerst Sie, Madame le Juge. Und dann auch noch Virginie. Und was wollen Sie?«

Fragend sah er zu Felix, der immer noch verwirrt der Frau im Kapuzenpullover hinterherstarrte.

»Ehm, eigentlich nichts. Hat sich schon erledigt.« Felix wusste, die Fragen, die er Borie hatte stellen wollen, hatte der schon längst Madame le Juge beantwortet.

Borie schüttelte ungehalten den Kopf. »Dann will ich mal in mein Büro. Virginies Mann ist ja schon oft dem häuslichen Herd ferngeblieben. Nun also mal drei Tage. Unangenehm für seine Frau, aber noch lange kein Grund, unseren Apotheker im Polizeiwagen dem Dorf vorzuführen.«

Kapitel 28

Tagebucheintrag Luc Maille

Hätte ich gewusst, was mich erwartet, wäre ich den Lichttemplern schon früher auf die Pelle gerückt. Natürlich bin ich ohne Anmeldung hin.
Eine unglaubliche Anlage. Ich habe sie ja nicht zum ersten Mal gesehen. Habe Leonice' »Zuhause« immer wieder aus der Ferne betrachtet. Die Burg ist nicht wirklich versteckt gelegen, doch man muss den Schildern folgen, um sie zu finden. Besuchszeiten von April bis Oktober jeden Dienstag und jeden Donnerstag am Nachmittag. Samstag ganztägig. Hier gibt es nichts zu verheimlichen, jedem wird die Tür geöffnet. Nur mir war durch Leonice' Wunsch der Zutritt verwehrt gewesen. Eine Mauer mit vier Türmen um die gesamte Komturei, darin eine kleine Stadt. Wahrhaft wehrhaft. Ein buntes Treiben. Touristen, die sich von einer jungen Frau im langen Gewand die Anlage zeigen ließen. Alte Leute, auffälligerweise eigentlich nur Frauen, die auf Bänken in die Sonne blinzeln. Ein paar Männer, die eine kleine Freilichtbühne aufbauen. Marta Torres-Sarmiento, gefeierte Operndiva aus Avignon, sollte am nächsten Abend ein Konzert geben. Schuberts Schwanengesang. Ja, das Leben geht einfach weiter, Leonice. Auch ohne dich.
Ein Mann in meinem Alter, kurzes Haar, Leinenanzug, weißes Hemd mit Stehkragen, sprach mich an, ob ich an der Führung teilnehmen wolle. Nett, aufmerksam, zuvorkommend. Auf einer der Holzbänke neben einer älteren Dame noch einer. Etwas jünger, gleiches Outfit. Ich habe mich der Führung angeschlossen.

Alles sehr beeindruckend. Natürlich blieben die Wohnräume ausgespart. Ebenso die Templerkirche. Sie wird nur zu besonderen Veranstaltungen geöffnet. Die ehemalige große Scheune und das Pilgerhaus sind umgebaut, hier sind die Wohnungen der »eingemieteten« Bewohner, im Palas die Zimmer der Gemeinschaft. Ich habe nach dem Schafstall gefragt. Nein, er war heute ausnahmsweise nicht zu besichtigen, gerne könne ich im Rahmen einer Lesung rein.
Und dann habe ich IHN gesehen. Die raren Fotos (drei), die im Internet zu finden sind, werden ihm nicht gerecht. Und viele meiner Fragen haben sich von alleine beantwortet. Was hat Leonice angelockt, was hat sie dort gehalten, was unglücklich gemacht, was hat sie in den Tod getrieben? Nicht WAS, WER! Er muss Leonice erschienen sein wie die Wiedergeburt dieses längst verstorbenen Sängers. Dieser Legende. Ich musste lachen, als sie meine Plattensammlung entdeckte, jede einzelne Hülle begutachtete. Und sie war nicht wenig erstaunt, als ich mich zum ersten Mal ihr gegenüber schroff verhalten habe. Meine Plattensammlung – mein Heiligtum. Und dann hielt sie die Hülle des Debütalbums 1967 in der Hand und war hin und weg. Ich konnte es damals nicht fassen, sie kannte The Doors nicht! Aber einer hatte es ihr angetan. Jim Morrison. »Wer ist das?« Sie hat sich Hals über Kopf verliebt. Als ich Leonice sagte, der Typ sei schon seit 1971 nicht mehr am Leben, gestorben mit gerade mal achtundzwanzig Jahren, wollte sie es nicht glauben. »Dann wäre er ja jetzt, lass mich nachrechnen, meine Güte, Luc, dann wäre er ja schon weit über siebzig, ein alter Mann.« Sie war fassungslos. Was sie aber nicht daran hinderte, sich ein Poster des ewig jungen Rockers zu besorgen und es in ihrem Zimmer aufzuhängen.
Und dann stand er einfach vor mir. Leinenanzug, Hemd mit Stehkragen, Lockenkopf, die Gesichtszüge unverkennbar die des eines etwas gereifteren Jim Morrison vor seinen Exzessen. Das war es also. Leonice hat ihn gesehen und ist geblieben.
Seine Entourage hielt sich diskret, aber wachsam einen Schritt

hinter ihm. Drei gut aussehende Frauen, gehüllt in schlichte Gewänder, die Haare zu hüftlangen Zöpfen geflochten.
»Sonja, Joceline, Regine, das ist der Bruder von Leonice.« Er wandte sich mir zu. »In der Realität sehen Sie noch verbissener aus als auf den Fotos, die man von Ihnen findet.«
Verbissen? Sollte das ein Kompliment sein??? Tatsache ist, er hatte nach mir gesucht!
Die Frauen nickten mir mit einem Lächeln à la Mona Lisa zu. Dann wedelte der Meister mit der Hand, und die drei Parzen entfernten sich. Warum kamen mir die Parzen in den Sinn? Die drei Schicksalsgöttinnen aus der römischen Mythologie. Alles hier erschien wie aus mythischer Vorzeit, unwirklich.
Das helle Lachen eines Kindes riss mich aus meinen Gedanken. Jourdain Cabasse wartete.

Kapitel 29

Gemeinsam gingen Mathilde und Felix zu ihren Fahrzeugen.

»Haben wir eine neue Spur, Madame le Juge? Oder warum waren Sie bei den Kollegen der Police municipale?« Felix wurde rot. Er hatte seine Frage ziemlich forsch formuliert. Und vielleicht ging es ihn ja überhaupt nichts an, was die Untersuchungsrichterin hier verloren hatte.

Mathilde, die in ihrer Handtasche wühlte, schaute auf. »Das Gleiche könnte ich Sie fragen, Felix. Eigentlich habe ich Sie bei Boisset oder Père Joseph vermutet. Haben Sie denn noch etwas von Interesse in Erfahrung bringen können?« Sie kramte murmelnd weiter. »*Zut*, ich war sicher, dass ich noch eine Packung habe.« Dann gab Mathilde ihre Suche auf und zog mit einem energischen Ruck den Reißverschluss ihrer Tasche zu. »Nun, ich höre.«

»Ich habe Ihnen schon alles Wissenswerte auf Ihrem AB hinterlassen. Boisset war fassungslos, als er von Leonice Howards Tod hörte, ansonsten wartet wohl eher er darauf, von uns weiterhin Neues zu erfahren, als dass er etwas in petto hat, was uns weiterbringt.«

Mathilde runzelte resigniert die Stirn. »Das wundert mich nun gar nicht. Ich persönlich bin noch nie einem Journalisten begegnet, der freiwillig und ohne eine Gegenleistung zu verlangen, Informationen an uns weitergegeben hat. Sie sind alle gleich. Auch Maille hat ja offensichtlich das, was ihn beschäftigte, für sich behalten, hat niemandem etwas anvertraut. Und was gab es bei Père Joseph? Kommen Sie, Felix«, Mathilde zeigte zur *Bar-Tabac*, »setzen wir uns in die Kneipe und reden dort weiter.«

Ein paar Jugendliche lungerten vor einem Flipperautomaten

herum, zwei ältere Männer saßen bei einer Partie Schach. Leise dudelte ein altes Chanson. Charles Aznavour. Hinter der Theke saß auf einem Hocker die Wirtin. Eng eingehüllt in eine hellblaue Wolljacke strickte sie in atemberaubender Geschwindigkeit. Die Nadeln rasten wie winzige Degen aufeinander zu und wieder auseinander. Das Wollknäuel lag auf dem Tresen, daneben ein Becher mit dampfendem Inhalt.

Mathilde und Felix nahmen an einem Tisch direkt bei der Eingangstür Platz. Die Strickerin unterbrach ihre Arbeit und sah fragend zu ihrer neuen Kundschaft. Der *café au lait* für Mathilde und der *café serré* für Felix standen im Nullkommanichts auf dem Tisch. Das Klappern der Nadeln setzte wieder ein, umgarnt von der sanften Stimme Aznavours, im Rhythmus unterbrochen vom Bing, das die Flipperkugeln auslösten.

Felix packte den kleinen Keks aus, der auf der Untertasse lag, und tunkte ihn in den starken Kaffee. Genüsslich schob er sich den aufgeweichten Keks in den Mund. Bei diesem Anblick überkam Mathilde ein überwältigendes Hungergefühl, vor dem sie nur ein Sandwich mit Schinken und Tomate retten konnte. Das Klappern wurde unterbrochen, und zwei Minuten später kam der Snack frisch zubereitet an den Tisch. Mathilde biss herzhaft in das knusprige Baguette und gab zwischen zwei Bissen Felix zu verstehen, er könne nun ihre Fragen beantworten.

»Nun, bei Père Joseph gab es auch nichts wirklich Neues. Es war übrigens eine reine Vermutung von ihm gewesen, Maille hätte keinen Priester gefunden, der Leonice Howard auf einem ordentlichen geweihten Friedhof beerdigen wollte. Einen wirklichen Anhaltspunkt dafür gab es nicht.«

Mathilde nickte zustimmend. »Das hat sich geklärt. Père Émeric, der auch für die Kirche in Montauban zuständig ist, hätte das Mädchen hier beigesetzt. Maille wollte das nicht. Der Pfarrer meint, Maille hätte in irgendeiner Form die Leute für Leonice' Selbstmord verantwortlich gemacht, bei denen sie zuletzt gelebt hat. Die Lichttempler.«

»Die wer?«

»Ein Orden, der *Ordre du Temple de la Lumière*. Er ist hier in der mittelalterlichen Templerkomturei ansässig. Man ist in Montauban wohl sehr angetan von dem, was dieser Orden leistet. Sie veranstalten Lesungen und Konzerte, bieten Kurse an, kümmern sich um alte Menschen, die allerdings, wenn sie dort leben wollen, nicht gerade wenig dafür bezahlen. Gut, Seniorenheime, die einen hohen Standard bieten, sind auch nicht gerade billig. Wo war ich stehen geblieben? Leonice hat innerhalb des Ordens offensichtlich ihre letzten Monate zugebracht. Und wenn Maille Zweifel an ihrem Selbstmord hatte, wird er bei diesem Orden ganz sicher vorstellig geworden sein. Also werden auch wir ihn uns einmal näher anschauen. Ich bin gespannt, was Maille dort wollte und wie er aufgetreten ist. Gab es Vorwürfe, wurde er aggressiv? Bei den Kollegen der Police municipale hat er auf jeden Fall einen ziemlichen Stress veranstaltet. Er forderte sogar, dass Borie im Todesfall seiner Schwester ermittelt. Was dieser, weil kein hinreichender Verdacht auf einen *mort suspecte* bestand, natürlich abgelehnt hat.«

Beim Anblick von Mathildes Baguette überkam nun auch Felix ein Heißhunger. Er orderte zwei *pains au chocolat*, die umgehend in einem kleinen Körbchen serviert wurden. Das erste Schokobrötchen verschwand mit vier Bissen. Felix kratzte sich einen Krümel aus dem Mundwinkel. »Schon merkwürdig, dass Leonice Howard in dieser Residenz gelebt hat. Glauben Sie, sie konnte sich ein Leben dort überhaupt leisten?«

»Wohl eher nicht. Aber laut Maire Fricon, das ist der hiesige Bürgermeister, sind die Ordensmitglieder sehr sozial eingestellt. Die einen zahlen, andere spenden oder vererben, und die, die nicht mit einem goldenen Löffel im Mund geboren sind, werden von ihnen mitgetragen.«

»Mit dem *maire* haben Sie auch schon gesprochen?« Das zweite Schokobrötchen folgte.

»Ja, aber wegen einer ganz anderen Geschichte. Eigentlich hat mich der Zufall hierhergeführt. Oder eher Odile. Eine Freundin von ihr lebt in der Komturei, Odile besucht sie gerade.«

Mathilde bestellte einen zweiten Kaffee. Vielleicht half das Koffein, die Gedanken, die in ihrem Kopf herumschwirrten, zu sortieren. Es war alles einfach zu verwirrend. Gab es wirklich so viele Zufälle? Zuerst die Todesanzeigen, dann Odiles Detektivarbeit, die zutage förderte, dass die beiden Verblichenen hier lebten und gestorben waren. Luc Maille, der ganz in der Nähe in den Tod raste, seine Schwester, die inmitten der Lichttempler gelebt und sich dort umgebracht hatte. All diese Puzzleteilchen! Sie seufzte tief und ließ Felix auf dessen fragenden Blick hin an ihren Gedanken teilhaben.

»Was meinen Sie, Felix, sind dies alles Zufälle, oder hängen die Todesfälle ursächlich zusammen?«, schloss sie.

»Nun, Madame le Juge, wenn alles zusammenhängt, brauchen wir ja nur noch die Teilchen aneinanderzufügen. Und an reine Zufälle habe ich noch nie geglaubt.«

Mathilde leerte ihre Tasse und lachte. »Das nenne ich mal echten Optimismus. Dann lassen Sie unserer Sammlung noch weitere Fäden hinzufügen. Und vielleicht besorgen wir uns auch ein paar Stricknadeln.« Irgendwie hatte das rhythmische Geklapper etwas Beruhigendes. »Was gab es sonst bei Père Joseph Interessantes?«

»Ob es von Interesse ist, wird sich zeigen. Maille nannte seine Schwester Aponi. Das ist Indianisch und heißt Schmetterling. Und der Schmetterling steht für Wiedergeburt. Ob uns das weiterhilft?«

Mathildes Blick war skeptisch. »Mehr nicht? Aponi? Schmetterling? Vielleicht war es einfach nur ihr Kosename.« Sie schaute auf ihre Armbanduhr. »Ich muss langsam los. Odile wird mich schon vermissen. Und ein wenig umschauen wollte ich mich in der alten Komturei auch noch. Und apropos vermissen. Ich frage mich, ob es Zufall ist, dass gerade jetzt dieser Apotheker verschwunden ist. Gut, er scheint offenbar bekannt für seine, wie ich vermute, außerehelichen Eskapaden. Vielleicht steckt nichts dahinter. Aber wir werden uns in den nächsten Tagen einfach nett bei Borie nach ihm erkundigen.«

»Sie denken an das Bilsenkraut?«

»Ist nur so eine Idee. Wir werden ihn jedenfalls, sobald er wieder im trauten Heim gelandet ist, danach fragen. Und Sie erkundigen sich bitte bei Regis, was die Obduktion von Christian Flaubert erbracht hat. Flaubert, noch so ein Puzzleteil in dieser Geschichte. So, und zu guter Letzt, mein lieber Felix, verraten Sie mir doch bitte, was Sie hierhergeführt hat. Der Zufall?«

»Nein, eher die Pflicht. Die Gespräche mit Père Joseph und Bob Boisset waren ja nicht wirklich ergiebig. Rachid hatte mich gebeten, mich noch einmal am Unfallort umzuschauen. Ich habe dort ein wenig herumgeschnüffelt. Allerdings leider ohne Ergebnis. Bis auf mein Zusammentreffen mit Coralie ›Coco‹ Mollard.«

Mathildes Augen weiteten sich. Felix hatte die junge Polizistin am Unfallort angetroffen? Was hatte sie dort zu suchen gehabt?

»Allerdings ist mir die junge Dame entwischt. Sie hat sich ganz in der Nähe herumgetrieben, ich bin sicher, sie wollte dorthin, wo ich gerade war. Und als sie mich gesehen hat, ist sie abgehauen. Verdammt schnell, diese Coco. Und sie kennt sich dort aus. Keine Ahnung, wie sie dann in den Ort gekommen ist. Ich vermute, sie ist durch den Wald gelaufen. Aber es war ganz sicher Coralie Mollard. Dieser Kapuzenpulli mit dem glitzernden Totenkopf auf der Rückseite ist echt nicht zu verwechseln. Ob ich mich mit meiner Kollegin mal unterhalten sollte?« Felix grinste verschmitzt.

Mathilde grinste zurück. »Ich bitte darum, Lieutenant Tourrain. Allerdings möchte ich nicht, dass Borie etwas davon mitbekommt. Passen Sie Asterix ab, Obelix muss nicht alles wissen. Der ist jetzt wahrscheinlich immer noch mit der Frau des Apothekers beschäftigt. Sie haben also gute Chancen, ein Rendezvous mit Mademoiselle Mollard zu verabreden.«

Kapitel 30

Coralie »Coco« Mollard schlüpfte in ihre Uniform. Ein Segen, dass Dédé beschäftigt gewesen war. Sonst hätte es einen Anschiss gegeben. Wenn *er* zu spät zum Dienst erschien, war das nicht weiter der Rede wert. Dann war ihm natürlich irgendwas Superwichtiges, nicht Aufschiebbares dazwischengekommen.

Sie wusste selbst nicht, was sie zu entdecken gehofft hatte. Mailles Handy mit einer letzten Nachricht? Ein Notebook, vor dem Aufprall aus dem Wagen geschleudert, mit wichtigen Informationen? Und dann war ihr dieser Typ mit den roten Haaren dazwischengekommen. Das heißt, er war schon da gewesen. Und er hatte eindeutig etwas gesucht. War der, der für Mailles Tod verantwortlich war, zurückgekommen, um etwaige Spuren zu vernichten? Da hatte sie sich lieber vom Acker gemacht. Und dann stand der Rothaarige mit der Frau bei Dédé. Eine Madame le Juge. Wahrscheinlich war der Feuermelder doch eher ein Mitarbeiter der Richterin. Hatte sich noch einmal auf dem Unfallterrain umgeschaut und wie sie nach Spuren Ausschau gehalten.

Coco zog die Schnürsenkel ihrer Stiefel fest. Aus dem Büro ihres Kollegen drang noch immer die jammervolle Stimme Virginies. War ihr der Alte mal wieder abhandengekommen! Sie würde einen solchen Typen vor die Tür setzen. Wem gehörte denn die Apotheke? Virginie! Marc war doch nur ein Angestellter.

Seitdem sie aus Montpellier zurückgekehrt war, haderte die junge Polizistin mit ihrem Schicksal. Sie hatte an der *Faculté de Droit et de Science politique* ihr Aufbaustudium der *Sciences criminelles* mit Erfolg abgeschlossen, gehofft, sich in einer größeren Stadt wie Nîmes, Avignon oder Sète mit ihrem Zertifikat und Kriminalfachwissen bewerben zu können. Und jetzt saß sie in diesem Kaff, in dem sie groß geworden war. Natürlich konnte ihre Mutter nichts dafür, so schwer erkrankt zu sein. Aber Coco war das einzige Kind, und es wäre ihr nie im Traum eingefallen, sich nicht um sie zu kümmern. Und das Büro neben dem von Dédé war frei. Es gab in Frankreich unzählige kleine Ortschaften, die mit einem einzigen Polizisten der Police municipale auskommen mussten. Und nun hatte Montauban sogar zwei. Herzlichen Glückwunsch. Wenn sie doch nur einen solchen Fall wie den Tod von Maille in die Finger bekäme. Dann könnte sie sich und anderen beweisen, wie gut sie war. Es würde Eingang in ihre Personalakte finden, und irgendwann, ja irgendwann – eigentlich wollte sie gar nicht daran denken – würde sie so den Sprung in ein echtes Kommissariat machen können.

Der einzige Lichtblick für Coco war Christian, den sie im Mai kennengelernt hatte. Christian studierte in Montpellier, schrieb an seiner Doktorarbeit und jobbte nebenbei noch für den Orden in der alten Templerkomturei, in der er auch seit ein paar Wochen lebte.

Als Coco noch ein kleines Mädchen gewesen war, war die Komturei für die Öffentlichkeit unzugänglich. Das Anwesen hatte Madame Riche-Tallier gehört. Soweit man im Ort wusste, war die Burg schon seit Generationen im Besitz der Familie der Messerfabrikantin. Coco hatte sich nie für die alten Gebäude interessiert. Die Mauer drum herum war hoch, die Zugänge immer verschlossen. Die Gemäuer schliefen ihren Dornröschenschlaf, bis die Lichttempler sie vor einigen Jahren zu neuem Leben erweckten. Sehr zum Ärger der Familie der mittlerweile verstorbenen Madame Riche-Tallier. Die Erben hatten ursprünglich gehofft, aus der Burg würde ein Luxushotel mit sprudelnden Einnahmen werden.

Coco war es egal, ob dort ein Hotel oder ein Seniorenheim untergebracht war. Und mit den Ordensanhängern hatte sie sowieso nicht viel am Hut. Sie gehörte der Fraktion in Montauban an, die die Bewohner für harmlose Spinner hielt. Doch dann hatte Marta Torres-Sarmiento ein Konzert gegeben. Mehrmals im Jahr gab sich die berühmte Operndiva aus Avignon die Ehre. Von der Met nach Montauban. Und für Opernarien hatte Coco etwas übrig. Nach dem Konzert wurde ein Glas Sekt gereicht, und irgendwann stand sie neben Christian, man kam ins Gespräch, fand sich sympathisch, verabredete sich zum Essen – der Beginn ihrer Liaison. Doch was er nun genau bei den Lichttemplern machte, war Coco nach wie vor ein Rätsel. Christian rückte einfach nicht damit heraus. Dies und das, wenn die Torres sang, mussten die Lichtverhältnisse stimmen, für das alljährlich stattfindende Sommerfest sorgte er für die passende Illumination. Einmal hatte Coco ihn gefragt, ob die da nicht ein wenig merkwürdig seien. »Die da? Die Lichttempler? Nein, wieso? Alles im grünen Bereich. Sie kümmern sich um Alte und Gestrauchelte, bieten Arbeitsplätze, sorgen dafür, dass Montauban nicht zur kulturellen Wüste verkommt, und leben zudem vegetarisch« – ein Pluspunkt, den auch Coco zu schätzen wusste, seit sie sich mit zehn Jahren dazu entschlossen hatte, kein totes Tier mehr zu essen.

Und trotzdem! Irgendwas störte sie. Neuerdings. Nein, nicht irgendwas. Es war ziemlich konkret, was sie störte. Beim Aufräumen vor ein paar Tagen, sie schleppte gerade ihre Ordner vollgepackt mit Wissen auf den Speicher, hatte sie in einigen Aufzeichnungen geblättert, die sie während des Studiums gemacht hatte. Ein Seminar hatte sie besonders beeindruckt und in Erstaunen versetzt. Sie klemmte sich diesen einen Ordner unter den Arm, legte ihn in ihrem Zimmer auf dem Schreibtisch ab und schob ein Lesezeichen zwischen die Seiten, die sie Chris unbedingt zeigen wollte.

Kapitel 31

Die späte Oktobersonne breitete ihren herbstlich roten Schimmer über die Berge der Cevennen. Martin hatte Mathilde irgendwann erzählt, er und seine Schwester hätten als Kinder geglaubt, der Himmel sei dann rötlich gefärbt, wenn die Engel die Plätzchen für Weihnachten buken. Mathilde stellte sich die geflügelten kleinen Wesen vor, wie sie Blech um Blech in einen riesigen Ofen luden. Und schnell verwandelte sich in ihrer Vorstellung einer dieser Engel in Odile. Ein älterer, etwas beleibter Putto, der alle scheuchte und herumkommandierte. Eine herrliche Vorstellung!

Sie parkte ihren Wagen wieder auf dem Besucherparkplatz außerhalb der Komturei. Noch immer üppig blühende hohe Oleanderbüsche setzten Farbtupfer vor die grauen Steinmauern der Befestigung. Mathilde schätzte die Anlage so groß wie ein halbes Fußballfeld und nahm sich die Zeit, einmal ganz um sie herumzuschlendern. Auch auf der gegenüberliegenden Seite waren ein wagenbreites Fahrtor und zwei Zugänge für Fußgänger in die Mauern eingelassen, die jedoch verschlossen waren. Auf dieser Seite hatte Efeu begonnen, das Regiment zu übernehmen, und die letzten Hummeln des Jahres flogen brummend und taumelnd zu den winzigen Blütenständen des immergrünen Gewächses.

Mathilde hatte das Gefühl, eine Reise ins Mittelalter anzutreten. Die alten Mauersteine mit ihren Buckeln und Kerben stammten wahrscheinlich noch aus der Erbauungszeit. Ab und zu entdeckte sie einen neueren Stein, der einen alten ersetzte und sich durch ein helleres Grau farblich abhob. Vom Hof drangen gedämpft Geräusche zu ihr. Ein Lachen, ein Rufen. Langsam kehrte sie zum Haupteingang zurück. Ein zweites Auto stand jetzt auf dem Parkplatz.

Bei Durchschreiten des Tores erwartete Mathilde fast, von einem Wächter mit einer Lanze angehalten zu werden. »Was ist Euer Begehr?«, würde er fragen. Doch niemand verwehrte ihr den Zutritt. Und dann war sie mittendrin in dieser anderen Welt. Sie drehte sich um die eigene Achse. Die perfekte Kulisse für einen Ritterfilm. Streitrösser, die in ihren Rüstungen aufeinander zugaloppierten, edle Jungfrauen mit spitzen Hüten, die den Rittern ihre Tüchlein zuwarfen, jubelnd die Hände reckten. So wie die Person auf der Bank, die Mathilde jetzt freudig zuwinkte. Odile. Sie saß mit ihrer Freundin unter einem Maulbeerbaum mit weit ausladenden Zweigen. Beide eingehüllt in Wollplaids, genossen sie die letzten Sonnenstrahlen. Mathilde bedeutete Odile mit einer Handbewegung, dass sie sich noch ein wenig umschauen wolle. Direkt neben einer der beiden Pforten für die Fußgänger – Mathilde sah erst jetzt, wie niedrig diese waren, sie hätte den Kopf einziehen müssen – hing eine Tafel, auf der die einzelnen Gebäude der Komturei eingezeichnet, markiert und erläutert waren.

Ehemals hatte eine weitere Mauer die heute noch erhaltene Anlage umgeben. Sie war mit dem Begriff »Vorburg« mit gestrichelten Linien in den Plan gezeichnet. Innerhalb der noch vorhandenen Mauern lagen eng an diese geschmiegt Scheunen, Stallungen und das einstige Pilgerhaus, Gebäude, die vor allem zu Wohnungen umgebaut waren. Die der Ordensangehörigen waren im ehemaligen Palas, dem einstigen Lebensmittelpunkt der Tempelritter, eingerichtet. Mathilde entnahm dem Text, dass ursprünglich geplant gewesen war, ein Hotel innerhalb der Anlage einzurichten, ein Projekt, das, warum auch immer, nicht weiterverfolgt worden war. Allerdings war die Komturei zu diesem Zweck bereits restauriert worden, und die Wohnungen waren zum Teil bereits fertiggestellt, als die Lichttempler vor einigen Jahren das Erbe von Madame Riche-Tallier antraten und hier einzogen. Sicherlich kein preiswertes Unterfangen, von dem nun die Bewohner profitierten.

Mathilde spazierte zur Kirche, einem wohlproportionierten quadratischen Gebäude mit rundbogigem Portal und hoch angesetzten kleinen Fenstern. Sie drückte die Klinke der Holztür herunter. Verschlossen. Sie wandte sich nach rechts und betrat neugierig den alten Friedhof, auf dem noch vier Grabsteine aus der Mitte des 13. Jahrhunderts zu entdecken waren. Die Inschriften waren verwittert, doch das Zeichen der Templer, das symmetrische Tatzenkreuz, war noch gut auf drei Grabsteinen zu erkennen. Zwischen den Zeugnissen längst vergangener Zeiten hatte man der Natur das Feld überlassen. Wilder Rosmarin wucherte mit noch kräftig gelb blühendem Ginster um die Wette, dessen Blüten dem Insektenvolk als Speisekammer noch reichlich Nahrung bot. Eine riesige Spinne saß auf dem oberen Rand eines Steins. Ob sie auf Beute wartete? Oder fing diese sich nur in den Netzen der achtbeinigen Jäger? Mathilde wusste es nicht.

Ein plötzliches Schaudern durchfuhr sie, ein Gefühl, das nichts mit dem nun aufkommenden Wind aus den Bergen zu tun hatte. An diesem Ort umwehte den Besucher der Odem der Geschichte, zog ihn direkt hinein. Sie glaubte, das Klirren aufeinandertreffender Schwerter zu hören, Metall auf Metall. Suchend drehte sie sich um. Ein Junge, vielleicht vier oder fünf Jahre alt, marschierte mit zwei kleinen Zinkeimern an der niedrigen Friedhofsmauer vorbei, schlug diese immer wieder rhythmisch gegeneinander. Sie lächelte und winkte ihm zu. Angespornt durch die Aufmerksamkeit, die ihm jemand zollte, schwang der Kleine seine Arme weit auseinander, ließ die Eimer noch ein paarmal mit einem ordentlichen Scheppern aufeinanderprallen.

Im Schatten des kleinen Gotteshauses war es mittlerweile empfindlich kühl geworden. In den Bergen schlug das Wetter schnell um, und die Sonne hatte im Herbst meist nicht mehr die Kraft, sich gegen einen auffrischenden kalten Wind zu behaupten. Es war Zeit, nach Hause zu fahren, bevor Odile sich noch eine Erkältung einfing. Auch wenn es wie heute immer wieder Stunden und Tage gab, die die Erinnerung an den Sommer wachhielten, so war er doch endgültig vorbei.

Die beiden älteren Frauen saßen immer noch vertieft in ihr Gespräch auf der Bank. Der Wind rüttelte jetzt an den langen Zweigen des Maulbeerbaums, und einzelne Blätter segelten zu Boden. Der große Hof war ansonsten menschenleer, die Bewohner hatten sich in ihre vier dicken Wände zurückgezogen. So gern Mathilde Jourdain Cabasse kennengelernt und gesprochen hätte, dies hatte Zeit. Auch hatte sich die Sachlage geändert. Eine Spur im Fall des ermordeten Journalisten führte zum *Ordre du Temple de la Lumière*. Aus einem Gespräch mit Cabasse würde eine Befragung werden, bei der sie auf Rachid als ermittelnden Commandant der Police judiciaire weder verzichten konnte noch wollte.

Odiles Stimme riss sie aus ihren Gedanken. »Da bist du ja. Mathilde, darf ich dir meine alte Freundin Babette vorstellen? Babette, das ist Mathilde, die Enkelin von Rémy.«

Babette Regnier erinnerte Mathilde an einen Apfel, einen Apfel, der lange Zeit unbeachtet in einer Schale gelegen hatte. Ihr Gesicht, sicherlich einst rund und rosig, war durchzogen von Falten, tief wie kleine Schluchten. Die Hand, die sie Mathilde entgegenstreckte, ähnelte einer Klaue, und Mathilde traute sich kaum, zuzudrücken. Doch die knopfartigen braunen Augen der alten Frau strahlten sie an und verliehen ihrem Gesicht etwas Koboldhaftes.

»*Enchanté*, Babette. Ich freue mich, Sie kennenzulernen. Sie leben hier in einer bezaubernden Umgebung.«

Babette nickte zustimmend, und schon sprudelte es aus ihr heraus: »Für uns alte Leutchen ist es genau das Richtige. Wenn man seine Ruhe haben will, zieht man sich zurück, wenn man Trubel wünscht, setzt man sich raus. Normalerweise spielen die Kinder am Nachmittag hier auf dem Hof. Wir werden verwöhnt mit Kultur und gutem Essen. Alle sind freundlich. Es gibt überhaupt nichts auszusetzen, alles formidabel. Ich habe Odile eine Broschüre über die Wohnanlage gegeben. Vielleicht hat sie ja Lust, in ein paar Jahren hierherzuziehen. Dann habe ich womöglich meine Wohnung schon geräumt und bin nach oben gezogen.« Die alte Frau lachte fröhlich und sah in den Himmel.

»Babette, was ist das denn für ein Unsinn? Du bist munter und fidel«, tadelte Odile ihre Freundin.

»Tss, du siehst doch, wie schnell es gehen kann. Geneviève und Rosalie sind schon nicht mehr. Gut, beide waren ein gutes Stück älter als wir. Und sehr krank. Da überrascht es einen nicht, wenn sie gehen. Doch man muss gewappnet sein, meine liebe Odile. Jederzeit.«

Mathilde hatte sich zu den beiden Damen gesetzt. Die alte Komturei war eine wirkliche Oase für ihre Bewohner.

»Sie waren Lehrerin, nicht wahr?«

»Ja, in Alès. An der *École élementaire*. Die Kleinen haben mir schon immer besonders am Herz gelegen. Und hier helfe ich auch mal aus, wenn es bei den Kindern in der Schule nicht ganz so klappt, wie es soll.«

»Wie viele Kinder leben denn hier?«

»Es sind im Moment drei. Bald kommt das Baby von Madeleine. Aber das Kleine ist von der Schule ja noch weit entfernt.« Babette gab wieder ihr fröhliches Lachen von sich. »Die Kinder besuchen den Unterricht in Montauban. Und die Kleinen aus dem Ort kommen oft auch hierher zum Spielen. Sie halten uns im Herzen jung.«

»Und wie viele Senioren seid ihr? Außer dir ist niemand hier unten. Oder sind alle ans Bett gefesselt?«

»Ach, wo denkst du hin, Odile. Einige sind vielleicht spazieren, andere im Dorf. Bettlägerig sind im Moment zwei oder drei. Das schwankt. Insgesamt kann der Orden dreißig Alterchen aufnehmen. Dazu kommen fünf kleine Wohnungen für Leute, die einfach mal ausspannen wollen. Ich sag mal, Feriengäste. Denen gefällt es so gut, dass sie bis zu einem Jahr oder länger hier wohnen. Die Zimmer sind reserviert für die Künstler oder Autoren, die hier einen Auftritt oder eine Ausstellung haben, und die Problemfälle. Zu denen gehören die drei Kleinen hier. Ihre Mütter sind von ihren Ehemännern misshandelt worden. Hier finden sie Ruhe und Kraft.«

Mathilde griff nach der Broschüre, die neben Odile lag, und

blätterte kurz darin. »Über die Preise steht nichts drin. Es ist bestimmt nicht ganz billig, hier zu leben.«

Babette blies die Backen auf und stieß die Luft mit einem tiefen Seufzer wieder aus. »Nein, billig ist es nicht. Die meisten, die hier wohnen, sind sehr betucht. Andere werden von der Familie finanziell unterstützt. Ich selbst könnte es mir nicht leisten. Aber meine beiden Söhne haben gut bezahlte Jobs. Und sie lassen es sich etwas kosten, ihre Mutter gut untergebracht zu wissen. Am teuersten allerdings sind die Wohnungen der Kurzzeitgäste. Trotzdem sind sie fast alle belegt. Und unsereins verlässt die Anlage meist nur in einer Holzkiste.«

Odile und Mathilde waren für einen Moment sprachlos.

»Na, jetzt schaut nicht so entgeistert. So ist es eben. Wir Alten leben hier, um hier zu sterben. Ich sehe das Ganze gelassen. Und das mit der Holzkiste habe ich auf uns Senioren bezogen.«

Mathilde spürte, Altwerden und sich auf den Tod vorbereiten war ein Thema, das Odile nicht behagte. Um abzulenken, fragte sie neugierig: »Warum ist die Kirche eigentlich abgeschlossen? Ich hätte gerne mal einen Blick hineingeworfen. Wissen Sie vielleicht, ob es darin auch alte Grabplatten noch aus der Zeit der Tempelritter gibt?«

Ihr Großvater hatte sich nie groß für Ahnenforschung interessiert. Ein de Boncourt war ein de Boncourt, und die gab es seit Jahrhunderten. Das genügte. Allerdings war tatsächlich ein Tempelritter unter den Altvorderen gewesen. Vielleicht gab es in dieser Kirche einen Hinweis auf ihn.

Odile konnte Gedanken lesen, Mathilde hatte es schon immer geahnt. »Ich weiß, an wen du denkst. Hugues de Boncourt. Er ist angeblich an einem Fieber während des dritten Kreuzzuges gestorben, noch bevor Akkon eingenommen wurde. Das hat jedenfalls dein Großvater erzählt. Wie also sollte daher eine Grabplatte von ihm gerade in dieser Kirche liegen?«

Mathilde wurde doch tatsächlich rot. Da saß sie neben diesen beiden »Schulmeisterinnen«, und Odile wusste mehr über die Familie de Boncourt als sie selbst.

Babette überlegte kurz. »Nein. Hier gibt es keine Grabplatten, auch keine Gedenktafeln, Epitaphien oder Ähnliches. Ich wüsste auch nicht, dass früher jemals welche drin gewesen waren. Die Kirche ist ja auch kein Gotteshaus mehr. Sie wird eigentlich nur geöffnet für Lesungen und Konzerte. Die finden allerdings je nach Größe der Veranstaltung auch im ehemaligen Schafstall statt. Und so alle zwei Wochen ist sie zugänglich für die Teilnehmer an den Erquickungsstunden. Da gehen die hin, die Spaß an so was haben. Ich war einmal dabei. Die Lichttempler sind immer da. Für mich ist das nichts.«

Babette schnaubte geringschätzig durch die Nase.

»Erquickungsstunden?«

»Ja, so werden sie genannt. Erquickungsstunden. Sie sollen die Zuhörer erquicken. Anregen, beflügeln, was auch immer.«

Odile schmunzelte. »Das Wort habe ich schon lange nicht mehr gehört. So richtig schön altmodisch.«

In Babette kam die Lehrerin zum Vorschein. »Ganz richtig, altmodisch. Es kommt sogar aus dem Mittelalter, da bedeutete es so viel wie ›lebendig machen‹. Und darum geht es auch bei diesen Erquickungsstunden. Die Lichttempler machen ja keinen Hehl aus ihrem Glauben an die Wiedergeburt. Und dafür wird man in diesen Stunden sensibilisiert. Die Seele ist auf immerwährender Wanderschaft. Beim Tod verlässt sie den einen Körper und kehrt in einem anderen wieder zurück. Alle sitzen also da, hören in sich hinein und erkennen irgendwann, wer sie früher einmal gewesen sind. Oder auch nicht. Und wenn ihm danach ist, erscheint der Lichtbringer, legt dir die Hand auf den Kopf, dein Geist strömt in ihn hinein, und er sagt dir dann, wer du früher warst.« Babette kicherte. »Ich glaube nicht an diesen Humbug einer Wiederkehr. Weg ist weg. Daher bin ich den Erquickungsstunden ferngeblieben. Wie gesagt, es ist auch freiwillig. Ich habe also auch noch nie diesen Lichtbringer live erlebt. Das muss ganz großes Kino sein. Geneviève zum Beispiel, sie ging jede Woche hin. Hat mir alles haarklein berichtet. Und irgendwann hat sie selbst gespürt, dass sie die Reinkarnation der Maria Stewart ist. Und der Lichtbringer hat es ihr bestätigt. Nun sind beide tot, Maria und Geneviève. Aber wenn sie recht behält, kehrt sie ja wieder. Oder ist schon da. Als wer oder was man wiederkehrt, weiß man natürlich nicht im Voraus. Ganz ehrlich, ich habe überhaupt keine Lust, wieder auf der Erde herumzuwandern, wenn ich mir all diese schrecklichen Nachrichten im Fernsehen anschaue. Zumindest glaube ich, hat es das Sterben von Geneviève erleichtert, diese Gewissheit der Wiederkehr. Na ja, wer es glauben will. Doch mir wird allmählich kalt«, wechselte die alte Frau plötzlich das Thema.

»Und wer ist dieser Lichtbringer?«, fragte Odile.

»Pff, keine Ahnung. Ich habe ihn ja nie gesehen. Und Geneviève hat immer ein großes Geheimnis daraus gemacht. Wollt ihr noch auf einen Kaffee mit reinkommen?«

»Nein, das ist nett, aber für uns wird es auch Zeit, nach Hause zu fahren. Hopp, Odile, wir verabschieden uns.«

Die beiden alten Damen umarmten sich und gaben sich drei Küsschen.

»Für Sie auch einen *bisou*«, sagte Babette herzlich und drückte auch Mathilde einen Kuss auf die Wange. »Und du besuchst mich bald wieder, meine Odile.«

Auf dem Parkplatz durchwühlte Mathilde ihre Handtasche nach dem Autoschlüssel. Das verflixte Ding hatte sich in die Untiefen des Lederbeutels zurückgezogen.

»Ich habe die Kälte überhaupt nicht bemerkt, aber wo ich jetzt so rumstehe und darauf warte, dass du endlich aufschließt, spüre ich, wie sie mir bis in die Knochen kriecht.« Odile zog ihren Schal aus der Tasche und wickelte ihn sorgsam um den Hals.

In dem Moment, als Mathilde den Schlüssel in das Schloss ihres Peugeots steckte, trat ein Mann durch das linke niedrige Tor. Er ging gebückt, hielt mit der Hand seinen grauen, eleganten Mantel geschlossen. Er näherte sich seinem Wagen und hob den Kopf, als er die beiden Frauen bemerkte, nickte ihnen zu. »*Bonsoir mesdames.*« Dann stieg er ein und fuhr los.

Mathilde sah ihm verdutzt hinterher. »Das war doch Juge Palice. Was wollte der denn hier?«

Odile saß bereits im Wagen und hatte nicht zugehört. Mathilde hatte schon oft mit dem Kollegen aus Nîmes zu tun gehabt. Sein Büro war eine Etage über dem der Untersuchungsrichterin. Ob er Angehörige hier hatte? Wohl kaum. Mathilde erinnerte sich, dass die Eltern von Palice in einem der Überseegebiete wohnten, Réunion. Und vor einem Vierteljahr waren fast alle Mitarbeiter des Palais de Justice auf der Trauerfeier für Palice' Ehefrau in der *Cathédrale Notre-Dame-et-Saint-Castor* gewesen. Bruno, Wachmann im Palais de Justice und Mathildes Lebensretter, hatte ihr noch vor Kurzem zugeraunt, er habe den Eindruck, der Richter komme über den Tod seiner Frau einfach nicht hinweg.

Und nun sah sie ihn hier auf dem Parkplatz der alten Templerkomturei, der Heimat des *Ordre du Temple de la Lumière*.

Kapitel 32

Nächste Woche würde er zum *Marché aux Puces* nach Sommières fahren. Im Sommer war auf dem Floh- und Wochenmarkt in der kleinen charmanten Stadt am Fluss Vidourle kein Durchkommen. Einheimische und Touristen bevölkerten die Straßen, drängten sich an den Ständen und schleppten in großen Taschen ihre Einkäufe nach Hause oder zu den Autos auf den immer überfüllten Parkplätzen. Doch jetzt im Herbst kehrte Ruhe ein.

Martin hatte Rémy und Philippe zur Weinmesse nach Lyon begleitet, von der die beiden Winzer nicht ohne Silber- und Goldmedaillen für ihre Weine zurückgekehrt waren. Es waren anstrengende Tage gewesen, zumindest für Martin, der sich, so kam es ihm vor, durch sämtliche Lagen der französischen Anbaugebiete durchprobiert hatte. Jetzt war er froh, wieder in der Ruhe und Abgeschiedenheit seines Häuschens zu sein.

Ein halbes Jahr hatte der Umbau gedauert, und das meiste hatte Martin selbst renoviert. Der Boden roch noch nach dem Öl, mit dem das Holz der Dielen behandelt worden war. Ein Fensterladen musste demnächst ausgetauscht werden, der Schwamm hatte ihn befallen. Die Deckenbalken waren nun gegen den Holzbock geschützt, und neben der Terrasse stapelte sich das Holz für den Winter. Der Kamin in Martins Haus war riesig, und er würde wahrscheinlich Unmengen an Holzscheiten verschlingen. Nun fehlten noch ein paar Kleinigkeiten, einige Accessoires, die i-Tüpfelchen, die in den Räumen für Behaglichkeit sorgten. Vielleicht ein alter Krug für die Blumen aus dem Garten, ein Landschaftsbild oder eine Wasserkaraffe, um den Pastis stilecht zu servieren. Er hatte vor einiger Zeit einen dieser gelben Krüge von Ricard gesehen. Nach einem solchen, aber wirklich alt und original, würde er auf jeden Fall Ausschau halten. Vielleicht hatte auch Mathilde Zeit, ihn nach Sommières zu begleiten. Sie besaß einen sicheren Geschmack und hatte garantiert die eine oder andere Idee, wie er sein Heim mit Flohmarktschätzen verschönern konnte.

Zur Einweihung des Hauses Anfang September war die gesamte Familie de Boncourt gekommen. Odile hatte Körbe voll mit selbst gemachten Köstlichkeiten eingepackt, und zum gemeinsamen Abendessen fanden sich auch Mathildes Kollegen Rachid und Felix und dessen Freundin Sabine ein. Und alle waren voll des Lobes gewesen, mit wie viel Liebe er das alte Haus renoviert und zu neuem Leben erweckt hatte.

Auch die Nachbarn blieben mittlerweile am Gartenzaun stehen, bereit für einen kleinen Schwatz oder einen kostenlosen Rat. Und wann immer es ihre Zeit erlaubte, machte Reinette mit ihrem Postmoped bei ihm halt, ob sie nun etwas für Martin in der großen Tasche hatte oder nicht. Er musste zugeben, die junge Dame hatte etwas, wenn sie so am Zaun lehnte, ihn anlächelte und ihre dunklen Augen blitzten. Sie und neu gewonnene Freunde aus dem Dorf würde er im nächsten Sommer zu einem in der Zukunft regelmäßig stattfindenden Gartenfest einladen. Das Dörfchen Saint-Fons lag nur wenig mehr als einen Kilometer von Mathildes Zuhause entfernt, und die Dorfbewohner hatten ihn mittlerweile freundlich aufgenommen. Die erste Skepsis gegenüber dem Reiseschriftsteller aus Deutschland war in dem Moment gewichen, als sich herumgesprochen hatte, dass er ein enger Freund der Winzerfamilie war.

Mit einem tiefen Seufzer betrachtete Martin die Stehlampe auf dem alten Vertiko, in dem er seine Gläser aufbewahrte. Sie war ein Geschenk von Mathilde. In seiner ehemaligen, modern eingerichteten Wohnung in Bonn hätte er sich einen solchen Lüster niemals vorstellen können, hätte ihn vielleicht sogar scheußlich gefunden. Aber hier passte er hin, als wäre er schon immer Bestandteil der Einrichtung gewesen. Mit emporgerecktem Arm trug eine weibliche Figur den Leuchtkörper, pathetisch wie die

Freiheitsstatue. Aus patiniertem Messing geformt, hatte sie einen riesigen Blütenkranz auf dem Kopf. Ihre Gestalt hüllte ein lang fließendes Gewand ein, das sich mit der dunklen Marmorplinthe, auf der sie stand, verband. Der Lichtkörper selbst sah aus wie ein hoher blütenförmiger Kelch. Ja, sie war ein Schmuckstück auf der hohen Kommode aus Kirschholz im Louis-Philippe-Stil. Und vor allem, sie war ein Geschenk von Mathilde.

Martin und sie waren enge Freunde geworden. Doch mehr leider nicht. Sie gingen zusammen essen, er verkehrte wie ein Familienmitglied im Schloss, spazierte mit Rémy und den Hunden über die Weinfelder, besuchte mit Mathilde, wenn es ihre Zeit zuließ, Märkte und Museen. Wenn etwas auf ihr Verhältnis zutraf, war es das Wort platonisch. Und immer noch war er sich nicht so wirklich darüber im Klaren, welcher Art Mathildes Beziehung zu Commandant Rachid Bouraada war. Die beiden verbrachten jeden Wochentag miteinander. Ihr Umgang war vertraut, und wie Mathilde einmal nebenbei gesagt hatte, war Rachid für sie der Fels in der Brandung. Martin mochte den Polizisten wirklich gern. Ein toller Typ, zu allem Überfluss auch noch sehr attraktiv. Wenn er dies als Mann überhaupt beurteilen konnte. Wieder stieß er einen tiefen Seufzer aus. Ihm hätte es besser gefallen, wenn Rachid ein Kieselstein in der Brandung gewesen wäre.

In seine Betrachtungen versunken, schreckte Martin hoch, als sein Handy klingelte. In Gedanken war er immer noch bei Mathilde.

Was war das denn? Wer redete ihn denn da mit leiser Stimme mit Täubchen an? Da schien sich jemand verwählt zu haben. Schon wollte er wieder auflegen, als die Stimme lauter wurde. »Hallo, Martin, ja hörst du mich denn überhaupt? Bei mir rauscht es. Ich brauche Täubchen von Verrain. Kannst du bitte welche besorgen?«

Odile. Wie sich herausstellte, sollte es demnächst gefüllte Tauben zum Abendessen geben. Auf dem Markt hatte Odile keine bekommen, aber Verrain, der Metzger von Saint-Fons, habe in seiner Boucherie bestimmt welche. Und ob Martin bitte auch so freundlich sei, sie Odile vorbeizubringen.

Er versprach, sich umgehend darum zu kümmern. Da er die Tierchen gleich bei Odile abliefern wollte, nahm er den Wagen, der mittlerweile nicht nur ein französisches Nummernschild hatte, sondern auch einige Beulen an allen Seiten. Irgendwann würde er sich für kurze Wege einen Motorroller zulegen. Bei dem Gedanken, wie er zukünftig knatternd ins Dorf fuhr, musste er schmunzeln. Es fehlte nur noch die Baskenmütze auf dem Kopf, das Baguette unterm Arm, ungezählte Siege im Pétanque gegen die alten Könner aus dem Dorf, die mit einem Glas Rotwein gefeiert wurden, und das Klischee, das man in Deutschland von einem auf dem Dorf lebenden Franzosen hatte, wäre perfekt.

Monsieur Martin, noch vor ein paar Wochen Monsieur Endress, aber man arbeitete sich ja in der Gunst der Dorfbewohner immer weiter nach oben, hielt in der Boucherie Verrain noch einen Schwatz mit Veronique, der pummeligen Frau des Metzgers, die nicht schlecht staunte, als er, der Single, so viele Tauben kaufte. »Oder gibt es ein Fest bei Ihnen?« Veronique schnalzte mit der Zunge, als sie hörte, dass Odile die Tauben zubereiten würde. Die Kochkunst der Haushälterin war über die Grenzen des Châteaus hinaus bekannt.

Martin legte noch einen Zwischenstopp in der Boulangerie ein und besorgte sich ein frisches Brot als Beilage zu den *Crépinettes*, die er heute Abend ganz sicher mit Genuss verspeisen würde. Die *Crépinette* war eine in ihrer Form an Frikadellen erinnernde Wurst im Schweinenetz, in diesem Fall aus gehacktem Lammfleisch und Unmengen an Petersilie. Veronique hatte sie ihm empfohlen und zugleich auch Tipps für die Zubereitung gegeben. »Ganz einfach langsam braten, Monsieur Martin, *simple*, das kann sogar ein Mann.« Noch war die Auswahl an Köstlichkeiten in den Kühltheken der Metzgereien für Martin schier unüberschaubar, und er ließ sich daher gerne beraten.

In der Bäckerei wurde Monsieur Martin von Pierre gar eingeladen, an der nächsten *Grande Soirée Loto* teilzunehmen, einem Bingo-Abend, dessen Erlös der kleinen Bibliothek, die in der *mairie* untergebracht war, zukommen sollte. Er war schon wieder eine Stufe weiter im Dorfgefüge. Zufrieden verstaute Martin seine Einkäufe im Auto und machte sich auf den Weg zum Schloss, wo Odile ihn bereits erwartete. Sie begutachtete die Tauben – alle von gleich guter Qualität – und ließ sie im Kühlschrank verschwinden.

»Möchtest du mir bei einer Tasse Kaffee ein wenig Gesellschaft leisten? Bis auf Vivienne sind alle ausgeflogen.«

Ein kleiner Plausch mit einem starken Kaffee war jetzt ganz nach Martins Geschmack. Odile hatte den Deutschen in ihr Herz geschlossen. Noch war sie sich allerdings nicht ganz sicher, wen sie lieber als Mann an Mathildes Seite gesehen hätte – Martin oder Rachid.

»Und Sébastien ist heute wieder in Saint-Gilles bei seinen Freunden?«

»Ja, wir haben ihn hingefahren. Also ich bin zum Markt, und Vivienne hat ihn dann abgesetzt. Ich sag dir, es tut dem Jungen so gut, regelmäßig mit Gleichaltrigen zusammen zu sein. Das ist doch nichts, immer mit seiner Mutter zusammenzuhocken. Dank dir und Mathilde hat er endlich gemerkt, dass es noch ein Leben außerhalb des Schlosses und weg von Mutters Rockzipfel gibt.«

Sébastien, Mathildes Cousin, war mit dem Downsyndrom zur Welt gekommen. Vivienne, seine Mutter, wollte lange Zeit nicht wahrhaben, dass er mittlerweile ein junger Erwachsener mit eigenen Bedürfnissen war, der bereits bewiesen hatte, wie gut er auf eigenen Füßen stehen konnte. Ohne irgendjemand in seinen Plan einzuweihen, war Sébastien im Frühling mutterseelenallein nach Bonn aufgebrochen, um dort Martin zu besuchen. Und er hatte es geschafft. Trotzdem war jede Menge Überzeugungsarbeit nötig gewesen, bis Vivienne damit einverstanden war, ihren Sohn wenigstens ein paarmal in der Woche zu einer Gruppe junger Leute mit dem gleichen Handicap zu bringen. Sie lebten mit einem Betreuer zusammen und hatten den Neuankömmling sofort mit Freude in ihrer Runde aufgenommen.

Odile stellte den frisch aufgebrühten Kaffee in großen *bols* auf den Tisch, daneben einen Teller mit Madeleines. »Ich gestehe, sie sind nicht selbst gebacken. Ich habe sie heute Morgen aus

Saint-Gilles mitgebracht. Ich hoffe, du magst Orangeat, ist nämlich drin.«

Martin mochte alles, was süß war, und griff begeistert zu.

»Hmm, hier riecht es nach frischem Kaffee. Oben ist es so einsam. Ich dachte, ich leiste dir ein wenig Gesellschaft, Odile. Ahh, *bonjour,* Martin. Du bist da?«

»Wie du siehst, Vivienne. Aber natürlich, setz dich zu uns. Martin hat mir Tauben von Verrain gebracht. Ich werde sie morgen zubereiten. Wir haben eben darüber gesprochen, wie gut es Sébastien tut, sich mit seinen neuen Freunden zu treffen. Und er hat sogar schon eine kleine Freundin. Sandrine. Wenn er von ihr spricht, bekommt er ganz glänzende Augen.«

Martin nickte anerkennend zwischen zwei Bissen, Vivienne verzog das Gesicht.

»Jetzt hör aber mal, Vivienne. Er ist ein junger Mann. Und er entdeckt das andere Geschlecht für sich. Andere haben schon mit dreizehn, vierzehn einen Freund, eine Freundin, und das mit allem, was dazugehört. Und sich zu verlieben gehört nun mal dazu.«

»Ja, ja, ist schon gut. Das weiß ich selbst.« Vivienne warf Martin einen vorwurfsvollen Blick zu. »Du bist schuld«, sollte er bedeuten. Martin hatte Sébastien auf dessen Wunsch in Köln in eine Stripteasebar begleitet. Und Sébastien hatte sich dort köstlich amüsiert. »Aber …«

»Nichts ›aber‹. Lass ihn endlich sein Leben leben. Wir passen doch auch alle gut auf ihn auf«, fügte Odile tröstend hinzu, als sie sah, wie sich Viviennes Augen mit Tränen füllten. »So, und jetzt nimm eine Madeleine. Sie sind wirklich gut.«

Vivienne wischte sich mit der Hand über die Augen, und dann saßen alle drei einträchtig am Tisch. Martin berichtete von seinen Eindrücken auf der Weinmesse, Odile erzählte von ihrem Ausflug mit Mathilde in die Templerkomturei, von den ehrwürdigen Gebäuden, in denen nun Jung und Alt zusammenlebte, und von Babette, ihre Freundin, die sich dort unglaublich wohlfühlte.

»Hier, ich habe einen Flyer und eine Broschüre mitgebracht.«

Sie legte das Hochglanzinfomaterial auf den Tisch. Martin vertiefte sich sofort in den Flyer zur Geschichte der Templeranlage, und Vivienne blätterte durch den Prospekt des *Ordre du Temple de la Lumière.*

»Es ist unglaublich, wie gut diese Anlage erhalten ist. Ich war schon mal da, stand aber vor verschlossenen Türen. Wenn ich das Templerbuchprojekt angehe, wird die Komturei von Montauban-sur-Vidourle einige Seiten füllen.« Martin kam aus dem Schwärmen gar nicht mehr heraus. »Jetzt schaut euch das an. Sogar der Taubenturm ist noch da.« Er lachte. »Und jetzt weiß ich auch, wo der plötzliche Appetit auf gefüllte Tauben herkommt. Allerdings frage ich mich, warum die Komturei wohl in keinem meiner Reiseführer zu finden ist. Ich habe sie eher zufällig entdeckt, als ich mich mit einer Webseite eines Vereins beschäftigt habe, der ehemalige Templeranlagen in Südfrankreich kartiert und historisch aufarbeitet.«

»Das liegt wohl daran, dass sie in Privatbesitz war, das heißt, sie ist es immer noch. Hier steht, es sollte ein Hotel draus werden, aber dazu kam es nicht. Seitdem der Orden der Lichttempler dort lebt, ist sie für die Öffentlichkeit zugänglich. Ich schätze, in aktuellen Reiseführern wirst du alles Wissenswerte finden, wahrscheinlich sogar die Öffnungszeiten. Mit welchen Uraltschmökern arbeitest du denn?«, fügte Vivienne in schnippischem Tonfall hinzu. Odile warf ihr einen mahnenden Blick zu, und sie lenkte ein: »Schau mal, steht alles hier in der Broschüre. Und erst die Fotos. Echt beeindruckend. Das musst du dir wirklich anschauen, Martin. Da kommt man aus dem Staunen ja nicht mehr raus.«

Martin musste Vivienne insgeheim recht geben. In der Tat waren seine Kultur- und Reiseführer nicht mehr neueren Datums und längst überholt. Er drehte den Flyer um. »Heute ist den ganzen Tag für Besucher geöffnet. Es wird wirklich Zeit, dass ich mir die Templerburg mit eigenen Augen anschaue.«

Vivienne hatte mittlerweile das Prospekt bis zur letzten Seite studiert. »Odile, kann ich das mit nach oben nehmen? Ich möchte es Sébastien zeigen. Dieses ganze Anwesen ist einfach traumhaft.

Und hast du gelesen, was die dort alles anbieten? Dort leben Alte und Junge, Kranke und Gesunde miteinander, jeder kümmert sich um jeden. Dazu dieses Wahnsinnsveranstaltungsangebot. Jeden Monat Lesungen, regelmäßig Ausstellungen und Konzerte. Schaut hier, das Foto. Die Torres. Sie tritt sonst in der Met auf, der Opéra in Paris, Carnegie Hall, in allen großen Opernhäusern dieser Welt. Und in Montauban. Unfassbar. Kreativkurse. Oder hier, Gesprächskreise zu Themen wie Religion, Trauer, Wiedergeburt, Verlustangst.« Vivienne war regelrecht aus dem Häuschen. »Martin, wollen wir zusammen hin? Du holst mich später ab? Ob ich wohl mit dem Leiter des Ordens sprechen kann? Hier steht, man kann als Gast dort wohnen, eine Woche, zwei, wie es einem gefällt. Ich glaube, ich werde dort ein wenig Urlaub machen. Und Sébastien wird es dort auch gefallen, da bin ich mir sicher.«

Ohne eine Antwort abzuwarten, klemmte sich Vivienne die Broschüre unter den Arm, schnappte sich zwei Madeleines und verschwand mit vor Aufregung hochrotem Kopf aus der Küche.

»Was war das denn?« Odile war vollkommen perplex. »So begeistert habe ich Vivienne schon lange nicht mehr erlebt. Begeistert ist ja noch milde ausgedrückt. Sie ist ja regelrecht euphorisch. Soll sie doch ein paar Tage dort verbringen, es wird ihr ganz sicher guttun. Und vielleicht ist sie auch so clever und schließt sich dem Gesprächskreis Verlustängste an. Vielleicht lernt sie dabei, mit ihnen umzugehen. Nur ihre Idee, Sébastien mitschleppen zu wollen, gefällt mir gar nicht. Ich kann mir auch nicht vorstellen, dass er darüber glücklich sein wird, jetzt, wo er seinen eigenen kleinen Freundeskreis gefunden hat. Oje, das wird noch Ärger geben.«

Kapitel 33

Mathilde fuhr flott, nach Rachids Geschmack zu flott. »Mathilde, Ihnen ist nicht entgangen, dass seit einiger Zeit eine neue Geschwindigkeitsbegrenzung auf Landstraßen gilt? Tempo achtzig ist angesagt. Und das gilt auch am Samstag.«

»Mein lieber Rachid, wie sollte ich das vergessen haben? Erst vor drei Wochen bin ich unangenehm aufgefallen. Und die Flics hat es wenig beeindruckt, als ich ihnen sagte, mein kleiner alter Wagen habe sich noch nicht an das Schneckentempo gewöhnt.« Sie lachte und sah mit blitzenden grünen Augen zu Rachid, der sich in sein Schicksal ergab. Wenigstens war Mathilde eine sichere Fahrerin. Er fühlte sich an ihrer Seite gut aufgehoben.

»Schick, Ihr Schal. Neu?«

Rachid errötete. Mathilde entging nichts. »Der Herbst kommt. Ich bin gewappnet.«

Mathilde warf dem Commandant einen Seitenblick zu. Er war wie immer wie aus dem Ei gepellt. Seine Uniform war eine gepflegte Jeans, ein weißes Hemd, heute mit einem Pullover darüber, und ein sportlich-elegantes Sakko. Wieder einmal wurde ihr bewusst, wie attraktiv er war, und noch mehr, wie sehr sie sich auf ihn verlassen konnte. Mit Martin an ihrer Seite fühlte sie sich unbeschwert, ein Tag mit ihm war wie ein Ferientag. Wie ein sonniger Tag mit einem belebenden, leichten, kühlen Weißwein am Meer. Ein Tag mit Rachid war … ja, wie war ein solcher Tag? Wie fühlte sie sich an seiner Seite? Zufrieden? Geborgen? Sicher? Alles zusammen? Nur gut, dass er nicht in ihren Kopf schauen konnte. Sie kehrte zu einem unverfänglicheren Thema, ihrer gemeinsamen Arbeit, zurück.

»Ich habe schon mit Felix darüber gesprochen. Es gibt einfach zu viele Zufälle. Zu viele Puzzleteilchen, von denen man glaubt, sie gehören zu unterschiedlichen Puzzles, aber sie gehören alle zu ein und demselben. Gehen wir doch noch mal alles Schritt für Schritt durch.« Mathilde hob die Hand vom Steuer, um Rachid alle Punkte aufzuzählen.

»Mathilde, die Kurven, lassen Sie Ihre Hand bitte am Lenkrad, ich glaube, ich kann Ihnen auch so folgen. Bis fünf schaffe ich es gerade noch.«

»*Alors,* Rachid, dann hören und folgen Sie. Um das vorwegzusagen: Ich habe es noch nie mit einem so vertrackten Fall zu tun gehabt. Sie werden gleich wissen, was ich meine. Zuerst der tote Journalist, Luc Maille. Kein einfacher Reporter, nein, ein Mann für die harten Nüsse, ein Enthüllungsjournalist. Die vermeintlichen Storys, an denen er dran gewesen sein könnte, haben sich im Nullkommanichts als Flops erwiesen. Es gibt sie nicht. Doch irgendetwas hat er recherchiert, sonst wäre er nicht tot. Vor ein paar Monaten der Selbstmord seiner Schwester. War es das, was ihn umgetrieben hat? Nur, warum musste er sterben? Weil seine Schwester tatsächlich keinen Suizid begangen hat und er einem Verbrechen auf der Spur war? Daher müssen wir mit der Ärztin Victorine Salagou sprechen und mit den Menschen, bei denen Leonice zuletzt gelebt hat. Wie ich Ihnen gestern bereits am Telefon sagte, ist Borie von der Police municipale in Montauban vom Selbstmord Leonice' überzeugt. Doch wir müssen nachbohren.«

Rachid hatte konzentriert zugehört. »So weit kann ich Ihnen folgen. Doch wenn es sich anders verhält, wenn Leonice sich tatsächlich das Leben genommen hat und Maille schließlich davon überzeugt war, an was könnte er dann dran gewesen sein? Was hat es mit den beiden toten Freundinnen von Odile auf sich? Sind sie vielleicht doch keines natürlichen Todes gestorben? War es das, was Maille beschäftigt hat?«

Mathilde hob kurz die Arme in einer Geste der Ratlosigkeit vom Steuer, was ihr ein Stirnrunzeln von Rachid einbrachte. »Wenn ich das wüsste. Es gibt keinen einzigen Anhaltspunkt dafür.

Ich habe deswegen, alleine um Odile zu beruhigen, mit dem *maire* telefoniert. Der Lebensweg der beiden Frauen war einfach zu Ende. Alt geworden, krank, gestorben. So einfach ist das. Auch Odiles Freundin Babette sagte, die beiden seien nach ihren Erkrankungen nicht überraschend verschieden.« Mathilde presste entschlossen die Lippen zusammen. »Und doch werden wir auch zu diesen Todesfällen die Einschätzung der Ärztin einholen. Das nächste Rätsel gibt uns der Tod des Studenten Christian Flaubert auf. Er ist ermordet worden, keine Frage. Ein einfacher Raubmord? Wir hätten seinen Tod als solchen eingestuft, wenn er nicht die Visitenkarte von Maille in der Hosentasche gehabt hätte. Es kann Zufall sein, aber es ist mal wieder einer zu viel. Verstehen Sie? Alles für sich betrachtet plausibel. Selbstmord, Raubmord, zwei tote alte Frauen, gestorben nach schweren Erkrankungen. Und Maille wäre als Unfall durchgegangen, wenn Regis beziehungsweise die Toxikologie nicht dieses Kraut entdeckt hätte. Und was hatte die Polizistin Coco Mollard am Unfallort zu suchen? Felix konnte sie gestern nicht mehr sprechen. Er wird versuchen, sie heute zu erwischen. Es bleiben Fragen über Fragen.« Sie seufzte. »Warum haben wir nicht mal einen ganz klaren Fall? Gepflegter Mord, Täter hockt neben dem Opfer, gibt alles zu und Ende.«

Bevor Mathilde noch einmal ihre Hände vom Steuer nehmen konnte, wies Rachid sie darauf hin, dass sie abbiegen musste. Das Krankenhaus von Ganges war gleich erreicht.

»Dann hätten wir nicht mehr viel miteinander zu tun«, antwortete er auf Mathildes nicht ganz ernst gemeinte Frage. »Und das wäre schade.« Mathilde blickte zu ihm herüber, doch Rachid hielt den Kopf starr geradeaus auf die Straße gerichtet.

»Ja, das wäre schade«, murmelte sie.

Noch bevor sie sich Gedanken machen konnte, ob hinter dem, was Rachid eben gesagt hatte, vielleicht mehr stecken könnte, hatten sie den Parkplatz vor dem weitläufigen Komplex des Hospitals von Ganges erreicht. Sie waren für zehn Uhr mit Docteur Victorine Salagou verabredet. Wie die Ermittler waren auch Ärzte Menschen, die nur selten ein freies Wochenende kannten.

Schweigend gingen die beiden zum Haupteingang. Mathildes Bein schmerzte. Rachid entging das leichte Humpeln nicht. Es war kaum wahrnehmbar, doch wenn man Mathildes festen, sicheren Schritt gewohnt war, fiel es auf.

»Nun, was sagt Ihr Bein? Ist schon Schnee angesagt?«, fragte er in scherzhaftem Ton. Er wusste, dass Mathilde über ihren Gesundheitszustand nicht gerne Auskunft gab.

Sie ging darauf ein, sah an ihrem Bein hinunter, hob dann den Kopf und schnupperte wie ein Hund in die Luft. »Weder Bein noch Nase merken was von Schnee. Aber es wird kälter. Und das sehe ich an Ihren roten Ohren. Ihr Leute aus dem Maghreb seid empfindlicher als wir Südfranzosen.« Sie lachte nun fröhlich.

Bei jedem anderen hätte Rachid Bouraada eine solche Äußerung als Kritik an seiner Person empfunden. Er, als Franzose algerischer Abstammung, hatte es nicht immer leicht gehabt, und noch heute begegnete man ihm, dem *beur*, hier und da mit einem misstrauischen Blick. *Les arabes*, in der Jugendsprache *a-ra-beu*, umgedreht *beu-ra-a*, kurz *beur*, ein Schimpfwort, das Rachid sein Leben lang begleitete. Zu Beginn seiner beruflichen Karriere war er nicht selten bei Kollegen und sogar Vorgesetzten angeeckt, wenn er sich aufgrund seiner Herkunft ungerecht behandelt fühlte und dementsprechend schroff reagiert hatte. Doch diese Zeiten waren vorbei. Meistens.

An der Anmeldung teilte man ihnen mit, Docteur Salagou erwarte sie in ihrem Büro, zweite Etage, dritte Tür auf der linken Seite. Sie nahmen den Aufzug, den sie sich mit einem Mann mit Gipsbein und einer älteren Frau, die durch einen Schlauch mit einem Galgen und einem angehängten Beutel verbunden war, teilten. Nein, so schnell wollte Mathilde als Patientin kein Krankenhaus mehr von innen sehen.

Rachid klopfte an die Tür, und sie betraten nach einem kräftigen »Herein« das Büro. Victorine Salagou erhob sich, um die beiden zu begrüßen. Eine attraktive Frau, fast so groß wie Mathilde, das blonde kurz geschnittene Haar von grauen Strähnen durchzogen. Mathilde schätzte ihr Alter auf etwa fünfzig. Die Ärztin war schlank, sehr schlank, ihr Gesicht hager mit ausgeprägten Wangenknochen. Sie zeigte auf eine Sitzecke mit drei eleganten Freischwingern. Auf dem Tisch standen mehrere kleine Flaschen Wasser und drei Gläser.

»Bitte, nehmen Sie doch Platz. Sie kommen wegen Leonice Howard? Das Mädchen ist seit Monaten tot. Warum wollen Sie jetzt mit mir über sie sprechen?«

Rachid ging auf die Frage nicht ein. »Leonice' Bruder, der Journalist Luc Maille, ist vor ein paar Tagen bei einem Autounfall ums Leben gekommen. Kannten Sie ihn, Docteur?«

»Jetzt weiß ich, auf was Sie hinauswollen.« Die Ärztin zeigte auf die Wasserflaschen und öffnete drei, als Mathilde und Rachid nickten. Sie goss sich ihr Glas voll und leerte es in einem Zug. »Entschuldigen Sie, aber in unseren Räumen ist es staubtrocken. Ja, ich kannte ihn. Ich habe es in der Zeitung gelesen, dass er nicht weit entfernt diesen tödlichen Unfall hatte. Geht es Ihnen nun um Leonice oder ihren Bruder?«

»Um beide.«

»*Et bien*, wo fange ich an? Luc Maille war hier bei mir im Krankenhaus. Er hat seine Schwester identifiziert. Maille war ihr einziger leiblicher Verwandter. Aber das wissen Sie wahrscheinlich. Leonice kam aus Kanada, ihre Eltern sind bei einer Bergwanderung ums Leben gekommen. Maille hat seine Schwester aufgenommen. Ich glaube, das Mädchen litt zu diesem Zeitpunkt schon unter Depressionen, verursacht durch den Tod ihrer Eltern. An einem Tag, als Maille beruflich außer Landes war, hat sie in Montauban einen Vortrag besucht. Genau gesagt, in der alten Templerkomturei, in der jetzt die Angehörigen des *Ordre du Temple de la Lumière* leben. Sie war sehr angetan vom Orden, seinen Anhängern und vor allem von Jourdain Cabasse, dem Leiter der Gemeinschaft.« Die Ärztin stockte.

Mathilde wartete einen Moment. Doch Docteur Salagou schwieg, als ringe sie um die richtigen Worte. Mathilde half nach. »Sie verliebte sich in Cabasse?«

»Ja. Und zwar Hals über Kopf. Anfangs hat er ihr wohl auch

zu verstehen gegeben, dass er sie, ja wie soll ich sagen, nicht unattraktiv findet. Kennen Sie Cabasse?«

Mathilde und Rachid schüttelten den Kopf.

»Nun, wenn Sie ihn sehen, werden Sie Leonice verstehen. Er ist unglaublich charmant, charismatisch, attraktiv. Und er ist kein Kostverächter, das heißt, früher war er keiner. Zwei Gefährtinnen teilten mit ihm das Bett, Leonice war, wie ich vermute, die dritte. Das Ganze nahm ein jähes Ende, als Madeleine, die Favoritin von Cabasse, ihre Schwangerschaft verkündet hat. Von diesem Moment an war nur noch Madeleine wichtig für ihn. Und Leonice hat diese Trennung nicht verkraftet. Sie hat sich in letzter Konsequenz das Leben genommen. Das ist die Geschichte von Leonice Howard. Zu Maille kann ich Ihnen nur wenig berichten. Monsieur Maille …«

Mathilde unterbrach die Ärztin: »Sie haben das Mädchen ins Krankenhaus begleitet, den Totenschein ausgestellt. Es gibt nicht den geringsten Zweifel am Selbstmord?«

Die Ärztin schloss für einen Moment die Augen. Als sie sie wieder öffnete, spiegelte sich darin tiefer Schmerz.

»Nein. Nicht den geringsten Zweifel. Ein tödlicher Mix aus Beruhigungs- und Schlafmitteln. Ich habe die Tabletten wohldosiert an Leonice gegeben. Sie muss sie gesammelt haben. Wahrscheinlich hat sie ihren Suizid geplant, nachdem Cabasse sie verlassen hat. Ich war da, als Madeleine sie gefunden hat. Dreimal die Woche betreue ich die Kranken dort. Es leben viele ältere Menschen in der Komturei, und da bleibt es nicht aus, dass diese auch mal krank werden. Natürlich nicht nur die Alten.«

»Und es bleibt auch nicht aus, dass sie sterben.«

»Nein, auch das nicht. Sie gehen den Weg, der uns allen vorbestimmt ist, nicht wahr?« Die Ärztin biss sich auf die Lippen. »Ein Rettungswagen hat Leonice erstversorgt nach Ganges gebracht. Zwei Stunden später war sie tot. Wissen Sie, ich glaube, ein Mensch, der nicht mehr leben will …«, Victorine Salagou zuckte mit den Schultern, »… verfügt über die Kraft, sich dem Leben, das wir erhalten wollen, entgegenzustemmen. Leonice wollte unsere Hilfe nicht, sie wollte nicht mehr leben.«

»Und Maille?«

»Wie gesagt, er als nächster Angehöriger musste sie identifizieren. Er wollte den Totenschein sehen, den ich an Maire Fricon in Montauban geschickt habe. Ich glaube, ihr Bruder hat sich Vorwürfe gemacht, weil er Leonice' Depression nicht erkannt hat. Wie hätte er auch? Abgesehen von den schwarzen Phasen in ihrem Leben war sie ein aufgeschlossenes, ja fröhliches und neugieriges Mädchen. Wir haben sie in den wenigen Monaten, in denen sie bei uns war, sehr lieb gewonnen.«

Mathilde und Rachid sahen sich verdutzt an. Docteur Salagou war Anhängerin dieses Ordens? Die Ärztin zögerte einen Moment und fuhr dann fort: »Ich will ganz offen zu Ihnen sein. Maille hatte wohl die absurde Idee, Leonice' Tod sei kein Suizid gewesen. Blanker Unsinn. Wer, bitte, sollte ihr nach dem Leben trachten?« Sie schüttelte unwillig den Kopf. »Ich weiß nicht, ob ich ihn davon überzeugen konnte, dass sie selbstbestimmt in den Tod gegangen ist. Dédé Borie, Chef der Police municipale in Montauban, hat mich angerufen. Maille war auch bei ihm gewesen. Borie konnte ihm aber nicht mehr sagen als ich. Es gab keinen Grund für seinen abwegigen Verdacht.«

»Docteur Salagou, Sie scheinen Leonice nahegestanden zu haben. Sie sagten eben: ›Wir haben sie lieb gewonnen.‹ Heißt das, Sie gehören auch der Gemeinschaft der Lichttempler an?«

»Ich war Leonice' behandelnde Ärztin. Und sagen wir so, ich gehöre dem Orden nicht direkt an, unterstütze ihn jedoch mit meiner Arbeit.«

»Wie würden Sie den Orden beschreiben, Docteur Salagou? Was zeichnet ihn aus? Wie ist er aufgebaut?«

Die Ärztin massierte sich die Schläfen. Mathilde hatte den Eindruck, dass es ihr schwerfiel, sich zu konzentrieren.

»Ich versuche, es Ihnen zu erklären. Der Orden besteht aus einem inneren Kreis, die Lichttempler. Sie leben zusammen in ihrer Gemeinschaft. Die Menschen, die dort ihren Altersruhesitz haben oder die nicht wissen, wohin, denen der Orden für eine gewisse Zeit Hilfe und Aufnahme gewährt, minderjährige

Schwangere zum Beispiel, Menschen mit seelischen Problemen, körperlichen Gebrechen, sie alle sind keine Lichttempler. Nennen wir sie Gäste. Dann gibt es einen äußeren Kreis, sozusagen freie Mitarbeiter wie ich, Unterstützer und Gönner. Wir leben nicht in der Komturei. Es würde auch ein wenig eng dort werden.« Die Ärztin lächelte. »Ich betreue die Kranken, begleite die Sterbenden, das ist meine Aufgabe. Eine wichtige und auch schmerzvolle Aufgabe. Und das ist eigentlich schon alles.« Victorine Salagou schaute auf ihre Armbanduhr. »Sie entschuldigen, aber meine ärztlichen Pflichten rufen. Ich hoffe, ich konnte Ihre Fragen zu Ihrer Zufriedenheit beantworten? Hier, meine Visitenkarte. Sie können mich gerne jederzeit anrufen, wenn es noch etwas gibt.«

Mathilde steckte die Karte ein, die die Ärztin einer kleinen Schachtel auf ihrem Schreibtisch entnommen hatte. Dann zog sie ein Foto aus ihrer Tasche. »Eine letzte Frage noch, Docteur. Sagt Ihnen der Name Christian Flaubert etwas?« Sie schob der Ärztin das Bild, das Rachid aus einem Jahrgangsbuch der Universität abfotografiert hatte, hin.

»Ja, natürlich kenne ich ihn. Ein Student. Er arbeitet nebenbei für den Orden, wenn er nicht gerade in Montpellier an der Uni ist. Er hat in der Komturei ein Zimmer. Sein Universitätsstipendium wird von der Stiftung bezahlt, die auch den Orden finanziert, der Riche-Tallier-Stiftung. Als Madame Riche-Tallier verstarb, hat sie nicht nur die Komturei dem Orden vermacht, sondern auch eine hohe Summe in eine Stiftung eingebracht. Warum fragen Sie?«

»Christian Flaubert ist tot. Er wurde erschlagen. Wir haben eine Visitenkarte von Luc Maille bei ihm gefunden. Können Sie sich das erklären?« Mathilde schob das Foto zurück in ihr Notizbuch.

Die Ärztin stand auf, ging zu ihrem Schreibtisch. »Einen Augenblick. Ich verschiebe eben meinen Patiententermin.« Nach dem Telefonat setzte sie sich wieder, goss sich Wasser in ihr Glas. Ihre Hand zitterte.

»Wo fange ich am besten an? Wie ich Ihnen bereits sagte, ich gehöre nicht dem inneren Kreis an. Doch ich nehme manchmal an speziellen Veranstaltungen der Lichttempler teil. Sie sind im weitesten Sinne esoterischer Natur. Zu ihnen erscheint in unregelmäßigen Abständen der Lichtbringer. Sein Auftritt wird auf einer Bühne in der ehemaligen Templerkirche inszeniert. Lichtreflexe, Nebel, Musik, der Lichtbringer eingehüllt in ein weites Gewand. Sein Gesicht sieht man nicht, er trägt eine Art antiken Helm mit Gesichtsschutz. Es ist einfach mystisch, grandios. Und für dieses Spektakel ist … war Christian verantwortlich. Unfassbar, dass er tot ist.«

»Und um was geht es bei diesen Veranstaltungen? Wer ist dieser Lichtbringer?« Mathilde dachte an die von Babette angesprochenen Erquickungsstunden.

Victorine Salagou verschränkte die Finger wie zum Gebet, rieb die Handballen aneinander. Ihre Stimme zitterte. »Ich bin offen zu Ihnen. Ich habe wohl nicht mehr lange zu leben. Ein Hirntumor. Inoperabel. Vielleicht gibt es noch eine ganz winzige Hoffnung, aber … Nun, die Lichttempler glauben an die Wiedergeburt. Und diese Überzeugung vereint all die, ob sie nun dem Orden angehören oder nicht, denen der Lichtbringer seine Botschaften verkündet. Er spricht über das Leben, das uns für ewig geschenkt ist, über unsere Wiederkehr, bestärkt uns in unserem Glauben daran. Einige von uns haben ihre Wiederkehr bereits erfahren. Jourdain, seine Partnerin Madeleine Roussel, Corion, unser Apotheker.«

Mathilde wurde hellhörig. Corion, der Mann, den seine Frau als vermisst gemeldet hatte?

»Und sie berichten über Erfahrungen, über ihr Leben vor diesem Leben. Es ist mir ein großer Trost zu wissen, dass zwar unser Dasein auf der Erde in unserem Körper endlich ist, doch unsere Seele geht auf Wanderschaft und wird wiederkehren. Ja, sie wird wiederkehren.«

»Und der geheimnisvolle Lichtbringer? Wer ist das?«

»Ich weiß es nicht. Es interessiert mich auch nicht. Es sind seine Worte, die ich hören möchte. Von mir aus könnte seine Stimme auch über einen Lautsprecher kommen, seine körperliche Manifestation spielt für mich keine Rolle. Ich würde noch nicht mal eine Wette darauf abschließen, ob es ein Mann oder eine Frau ist. Er spendet Trost, gibt Kraft und Hoffnung. Das ist alles, was ich brauche.«

Kapitel 34

»Ob Leonice auch an ihre Wiederkehr glaubte, als sie die Tabletten geschluckt hat?«

Mathilde und Rachid verließen das Krankenhaus, beide noch ganz unter dem Eindruck des eben Gehörten.

»Das weiß nur sie selbst. Ob der Name Aponi etwas mit diesem Glauben zu tun hat? Vielleicht segelt sie schon als Schmetterling auf dieser Erde herum«, fügte Mathilde mit einem Lächeln hinzu.

»Nur ist ein Schmetterling ein Schmetterling. Und nicht das, was sich die Lichttempler unter einer Wiederkehr vorstellen. Maria Magdalena, Charlemagne, Nofretete.« Rachid schüttelte den Kopf. Er hatte sich zusammenreißen müssen, um nicht laut zu lachen, als die Ärztin ihnen sagte, als welche Persönlichkeiten Jourdains Anhänger vorher auf der Erde geweilt hatten.

»Wie sieht das denn bei den Muslimen aus? Mit der Wiedergeburt?«

Rachid stieß die Luft aus. »Fragen Sie mich was Leichteres. Wir kommen entweder ins Paradies oder in die Hölle. Allerdings mit einem Körper ausgestattet. Und bei Ihnen?«

Mathilde musste einen Moment überlegen. »Nun, wir kommen auch entweder ins Fegefeuer oder ins Paradies. Aber ob wir von dort auf die Erde zurückkehren? Ehrlich, ich habe mir die Frage noch nie gestellt. Ich weiß nur, dass im Hinduismus und im Buddhismus die Wiedergeburt außer Frage steht. Bei Völkern wie den Indianern offensichtlich ebenfalls. Es ist ja ein schöner Gedanke, eine Seele zu haben, die wiederkehrt. Aber ich persönlich weiß nicht so genau, was ich davon halten, was ich glauben soll. Zumindest bin ich sehr darauf gespannt, was uns Guru Cabasse dazu zu sagen hat.«

»Guru? Denken Sie, es handelt sich um eine Sekte?«

»Nach dem, was wir eben gehört haben ... Doch der Begriff Sekte muss ja nicht unbedingt negativ behaftet sein. Es ist ganz einfach eine religiöse Sondergemeinschaft. Keine Katholiken, keine Muslime, keine Hindus, einfach etwas anderes. Vielleicht von allem ein wenig? Und der Guru ist ihr Lehrer auf der Suche nach was auch immer. So stelle ich es mir vor. Aber ich bin keine Fachfrau auf diesem Gebiet.«

Mathilde zeigte über die Schulter auf ihre Tasche, die auf dem Rücksitz lag. »Rachid, wäre es für Sie in Ordnung, wenn wir kurz anhalten? Ich habe immer noch den Geruch, ja sogar den Geschmack von Krankenhaus in der Nase und im Mund. Ich brauche eine Zigarette.«

Rachid nickte ergeben, und Mathilde steuerte die nächste Parkmöglichkeit an der engen, kurvigen Straße an. Sie stiegen aus, und sie schob sich eine Gauloises zwischen die Lippen. Rachid gab ihr Feuer.

»*Ouf*, die habe ich jetzt wirklich gebraucht. Ob ich es mal mit einem Pflaster probiere?« Rachid sah sie verständnislos an. »Einem Nikotinpflaster. Ich weiß ja selbst, ich qualme zu viel. Habe ich Ihnen schon erzählt, dass Odile mir eine E-Zigarette andrehen wollte? Ja? Da sehen Sie mal, wie sehr mich das mitnimmt. Es verfolgt mich regelrecht.« Mathilde seufzte theatralisch. Sie inhalierte tief und stieß den Rauch als perfekten Kringel wieder aus.

»Ist das nicht grandios, Rachid? Wie erhaben die Berge sind. Und schauen Sie nur. Als läge geschmolzenes Gold darauf. Unfassbar, in welches Licht die Sonne den nackten Granit taucht. Und hier, alles voller Esskastanien. Und schauen Sie dort, dieser kleine Punkt, ein einsames Gehöft, und da, noch eins.« Mathilde kam aus dem Schwärmen nicht mehr heraus und zeigte eifrig auf einen Hof, der eingebettet in einer Mulde zwischen zwei Berghängen lag. Ein Raubvogel kreiste über ihnen, und sie schaute versonnen nach oben. »Ob das ein Bartgeier ist? Sie sind fast ausgerottet gewesen und hier bei uns wieder angesiedelt worden. Ist das nicht wunderbar? Und wussten Sie, dass sie sich von Knochen ernähren? Absolute Resteverwerter.«

Rachid hatte bis jetzt geschwiegen und Mathilde ohne Punkt und Komma geredet. Er bevorzugte das flache Land, die Camargue mit ihren Grasflächen, Weiden, Wasserläufen, Sumpflandschaften und Seen. »Ja, die Berge sind schon was Besonderes, sehr beeindruckend. Aber mir fehlt die Weite. Der Blick bleibt dauernd irgendwo hängen und kommt nicht weiter.«

Mathilde lachte gutmütig. »Dann müssen Sie auf die Berge hinauf, da ist für Ihren Blick genug Weite da. Sie können schauen bis ans Ende der Welt.«

»Nein, tut mir leid. Sie können sie mir nicht schmackhaft machen. Zwischen den Bergen ist es mir zu eng, und auf ihnen ist es mir zu kalt.«

»Gut, ich habe es versucht. Wenn ich Sie nicht überzeugen kann … Irgendwann schleppe ich Sie einfach hoch. Und dann werden Sie staunen. Es gibt Gipfel, von denen aus Sie sogar das Meer sehen.« Mathilde drückte ihre Zigarette aus, der Rest gehörte in ihren Autoaschenbecher. »Dann wollen wir mal weiter.«

Nach zehn Minuten hatten sie ihr Ziel erreicht, vor ihnen lag die Templerkomturei. Rachid stieß einen Pfiff aus, als er die Festungsmauer erblickte. »Und das ist alles noch aus dem Mittelalter?«

»Ja, ich denke schon. Die alten Steinmauern sind wahrscheinlich immer mal wieder restauriert worden. Und die Wohnräume sind natürlich alle modern. Aber warten Sie ab, bis Sie sehen, was hinter den Mauern noch steht.«

Auf dem Parkplatz standen mehrere Autos, die meisten mit ausländischen Kennzeichen. Die Komturei war an diesem Tag für Besucher geöffnet. Der dezent versteckte Kassenbereich war Mathilde bei ihrem ersten Besuch gar nicht aufgefallen. Sie war einfach reinmarschiert, und niemand hatte sie daran gehindert. Sie hielten kurz an, erklärten der jungen Frau, die die Eintrittskarten verkaufte, Jourdain Cabasse erwarte sie.

»Einen Moment, warten Sie bitte. Ich werde ihn anrufen und ihm Bescheid sagen, dass Sie da sind.«

Regine, so hieß sie wohl, denn an ihr Gewand war ein kleines Schild mit einer aufgedruckten Lilie und diesem Namen geheftet, zog ein Handy aus der Schublade ihres Arbeitstischs und drückte auf eine Taste. Das Telefon modernster Bauart stand im kompletten Gegensatz zu der äußeren Erscheinung von Regine. Ihr Haar war zu einem langen straffen Zopf geflochten, kein Make-up, noch nicht mal der Hauch von Lippenstift. Ihr schlichtes Leinenkleid war dunkelblau. Regines Fingernägel waren kurz geschnitten, sie besaß die Hände einer Frau, die auch mit ihnen arbeitete.

»Sie sind da. Kommst du?« Regine drückte die Ende-Taste und nickte den Besuchern zu. »Jourdain wird Sie sofort in Empfang nehmen.«

Es dauerte keine Minute, und das Oberhaupt des Ordens erschien. Eine Hand war zum Gruß erhoben, mit der anderen schob er sich eine Strähne seiner halblangen lockigen Haare aus der Stirn. Ein umwerfendes Lächeln breitete sich auf seinem Gesicht aus. Ein braunes und ein blaues Auge musterten Mathilde und Rachid neugierig. Die beiden tauschten einen kurzen Blick. Mathilde begriff nun, was Victorine Salagou mit charismatisch gemeint hatte, und konnte nachvollziehen, welch ungeheure Anziehungskraft dieser Mann auf Leonice ausgeübt haben musste.

»Jim Morrison«, flüsterte sie, mehr zu sich selbst. Sie reichten sich zur Begrüßung die Hand.

»Madame le Juge, Commandant Bouraada, ich heiße Sie herzlich bei uns willkommen.«

Cabasse' Gesicht nahm von einer auf die andere Sekunde einen schmerzerfüllten Ausdruck an. Mathilde kam es vor, als würde das blaue Auge sie und das braune Auge Rachid anblicken. »Sie sind wegen Leonice gekommen. Es erfüllt mich immer noch mit Trauer, dass sie nicht mehr unter uns ist. Die Zeit mit ihr war so bereichernd. Doch wollen wir uns nicht grämen. Ihre leibliche Hülle ist vergangen, doch ihre Seele weilt gewiss schon wieder unter uns.« Der kurze Augenblick des Schmerzes verflog, und das einnehmende Lächeln kehrte zurück. »Folgen Sie mir bitte. Vielleicht möchten Sie auch ein wenig von unserer wunderbaren Templerburg sehen? Wir können unser Gespräch im Speisesaal des Palas führen. Es gibt dort sogar noch einen kleinen, aber interessanten Rest der mittelalterlichen Bemalung.«

Mit federnden Schritten ging Cabasse auf das größte der alten Steingebäude zu. Das mächtige Holzportal stand offen. Mathilde hatte keine Zeit, sich genauer umzuschauen, schon war das Ordensoberhaupt vor einer Tür, die er in einer geschmeidigen Bewegung öffnete.

»Das Refektorium ist in seiner Struktur noch gut erhalten. Die Deckenbalken stammen aus der Erbauungszeit. Leider hat die Malerei die Feuchtigkeit, der das Gebäude lange Jahre ausgesetzt war, nicht so gut überstanden. Freskomalerei ist da sehr empfindlich. Alles ist abgefallen. Über dem Speisesaal haben wir unsere Wohnungen. Nur die Küche ist neu. Eigentlich sollte dies alles«, er breitete die Arme in einer weiten Geste aus, »ein Hotel werden. Neue Leitungen für Strom und Wasser waren also schon gelegt, als wir hier einzogen. So, bitte, setzen Sie sich doch. Vielleicht gleich hier vorne?«

Mathilde und Rachid schauten sich staunend um. Der Saal war riesig, und ein langer Holztisch dominierte den Raum. Bänke an den Langseiten, je ein Armlehnstuhl an den Stirnseiten boten mindestens dreißig Menschen Platz. Ein riesiger Kamin nahm fast die gesamte Breite der hinteren Wand ein. Es roch nach verbranntem Holz.

»Benutzen Sie ihn noch?«, fragte Mathilde neugierig.

»Ja, und er wärmt sogar unsere Zimmer im Obergeschoss mit. Den Luxus haben sich die Stiftsdamen gegönnt, die vor der Französischen Revolution hier residierten. Allesamt Frauen von Adel. Für sie sind die Zimmer im Obergeschoss im frühen 17. Jahrhundert nachträglich eingebaut worden. Die Malerei in diesem Raum ist natürlich um einiges älter.«

Viel war von dem Wandbild nicht mehr zu sehen. Ein Ritter in einem Kettenhemd, links von ihm stand ein hoher Schild auf dem mit wenigen Strichen angedeuteten Boden, in der rechten Hand hielt er ein Schwert. Die Farben waren vollkommen verblasst, nur die Umrisse der Figur und ihrer Beigaben erstrahlten noch in einem erstaunlich kräftigen Rot.

»Sind diese Linien kürzlich nachgezeichnet worden?«, fragte Mathilde erstaunt und fuhr mit dem Finger die Umrisse nach, ohne sie zu berühren.

»Nein, sie sind tief in den Wandputz geritzt worden. Regelrecht hineingefurcht. Die Farbe hat sich darin erhalten. Gut, vielleicht ist vor Jahrhunderten nachgebessert worden. Das mag sein. Aber beeindruckend, nicht wahr? Eine Rittergestalt wahrscheinlich aus dem 14. Jahrhundert. Wir nennen ihn Hugues, nach dem ersten Großmeister des Templerordens, Hugues de Payns. Aber Sie sind ja nicht gekommen, um sich historisch oder kunstgeschichtlich weiterzubilden. Wie kann ich Ihnen also helfen?«

Cabasse nahm auf dem Armlehnstuhl Platz, Mathilde und Rachid setzten sich links und rechts neben ihn an den Holztisch, dessen Oberfläche von vielen Mahlzeiten Zeugnis ablegte. Die dicken, zusammengefügten Bretter waren zerkratzt und von Wasserflecken und Wunden durch zu heiße Töpfe und Pfannen gezeichnet.

Wie ein durch das Leben geprägtes altes Gesicht, fuhr es Rachid durch den Kopf. Er hatte bis jetzt geschwiegen und sich auch noch kein wirkliches Bild von Cabasse gemacht. Der Mann wirkte auf ihn auf den ersten Blick zuvorkommend, freundlich, aufgeschlossen. Und er war ein Frauentyp.

Der Commandant ergriff das Wort. »Monsieur Cabasse, wir sind nicht nur wegen Leonice hier, sondern auch wegen ihres Bruders, Luc Maille, der kürzlich einen tödlichen Unfall hatte, wie Sie vielleicht den Schlagzeilen entnommen haben. Nun, wir wissen, dass Maille Sie wegen seiner Schwester aufgesucht hat. Er glaubte nicht an einen Suizid.«

Erstaunt, als würde er ihn erst jetzt wahrnehmen, wandte sich Cabasse dem Polizisten zu. Bis jetzt hatte er nur Augen für Mathilde gehabt. Das strahlende Lächeln, das er ihr geschenkt hatte, verschwand. »Wie? Ja. Er hat sich lange Zeit gelassen, Maille. Dann kam er, ich habe ihm gesagt, was passiert war. Er hat sich alles angehört und ging wieder. Wissen Sie, Maille kannte seine Schwester bei Weitem nicht so gut, wie er glaubte. Leonice war ein sensibles Geschöpf. Dass sie depressiv veranlagt war, bemerkten wir erst nach und nach. Und ihr wurde Hilfe zuteil. Doch sie versank immer tiefer in der Dunkelheit. Wir wussten um ihre Verlustängste. Ihre Eltern tot, ihr Bruder, der bekannte Journalist, der immer unterwegs war und sich auch nicht davor fürchtete, im Laufe seiner Recherchen in Lebensgefahr zu geraten. Alles hat an ihr gezehrt, hat sie aufgezehrt.«

»Aber den größten Verlust hat Leonice doch wohl erlitten, als Sie sich von ihr getrennt haben. War es nicht so?«

»Commandant, wollen Sie mir ein schlechtes Gewissen machen? Das ist nicht nötig. Ich habe mich selbst schon tausendfach gefragt, ob ich eine Mitschuld an ihrem Tod trage. Aber nein, was hätte ich tun sollen? Leonice hatte sich in mich verliebt, und ich muss gestehen, sie gefiel mir. Ich will nicht so weit gehen zu behaupten, wir propagieren bei uns die freie Liebe, doch wir sind an kein Ehegelübde gebunden. Einige von uns führen mehrere Beziehungen. Ich pausiere im Moment, da meine Partnerin ein Kind von mir erwartet. Ich habe versucht, Leonice verständlich zu machen, dass ich mich nun ganz auf Madeleine konzentriere. Sie braucht in dieser Zeit all meine Liebe und all meine Kraft, uneingeschränkt. Leonice war für unsere Lebensform einfach nicht geschaffen.«

Der Herr pausiert im Moment. Für diese Lebensform nicht geschaffen. So ein Kotzbrocken. Am liebsten hätte Rachid den Mann an seinem adretten Stehkragen gepackt. Er hatte sich entschieden, dass er diesen Typen nicht mochte, der jetzt schon wieder nur Augen für Mathilde hatte.

»Monsieur Cabasse, wenn Sie mir bitte noch ein wenig Ihrer Aufmerksamkeit schenken könnten?«

Der Mann neigte wie in einer demütigen Geste den Kopf. »Aber natürlich«, gab er nun mit einem spöttischen Lächeln zurück, das in Rachid erneut den Wunsch weckte, ihn kräftig zu schütteln.

»Ihre Lebensform. Sie halten es wie die Hippiekommunen der Sechziger? Freie Liebe, das reinste Elysium. Und sonst?«

»Wenn Sie das so sagen, ja.« Cabasse grinste. »Wissen Sie, Commandant Bouraada, wir sind eine Gemeinschaft, die sich vor achtzehn Jahren zusammengefunden hat. Manche sind dazugekommen, manche sind gegangen. Ich bin von Anfang an dabei. Wir haben auf einem alten Hof auf dem Causse Méjean begonnen. Schafe und Ziegen gehalten, Käse hergestellt, ein wenig Landwirtschaft betrieben, soweit dies dort möglich war. Wir leben seither friedlich zusammen, es gibt keinen Streit, keine Eifersucht. Wer mit wem das Bett teilt, spielt keine Rolle, diese Frage ist es uns nicht wert, darüber zu streiten. Wir lehnen körperliche Gewalt ab, nennen Sie uns gerne Pazifisten. Wir ernähren uns vegetarisch, wegen uns stirbt auch kein Tier. Bei unseren Mitbewohnern, unseren Gästen machen wir eine Ausnahme. Wer nicht verzichten will, bekommt sein Fleisch. Doch nach einigen Wochen, ja oft schon nach Tagen, meiden die meisten tierische Produkte. Ist damit Ihre Frage nach dem ›Und sonst‹ beantwortet?« Die Stimme von Cabasse klang herablassend.

Mathilde konnte sich ein verhaltenes Schmunzeln nicht verkneifen. Es war offensichtlich, dass sich Rachids Sympathie für Cabasse in Grenzen hielt. Und umgekehrt verhielt es sich nicht anders.

»Monsieur Cabasse, Sie sind Oberhaupt des *Ordre du Temple de la Lumière.* Sie und Ihre Anhänger nennen sich Lichttempler. Handelt es sich um eine religiöse Gemeinschaft?«

Vollkommen perplex, dass Mathilde plötzlich das Wort an ihn richtete, schwieg Cabasse einen Moment, als ob er seine Gedanken neu sammeln und ordnen musste. »Madame le Juge. Ich versuche, es Ihnen in einfachen Worten zu erklären. Es ist eine ungewöhnliche Geschichte, die uns hierherführte, und wir verdanken die Existenz unseres Ordens einer wundervollen Begegnung. Vor zehn Jahren ist Madame Riche-Tallier auf unserem Bauernhof während einer Wanderung eingekehrt. Ihr ging es nicht gut, ein Schwächeanfall. Sie blieb dann zwei Tage, besuchte uns bald darauf wieder und wurde eine gute Freundin. In ihrem Testament vermachte sie uns diese alte Templerburg und Geld. Wir sind also hier eingezogen. Dann stand eines Tages eine Freundin der Verstorbenen vor unserer Tür. Ob wir sie aufnehmen würden. Sie hatte von Madame Riche-Tallier so viel Gutes über uns gehört, dass sie ihre letzten Jahre gerne in unserer Gemeinschaft verbringen wollte. Natürlich haben wir ihr ein neues Zuhause geschenkt.« Mit einem selbstgefälligen Lächeln strich er sich eine Locke aus dem Gesicht. »Und so war die Idee geboren, Menschen, die einsam sind, sich nicht zu helfen wissen, aufzunehmen. Um unseren Mitbewohnern das Leben so angenehm wie möglich zu machen, folgten Kulturangebote, spirituelle Abende. Wir kümmern uns um sie. Und ich mache auch keinen Hehl daraus, dass die meisten von ihnen für dies alles auch bezahlen. Das geerbte Geld ist in einer Stiftung festgesetzt. Von den Zinsen vergeben wir alle zwei Jahre ein Stipendium, stecken das Geld in Renovierungen und Neuanschaffungen. Und um Ihre eigentliche Frage zu beantworten: Nein, wir sind keine religiöse Gemeinschaft. Wir leben einfach, und unser einziger Glaube ist der an unsere Wiederkehr. Wir sterben nicht, wir gehen ins Licht und kehren daraus zurück. Unsere Seelen, nicht unsere Körper. Wir werden wiedergeboren. Wir Lichttempler haben alle diese Erfahrung schon gemacht.«

Mit jedem Satz erschien das Gesicht von Cabasse entrückter, die Stimme feierlich, beseelt. Rachid rieb sich mit der Hand über die Stirn und die Augen, schaute fragend zu Mathilde. Für ihn war dieser Mann nicht ganz bei Trost. Was dachte sie darüber? Mathilde nickte unmerklich.

»Die Lichttempler, das sind Sie und Ihre Gefährten, nicht die Gäste? Und was bedeutet Lichttempler? Berufen Sie sich auf die Templer des Mittelalters?«

»Madame le Juge, Sie wollen aber alles wirklich genau wissen. Die Gäste sind Gäste, sie kommen und gehen. Unsere Gemeinschaft besteht zurzeit aus sieben Personen, der innerste Kreis. Vier

Frauen, drei Männer. Kevin und Alphonse sind zurzeit in der Schweiz. Wir sind auf der Suche nach einem Anwesen, um dort eventuell eine Filiation zu gründen. Wir berufen uns nicht auf die Templer, doch wir orientieren uns an einigen Sitten und Gebräuchen des mittelalterlichen Ordens. Wir leben bescheiden, unterstützen Bedürftige, pflegen Kranke. Für diese Arbeiten, die Küche und das Bestellen der Felder haben wir daher auch zusätzliche Arbeitskräfte von außerhalb, meist aus dem Dorf.« Die Stimme von Cabasse wurde laut, klang nun zunehmend gereizt.

Das Knarren der Holztür ließ die Köpfe der drei Anwesenden herumfahren. Eine junge Frau mit langem Zopf betrat mit anmutigen Schritten den Saal. In der linken Hand trug sie einen Eimer aus Metall. Respektvoll nickte sie Mathilde und Rachid zu. Dann wandte sie sich mit einem strahlenden Lächeln an Cabasse.

»Jourdain, ich wollte den Kamin sauber machen. Oder störe ich?«

»Liebes, das kannst du später machen.«

Die Frau zögerte.

»Alles ist gut, du kannst gehen.«

Sie nickte und verschwand so leichtfüßig, wie sie gekommen war.

»Joceline«, erklärte Cabasse. »Sie gehört dem Orden schon seit vielen Jahren an. Und bevor Sie fragen, ja, auch mit ihr habe ich das Bett geteilt«, fügte er mit einem giftigen Blick in Richtung Rachid hinzu.

Mathilde versuchte, die Spannung, die sich spürbar ausgebreitet hatte, abzumildern. »Ihr Konzept erinnert mich ein wenig an das Leben auf unserem Weingut. Die Familie ist der innere Kreis, doch ohne die Hilfe unserer Mitarbeiter und Erntehelfer wäre die Arbeit nicht zu bewältigen. Diese Helfer aus dem Dorf, sie sind ebenfalls nicht an Ihre Gepflogenheiten gebunden?«

Cabasse entspannte sich. »Nein, wo denken Sie hin? Erklären Sie mal einem jungen Mann, der von morgens bis abends auf dem Acker schuftet, er dürfe sich am Abend kein dickes Steak auf den Teller legen. Da können wir das zehnte Gebot der Templer gar nicht einhalten.«

Cabasse schloss die Augen, schien sich zu konzentrieren und zitierte dann mit ruhiger Stimme: »*In der Woche wahrlich, wenn nicht der Geburtstag des Herrn oder Ostern oder das Fest der heiligen Maria oder Allerheiligen trifft, mag euch dreimaliger Fleischgenuss genügen, weil der gewöhnliche Fleischgenuss oder -verzehr als eine unanstößige Verderbnis des Körpers angesehen wird.*« Er lächelte. »Ich kann sie Ihnen alle aufzählen. Doch viele machen für uns heutzutage keinen Sinn mehr. Das Verbot, silberne Sporen zu tragen, ist doch aus der Zeit gefallen, meinen Sie nicht auch? Doch wo war ich stehen geblieben? Bei den Mitarbeitern. Sie haben mit unserem Orden, außer dass wir sie angestellt haben, nichts zu tun. Wer uns noch verbunden ist, das ist der äußere Kreis. Enge Vertraute, Unterstützer und Gönner. Doch was hat das alles mit dem zu tun, weswegen Sie angeblich hier sind? Dem Selbstmord von Leonice, dem Unfall ihres Bruders?«

Darauf erhielt Cabasse keine Antwort. Ein kurzer Blickkontakt mit Mathilde, und Rachid übernahm wieder die Befragung. »Wie viele Personen zählt dieser Unterstützerkreis? Und wer sind diese Leute?«

»Commandant Bouraada, ich glaube nicht, dass Sie das etwas angeht. Wir wissen, wer unsere Gönner sind, aber der Öffentlichkeit gegenüber wollen sie anonym bleiben. Und das ist ja wohl ihr gutes Recht.«

»Nun, wir können Sie nicht dazu zwingen, uns die Namen preiszugeben. Doch eins interessiert mich wirklich. Dieser äußere Kreis, leben diese Personen nach demselben Glauben an die Wiederkehr? Und überhaupt, als Sie und Ihre Anhänger damals als eine, nun, eine Art Hippiekommune hier eintrafen, hatten Sie damals schon diese Idee, wiedergeboren zu werden? Oder ist das erst später über Sie gekommen?«

»Erlauben Sie mal, was heißt hier ›über Sie gekommen‹? Wollen Sie sich über uns lustig machen?« Ärger schwang in Cabasse' Stimme mit. Doch dann grinste er unverschämt. »Wissen Sie, *mon commandant*, ich werde Ihnen etwas verraten. Und Sie können uns heute noch nicht einmal mehr einen Strick draus drehen. Während unserer Jahre auf dem Causse Méjean hat unser Bewusstsein schon immer mehr Dinge zwischen Himmel und Erde wahrgenommen als das anderer Menschen, wenn Sie verstehen, was ich meine.«

Rachid hob fragend die Augenbrauen, und auch Mathilde wusste nicht, auf was Cabasse hinauswollte.

»Nein, Sie verstehen nicht? Wir haben da oben mit Drogen experimentiert. Nichts Dramatisches, ein wenig Gras, ein wenig LSD. Doch wir haben dabei Sphären erlebt, die weit über Ihre Vorstellungskraft hinausgehen. Und so waren wir präpariert, bereit für das, was uns der Lichtbringer offenbart.«

Kapitel 35

Tagebucheintrag Luc Maille

Ich habe einfach nicht hingehört, zugehört. Habe mir nie die Frage gestellt, warum sie irgendwann Aponi genannt werden wollte. Eine Laune, dachte ich und habe ihr ab und zu den Gefallen getan. Sie fühlte sich Jim Morrison näher, als sie sich mir jemals gefühlt hat. Und Jourdain Cabasse war seine Wiedergeburt. Sie war felsenfest davon überzeugt.
Cabasse hat mich sofort erkannt. Wie nannte er meinen Ausdruck? Verbissen. Da liegt er ja nicht falsch.
Er umarmte mich wie einen seit Jahren verschollenen Bruder. Am liebsten hätte ich ihn weggestoßen. Doch ich war in diesem Moment vollkommen überrumpelt, paralysiert, machtlos. Erst als ich mich wieder gefangen hatte, fielen mir die unterschiedlichen Farben seiner Augen auf. Braun und Blau. Und er hatte tatsächlich Tränen in seinen merkwürdigen Augen. Ich empfand in diesem Moment eine so unbändige Wut, hätte ihm am liebsten in die Fresse gehauen.
Cabasse muss das gespürt haben. Er trat drei Schritte zurück. Er war nicht erschrocken. Nein, er musterte mich ruhig und aufmerksam. »Luc, Ihr Schmerz ist auch der meine, der unsere. Lassen Sie uns reden. Ich werde Ihnen alles sagen, was Sie über Aponi wissen wollen. Wie sie lebte, was ihr Kummer bereitete und was sie letztendlich des Lebens überdrüssig machte.«
Ja. Gerne. Nur zu. Scheißkerl. Du bist schuld an ihrem Tod. Ich war gespannt, was er mir zu erzählen hatte. Wir setzten uns

auf eine Bank unter einem riesigen alten Maulbeerbaum, dessen große Blätter glänzten, als wären sie frisch lackiert. Cabasse' Stimme besaß eine Gleichförmigkeit, ohne Modulation, keine Höhen, keine Tiefen. In Verbindung mit dem Blick aus seinem seltsamen Augenpaar wäre er wahrscheinlich imstande, eine Person zu hypnotisieren.

»Aponi, Ihre Schwester Leonice, kam eines Abends zu einem Vortrag, den ich hielt. ›Der Glaube an das Leben nach dem Jenseits bei den Indianern Nordamerikas‹. Sie war fasziniert, wollte mich unbedingt danach sprechen. Diese Reaktion erfahre ich nicht selten.« Er sagte dies ganz ohne Dünkel. »Ich weiß, wie ich aussehe. Und ich glaube nicht, dass ich die Wiedergeburt von Jim Morrison bin, aber ich habe, nicht nur äußerlich, sehr viel Ähnlichkeit mit ihm. Allerdings ist meine Singstimme mehr als bescheiden.« Er grinste, ein Lächeln, das Leonice umgeworfen haben muss. »Wissen Sie, Luc, Morrison hatte im Alter von vier Jahren ein Erlebnis, das ihn sein ganzes Leben lang geprägt und beschäftigt hat. Er beobachtete aus dem Auto seiner Eltern einen schweren Autounfall von Pueblo- oder Hopi-Indianern. Tote und Verletzte lagen auf der Straße, eine Szene, die Morrison in seinen Texten immer wieder verarbeitet hat. Und er war überzeugt davon, dass in diesem Moment die Seelen der toten Indianer in seinen Körper gewandert sind.« Mit tiefer Stimme begann Cabasse zu deklamieren.

»Indians scattered on dawn's highway, bleeding Ghosts crowd the young child's fragile, eggshell mind.«

Indianer, auf der Landstraße der Dämmerung verstreut, blutende Geister bedrängen den schwachen, zerbrechlichen Verstand des kleinen Kindes.

»Verstehen Sie, Luc, Ihre Schwester war bereit, zu ihren Wurzeln zurückzukehren, ihr indianisches Blut hat zu ihr gesprochen. Und sie wünschte sich, ich solle dabei an ihrer Seite sein. Ich, in ihren Augen die Wiedergeburt von Morrison, den als Kind die indianischen Geister heimgesucht haben. Mit mir wollte sie ihr Leben verbringen.«

Ich verstand gar nichts. Das ist doch krank, vollkommen verrückt. Jetzt war ich wirklich kurz davor, ihm eine reinzuhauen. Und musste an das denken, was die Ärztin mir gesagt hatte. Meine Wut verwandelte sich in Verzweiflung.

»Wir haben alles versucht. Wir wollten ihr helfen. Gespräche, Docteur Salagou, Medikamente. Nichts hat geholfen. Leonice hat sich immer weiter hineingesteigert. Und wir wussten nicht, wen wir informieren sollten. Leonice hat nie über Sie gesprochen. Erst nach ihrem Tod haben wir in ihren privaten Sachen auf einem Briefumschlag Ihren Namen entdeckt. Doch wir wussten damals nicht, wie Ihr Verhältnis zueinander ist, ob Sie ein Verwandter, ein Freund sind. Victorine hat Sie dann ausfindig gemacht und angerufen. Ich habe Sie schon früher bei uns erwartet. Aber ich weiß, es braucht seine Zeit, das Schreckliche zu verarbeiten, das Unsägliche anzunehmen. Erst dann ist man bereit, sich den Antworten auf die drängenden Fragen zu stellen.«

Ich weiß nicht, wie lange ich stumm und reglos dagesessen habe. Das Gespräch ist vollkommen anders gelaufen, als ich es erwartet habe. Er hat mir einfach den Wind aus den Segeln genommen. Wahnvorstellungen? Wahnvorstellungen sollen Leonice also in den Tod getrieben haben? Cabasse konnte auch diese letzte Frage beantworten.

»Es tut mir unsagbar leid, Luc. Auf mir liegt eine unendliche Last. Ich bilde mir ein, der Tod von Leonice sei sogar zum Teil meine Schuld. Sie hat sich so in diesen Traum hineingesteigert, mit mir zu leben … Ich habe ihr dann eines Tages gesagt, dass Madeleine – sie ist meine Partnerin – ein Kind von mir erwartet. Ja, ich werde Vater. Noch am selben Abend hat sie die Tabletten geschluckt. Madeleine hat sie gefunden. Luc, ich teile Ihren Schmerz und verstehe Ihren Zorn.«

*

Vierzig Seiten habe ich im Tagebuch gefüllt. Vierzig Seiten voller Trauer und Wut. Und dabei ist es eine so einfache Geschichte. Eine Geschichte, wie sie tausendfach geschah und geschieht. Die

Geschichte von unerwiderter Liebe, einer Liebe, die einen in den Wahnsinn treibt. Vielleicht hätte ich dir helfen können, Leonice. Vielleicht.

Kapitel 36

Schon wieder der Lichtbringer. Victorine Salagou hatte schon von dieser Erscheinung gesprochen. Es war Rachid unbegreiflich, wie eine Ärztin, eine gebildete Frau, an einen solchen Nonsens glauben konnte.

»Der Lichtbringer? Wer ist das?«

»Nichts, was Sie begreifen würden, Commandant«, sagte Cabasse. »Er ist der leibhaftige Wiederkehrer, unser Tröster, die reine Energie, unser Retter. Er führt uns zum Licht. Mit seiner Hilfe werden unsere Seelen durch die Zeiten wandern und zurückkehren.«

Sacré bon sang. Heiliger Strohsack. Rachid kippte fast von seiner Bank, und auch Mathilde hatte Mühe, die Fassung zu bewahren.

»Und wer verbirgt sich hinter diesem Lichtbringer? Er wird ja wohl einen Namen haben. Wo können wir dieses Phantom treffen?«

Cabasse lächelte nachsichtig. »Commandant Bouraada, für Sie ein Phantom. Für uns die Hoffnung. Niemand kennt seinen Namen, niemand. Es ist auch nicht wichtig, wer er ist. Ob Mann, ob Frau, ob alt, ob jung. Was spielt es auch für eine Rolle? Allein das Spirituelle zählt.«

Rachid schwirrte der Kopf, und Mathilde fühlte sich wie eine Statistin in einem miserablen Film. Lichtbringer, Geist, Seele, Tröster. Und hinter alldem verbarg sich eine Person, die unerkannt bleiben wollte. Ein Phantom. Urplötzlich hatte sie ein Bild vor Augen. Einen Film. *Fantomas.* Jean Marais in der Doppelrolle des Phantoms Fantomas. Fantomas, der geniale Verbrecher, der sich an Fandor, dem Journalisten, der ihm auf der Spur ist, rächen will. Sie stand auf, ging zum Fenster, sah hinaus, wirkte unbeteiligt bis zu dem Moment, in dem sie sich umdrehte und ihre Fragen abfeuerte.

»Luc Maille ist tot. Ich frage mich, musste er sterben, weil er dahinterkam, wer der Lichtbringer ist? Der Lichtbringer, warum will er unerkannt bleiben? Ist er ein Scharlatan? Einer, der lügt und betrügt? Hat Maille gedroht, ihn zu entlarven, seine Gaunereien aufzudecken? Hat man den Journalisten deswegen in den tödlichen Abgrund rasen lassen? Luc Maille stand unter Drogen, als er in seinem Wagen verbrannte. Ich sage Ihnen, was ich glaube. Ihr Lichtbringer verkauft die Menschen für dumm. Spielt mit ihren Ängsten vor dem Tod. Was bekommt er dafür? Bezahlt man ihn für das Versprechen ewigen Lebens? Menschen zahlen Hunderttausende, um eingefroren zu werden, um in Jahrzehnten, Jahrhunderten wieder aufgetaut ihr Leben weiterzuleben. Was zahlt man dem Lichtbringer? Einen Haufen Geld für ein leeres Versprechen?«

Cabasse, der eben noch aufrecht und selbstbewusst bis zur Arroganz auf seinem Stuhl gethront hatte, fiel in sich zusammen wie ein Soufflé, wenn man die Backofentür zu früh öffnet. »Nichts. Nichts zahlt irgendjemand dem Lichtbringer. Er hat es nicht nötig, Geld zu nehmen. Und wie meinen Sie das? Maille ist unter der Wirkung von Drogen zu Tode gekommen?« Ihm wurde offenbar schlagartig bewusst, was er mit seiner Aussage über den Konsum von Hasch und LSD vor Jahren angerichtet hatte.

Jetzt erhob sich auch Rachid, stützte die Hände auf den Tisch und beugte sich so weit zu Cabasse hinunter, bis dieser zurückwich.

»Schwarzes Bilsenkraut. In Mailles Blut wurden die Wirkstoffe Hyoscyamin und Scopolamin festgestellt. Sie verursachen Rauschzustände, ähnlich wie LSD, mit dem Sie ja Erfahrung haben. Setzen Sie Ihre Anhänger unter Drogen? Setzt der Lichtbringer sie unter Drogen? Hat Leonice Howard Rauschmittel zu sich genommen? Hat man sie ihr verabreicht? Ist Maille dahintergekommen?«

Rachid hieb mit der Faust auf den Tisch. »Und was soll der Mist mit der puren Energie? Kommt der Typ aus der Steckdose, oder was? Erzählen Sie mir doch nichts. Ihr Lichtbringer ist ein Mensch aus Fleisch und Blut. Wer ist er? Was erzählt er seinen Anhängern? Er ist der Retter? Retter vor was? Dem Tod? Dem Ende der Welt?«

Auch Rachid feuerte seine Fragen wie eine Gewehrsalve ab. Cabasse' Selbstsicherheit war sichtlich angekratzt. Er rieb sich die Augen, und seine Stimme war weit weniger forsch als noch zu Beginn des Gesprächs.

»Ich hatte doch keine Ahnung, wie Maille ums Leben gekommen ist. Schwarzes Bilsenkraut, *mon dieu*. Er muss geglaubt haben, fliegen zu können. Das Zeug ist eine Zutat der Hexenflugsalbe. Wenn man daran glaubt«, fügte er trocken hinzu.

»Monsieur Cabasse, ich glaube, es ist besser, Sie rücken jetzt mit der Sprache heraus. Was wird hier gespielt? Sie wissen um die Wirkung des Krauts?«

Cabasse setzte sich aufrecht hin, atmete tief ein und aus, um das verlorene Selbstbewusstsein wiederzugewinnen. Nur die feuchten Hände, mit denen er verstohlen über seine Oberschenkel fuhr, zeugten von einer inneren Erregung, die er zu überspielen hoffte.

»*Et bien.* Ja, ich kenne das Kraut. Wir haben auch mit Pilzen und Kräutern unsere Erfahrungen gemacht. In Maßen genossen sind sie keine Gefahr. Das zu Ihrem Kraut. Um unseren Bewohnern und Gästen etwas zu bieten, haben wir unter anderem die Erquickungsstunden ins Leben gerufen. Sie finden in der ehemaligen Kirche statt, ein Raum, angefüllt mit einer unglaublich starken spirituellen Kraft. Es sind meist die Älteren, die kommen. Wir sprechen dabei über die Themen, die ihnen nahegehen, wie Krankheiten oder den Tod. Meine Aufgabe ist es, den Menschen die Angst davor zu nehmen. Und ja, ich werde nicht müde, es zu sagen, wir Lichttempler glauben ganz fest an die Wiederkehr, haben schon, als wir noch auf unserem Hof lebten, daran geglaubt. Kennen Sie den Causse Méjean? Sie sind dem Himmel so nah, Sie spüren, wie Ihnen unsichtbare Flügel wachsen. Ein unbeschreibliches Gefühl von Freiheit. Und Sie wissen plötzlich, es gibt eine

Kraft, die all das geschaffen hat, die Sie nach dem Tod der leiblichen Hülle wieder auf diese Erde entlässt. Und der Lichtbringer ist der Gesandte dieser Kraft.«

Mathilde konnte sich lebhaft vorstellen, wie Cabasse genau so auf die alten Menschen einredete, ihre Hände hielt und ihnen eine Wiederkehr auf die Erde in Aussicht stellte. Sie selbst hatte soeben seinen Worten fasziniert gelauscht. Bis er wieder den Lichtbringer erwähnte.

»Ja, und eines Abends passierte es dann. Das war vor … lassen Sie mich überlegen. Madeleine ist seit zwei Jahren in unserer Gemeinschaft, ja, es war vor etwa achtzehn Monaten. Wir saßen zu zehnt, vielleicht waren wir auch ein Dutzend, in der Kirche bei unserem Gesprächskreis. Plötzlich wurde es dunkel. Ich dachte zuerst an einen Stromausfall. Doch dann erhellte ein Strahlen den Raum. Ein glockenhelles Geräusch drang an unsere Ohren, Sphärenklänge. Und dann stand er plötzlich da. Eingehüllt in einen feinen goldenen Nebel. Ein langes Gewand um den Körper, einen Helm auf dem Kopf, der das Gesicht verdeckte. Und er sprach zu uns. Es war der Lichtbringer. Er kommt aus einer anderen Welt, wissen Sie? Er hat die Wiederkehr schon mehrfach erlebt. Joseph von Arimathäa, Julius Cäsar, Hatschepsut, Napoleons Mutter.«

Mathilde musste sich zusammenreißen, um nicht zu kichern. Napoleons Mutter. Letizia.

»In dieser Reihenfolge?«, fragte Rachid trocken. »Das geht ja ganz schön durcheinander, oder?«

»Wie? Nein, natürlich nicht.«

»Und die Gestalt kam aus dem Nichts?«

Cabasse wand sich unwohl auf seinem Stuhl. »Wir standen alle unter Schock. Keiner wusste, wie sie plötzlich in die Kirche gelangt war. Eine alte Dame fiel in Ohnmacht, doch Victorine war sofort zur Stelle.«

»Sie glaubten also ernsthaft an eine übersinnliche Erscheinung?«

»Ja, im ersten Moment schon. Doch mir war schnell klar, der Lichtbringer musste ein Mensch aus Fleisch und Blut sein, die

Seele kehrt schließlich immer wieder in einen Körper zurück. Und nach und nach verstand ich alles. Aber ich glaube nicht, dass Sie es verstehen werden.« Cabasse biss sich auf die Lippen und schwieg.

Mit Rachids Geduld war es vorbei. Er griff nach den Armlehnen von Cabasse' Stuhl und riss ihn mit einem Ruck zu sich. »Es reicht mir allmählich. Wir wissen von Docteur Salagou, dass Christian Flaubert für den ganzen faulen Zauber verantwortlich war. Und Flaubert ist tot.«

Jourdain Cabasse riss die Augen auf. »Christian ist tot? Wie ist das möglich? Was ist passiert?«

»Er wurde erschlagen und anschließend ins Wasser geworfen. Und jetzt reden Sie endlich!«

Als Cabasse antwortete, klang seine Stimme wie die eines trotzigen Kindes. »Die Kirche hat einen hinteren Eingang, den der Lichtbringer benutzt.«

»Also ganz normal, zu Fuß, wie jeder Sterbliche? Und das hat Sie nie gewundert?«

»Nein, ich sagte Ihnen doch bereits, er erscheint in einem menschlichen Körper. Seine Seele ist schon mehrfach gewandert, sie füllt sich bei jeder Wanderung mit neuem Wissen an. Dem Wissen um die Unendlichkeit unseres Seins. Unser Trost.« Cabasse legte die Hände zu einer Raute zusammen, breitete die Arme aus, um sie dann in einem Halbkreis über seinem Kopf zusammenzuführen, und seufzte inbrünstig.

»Und wozu dann dieses ganze Theater, das Flaubert inszeniert hat?«

»Sie können ein Steak essen. Ein wenig Pfeffer und Salz, und es schmeckt. Sie können aber auch einen guten Wein dazu trinken, ein köstliches Ratatouille servieren, ein Stück frisch gebackenes Weißbrot. Und schon wird aus einem einfachen Stück Fleisch ein Festmahl. Uns ist das Erscheinen des Lichtbringers zum Fest geworden.« Bei diesem Wort grinste Cabasse schwach. »Christian hat die festlichen Auftritte ein wenig, wie soll ich sagen, nun ja, untermalt. Das ist eigentlich schon alles. Aber Christians Tod hat doch damit nichts zu tun, oder?«

Mathilde enthielt sich einer Antwort. »Monsieur Cabasse, wenn Flaubert für die Showeffekte Ihres Lichtbringers verantwortlich war, wird er doch gewusst haben, wer sich dahinter verbirgt?« Sie wechselte abrupt das Thema. »Reicht dieses ganze Brimborium eigentlich aus, die Anwesenden auf den Lichtbringer und seine Botschaften einzustimmen?«

»Wie meinen Sie das mit dem ›Einstimmen‹?«

»Ganz einfach. Wie sagten Sie eben, in Maßen genossen keine Gefahr. Ich frage Sie also: Werden den Teilnehmern der Erquickungsabende Drogen verabreicht? Um sie so für diesen ganzen faulen Zauber noch empfänglicher zu machen? Vielleicht eine Droge aus dem Extrakt des Schwarzen Bilsenkrauts?«

Bei den Worten »fauler Zauber« zuckte Cabasse zusammen. »Auch Christian wusste nicht, wer der Lichtbringer ist. Davon bin ich überzeugt. Ich sagte es Ihnen doch bereits, er erscheint mit verdecktem Gesicht. Und niemand von uns ist jemals auf den Gedanken gekommen, ihm nachzuspüren. Er würde dann auf Nimmerwiedersehen verschwinden. Dessen sind wir uns sicher.« Er räusperte sich, fühlte sich sichtlich unwohl. »Und was das Bilsenkraut angeht … Nun ja, Corion, unser Apotheker, hat einmal aus den Blättern einen Tee zubereitet, den wir alle getrunken haben. Allerdings war die Wirkung eine andere, als wir sie uns versprochen hatten. Wir glaubten, dass sich unser Bewusstsein erweitert, uns eine Jenseitserfahrung zuteilwird. Zwei der Alten fielen in eine Art Trance, sahen bunte Farben und halluzinierten. Ihnen ging es ein paar Tage schlecht. Wir haben es dann gelassen. Ich schwöre, das war alles.«

»Das ist alles? Der Lichtbringer kommt und geht, erzählt Ihnen etwas von Wiederkehr, alle sind glücklich und zufrieden? Man trinkt ein Tässchen Tee zusammen und freut sich, dass der Tod einem nichts anhaben kann, da die Seele ein neues Zuhause findet?«

»Sie brauchen überhaupt nicht sarkastisch zu werden, Commandant Bouraada. Und ja, das ist alles. Sie können mich noch so lange löchern, es gibt nicht mehr dazu zu sagen.« Cabasse lehnte sich in seinem Stuhl zurück, presste die Lippen zusammen und verschränkte demonstrativ die Arme vor der Brust. Aus ihm war nichts mehr herauszuholen.

*

»*Bon sang.* Der Typ gibt sich naiv ohne Ende. ›Wenn wir die Identität des Lichtbringers kennen, verschwindet er auf Nimmerwiedersehen.‹ Wie diese Kitsune.«

Mathilde sah fragend zu Rachid. »Ich kenne nur Netsuke, diese kleinen Figürchen.«

»Kitsune. Japanisch der Fuchs. In den Mythen nehmen sie menschliche Gestalt an, und wenn man ihre wahre Identität aufdeckt, verschwinden sie für immer. Mythen. Aber wir sind in der Wirklichkeit. Und dieser Cabasse, bitte entschuldigen Sie den Ausdruck, Mathilde, verarscht uns doch nach Strich und Faden. Irgendjemand muss doch wissen, wer hinter dem ganzen Mummenschanz steckt. Und wenn nicht unser Guru Cabasse persönlich, wer dann? Und wenn er auch beteuert, niemand profitiere finanziell von diesem ganzen Theater, habe ich daran gewaltige Zweifel. Oder glauben Sie das etwa?«

»Ich weiß überhaupt nicht mehr, was ich glauben soll. Ich komme mir vor wie in einem Irrenhaus. Lichtbringer, Wiederkehrer, Seelenwanderung, Theaterdonner, Lichttempler. Und dazu jede Menge Tote.«

Mathilde und Rachid waren auf dem Weg zurück nach Nîmes. Wieder hatten sich dichte Wolken in den Bergen zusammengezogen, die so schnell nicht mehr weichen würden. Der Wind war aufgefrischt und rüttelte heftig an den Ästen der Kastanienbäume am Straßenrand. Mathilde hieb mit der Faust auf das Lenkrad, und der Wagen machte einen kleinen Schlenker.

»Vorsicht, hinter der nächsten Kurve kommt Ihnen einer entgegen.«

Ein Auto brauste an ihnen vorbei, der Fahrer hob den Arm, und auch die Frau an seiner Seite schien ihnen zuzuwinken.

»Das waren Martin und Vivienne. Wo wollen die beiden denn hin?«

»Vielleicht zur Komturei? Martin ist doch interessiert an diesen alten Gemäuern.«

»Ja, wahrscheinlich hat Odile ihm davon erzählt. Aber was will Vivienne dort? Ihr ist doch schon das Château zu altmodisch.« Mathilde blickte misstrauisch in den Rückspiegel, doch Martins Golf war längst verschwunden.

»Wir sollten die Finanzen der Lichttempler überprüfen. Was hat es mit der Stiftung auf sich, wie viel Geld fließt aus ihr? Und wohin? Was zahlen die Gäste, was geht an Spenden und Zuwendungen ein? Damit hätten wir auch die Namen der Personen aus dem äußeren Kreis, wie Cabasse es nannte. Vielleicht hat der Lichtbringer ja auch ein Konto bei der BNP«, scherzte Rachid.

Mathilde lachte, wurde aber sofort wieder ernst. »Felix soll sich bei der Bank einen Überblick über den Geldfluss des Ordens verschaffen. Dieser gottverdammte Lichtbringer. Er ist der Schlüssel zu allem. Ich denke, Maille ist dahintergekommen, wer diese Person ist, nämlich nichts weiter als ein billiger Schwindler. Nur wenn er, wie Cabasse sagt, nicht finanziell von seinen Auftritten profitiert, warum sollte er sich dann die vom Hals schaffen, die seine Identität aufgedeckt haben? Nein, ich vermute, dieser Lichtbringer hat finanzielle Vorteile, und diese Pfründe gilt es zu bewahren. Es muss sich um große Summen handeln. Doch von wem erhält er sie? Und wofür? Für die Show vor den alten Leuten? Dieses Phantom will nicht nur seine wahre Gestalt verbergen, es ist ihm auch daran gelegen, seine Machenschaften, wie immer sie auch aussehen, geheim zu halten. Ein Unterstützer aus dem äußeren Kreis, den Cabasse außer Docteur Salagou genannt hat, ist dieser Apotheker mit seinem Bilsenkrauttee. Wir müssen mit Corion sprechen. Ich hoffe, er taucht bald wieder auf.«

Mathilde fing Rachids fragenden Blick auf. »Das habe ich noch gar nicht erzählt. Corion wandert öfter auf nicht ehelichen Pfaden. Verschwindet dann für einige Zeit. Seine Frau weiß davon und hat ihn mal wieder bei Borie als aushäusig gemeldet. Und ich werde Odiles Freundin Babette anrufen. Sie lebt in der Komturei. Vielleicht kann sie uns mehr über die Gönner der Lichttempler sagen.«

Kapitel 37

Martin Endress war langsam durch die lange von Zypressen und Pinien gesäumte Allee zum Château de Boncourt gerollt, um sich mit Vivienne zu treffen und gemeinsam nach Montauban zu fahren. Sie hatte es ja verdammt eilig, dorthin zu kommen. Ein Blick in die bunten Broschüren, und ein paar Stunden später wollte sie schon alles mit eigenen Augen sehen.

Links und rechts der Zufahrt erstreckten sich, so weit das Auge reichte, die Weinfelder. Die Trauben für Rot- und Weißweine höchster Qualität wurden hier angebaut. Martin fuhr durch das schmiedeeiserne Tor und parkte seinen Golf auf dem breiten Kiesweg. Kaum hatte er die Autotür zugeschlagen, stürmte Henri, der junge schwarze Labrador der Familie, aus der Haustür, deren Flügel offen standen. Er wedelte mit dem Schwanz und setzte sich vor Martin hin, in der Hoffnung, eine kleine Belohnung für sein vorbildliches Verhalten – »Nein, Henri, wir springen nicht an den Leuten hoch« – zu bekommen. Martin griff in seine Jackentasche und zauberte den kleinen Snack hervor, den der Hund brav von der Hand nahm.

»Na, mein Junge, wo steckt dein Kumpel Babou?« Kaum hatte der junge Hund den Namen seines älteren Hundefreundes gehört, raste er zurück ins Schloss. Martin folgte ihm und blieb in der großen Eingangshalle stehen. Jagdbilder, Familienporträts, antike Kommoden mit hohen Vasen und eine aufwendig geschnitzte geschwungene Holztreppe ins Obergeschoss – ein Schlossfoyer wie aus dem Bilderbuch. Nur dass jetzt nicht, wie er es sich gewünscht hätte, Mathilde lächelnd die Treppe hinunterschritt, sondern ihm Vivienne mit festen Schritten, die das alte, gewachste Holz der Treppe knarzen ließen, entgegenkam.

»*Bonjour,* Martin. Lieb von dir, dass du mich mitnimmst. Ich bin schon total gespannt auf diesen Orden. Beeindruckend, nicht wahr, was die dort auf die Beine gestellt haben. Seniorenresidenz, Kultureinrichtung, spirituelles Zentrum, und das alles auf einem kleinen geschichtsträchtigen Raum. Nicht zu glauben, dass du diese Templerniederlassung noch nicht besichtigt hast.«

Martin lief rot an. Vivienne hatte seinen aktuellen wunden Punkt getroffen. Er glaubte, sich verteidigen zu müssen. »Immerhin bin ich schon mal hingefahren, nur war ein Besuch an diesem Tag nicht möglich. Und du? Du bist doch von hier. Warst du etwa schon mal da?«, gab er barscher als beabsichtigt zurück.

»Nein, aber ich interessiere mich auch nicht für alte Mauern, im Gegensatz zu dir«, konterte Vivienne schnippisch. »Aber streiten wir jetzt nicht wegen so einer Kleinigkeit, fahren wir los, und wir beide werden die Komturei und den Orden kennenlernen.« Sie legte Martin ihre Hand auf den Arm. »Na, komm schon, ich wollte dich nicht ärgern.« Ihr Ton war versöhnlich, und Martin nahm die Quasi-Entschuldigung an.

Die Fahrt nach Montauban verlief entspannt. Vivienne erzählte von Sébastien, wie sie ihn doch an den Tagen, an denen er seine Freunde besuchte, vermisste. Kein Wort darüber, dass sie sich für ihn freute.

Typisch Vivienne, ging es Martin durch den Kopf. Er berichtete von den Fortschritten bei der Restaurierung seines Hauses und der immer größer werdenden Akzeptanz durch die Dorfbevölkerung. Man erwarte ihn zum *Loto*-Abend, und schon vor zwei Wochen habe man ihn darauf angesprochen, ob er sich am Weihnachtsschmuck von Saint-Fons beteiligen würde. Der Bürgermeister hatte die Idee, im ganzen Ort Krippen aufzustellen, an versteckten und öffentlichen Plätzen, in Hauseingängen, auf Fensterbänken und überall dort, wo man eben Lust dazu hatte. Martin hatte sofort begeistert zugesagt. Er würde eine Weihnachtskrippe im ehemaligen kleinen Stall hinter seinem Haus aufbauen. Noch war dort kein Mitbewohner eingezogen, der Stall stand bis auf ein paar Eimer mit Farbresten leer. Eines schönen Tages würde hier ein Esel einziehen. Und mit ihm würde Martin auf Stevensons Weg durch die Cevennen wandern.

Je weiter er und Vivienne in die Berge hineinfuhren, desto steiler, schmaler und kurviger wurde die Straße. Martin liebte das Autofahren, und er genoss den Blick in die tiefen Täler und empor zu den grauen Bergfelsen der Cevennen. Nur Vivienne stöhnte in jeder Kurve, die er mit flotter Geschwindigkeit nahm, leise auf. Plötzlich stieß sie einen schrillen Schrei aus.

»Vorsicht, da vorne hinter der Kurve kommt uns ein Wahnsinniger entgegen.«

Martin bremste etwas ab, und schon passierten sie das entgegenkommende Auto. Unverkennbar das grüne Peugeot-Cabrio, unverwechselbar Mathilde selbst hinter dem Steuer, neben ihr die schlanke Gestalt von Rachid Bouraada. Martin hob die Hand zum Gruß, während Viviennes Hand in die Schlinge des Türhaltegriffs fuhr. *»Comme une barge.«*

Martin wusste nichts mit den Worten, die Vivienne hervorgepresst hatte, anzufangen. Ganz sicher bezogen sie sich auf Mathildes Fahrstil. Oder etwa auf seinen?

»Da vorne ist der Parkplatz. Du kannst den Griff wieder loslassen, du bist in Sicherheit.« Tatsächlich erschien ihm Vivienne nun etwas grünlich im Gesicht.

Sie schälte sich aus dem Wagen. »Ich schau mich schon mal drin um. Lass dir ruhig Zeit mit deiner Besichtigung. Wahrscheinlich willst du zuerst mal eine Runde um die Mauern drehen.« Fast hatte es den Anschein, also wollte Vivienne ihn loswerden.

»Ja, geh du schon. Ich mach noch ein paar Fotos, dann komme ich nach.«

Vivienne verschwand durch das Tor, und Martin stand bewundernd vor der mächtigen Umfassungsmauer. Sogar die in die Mauer integrierten Türme waren erhalten, von denen aus man einen guten Blick auf Freund und Feind hatte. Lediglich die Zinnen, von denen noch zerklüftete Reste zeugten, waren abgebrochen worden. Voller Ehrfurcht begann er seine Umrundung.

Vivienne betrat derweil den Hof und schaute sich neugierig um. Eine kleine Touristengruppe stand vor dem Zugang zu einem Friedhof neben einer Kirche, vor ihnen eine Frau in einem, so kam es Vivienne vor, aus der Zeit gefallenen Leinenkleid. Sie hob eben einen Arm, zeigte auf etwas hinter der Friedhofsmauer. Ihr langer brauner Zopf fiel ihr bis zur Hüfte. Über dem Kleid trug sie einen grob gestrickten Pullover.

Außer den Besuchern, die die Templerburg besichtigten, waren nur zwei alte Frauen auf einer Bank zu sehen, die, in Decken gehüllt, einem Kleinkind beim Spielen zuschauten. Eifrig belud es einen Lastwagen aus Holz mit Kieselsteinchen und fuhr ihn brummend vor die Füße der beiden. Aus einem Maulbeerbaum flatterte ein Vogel. Ein idyllisches Plätzchen. Vivienne überkam ein Gefühl von Ruhe und Frieden.

»Madame, haben Sie eine Eintrittskarte?« Jäh wurde sie aus ihrer entspannten Stimmung gerissen. Die Frau mit dem Zopf hatte die Gruppe verlassen und kam auf sie zu. »In einer halben Stunde beginnt die nächste Führung, Madame …«

»Nein, ich möchte keine Besichtigung machen. Ich würde gerne mit dem Oberhaupt Ihres Ordens sprechen.«

»Oh, entschuldigen Sie. Aber es tut mir leid. Jourdain ist heute für niemanden mehr zu sprechen. Er hat sich zurückgezogen. Vielleicht kann ich Ihnen helfen? Meine Führung ist in ein paar Minuten beendet. Setzen Sie sich doch ein wenig in die Sonne, solange sie noch scheint. Die Wolken sind schon wieder im Anmarsch. Ich bin dann gleich bei Ihnen.«

Etwas verunsichert blieb Vivienne stehen. Sie wollte mit dem Chef sprechen und nicht mit einer Untergebenen. Doch was blieb ihr übrig? Sie ging zur nächsten Bank und setzte sich. Ihr Blick schweifte umher. Auch wenn sie sich nicht für alte Architektur interessierte, musste sie sich eingestehen, dass der Orden in dieser beeindruckenden Templerburg ein wirklich außergewöhnliches Zuhause gefunden hatte. Jedes einzelne Gebäude befand sich in einem hervorragenden Zustand, auf den gekiesten Wegen spross nicht das kleinste Unkräutchen, die Bäume und Büsche waren, wie man sehen konnte, regelmäßig von der Hand eines Gartenprofis gestutzt worden. Sie stand wieder auf und spazierte zu den beiden Damen.

»*Bonjour*, schön haben Sie es hier. Ein wundervoller Ort.«

Die beiden Frauen rutschten ein Stück zur Seite und klopften einladend auf die Bank. »Setzen Sie sich doch zu uns.«

Vivienne erfuhr von den beiden, dass sie seit zwei beziehungsweise drei Jahren hier wohnten. Man genieße die wenigen Jahre hier, die einem noch blieben. Wohlversorgt und gut betreut. Ob sie denn auch hier leben wolle? Vivienne schüttelte den Kopf. Sie würde gerne mit ihrem Sohn als Gast einige Zeit hier verbringen. Vielleicht ein paar Wochen, wenn dies möglich wäre. Eine Art Kur, Abstand vom Alltag.

»Blanche, Anne. Sind Sie auch warm genug angezogen? Es geht ein frischer Wind. Nicht, dass Sie sich erkälten.«

Die Köpfe der drei Frauen drehten sich ruckartig um, und ihre Blicke blieben an einem Fenster im Obergeschoss des Palas hängen.

»Wir haben unsere Plaids hier unten und sind eingepackt wie die Murmeltiere«, kam es zweistimmig von der Bank. Die beiden alten Damen hoben demonstrativ ihre molligen Schals hoch. »Sehen Sie, Joceline, keine Sorge.« Sie winkten der Frau am Fenster noch einmal fröhlich zu.

»Joceline, unser guter Geist. Sie kümmert sich um die Kranken. Aber so weit will sie es erst gar nicht kommen lassen. Immerzu ist sie hinter einem her. Im Sommer besteht sie auf einem Sonnenhut, im Winter auf zwei Schichten Angoraunterwäsche. Sie sehen also, Madame, bei uns ist man zu jeder Zeit gut aufgehoben. Und Sie wären auch nicht die Erste, die sich hier eine Auszeit nimmt. Aber es ist schon merkwürdig«, die Frau mit der grauen Kurzhaarfrisur kicherte mädchenhaft, »es sind immer nur weibliche Wesen, die hierherkommen. Ob das an unserem Jourdain liegt? Was meinst du, Blanche?« Nun kicherte auch Blanche. »Und dann sind sie da, aus vier Wochen werden zehn, aus zehn ein halbes Jahr, und dann bleiben sie. Kennen Sie Jourdain?«

Vivienne schüttelte den Kopf. »Nein, leider noch nicht. Er ist heute auch nicht zu sprechen, wie ich hörte. Aber die junge Dame, die die Führung macht, wird sich gleich um mich kümmern.«

»Regine, ein liebes Mädchen. Wenn Jourdain sich zurückzieht, tankt er neue Kraft, verstehen Sie?«

Vivienne verstand nicht, doch sie hatte auch keine Zeit mehr nachzufragen. Regine kam auf sie zu, wies mit einer einladenden Geste auf die Bank, auf der Vivienne vorhin Platz genommen hatte.

»Setzen wir uns doch. Oh, ich sehe gerade, ein neuer Besucher. Wie unhöflich von mir, aber wenn Sie bitte einen Moment warten. Ich bin sofort wieder bei Ihnen.«

Martin. Er stand unschlüssig am Tor und schaute sich um. Regine verschwand im Kassenhaus und händigte Martin eine Eintrittskarte aus. Bis die nächste Führung beginne, könne er sich schon ein wenig umschauen. Martin winkte Vivienne zu und schlenderte zur Kirche.

»Ein Freund von Ihnen?« Regine setzte sich neben Vivienne.

»Ja, wir sind gemeinsam gekommen. Er interessiert sich sehr für Ihre schöne Templerburg. Ich mich allerdings mehr für die Möglichkeiten, die Ihr Orden bietet. Gerne würde ich, zusammen mit meinem Sohn, ein paar Wochen bei Ihnen verbringen. Ich will ganz offen zu Ihnen sein. Ich befinde mich derzeit in einer Krise. Nicht finanziell, einfach emotional. Und ich möchte neue Kraft tanken, mich spirituell und kulturell bereichern. Im Prospekt wird der Kurzzeitaufenthalt angeboten. Ist in der nächsten Zeit eine Wohnung für zwei Personen frei? Mit zwei getrennten Schlafzimmern?«

Vivienne hatte die Broschüre aus ihrer Handtasche gezogen und legte sie aufgeschlagen auf ihren Schoß. Sie tippte mit dem Finger auf die Überschrift *»Der Seele eine Chance geben«*.

»O ja, ein Angebot, das sehr gerne angenommen wird. Ich kann Ihnen nicht genau sagen, wie wir in den nächsten Wochen ausgelastet sein werden. Daher würde ich Sie bitten, sich bis morgen zu gedulden. Ich werde Jourdain informieren, dass Sie Interesse haben, bei uns ein wenig zu entspannen und zu sich selbst zu finden. Und Ihr Sohn? Auch er steckt in einer Krise?«

»Nein, Sébastien ist behindert, das Downsyndrom, und ich möchte ihn während dieser Zeit unter meiner Obhut wissen.«

»Ich verstehe. Das ist überhaupt kein Problem. Wenn Sie mir eine Visitenkarte dalassen, werden wir Sie umgehend kontaktieren.«

Vivienne fischte aus ihrem Portemonnaie eine Karte und reichte sie Regine.

»Madame Vivienne Paul, Château de Boncourt. Sie leben auf einem Schloss?«

Vivienne nickte nur. Regine wartete einen Augenblick, steckte dann die Karte in die aufgesetzte Tasche ihres Kleides. »Wir melden uns. Ich werde jetzt mit der letzten Führung beginnen. Ihr Freund ist offenbar der einzige Teilnehmer. Wenn Sie wollen, können Sie gerne mitkommen und die Anlage schon ein wenig auf sich wirken lassen.«

»Das ist sehr nett von Ihnen, Regine. Aber ich bleibe lieber noch ein wenig hier in der Sonne sitzen. Es tut unbeschreiblich gut, einfach mal nichts zu tun. Ich erwarte also morgen Ihren Anruf. Und ich hoffe sehr, dass wir nicht allzu lange auf einen Platz warten müssen.«

»Regine? Regine!« Eine kräftige Stimme ertönte, und ein schlanker, gut aussehender Mann kam auf die beiden Frauen zu.

»Ist das Jourdain?«, flüsterte Vivienne.

Regine lachte. »Aber nein. Das ist Maire Fricon, der Bürgermeister von Montauban. Ich hatte es ganz vergessen. Er wollte heute wegen des Kastanienfests vorbeikommen. Wir beteiligen uns jedes Jahr an der *Fête des Châtaignes.* Jourdain hat ihm in Aussicht gestellt, dass die große Torres bei der *soirée soupe en musique* ein kleines Konzert geben wird. Noch hat sie nicht zugesagt. Ich vermute, Fricon sitzt schon auf glühenden Kohlen. Allerdings muss ich ihn heute ebenfalls vertrösten. Jourdain ist für niemanden, auch nicht für den Bürgermeister, zu sprechen. *Alors*, ich verabschiede mich, Vivienne. Und hoffentlich *à bientôt.*«

Die junge Frau ging zum Bürgermeister, wechselte ein paar Worte mit ihm und wandte sich dann Martin zu, der geduldig vor der Kirchentür stand.

Vivienne schloss die Augen, die Sonne entfaltete ein letztes Mal für diesen Tag ihre ganze Kraft und schien ihr warm ins Gesicht. Bei dem Gedanken, Sébastien für vier Wochen seinem geliebten Zuhause und vor allem seinen neuen Freunden zu entreißen, hatte sie für einen Moment ein schlechtes Gewissen. Aber es würde ihm hier sicherlich gefallen, davon war sie überzeugt. Nein, vielleicht nicht überzeugt. Aber er würde sich daran gewöhnen. Gewöhnen müssen.

»Madame, darf ich mich zu Ihnen setzen? Sie sind ein neuer Gast? Ich habe Sie hier noch nicht gesehen. Oder sind wir uns schon einmal bei einem Konzert oder einer Lesung über den Weg gelaufen? Sie sollten sich diese kulturellen Höhepunkte unseres Städtchens nicht entgehen lassen. Darf ich mich vorstellen, Médard Fricon. Ich bin der Bürgermeister von Montauban-sur-Vidourle.«

Er streckte Vivienne eine kräftige sonnengebräunte Hand hin. Das volle dunkle Haar war an den Schläfen angegraut. Er trug dunkle Jeans und eine grüne Wachsjacke. Insgesamt, so urteilte Vivienne spontan, eine interessante Erscheinung. Sie lächelte schüchtern. Wann hatte sie zuletzt Konversation mit einem gut aussehenden Mann in ihrem Alter gemacht? Sie konnte sich nicht erinnern.

»Vivienne? Madame Paul? Eine Frage noch.« Regine kam auf sie zugeeilt. »Die Telefonnummer auf Ihrer Karte, ist das Ihre Privatnummer? Wie ich gesehen habe, steht bei Château de Boncourt der Zusatz ›Weingut‹. Ich möchte ja nicht im Büro landen.«

»Nein, das ist schon richtig so. Das ist meine Privatnummer. Wir machen einfach so ein wenig versteckte Werbung für unsere Weine.«

»Ah, verstehe.« Mit wehendem Gewand eilte Regine zu ihrer letzten Besichtigung.

»De Boncourt? Das sagt mir was. Vor Kurzem hatte ich ein

Gespräch mit einer Untersuchungsrichterin aus Nîmes. Mathilde de Boncourt. Sind Sie miteinander verwandt?«

»Ja, Mathildes Großvater ist mein Onkel.«

»Dann gehört Ihnen und Ihrer Familie wohl das Weingut in der Nähe von Saint-Gilles? Keine schlechten Tropfen. Wird das Gut noch von, lassen Sie mich überlegen, von René de Boncourt, Ihrem Onkel, geleitet?«

Vivienne schmunzelte. »Nein, aber Sie sind dicht dran. Rémy. Die Geschäfte führt nun mein Bruder Philippe. Sie kennen unsere Weine?«

»Nun, wir betreiben hier in den Bergen natürlich keinen eigenen Anbau. Aber wir wissen, wie alle Franzosen, einen guten Tropfen zu schätzen. Und Ihre gehören zweifelsfrei dazu.« Fricon lachte, und die winzigen Fältchen um seine Augen gefielen Vivienne. »Vielleicht haben Sie schon mal von unserer *Fête des Châtaignes* gehört. Sie ist die größte und schönste in der ganzen Region. Tausende von Besuchern an drei Tagen. In zehn Tagen ist es wieder so weit. Deswegen bin ich auch hier. Aber ich schweife ab. Wir hatten vor ein paar Jahren die Idee, ansässige Winzer dazuzubitten, um ihre Weine vorzustellen. Maronen und ein edler Tropfen, das passt doch. Wir erhielten eine große Resonanz und mussten uns entscheiden. Auch die Weine von Château de Boncourt sollten dabei sein. Als Ihr Onkel hörte, wie viele der ganz jungen aufstrebenden Winzer sich gemeldet hatten, hat er verzichtet. Er wollte dem Nachwuchs eine Chance geben. Eine große Geste. Sie können stolz auf ihn sein. Nun aber zurück zu meiner Frage. Sind Sie als Gast hier? Vom Adelssitz zur ehemaligen Templerburg?«

»Nein. Das heißt noch nicht. Ich würde gerne ein paar Wochen hier verbringen. Eine Art Urlaub für den Kopf. Morgen werde ich von Regine erfahren, wann eine Wohnung für mich und meinen Sohn frei ist.«

»Ihr Sohn?«

»Sébastien. Er ist nicht ganz gesund. Das Downsyndrom. Aber er ist an allem so interessiert. Es wird ihm guttun, das kulturelle Angebot mitzumachen. Er liebt Musik, vielleicht ein Töpferkurs.

Wissen Sie, er ist sehr kreativ. Wie gesagt, morgen erfahre ich, wann wir kommen können.«

Médard Fricon schaute auf seine Armbanduhr. »*Oups*, schon so spät. Bitte entschuldigen Sie, aber ich muss mich verabschieden. Die Amtspflicht ruft. Ich freue mich darauf, Sie möglichst bald hier bei der einen oder anderen Veranstaltung zu treffen. Ich lasse mir nichts entgehen. Wenn Jourdain Cabasse zu einer Lesung oder einer Vernissage ruft, genügt diese Veranstaltung immer höchsten Ansprüchen. Lassen Sie sich überraschen. *Au revoir,* Madame Paul. Und vergessen Sie nicht unser Kastanienfest.«

Fricon zwinkerte Vivienne zu, reichte ihr zum Abschied die Hand und deutete doch tatsächlich einen Handkuss an. Kurz bevor er durch das Tor nach draußen verschwand, drehte er sich um und winkte ihr zu. Vivienne schloss für einen Moment die Augen. Sogar ihren Namen hatte er sich gemerkt.

*

»Du siehst ja gut gelaunt aus. Eine beeindruckende Anlage, nicht wahr?«

Martin und Vivienne waren auf dem Rückweg. Martin noch ganz beeindruckt von der Templerburg. Noch nie hatte er eine so vorzüglich erhaltene Anlage gesehen. Vielleicht Pontferrada in Portugal. Doch dort gab es keine ursprünglichen Innenräume mehr, die zumindest im hiesigen Palas noch zum Teil vorhanden waren, wie Regine bei der Führung erzählt hatte. Besichtigen konnte man diese Räume leider nicht. Das prächtige Gebäude, einst Lebensmittelpunkt der Templer und Jahrhunderte später der eines adligen Frauenstifts, bestach durch seine ausgewogenen Proportionen. Im Souterrain waren die Büro- und Lagerräume der Lichttempler untergebracht, darüber erhob sich der große Festsaal. Das Licht fiel durch schlanke Rundbogenfenster. Wieder einmal ärgerte Martin sich über sich selbst. Da stand die Anlage quasi vor seiner Nase, und er hatte ihr bis jetzt noch nicht die ihr gebührende Aufmerksamkeit geschenkt. Eigentlich eine Schande für einen Kunsthistoriker, der sich eines Reiseführers zu den *Perlen des Languedoc* rühmen wollte.

»Ja, in der Tat. Grandios.« Vivienne lächelte still vor sich hin.

»Und, klappt es mit einem Urlaub dort? Wie ich gesehen habe, hast du dich schon mit jemandem angefreundet. Wer war der Typ, der neben dir gesessen hat?«

»Ich werde kurzfristig darüber informiert, ob und wann wir einen Platz bekommen. Auf jeden Fall würden mir und Sébastien ein paar Wochen dort guttun.«

Daran hatte Martin seine Zweifel. Kaum nabelte sich Sébastien ab, schleppte seine Mutter ihn in einen Zwangsurlaub. Er war gespannt, wie der Junge darauf reagierte.

»Das war aber nicht Cabasse, der Anführer der Gemeinschaft?« Vivienne hatte seine zweite Frage nicht beantwortet.

Sie seufzte. »Nein, das war Maire Fricon. Der Bürgermeister von Montauban. Er hat mich zum Kastanienfest eingeladen. Mein erstes Rendezvous nach ich weiß nicht wie vielen Jahren.« Noch einmal seufzte sie, nun tief und zufrieden.

Martin wandte sich erstaunt der Frau an seiner Seite zu. Konnte es sein, dass sich Vivienne Hals über Kopf verliebt hatte?

Kapitel 38

Es war für Felix gar nicht so einfach, seine Kollegin von der Police municipale abzufangen. Wenn ihr Chef nichts davon mitbekommen sollte, konnte er nicht so mir nichts, dir nichts hineinspazieren. Er hoffte nur, dass die beiden nicht von morgens bis abends in ihrem Dienstgebäude hockten, ohne es ein einziges Mal zu verlassen.

Felix setzte sich in die *Bar-Tabac*. Von hier aus hatte er eine gute Sicht auf das ehemalige Ladengeschäft, in dem nun die beiden Dorfpolizisten residierten. Er bestellte sich einen Kaffee und legte ein aufgeschlagenes Buch auf den Tisch. Die Wirtin hatte wohl den Pullover oder den Schal, an dem sie das letzte Mal gestrickt hatte, fertiggestellt. Denn heute klapperten die Nadeln nicht. Sie stellte Felix den *café serré* hin, wischte mit dem Tuch ein paar unsichtbare Krümel weg, das sichere Zeichen für Gesprächsbereitschaft.

»Wir haben frische Croissants, wenn Sie mögen? Sie machen Urlaub?« Im Juli oder August war die Neugier nicht so groß, fast jeder Fremde in Montauban gehörte der Spezies Tourist an. Doch im Oktober waren unbekannte Gesichter die Ausnahme. »Sie waren doch erst vor Kurzem hier. Mit Ihrer Gattin? Ein paar Tage der Entspannung? Haben Sie sich schon unsere Templerburg angeschaut?«

Gattin. Neugierig und formvollendet. Felix musste grinsen. »Nein, eine zufällige Bekanntschaft. Die Dame hat sich die Templerburg angeschaut. Wir sind ins Gespräch gekommen und haben zusammen etwas getrunken. Ich wandere hier ein wenig.«

Die Wirtin schaute misstrauisch auf Felix' Schuhe. »Mit den

Dingern da? Ich sag Ihnen eins, die Wege können gerade im Herbst ganz schön gefährlich sein. Nasses Laub, Geröll. Da sind Turnschuhe nicht das Richtige.«

»Meine Wanderschuhe sind im Auto. Keine Sorge.« Felix wandte sich demonstrativ seinem aufgeschlagenen Buch zu. Das Gespräch mit der guten Frau lenkte ihn zu sehr von seiner Mission ab. Madame versuchte noch einen Blick darauf zu erhaschen, was der Gast da las, doch die Buchstaben standen auf dem Kopf. Sie zuckte mit den Schultern.

»Also kein Croissant?«

Felix hätte schon etwas zum Kaffee vertragen, aber er befürchtete, dass die Wirtin das Gebäck mit einem erneuten Gesprächsversuch servierte. Er winkte ab. »Danke, habe Proviant im Wagen.« Wenn Coco Mollard nicht in der nächsten halben Stunde auftauchte oder Borie das Gebäude verließ, musste er seinen Beobachtungsposten wohl oder übel wechseln. Vielleicht würde er sich in der Apotheke ein paar Aspirin besorgen. Die konnte man immer gebrauchen.

Er hatte gerade seinen letzten Schluck des mittlerweile kalten Kaffees getrunken, als sich die Tür der Police municipale öffnete und Dédé Borie hinausmarschierte, dick eingepackt in seinen Dienstblouson. Er ging zum Einsatzfahrzeug, stieg ein und fuhr los. Glück gehabt. Felix legte das Geld für den Kaffee auf den Tisch, packte sein Buch ein, winkte der Wirtin zu, die nun tatsächlich wieder auf ihrem Hocker thronte und jetzt sogar mit vier Nadeln an einem Strumpf strickte. Felix beeilte sich, die Gunst der Stunde zu nutzen.

Wieder bimmelte die Türglocke, gerade so, als ob er eine kleine altmodische *Épicerie* betreten würde. Coralie Mollard saß hinter dem Tresen und schaute auf. Sie erkannte ihn sofort wieder, und der zunächst konzentrierte Blick wich einem Gesicht voller Misstrauen. Um die Fronten gleich zu klären, zückte Felix seinen Dienstausweis und hielt ihn der Kollegin vor die Nase.

»Können wir uns einen Moment ungestört unterhalten?«

Coco nickte verblüfft. Der Typ von der Unfallstelle war Polizist.

Sie hatte doch gleich den Verdacht gehabt, er könnte ein Mitarbeiter dieser Untersuchungsrichterin aus Nîmes sein, die Dédé wegen des Unfalls von Maille und dem Selbstmord von dessen Schwester aufgesucht hatte. Kurz durchzuckte sie das Gefühl der Eifersucht. Ihr waren hier die Hände gebunden, und dieser Rothaarige, er war wohl kaum älter als sie, war Teil eines Ermittlerteams, das sich mit den großen Brocken beschäftigen durfte. Noch einmal schaute sie auf den Ausweis. Lieutenant Felix Tourrain, Police judiciaire.

»Gehen wir in mein Büro. Wenn jemand kommt, bimmelt's laut genug.«

Sie stand auf und ging voraus in ihr geräumiges Dienstzimmer. Felix schnupperte und rümpfte die Nase. Was war das für ein merkwürdiger Geruch? Er wollte sich nichts anmerken lassen, aber Coco hatte gesehen, wie sich sein Gesicht verzogen hatte. Sie grinste.

»Und das rieche ich tagein, tagaus. Der Laden war früher eine *Poissonnerie*. Der Fischgeruch hängt immer noch hier drin. Es ist schon besser geworden. Was glauben Sie, warum ich ein größeres Büro als mein Vorgesetzter habe? Hier war der Raum, in dem der Fisch ausgenommen und geschuppt wurde. Mein Chef hat dankend verzichtet. Setzen wir uns und reden nicht lange drum herum. Wir waren beide gleichzeitig am Unfallort von Luc Maille. Haben Sie nach verwertbaren Spuren gesucht? Dass es kein ›normaler‹ Unfall war, wissen wir ja nun. Haben Sie noch etwas entdeckt, was Ihre Ermittlungen weiterbringt? Wer hinter dem Unfall steckt?«

Felix schluckte. Die legte ja ganz schön los. Schließlich war er hier, um Fragen zu stellen, und nicht umgekehrt. Doch er zeigte sich von seiner besten kollegialen Seite. Madame le Juge hatte Borie gegenüber nichts vom Schwarzen Bilsenkraut erwähnt. Auch er würde darüber schweigen. Aber alles andere war ja nun kein Geheimnis mehr.

»*Et bien.* Luc Maille ist mit dem Wagen durch die Mauer gebrochen und letztendlich in seinem Auto verbrannt. Doch der Unfall geht auf Fremdverschulden zurück. Ich weiß nicht, inwieweit Sie Ihr Chef darüber informiert hat, aber Maille stand unter dem Einfluss einer Droge. Die ließ ihn die Kontrolle über sein Fahrzeug verlieren. Schlimmer noch, er muss unter Halluzinationen gelitten haben. Wir wissen, dass ihm diese Droge nicht lange vor dem Unfall verabreicht wurde. Maille hat seinen Wagen vielleicht noch bei klarem Verstand gestartet. Doch kurz danach muss das Zeug seine Wirkung entfaltet haben. Ich habe mich noch einmal am Unfallort umgeschaut.« Er grinste verlegen. »Wir haben eine erstklassig arbeitende Spurensicherung. Doch, nun …«

»… man weiß ja nie«, vollendete Coco lächelnd den Satz. »Aus genau diesem Grund war ich auch dort. Ich weiß nicht, was ich zu finden hoffte. Und dann kamen Sie mir dazwischen. Und wir stehen mit leeren Händen da, wie ich annehme?«

»Ja, die Kollegen haben hervorragend gearbeitet, nichts übersehen. Kannten Sie Maille? Waren Sie deshalb vor Ort? Aus persönlichen Gründen? Oder war es dienstlich, inoffiziell dienstlich?«, fügte Felix hinzu.

»Vom Sehen. Er war hier und hat einen ziemlichen Aufstand wegen des Suizids seiner Schwester gemacht. Er wollte eine Untersuchung der Umstände. Doch mein Kollege hat ihn mehr oder weniger rausgeschmissen. Es gebe keinen Anhaltspunkt dafür. Und ja, die Neugier hat mich hingetrieben. Ich schätze, mir geht es wie Ihnen. Man vertraut den Kollegen, aber der eigene Jagdinstinkt bricht plötzlich aus. Vielleicht wollte ich mich auch einfach nur mal beweisen.« Coco wurde rot.

»Inwiefern?«

»Ich habe in Montpellier an der *Faculté de Droit et de Science politique* ein Aufbaustudium der *Sciences criminelles* gemacht und gehofft, irgendwo in einer größeren Stadt einen Job zu finden. Stattdessen bin ich wieder hier gelandet. Wenn ich irgendwas Relevantes gefunden hätte, wer weiß? Vielleicht hätte es mich im wahrsten Sinne des Wortes weitergebracht.« Sie seufzte tief.

Felix verstand sie. Wenn er sich vorstellte, als Dorfpolizist in seinem Dorf in den Pyrenäen arbeiten zu müssen. Unvorstellbar.

»Kannten Sie auch die Schwester von Maille, Leonice Howard?

Sie lebte innerhalb des *Ordre du Temple de la Lumière*. Was halten Sie denn von diesen Leuten in der Templerburg?«

»*Ouf*, fragen Sie mich mal was Leichteres. Leonice kannte ich vom Sehen. Ein wirklich hübsches Mädchen. Ich weiß nicht, ob ich wirklich überrascht über ihren Selbstmord war. Ich habe sie zwei-, dreimal bei einer Veranstaltung gesehen. Das letzte Mal bei einer Ausstellungseröffnung. Sie wirkte irgendwie, als sei sie nicht von dieser Welt. Verstehen Sie, was ich meine?«

Felix schüttelte den Kopf.

»Nun, die paar Male, als ich ihr begegnet bin, stand sie wie träumend einfach nur herum. Während sich die anderen bei einem Glas Wein über die Kunst oder das Buch, aus dem gelesen wurde, unterhielten, hatte sie nur Augen für Cabasse. Folgte mit den Blicken jeder seiner Bewegungen. Ich weiß nicht, ob andere es auch so empfunden haben. Sie wirkte irgendwie entrückt. Ja, entrückt, das ist das richtige Wort. Und der Orden? Er tut unserem Ort gut. So viel Kultur gab es vor den Lichttemplern nicht. Und sie kümmern sich um Alte, sind wahre Wohltäter.« Coco stockte.

»Aber?«

»Manchmal habe ich das Gefühl, etwas stimmt dort nicht. Ich kann es allerdings nicht benennen. Einfach ein Gefühl. Mein Freund arbeitet ab und zu für den Orden. Chris studiert Physik. Er ist eigentlich Fachmann auf dem Gebiet der Hologrammtechnik. Davon verstehe ich nichts. Lichtspielereien. Ich weiß, dass er für die Beleuchtung bei diversen Veranstaltungen zuständig ist. Zum Beispiel, wenn die Torres einen ihrer Auftritte hat. Bei der Operndiva müssen die Lichtverhältnisse stimmen. Chris sagt, die Dame sei sehr eitel. Keine Falte darf dem Publikum offenbar werden. Und so leuchtet er dann die Bühne aus. Oder er sorgt beim Sommerfest für die passende Illumination. Ich glaube, er verdient nicht schlecht dabei. Und seit einiger Zeit hat er auch ein Zimmer in der Komturei. Nach einer Veranstaltung haben wir uns zufällig kennengelernt. Mein Glück …«, Coco lächelte versonnen, »… denn eigentlich hält er sich sehr im Hintergrund. Mit dem Ordensleben hat er ja auch nichts zu schaffen.«

Mit jedem Wort von Coco wurde Felix unruhiger. Das konnte doch jetzt nicht wahr sein! Coco Mollard war die Freundin von Christian Flaubert? Und sie hatte offenbar keine Ahnung davon, dass ihr Freund nicht mehr lebte. Er musste es ihr sagen.

Coralie Mollard brach weder in Tränen aus, noch bekam sie einen hysterischen Anfall. Sie starrte ihn nur ausdruckslos an und lehnte es ab, dass er eine Freundin oder sonst eine nahestehende Person informierte, die ihr Beistand leistete. Sie saß einfach da und schwieg. Felix stellte ihr ein Glas Wasser hin, doch sie warf noch nicht einmal einen Blick darauf. Sie war wie paralysiert.

»Coralie, soll ich Ihnen einen Arzt rufen? Er kann Ihnen etwas zur Beruhigung geben.« Felix zog sein Handy aus der Hosentasche, und die junge Frau erwachte aus ihrer Starre.

»Nein, bitte lassen Sie das. Erzählen Sie mir, was passiert ist.«

Der Lieutenant berichtete das wenige, was bisher bekannt war. Christian Flaubert war von einem Parkmitarbeiter in den *Jardins de la Fontaine* in Nîmes in einem Wasserbecken entdeckt worden. Er war erschlagen und dann ins Wasser geworfen worden. Man vermutete jedoch einen Zusammenhang mit dem Tod von Luc Maille, da sich in der Hosentasche eine Visitenkarte des Journalisten befunden hatte.

»Wann haben Sie Ihren Freund zum letzten Mal gesehen oder gesprochen?«

»Vor fünf Tagen. Wir waren zusammen im Kino, in Ganges. Und anschließend essen. Ich bin zurück nach Montauban, Christian wollte nach Montpellier. Er nahm sein Studium sehr ernst, schrieb an seiner Doktorarbeit. Ein Gespräch mit seinem Doktorvater stand an. Das war ihm sehr wichtig, und er wollte sich darauf intensiv vorbereiten. In diesem Punkt war er eigen, dann durfte ich ihn auch nicht stören oder ablenken. Falls es Sie wundert, dass unser letzter Kontakt schon so lange her ist.« Die Antworten kamen ruhig und mit fester Stimme.

»Ja, das wäre meine nächste Frage gewesen. Sie standen ihm also nahe. Irgendeine Vermutung, ob Christian sich Feinde gemacht hat?«

»Nein, nichts. Ich habe ihn als freundlichen, zurückhaltenden Menschen kennengelernt. Ich habe absolut keine Ahnung, wer ihm das angetan haben könnte. Und ein klassischer Raubmord ist definitiv auszuschließen?«

»Nein, das nicht. Noch ermitteln wir in alle Richtungen. Aber es wäre schon ein großer Zufall, wenn dieser Mord nicht in Zusammenhang mit dem tödlichen Unfall von Maille stehen würde. Der gemeinsame Nenner ist offensichtlich der Orden.«

Coco biss sich auf die Lippen. »Ja, so sieht es aus. Sie würden mir einen Gefallen tun, wenn Sie mich jetzt alleine lassen. Ich warte noch, bis mein Chef kommt, und fahre dann nach Hause.«

Felix zögerte, doch Coco nickte ihm mit ausdrucksloser Miene zu. »Gehen Sie nur. Sie brauchen sich um mich keine Sorgen zu machen.«

Mit einem unguten Gefühl verließ Felix die Polizeistation. Er musste umgehend Rachid von der offensichtlichen Verbindung zwischen Flaubert und dem Orden berichten. Noch bevor er die Nummer seines Vorgesetzten wählen konnte, klingelte jedoch sein Handy. Rachid Bouraada.

»Rachid, du glaubst nicht, was ich soeben von Coralie Mollard, der Dorfpolizistin, erfahren habe. Sie war die Freundin von Christian Flaubert, wusste noch nicht mal von seinem Tod. Und Flaubert hat von Zeit zu Zeit für den Orden gearbeitet. Lichtinstallationen für die Konzerte und so. Hier haben wir die Verbindung zwischen ihm und Maille, es sind diese Lichttempler.«

Gespannt wartete Felix auf Rachids Reaktion.

»Das ist in der Tat eine Neuigkeit, Mollard und Flaubert ein Paar. Das arme Mädchen. Wie hat sie die Nachricht aufgenommen?«

»Sie ist natürlich schockiert, aber auch sehr gefasst. Doch nun sag schon. Das ist doch ein Ding.«

Rachid sah das enttäuschte Gesicht von Felix vor sich, als er antwortete: »Wir haben mittlerweile auch von Docteur Salagou und Cabasse erfahren, dass Flaubert für den Orden gearbeitet hat. Aber was sich in diesem Orden sonst noch so tut, du wirst es kaum glauben.«

Er schilderte Felix ausführlich die Begegnung mit Jourdain Cabasse. »... Der Typ lügt das Blaue vom Himmel runter. Und dieser Lichtbringer ist der Dreh- und Angelpunkt. Felix, es ist jetzt schon zu spät, aber es ist wichtig, etwas mehr über die finanziellen Verhältnisse und Transaktionen des Ordens zu wissen. Die Konten sind bei der BNP Paribas. Versuch, so viel wie möglich von der Filialleiterin in Montauban, einer Madame Brigitte Pibarot, zu erfahren. Sie wird dich mit der Mär des Bankgeheimnisses abwimmeln wollen. Lass dich nicht beeindrucken. Wir sind mitten in den Ermittlungen und haben als Behörde das Recht, Interna zu erfahren. Madame le Juge wird dir auch noch eine Aufforderung auf Konteneinsicht ausstellen. Eine Stiftung speist sozusagen den Orden, auch über sie brauchen wir nähere Informationen. Montag treffen wir uns um drei im Büro von Madame le Juge. Zur Not musst du ein wenig auf uns warten. Ich melde mich, wenn es später wird, aber ich schätze, wir sind rechtzeitig zurück aus Avignon. Was gab es bei Regis? Bilsenkraut auch im Blut von Flaubert?«

Felix hatte mit wachsendem Staunen den Worten Rachids gelauscht. Die erste Enttäuschung, dass Madame le Juge und sein Chef schon von der Verbindung zwischen Flaubert, Maille und dem Orden wussten, war so schnell verflogen, wie sie gekommen war.

»Nein, keine Drogen, kein Alkohol. Flaubert ist mit voller Wucht mit einem stumpfen Gegenstand auf den Schläfenbereich geschlagen worden. Bis jetzt gibt es keinen Hinweis auf die Art der Tatwaffe. Regis tippt am ehesten auf einen abgerundeten Stein. Flaubert muss wohl direkt an der Brüstung gestanden haben, als er ins Wasser befördert wurde. Es gibt keine Schleifspuren auf dem Boden, aber Abschürfungen am Rücken. Die hat er sich zugezogen, als er über die Brüstung gestoßen wurde. Und er ist nicht ertrunken, sondern tatsächlich durch diesen Schlag, der das Schläfenbein zertrümmert hat, gestorben. So weit die Neuigkeiten von Regis. Aber was macht ihr eigentlich in Avignon?«

»Wir statten der Lerche von Avignon einen Besuch ab. Marta Torres-Sarmiento. Sie gibt, trotz ihrer zahlreichen Engagements und Verpflichtungen in der ganzen Welt, regelmäßig Konzerte bei den Lichttemplern. Eine Freundin von Odile lebt in der Seniorenresidenz des Templeranwesens. Sie hat uns den Tipp gegeben. Diese Operndiva sei ganz vernarrt in Cabasse. Vielleicht kommen wir durch sie dem Phänomen dieses Gurus und dem Phantom des Lichtbringers etwas näher.«

Kapitel 39

Mathilde hatte schlecht geschlafen. Kein Wind, er hatte gegen zehn nachgelassen, der an den Fensterläden rüttelte, kein Betrunkener, der vor dem Haus randalierte, kein Notfallwagen des SAMU, der mit schriller Sirene durch die Straße gerast wäre – und doch fand sie einfach keine Ruhe. Dieser verdammte Fall beschäftigte sie mittlerweile sogar in der Nacht. Normalerweise konnte sie komplett abschalten. Aber es waren einfach zu viele Fäden, die sich immer noch nicht zufriedenstellend verknüpfen ließen. Alles ein einziger großer Mist!!

Zut. Mathildes Laune sank in den Gefrierpunktbereich. Der Kaffee war zu heiß, und das Stück Baguette, das sie im Brotkorb vergessen hatte, hart. Sie tunkte es in den Kaffee. Trist schwammen die abgeplatzten Krümel in der Brühe. Ihr verging der Appetit. Die Bar ein paar Häuser weiter war schon geöffnet, aber noch nicht einmal der Gedanke an ein frisches Croissant konnte sie locken. Wenn Mathilde schlechte Laune hatte, hatte sie einfach schlechte Laune. Basta. Und dies lag nur an diesem merkwürdigen Fall. Sie zündete sich ihre zweite Zigarette an, ging ins Bad, legte sie auf dem Waschbeckenrand ab und drehte den Wasserhahn auf. Zisch. Die Gauloises war abgerutscht, hatte, getroffen vom Wasserstrahl, ihr Leben ausgehaucht und wanderte ausnahmsweise ins Klo.

Mathilde betrachtete sich im Spiegel. Und was sie sah, gefiel ihr nicht. Die Haare riefen geradezu nach einer Schere, und ihre Haut erschien ihr fahl. Gut, das konnte auch an der schlechten Beleuchtung in ihrem Bad und dem grau-trüben Tag liegen, der noch nicht einmal richtig angebrochen war. Sogar ihre zarten Sommersprossen waren fast unsichtbar, für Mathilde immer das untrügliche Zeichen, dass es ihr nicht gut ging. Sie zog eine Grimasse und sprang unter die Dusche. Und als ob Kaffee, hartes Brot und eine abgesoffene Zigarette nicht ausgereicht hätten, kam das Wasser nur tröpfelnd aus dem Duschkopf. Sie fluchte und drehte das Wasser wieder ab. Ihr Vermieter hatte ihr vorgestern zugesagt, er würde sich endlich um das leidige Problem kümmern. Mal kam Wasser, mal nicht, mal war es heiß, meistens nicht.

»Madame de Boncourt, Sie wissen doch selbst am besten, wie das in den alten Häusern ist. So ein altes Haus ist wie ein alter Mensch. Es geht halt eben nicht mehr alles so einfach. Nur als Beispiel, meine Prostata …«

Nein, das wollte Mathilde überhaupt nicht wissen. Sie hatte Monsieur Worms nur einen strengen Blick zugeworfen. »Kümmern Sie sich drum, sonst kürze ich Ihnen die Miete.« Monsieur Worms war ergeben nickend in seiner Erdgeschosswohnung verschwunden. Und hatte nichts unternommen.

Vor ihrem Kleiderschrank ergab sich das nächste Problem. Die Hose, die sie anziehen wollte, war in der Wäsche, von den Kostümen kam keins infrage, die anderen Hosen waren zu sommerlich, zu winterlich, zu bunt, zu schick. Dann eben die Jeans von gestern und der neue Pullover. Mathilde band sich die üppigen rotblonden Haare zu einem Pferdeschwanz, schlüpfte in braune Mokassins und ihre alte gefütterte Wildlederjacke. Es missfiel ihr, wenn Kollegen, ob männlich oder weiblich, dem Gericht nicht den notwendigen Respekt zollten und unter ihrer Robe schlampige Kleidung oder dreckige Schuhe hervorlugten. Das würde ihr nie passieren. Sie trug zu jeder Gelegenheit das passende Kostüm, den angemessenen Hosenanzug. Dazu gehörten immer die perfekten Schuhe mit mindestens sieben Zentimeter Absatz. Doch heute war kein Tag, den sie ganz im Palais de Justice verbrachte. Sie musste nur hin, um endlich den Stapel Akten, den ihr ihre Sekretärin Christine auf den Schreibtisch gelegt hatte, zu lesen und ihr Kürzel darunterzusetzen. Eine Sache von drei Stunden. Rachid würde sie um elf abholen. Avignon und die Operndiva warteten auf sie. Bei diesem Gedanken ging es Mathilde sofort besser. Sie schminkte sich die Lippen vor dem ovalen Kristallspiegel im Flur und verließ ihr Appartement. Der Wohnungstür von Monsieur Worms versetzte sie einen ordentlichen Tritt mit dem Fuß. Es wurde Zeit, dass der Mann aufwachte und sich um die Wünsche seiner Mieter kümmerte.

Von Mathildes Wohnung in der Altstadt von Nîmes waren es nur wenige Gehminuten bis zu ihrem Büro. Vor der antiken römischen Arena machte sie kurz, wie fast jeden Tag, vor dem bronzenen Standbild von El Nimeño halt. Sie wünschte dem Matador lächelnd einen guten Morgen. Wie immer schaute er konzentriert auf die Muleta, die er mit beiden Händen hielt und die sich wie flüssige Bronze auf dem Boden ausbreitete.

Mathilde hatte den Palais de Justice erreicht, als eine bekannte Gestalt das Gebäude soeben verließ. Juge Robert Palice, der Mann, den sie auf dem Parkplatz vor der Templerburg gesehen hatte. Fast gewann sie den Eindruck, er wollte ihr nicht begegnen. Er warf ihr einen kurzen Blick zu, wandte sich ab und entfernte sich mit eiligen Schritten in Richtung der Esplanade Charles-de-Gaulle.

»Robert, warten Sie einen Augenblick.«

Palice drehte sich nicht um, ging sogar schneller. Das konnte Mathilde auch. Schließlich hatte sie bequeme Schuhe an.

»Robert, so warten Sie doch. Kann ich Sie einen Augenblick sprechen?« Mathilde rief so laut, dass sich einige Passanten nach ihr umdrehten. Und auch Palice sah ein, dass er ihr nicht entkommen konnte. Er hielt an, Schultern und Kopf sanken nach vorne. Dann drehte er sich langsam um.

Mathilde erschrak. Auf dem Parkplatz waren sie sich in einiger Entfernung begegnet. Jetzt stand sie ihm direkt gegenüber. Palice war nur noch ein Schatten seiner selbst. Die Wangen eingefallen, Kopf- und Barthaare ungepflegt, spröde aufgeplatzte Lippen. Der Mann trank zu wenig oder zu viel, je nachdem.

»Kommen Sie, Robert, wir trinken einen Kaffee zusammen. Ich glaube, wir können beide einen gebrauchen.«

Palice nickte ergeben, und die beiden steuerten die nächstbeste Bar an. Mathilde bestellte zwei Kaffee und vier Croissants. Der Mann musste etwas essen. Als Palice sich gesetzt hatte, war ihr aufgefallen, wie weit sein Hose am Körper schlackerte. Die dampfenden Tassen kamen, und Palice tunkte ein erstes Croissant hinein. Er biss ein Stück ab, Kaffee rann ihm am Kinn herab. Verlegen wischte er die Brühe mit der kleinen Papierserviette weg. Mathilde schwieg und wartete, bis ihr Kollege das zweite Hörnchen verspeist hatte. Wann hatte er zum letzten Mal etwas gegessen? Das dritte Croissant legte er halb gegessen zurück auf seinen Teller.

»Robert, ich möchte nicht indiskret sein. Aber ich sehe doch, dass es Ihnen nicht gut geht. Sie fliehen vor Ihrem Schmerz, Ihrer Erinnerung?«

Mathilde wusste nicht, wie ihr Kollege diese offenen Worte aufnehmen würde. Doch Palice nickte. »So kann man es ausdrücken. Ich laufe einfach los. Ohne Ziel. Gehe morgens ins Büro, übergebe meine Akten Adelaide und verschwinde wieder.«

»Und das machen Sie so seit dem Tod Ihrer Frau.« Es war keine Frage, es war eine Feststellung. Palice nickte.

»Ich verstehe. Ich glaube, ich kann mir vorstellen, wie Sie sich fühlen. Gibt es niemanden, mit dem Sie reden können? Eine Schulter, an die Sie sich anlehnen, an der Sie weinen können?« Mathilde legte ihre Hand auf die von Palice. Er ließ es geschehen.

»Ihre Eltern sind zurück auf Réunion?« Wieder nickte er nur. Als habe er mit dem Tod seiner Frau seine Sprache, seinen Lebenswillen verloren.

»Wollen Sie reden? Einfach nur reden. Es hilft manchmal, seinen Schmerz in Worte zu fassen. Sie haben Ihre Frau sehr geliebt. Wollen Sie mir ein wenig von ihr erzählen?«

»Nein, ich bin noch nicht so weit.« Seine Stimme war ein einziges Krächzen. *Er muss sich vor Schmerz die Seele aus dem Leib brüllen.* Mathilde war voller Mitgefühl. Eigentlich hatte sie Palice in die Bar geschleppt, um ihn zu fragen, was er beim *Ordre du Temple de la Lumière* gemacht hatte. Aber ihm in diesem Zustand ihre Fragen zu stellen … nein, das würde sie nicht tun. Es wäre schäbig. Als würde man auf einen Wehrlosen einprügeln.

»Aber ich danke Ihnen, Mathilde. Wir hatten noch so viel vor. Kinder, ein Haus, das ganze Leben. Alles vorbei. Wenn ich Tessa nur noch ein einziges Mal sehen könnte, ihr sagen, wie sehr ich sie liebe. Glauben Sie an Wiedergeburt?«

Mathilde war von dieser Frage so überrascht, dass sie zunächst schwieg. Daher also der Besuch bei Cabasse? Hoffte Palice auf die Wiederkehr seiner Frau? Und wenn sie nun im Körper eines Mannes wiedergeboren würde? Was dann? Wie sollte er sie erkennen? Absonderliche Gedanken purzelten nur so durch Mathildes Hirn.

»Ich weiß es nicht, Robert. Man hofft natürlich, dass es nach dem Tod eine andere Art von Dasein gibt. Allerdings, wie dies aussehen könnte …? Wiedergeboren als Blume, als Insekt? Ich kann es mir, ehrlich gesagt, nicht vorstellen. Sie?«

Palice lächelte traurig. »Ich weiß es nicht. Ich wünsche es mir. Was hat Sie zur Templerburg geführt?«

Erneut ein Themenwechsel.

»Wir haben eine alte Freundin von Odile besucht. Ich habe sie hingefahren. Eine schöne Anlage. Die Menschen scheinen dort glücklich zu sein. Und Sie? Die Anhänger des Ordens glauben an die Wiedergeburt. Waren Sie deswegen da? Jourdain Cabasse kann sehr überzeugend sein, nicht wahr?«

»Ja. Ein interessanter Mann. Haben Sie seine Augen gesehen? Zweifarbig. Ich habe mich lange mit ihm unterhalten. Tessa und ich sind zu einem seiner Vorträge dort gewesen. ›Jenseitsglauben bei den Indianern Nordamerikas‹. Ich habe mich wieder daran erinnert. Tessas Seele im Kleid eines Schmetterlings. Ein schöner Gedanke. Aber mehr auch nicht. Was ist, wenn sie auf einer Wiese landet und von einer Kuh zertreten wird? Kein schönes Bild. Nein, ich will meine Tessa so wiederhaben, wie sie war. Schauen Sie, Mathilde, das ist meine Frau.«

Palice zog ein abgegriffenes Portemonnaie aus der Jackentasche und legte ein Passfoto auf den Tisch. Eine junge Frau mit ernsten schönen Augen, einer Stupsnase und einer bemerkenswert wilden Kurzhaarfrisur mit lilafarbenen Strähnen.

»Wir werden uns wiederbegegnen, genau so. Mit dieser Punkfrisur. Man sieht es nicht so genau, aber sie hat graue Augen. Wunderschöne graue Augen, die einem bis ins Herz blicken können. So und nicht anders werde ich sie wiedersehen.« Er strich zärtlich mit einem Finger über das Foto und steckte es wieder weg. »Und sie bewegt sich wie eine Elfe, graziös wie ein Schmetterling. Schauen Sie nur.« Palice drückte auf den Tasten seines Handys herum und hielt Mathilde das Display hin. Wie ein schüchternes junges Mädchen stand Tessa Palice vor einem alten knorrigen Olivenbaum. Sie trug ein leichtes, knöchellanges Sommerkleid. Dann breitete sie die Arme aus und lief in einer fließenden, schwebenden Bewegung auf die Person zu, die den kleinen Film aufnahm. Robert Palice.

»Ist sie nicht wunderschön? So wird sie auf mich zueilen, mich in die Arme schließen. Bald, schon sehr bald.«

Mathilde erschrak. Was hatte Palice im Sinn? »Robert, machen Sie bitte keine Dummheiten, hören Sie? Es ist ein abgedroschener Satz, aber das Leben geht weiter. Auch für Sie. Suchen Sie sich professionelle Hilfe, ich bitte Sie darum. Werfen Sie Ihr Leben nicht einfach weg.« Mathilde wusste nicht mehr weiter. Saß sie wirklich hier in einer Bar und versuchte, ihrem Kollegen einen Selbstmord auszureden?

Im ersten Moment hatte Robert Palice Mathilde verdutzt angeschaut. Jetzt lächelte er verlegen. »Ich verstehe. Aber nein, Mathilde. Ich werde mich nicht umbringen.« Er schüttelte bekräftigend den Kopf. »Nein, keine Sorge. Ich werde Tessa wiedersehen. Da, wie sagten Sie, werfe ich doch mein Leben nicht weg.«

»Wie meinen Sie das? Sie werden Tessa wiedersehen? Wer hat Ihnen das gesagt, versprochen? Cabasse?«

Das Gesicht von Palice wirkte plötzlich wie durch ein Fieber erhitzt. Seine eben noch fahle Haut rötete sich, als würde er von innen heraus brennen. Seine Augen glänzten.

»Mathilde, das verstehen Sie nicht. Nochmals danke, dass Sie sich so rührend um mich gekümmert haben. Ich muss nun los.« Erneut zog er sein Portemonnaie aus der Jackentasche, legte einen Zwanzigeuroschein auf den Tisch.

»*Au revoir*, Mathilde.«

Mit energischen Schritten verließ Palice die Bar und ließ eine vollkommen verdutzte Mathilde zurück.

Kapitel 40

Was kann Palice nur damit gemeint haben? Mathilde war vollkommen ratlos zum Palais de Justice zurückgegangen, wo Rachid bereits auf sie wartete. Die Akten zur Unterschrift hatten Zeit. Sie erzählte dem Commandant von ihrer Begegnung mit Palice. Doch Rachid schüttelte nur den Kopf, konnte sich ebenfalls keinen Reim darauf machen.

Nun waren sie auf dem Weg nach Avignon. Die Starsopranistin Marta Torres-Sarmiento erwartete sie. »Meine Zeit ist kostbar und knapp bemessen. Also seien Sie pünktlich, sehr pünktlich.« Und sie wurde nicht müde zu wiederholen, sie habe nicht den blassesten Schimmer, was man von ihr wolle. Diese junge Frau, Leonice Howard, habe sich doch umgebracht. Oder sei man plötzlich anderer Meinung? Die Diva rollte ganz leicht das »R«. Beim Singen fiel es wahrscheinlich nicht auf, vielleicht war es auch ihre besondere Note. Mathilde wusste es nicht. Sie hatte von Opernarien und Gesang keine Ahnung. Beim Sprechen jedoch verlieh dieses rollende »R« der Stimme einen ungeduldigen Unterton. Mathilde und Rachid waren gespannt auf die Sängerin und darauf, zu hören, was die Torres so eng an den Orden band.

Auf der A 9 herrschte wenig Verkehr. Avignon, die Stadt der Päpste, war in weniger als einer Stunde von Nîmes aus zu erreichen. Stolz erhoben sich die Türme der mittelalterlichen Festungsmauer, die die alte Papststadt umgab. Mathilde lehnte sich bequem im Beifahrersitz zurück. »Kennen Sie Avignon?«

»Natürlich, wer kennt Avignon nicht?«

Mathilde lachte. »Nein, so habe ich das nicht gemeint. Mir ist klar, dass Sie die Stadt kennen. Ich dachte an die Geschichte mit den Päpsten und Gegenpäpsten. Letztendlich ist diesem ganzen historischen Hin und Her das Aussehen von Avignon zu verdanken. Ich glaube, so richtig bewusst habe ich mir die Stadt zuletzt vor vier oder fünf Jahren angeschaut. Ich habe das *Festival d'Avignon* besucht. Eine Tanztheateraufführung von Sasha Waltz. Stellen Sie sich vor, in einem Zeitraum von etwas mehr als hundert Jahren residierten in Avignon seit dem 14. Jahrhundert sieben Päpste, die aus Rom kamen, und zwei Gegenpäpste. Damals ist der Papstpalast entstanden und der Verteidigungswall um die Stadt. Und sie lebten ganz schön verschwenderisch und prunkvoll, die geistlichen und weltlichen Würdenträger. Dreißigtausend Menschen tummelten sich innerhalb der Festungsmauern. Damit war Avignon eine der größten Städte in Westeuropa. Faszinierend, nicht wahr?«

»Ich weiß nicht, was ich faszinierender finden soll. Diese Fülle an historischen Fakten oder die Tatsache, dass Sie diese in Ihrem hübschen Köpfchen abgespeichert haben.«

Mathilde errötete. »Hübsches Köpfchen«. Wie hatte er das denn gemeint?

Rachid warf ihr einen verlegenen Seitenblick zu. Hoffentlich glaubte sie nicht, er würde ihr ein solches Wissen vielleicht nicht zutrauen. Hatte er eben tatsächlich »hübsches Köpfchen« gesagt?

»Ich danke Ihnen für das Kompliment, Rachid. Aber nicht nur ein hübsches Köpfchen, auch ein helles Köpfchen. Ich habe mein Wissen gestern Abend dank Wikipedia noch ein wenig aufgemöbelt.« Sie lachte fröhlich.

»In zweihundert Metern rechts abbiegen, in die Zielstraße.« Die Stimme aus dem Navigationsgerät ließ den beiden keine Zeit mehr, sich über die Geschichte Avignons auszutauschen oder sich über das Gedanken zu machen, was der andere wohl gemeint haben mochte. Sie hatten die Tiefgarage direkt am Papstpalast erreicht. Von hier waren es keine fünf Minuten bis zum Haus der Sängerin in der Rue Sainte-Catherine. Allerdings hatten sie noch Zeit, waren mehr als eine halbe Stunde zu früh für ihren Besuch bei der Diva.

Obwohl es außerhalb der Ferienzeit war, wimmelte es vor dem Papstpalast von Touristen, die staunend vor dem prächtigen Baukomplex standen, der zwischen 1335 und 1430 errichtet worden war. Der Palais-vieux, der alte vierflügelige Palast mit seinem markanten viereckigen Turm, erinnerte ebenso wie die in den folgenden Jahrzehnten im Süden und Westen hinzugefügten Teile des Palais-neuf eher an eine Burg mit uneinnehmbaren Mauern, Schießscharten, Pechnasen und einem Wehrgang als an einen Palast, in dem die Päpste dem Luxusleben frönten.

Vor den Restaurants und Bars waren die Tische immer noch gut besetzt, und die Stimmen, die Mathilde und Rachid zu Ohren kamen, gehörten zu Touristen aus aller Welt. Mathildes Blick fiel auf die Schiefertafel vor einem Lokal, auf der in schwungvoller Handschrift auf den Mittagstisch hingewiesen wurde. Sie verspürte plötzlich einen Bärenhunger und schaute auf ihre Uhr. Es war kaum zu erwarten, dass Marta Torres sie früher empfangen würde. Also genügend Zeit für einen kleinen Imbiss. Sie zupfte Rachid am Ärmel seiner Jacke.

»Rachid, wir haben noch Zeit, eine Kleinigkeit zu essen. Ich habe heute nicht mal gefrühstückt.« Sie zeigte auf die Tafel. »Hier gibt es eine *Crespeou*. Ich kann mich nicht erinnern, wann ich die zum letzten Mal gegessen habe. Mmh, mir läuft das Wasser im Mund zusammen. Schnell, da wird ein Tisch frei.«

Noch ehe Rachid etwas entgegnen konnte, zog ihn Mathilde bereits zu dem frei gewordenen Tisch. Sehr zum Leidwesen einer asiatischen Familie, die ebenfalls auf die Plätze zugesteuert war.

»Und was ist diese *Crespeou?* Den Namen habe ich schon gehört, aber gegessen …?«

In diesem Moment kam der Kellner und nahm die Bestellung auf.

»Zweimal *Crespeou, s'il vous plaît.* Was ist drin? Tapenade?«

»Natürlich. Und zwar hausgemacht. Was möchten Sie dazu trinken?«

Mathilde und Rachid bestellten dazu einen heißen Tee, als sie einsehen mussten, dass es doch kühler war, als die Sonnenstrahlen, die zwischen den durchziehenden Wolken aufblitzten, versprachen.

Mathilde rollte ihr Besteck aus der Papierserviette. »Zur *Crespeou*. Es sind geschichtete Rühreifladen mit Gemüse dazwischen. Alles schön zusammengepresst, mit einer kräftigen Tapenade als Würze. Dann wird sie kalt aufgeschnitten wie ein Kuchen. Lassen Sie sich überraschen.«

Das Essen stand fünf Minuten später auf dem Tisch, und Mathilde und Rachid langten kräftig zu. Eine Füllung aus Spinat, schwarzen Oliven und Tomaten zwischen den Eierkuchenfladen, dazu der würzige Geschmack der Olivenpaste – ein Genuss.

»Köstlich. *Crespeou* ist übrigens das okzitanische Wort für Crêpe. Ich muss Odile unbedingt sagen, dass es wenigstens einmal im Monat auf ihren Speiseplan kommt. Dann werde ich mir ein ordentliches Stück einpacken lassen, und Odile meckert nicht mehr über meine Ernährungsweise.« Mathilde tupfte sich die Lippen ab und trank ihren letzten Schluck Tee. »Es ist schon faszinierend, wie jede Region, ja jede Stadt ihre kulinarischen Besonderheiten hat. Da die *Tielles* aus Sète und hier die *Crespeou* aus Avignon.«

»Oder die *Calissons* aus Aix und das *Cassoulet* aus Castelnaudary«, ergänzte Rachid und schob sich den letzten Bissen in den Mund. »Wir haben noch Zeit für einen Kaffee. Wollen wir?«

Mathilde nickte, winkte dem Kellner, der die beiden *café noir* zügig an den Tisch brachte.

»Kennen Sie die Legende, wie die berühmte *Pont d'Avignon* entstanden ist, oder sind Ihnen die japanischen Sagen geläufiger?«

Rachid lachte. »Nein und nein. Ich kenne die Legende nicht. Und das mit den Füchsen habe ich in einem Film gesehen. ›Träume‹ von Akira Kurosawa. Eine der Traumsequenzen handelte davon. Ich habe ihn neulich im *Sémaphore* geschaut.«

Manchmal war Mathilde einfach sprachlos. Sie hatte nicht die geringste Ahnung davon gehabt, dass Rachid überhaupt Kinogänger war und dann offenbar auch noch Programmkinos bevorzugte.

»Nun, wenn Sie sich beeilen, können Sie mir noch von der Legende erzählen. Aber dann müssen wir los.«

»Es dauert eine Zigarette.« Mathilde kramte Zigarettenschachtel und Feuerzeug aus ihrer Handtasche. Nach dem ersten tiefen Zug gab sie die Geschichte zum Besten.

»Ein Hirtenjunge namens Bénézet kam vor, nun, ich weiß nicht, aber vor vielen Hundert Jahren aus den Bergen der Ardèche hierher. Gott habe ihn geschickt, um eine Brücke zu bauen. Die Leute aus Avignon hielten ihn allerdings für einen Spinner. Der Bischof hat ihn dann aufgefordert, einen schweren Stein aufzuheben, den er eigentlich gar nicht packen konnte. Doch der Junge hob ihn auf, warf ihn ins Wasser, und, *voilà*, der erste Stein für das Fundament der Brücke war gelegt. Eine nette Geschichte, nicht wahr? Und sie sagt uns, der Glaube kann Berge versetzen. Wer weiß, vielleicht ist das bei den Lichttemplern dasselbe. Wenn sie wirklich an die Wiederkehr glauben, passiert sie ja tatsächlich.« Mathilde drückte ihre Zigarette im Aschenbecher aus.

Sie machten sich auf den Weg in die Rue Sainte-Catherine. Gegenüber dem *Théâtre du Chêne Noir* stand das elegante dreigeschossige Wohnhaus der Sängerin, das sie zusammen mit einer Gesellschaftsdame und einer Köchin bewohnte.

Rachid zog seine Sonnenbrille von der Nase und steckte sie in die Brusttasche seines Sakkos. »Ich bin gespannt, an welche Stelle unseres Puzzles die Torres passt. Viel wissen wir ja nicht über sie. Vielleicht stellt sich am Ende einfach heraus, dass sie nur deswegen so viele Konzerte dort gibt, weil sie fürstlich dafür entlohnt wird. Singen des schnöden Mammons wegen.«

»Das wäre natürlich eine Möglichkeit. Doch hat die Torres das nötig? Sie ist weltweit unterwegs zu Gagen, von denen wir nur träumen können. Mein Bauchgefühl sagt mir, sie ist dem Orden auf eine andere Art verbunden. Weibliche Intuition, Rachid. Da können Sie leider nicht mithalten. Aber der schnöde Mammon fließt reichlich in das Portemonnaie von Madame Torres. Das Haus ist schon etwas Besonderes. Feudal und frisch renoviert.«

Mathilde sah an dem weiß verputzten Haus aus dem 17. Jahrhundert empor.

»Kein Name auf dem Schild.« Rachid zeigte auf die blank polierte Messingplatte, in die der Klingelknopf und die Zahlentastatur zum Türöffnen für die Bewohner eingelassen waren. Er drückte auf den Knopf. Aus der Lautsprecheranlage ertönte eine wohlklingende Stimme. »Ja, einen Moment bitte. Wenn Sie Ihre Ausweise an die Kamera halten würden.«

Rachid und Mathilde taten wie ihnen geheißen. Ein Summen, und die Tür öffnete sich. Die Hausdame, eine Frau in den Fünfzigern in einem eleganten Mantelkleid und mit hochgestecktem braunem Haar, empfing sie. Mathilde stockte der Atem. Wenn all diese Gemälde in der großzügigen Eingangshalle echt waren, dann hing dort ein Vermögen. Auf Anhieb erkannte sie einen van Gogh und ein Seerosenbild von Claude Monet.

»Madame Torres erwartet Sie. Darf ich Ihnen einen Kaffee oder Tee bringen? Madame bevorzugt zu dieser Stunde einen Salbeitee.«

»Danke, für mich bitte ebenfalls einen Tee.« Salbeitee, wahrscheinlich gut für die Stimmbänder, ging es Mathilde durch den Kopf.

»Und für mich bitte ein Glas Wasser.«

Die Hausdame nickte und ging zu einer doppelflügeligen Tür, die sie mit großer Geste öffnete.

»Madame, Commandant Bouraada, Madame le Juge de Boncourt.« Es fehlte nur noch ein Zeremonienstab, mit dem sie auf den Boden klopfte, um die Gäste anzukündigen. Marta Torres-Sarmiento saß lässig zurückgelehnt auf einer Récamiere und behielt ihre Position auch bei, als Mathilde und Rachid zur Begrüßung auf sie zukamen. Sie empfing, man näherte sich ihr und nicht umgekehrt.

»Bitte, nehmen Sie doch Platz. Was kann ich für Sie tun?«

Die Tür öffnete sich, und die Hausdame brachte ein Tablett mit zwei Tassen und einer Teekanne aus feinstem chinesischem Porzellan. Dazu ein Kristallglas mit Wasser. Sie stellte es auf einen

Tisch mit zierlichen Beinen, goss Tee in die Tassen, reichte eine Marta Torres und wandte sich zum Gehen.

»Roberta, nehmen Sie bitte Fifinette mit und gehen ein wenig mit ihr Gassi.«

Roberta nickte stumm, ging zu einer winzigen Récamiere, in der gemütlich ein kleiner wuscheliger Hund lag, der sich nicht im Mindesten von den Besuchern stören ließ. Sie packte ihn unter den Arm, der Hund gähnte, und die beiden verschwanden.

Mathilde grinste innerlich. Das kleine Sofa sah genauso aus wie das große, auf dem sich die Sängerin rekelte. Hier waren wirklich sämtliche Klischees, die zum Bild einer überkandidelten Diva beitrugen, erfüllt. Sogar das Gewand, das sie trug, hätte sich Mathilde nicht anders vorstellen können. Das weit fallende Kleidungsstück, das den massigen Körper umhüllte, war aus Seide und über und über mit bunten Vögeln und Blumen bestickt. Die roten Haare, ganz sicher gefärbt, waren bis auf ein paar elegant hervorgezupfte Strähnen unter einem Turban versteckt.

Marta Torres beobachtete Mathilde genau und brach dann urplötzlich in lautes Lachen aus, das vulgärer nicht hätte sein können. »Sie staunen, Madame le Juge. Nun, ich erfülle wirklich jedes Klischee, das denken Sie doch. Und Sie haben recht.« Theatralisch breitete sie die Arme aus. »Marta Torres-Sarmiento, geboren in einem winzigen Kaff in der Nähe von Barcelona, Mutter Putzfrau, Vater unbekannt. Hochgesungen in die Weltspitze. Das bin ich, und das ist mein Reich. Aber setzen Sie sich doch endlich.« Noch einmal lachte sie heiser.

Mathilde gefiel die Frau, die offenbar kein Blatt vor den Mund nahm, Rachid dagegen war sich nicht sicher, was er von ihr halten sollte. Die beiden setzten sich, Martha Torres hob einen Arm, drehte elegant die Hand mit ausgestrecktem Zeigefinger als Aufforderung, mit den Fragen zu beginnen.

»Madame Torres …«

»Nennen Sie mich Marta.«

»Marta. Wie Sie uns bereits am Telefon mitteilten, steht es für Sie außer Frage, dass Leonice Howard Selbstmord begangen hat.

Sie war unsterblich verliebt in Jourdain Cabasse, hat die Trennung nicht überwunden. Nun, wie wir gehört haben«, Mathilde machte eine kurze Pause und überlegte, wie sie ihre Worte am geschicktesten wählen sollte, »haben Sie einen Narren an Cabasse gefressen.« Sie hatte sich entschieden, nicht um den heißen Brei herum, sondern Klartext mit der Diva zu reden.

Marta Torres lächelte amüsiert. »So, einen Narren gefressen. Wer sagt das? Ja, vielleicht ist es ja so. Zwischen uns liegen fünfzehn Jahre Altersunterschied, aber was ist das heutzutage schon? Einen Narren gefressen, das gefällt mir. Ist es das, was Sie von mir wissen wollen? Eine Bestätigung?«

Rachid stellte sein Glas auf das Tablett, zog sein Notizbuch aus der Jackentasche und legte es daneben.

»Madame Torres«, er ignorierte, dass Mathilde die Sängerin bereits mit Marta angesprochen hatte, »wir ermitteln zurzeit in zwei Mordfällen. Der Journalist Luc Maille ist tot und ein Student namens Christian Flaubert. Beide sind auf die eine oder andere Weise mit dem *Ordre du Temple de la Lumière* verbunden. Maille war der Bruder von Leonice Howard, und Flaubert hat unter anderem auch für Ihre Konzerte die Lichtinstallationen gemacht.«

Marta Torres schlug sich die Hand vor den Mund. »Christian tot? Was ist geschehen?«

Rachid fasste das Wesentliche zusammen. »Flaubert hat auch die Auftritte des Lichtbringers inszeniert. Von dieser Figur ist immer wieder die Rede. Doch weder Docteur Salagou noch Jourdain Cabasse noch sonst jemand von den Bewohnern der Templerburg kennt angeblich die wahre Identität dieses Phantoms. Es taucht im Nebel auf, verschwindet wieder, erzählt von Wiedergeburt und dem ewigen Leben. Sie, Madame Torres, haben offenbar eine ganz besondere Beziehung zum Orden. In den wenigen Wochen, in denen Sie in Frankreich sind, wird es Ihnen nicht zu viel, Konzerte dort zu geben. Was ist für Sie so faszinierend? Es geht Ihnen sicherlich nicht um die Gage, das kann ich mir nicht vorstellen. Ist es wegen Cabasse? Oder gehören auch Sie zu den Anhängern des Lichtbringers? Wer ist diese Person? Madame

Torres, Sie sind auf der Bühne zu Hause, kennen den Unterschied zwischen Schein und Wirklichkeit.«

Mit einer Behändigkeit, die man ihr nicht zugetraut hätte, erhob sich die Sängerin von ihrer Récamiere und schritt zum Fenster, öffnete es einen Spalt. Ihre Stimme war nachdenklich, als sie antwortete.

»Ich bin ein wenig irritiert, Commandant. Und so ganz begreife ich immer noch nicht, was Sie eigentlich von mir wollen. Sie haben zwei Tote. Doch Ihnen fehlt jeder Hinweis darauf, warum sie ermordet worden sind. Beide hatten Verbindungen zum Orden, und Sie glauben, darin liegt der Grund für ihren Tod? Was hat der Lichtbringer damit zu tun?«

»Vielleicht wurden Maille und Flaubert für ihn gefährlich. Sie sind hinter seine wahre Identität gekommen, die nicht an die Öffentlichkeit dringen soll. Warum auch immer. Sind Sie ihm schon begegnet?«

»Wenn Sie wissen wollen, wer sich dahinter verbirgt, muss ich Sie enttäuschen. Dann hätte ich, wenn Sie recht haben, wohl auch nicht mehr lange zu leben«, fügte Marta Torres trocken hinzu. »Nein, ich weiß nicht, wer dahintersteckt. Ob Mann, ob Frau, die Figur ist geschickt kaschiert. Wie bei mir.« Sie zupfte an ihrem Gewand, um zu zeigen, wie weit es geschnitten war. »Die Stimme ist verzerrt. Und durch die Lichtinstallationen sind alle, die ihn sehen, wie geblendet. Ja, ich habe ihn zweimal erlebt. Sein ganzer Auftritt ist die reinste Theaterinszenierung. Sehr geschickt ist alles ausgeleuchtet, Christian sparte nicht mit beeindruckenden Effekten. Ich erinnere mich an ein Schwert, das durch die Luft schwebte, bis in die Hand des Lichtbringers. Es kam aus dem Nichts, so sah es zumindest aus. Die Erquickungsabende werden sehr kurzfristig anberaumt. Alle versammeln sich feierlich in der alten Kirche und lauschen den Worten über das Leben nach dem Tod, der Tod als Illusion, da der Geist immer wieder in neuer Gestalt zur Erde zurückkehrt. Und es tut doch niemandem weh, daran zu glauben, nicht wahr? Ein wenig Sphärenmusik hier, ein wenig Nebel da, große Worte, große Gesten, und alle gehen beglückt ins Bett, in der Gewissheit, auch wenn sie nicht mehr aufwachen sollten, kehren sie dereinst wieder.« Sie zuckte mit den Schultern. »Nun, ich kann Ihnen nicht weiterhelfen. Ich wüsste auch nicht, welches Geheimnis den Lichtbringer umgeben könnte, wofür es zu morden lohnt. Für mich ist es eine Gestalt wie aus einem Comic. Er fliegt wie Supermann ein, macht sein Ding und verschwindet wieder.«

Mathilde schmunzelte bei dieser Vorstellung und leerte ihre Tasse. Rachid schlug sein Notizbuch zu. Hier kamen sie nicht weiter. Entweder die Diva wusste es wirklich nicht, oder sie zog es einfach vor, darüber zu schweigen. Noch immer stand Marta Torres am Fenster. Mathildes Blick fiel auf ein Foto an der Wand. Eine Frau mit hochgestecktem dunklem Haar in einer weißen langen Robe. Um ihre Schultern war ein roter Schal drapiert, der bis auf den Boden fiel. In einer anmutigen Geste hielt die Frau ihre Hände wie bittend empor, den Kopf demütig geneigt.

»Haben Sie sie live erlebt?«

Marta Torres wandte sich dem Foto zu. »Nein, es war mir nicht vergönnt. Ich war noch ein junges Mädchen, als die große Maria Callas, die Diva assoluta, starb. Das Foto habe ich auf einem Flohmarkt entdeckt. Sehen Sie, da unten ist ganz klein eine Widmung. Für M. Maria Callas. Ich weiß nicht, welche oder welcher M. Aber ich bilde mir ein, es heißt: Für Marta.« Sie lächelte wehmütig. »Eine wunderbare Sängerin, eine tragische Gestalt. Das Foto ist eine Szenenaufnahme aus der *Medea*. Wenn man sie hört, stellt man sich unweigerlich die Frage, ob es nicht gescheiter wäre, die eigene Karriere an den Nagel zu hängen. Die Stimme, mit der sie in ihren Glanzzeiten das Publikum zum Jubeln brachte, wird wohl von niemandem erreicht werden. Ich habe kurz überlegt, ob ich mir die Hologramm-Tour anschaue. Wenn ich sie schon nicht live erleben konnte. Aber ich bringe es nicht übers Herz. Es kommt mir falsch und verlogen vor.«

»Die Hologramm-Tour?«

»Ja. Genau so, wie Sie die Callas auf diesem Foto sehen, erscheint sie auf der Bühne und singt. Eigentlich verrückt, nicht wahr? Da sind mir alte Fernsehaufnahmen lieber. Ich besitze sogar ein Video von ihr, das jemand während eines Konzerts verbotenerweise gemacht hat. Aus solchen Aufnahmen speist sich letztendlich diese Hologramm-Tour.« Marta Torres seufzte theatralisch. »So möchte ich nicht auf die Bühne zurückkehren. Ich möchte den Applaus meines Publikums mit eigenen Ohren hören, die Begeisterung in den Gesichtern sehen, die Hingabe, mit der mir die Menschen lauschen, auch spüren.« Ergriffen von ihren eigenen Worten, traten der Sängerin Tränen in die Augen. Sie wischte sie mit dem Ärmel ihres Gewandes weg. »*Et bien.* Wenn wir dann unser Gespräch beendet haben … Meine Proben …«

Mathilde und Rachid erhoben sich.

»Danke, dass Sie uns empfangen haben, Madame Torres. Nur eine Frage haben Sie uns nicht beantwortet. Was zieht Sie immer wieder zum Orden? Es können nicht diese kleinen Konzerte sein. Ist es Cabasse?«

Die Sängerin schaute Rachid tief in die Augen, lachte dann ihr heiseres, kehliges Lachen. Die Sekunden der eigenen Rührung waren weggewischt. »Es ist dasselbe, was die meisten, die dort leben, umtreibt. Es ist schlicht und ergreifend die Angst vor dem Tod. Das heißt die Angst, dass mit dem Tod wirklich alles vorbei ist. Ich vergewissere mich in regelmäßigen Abständen immer wieder, dass es mit dem letzten Atemzug, mit dem letzten Klopfen des Herzens noch nicht zu Ende ist. Und dann möchte ich mit Kleidergröße sechsunddreißig und einer Stimme, die die Callas vor Neid erblassen lässt, wiederkehren. Nicht mehr und nicht weniger.«

*

»Eine faszinierende Frau, finden Sie nicht auch, Rachid?« Mathilde drehte am Knopf des Autoradios. »Wo ist denn nur *Radio classique*, mir ist jetzt ein wenig nach klassischer Musik. Ah, das hört sich doch gut an.« Eine tiefe Bassstimme füllte das Innere des Autos in kürzester Zeit aus. Weder Mathilde noch Rachid wussten, wer dort was sang.

»Ich glaube, Ihr Handy meldet sich. Zumindest funkt die Marseillaise Ihrem Sänger gerade dazwischen.«

Mathildes Klingelton war unüberhörbar. Ein Ausschnitt aus der französischen Nationalhymne, schräg und doch erkennbar, wie auf dem Kamm geblasen. Sie fummelte ihr Handy aus der Handtasche.

»Ja, Odile, was gibt's?« Sie drehte das Radio leise.

Rachid sah zu Mathilde. Der Ärger – oder war es Schrecken? – stand ihr ins Gesicht geschrieben. Sie hörte noch eine Minute zu und beendete dann das Gespräch.

»Ich glaube das jetzt nicht! Stellen Sie sich vor, Rachid. Vivienne ist mit Sack und Pack und einem sich mit Händen und Füßen wehrenden Sébastien in ein Taxi gestiegen, um die nächsten Wochen in der Burg der Lichttempler zu verbringen.«

Kapitel 41

Coco Mollard schloss die Haustür auf, entledigte sich ihrer Schuhe, schleuderte sie in die Ecke, ihre Jacke landete auf der untersten Treppenstufe. Christian war tot. Totgeschlagen. Ins Wasser geworfen.

Es wäre schon ein großer Zufall, wenn dieser Mord nicht in Zusammenhang mit dem tödlichen Unfall von Maille stehen würde. Der gemeinsame Nenner ist offensichtlich der Orden.

Die Worte von Lieutenant Tourrain gingen ihr nicht aus dem Kopf. Dieser verdammte Orden, diese merkwürdigen Lichttempler. Den ganzen Sonntag hatte sie sich in ihr Zimmer zurückgezogen, ihrer Mutter gegenüber eine drohende Erkältung vorgeschützt und gegrübelt. Was genau hatte Christian mit ihnen zu tun, was genau hatte er dort gemacht? Lichtinstallationen. Glühbirnen ausgewechselt? Wohl kaum. Okay, die Konzerte, Lesungen, Ausstellungen. Sie alle mussten im wahrsten Sinne des Wortes ins rechte Licht gerückt werden. Doch war Christian für so was nicht ein wenig überqualifiziert? Schließlich war er ein angehender Physiker, schrieb an seiner Doktorarbeit über ein Thema, mit dem sie überhaupt nichts anfangen konnte. Coco hatte nichts von dem verstanden, was Chris ihr irgendwann versucht hatte zu erklären. Erst nachdem er als Beispiel den Hologrammauftritt des Politikers Mélenchon nannte, konnte sie sich zumindest in groben Zügen vorstellen, mit was ihr Freund sich in seiner Dissertation beschäftigte.

»Ein Milliardengeschäft ist das, Coco. Die Macher solcher Hologrammveranstaltungen verdienen einen riesigen Haufen Kohle damit, Avatare auf die Bühne zu bringen. Lebendige und Tote. Und das Geschäft mit den Toten ist noch viel größer«, hatte er gesagt.

»Maman, ich bin zu Hause.«

Coco hatte ihrer Mutter nie etwas von ihrer Beziehung mit Christian erzählt. Sie war sich ja selbst nicht sicher gewesen, ob sie eine gemeinsame Zukunft haben könnten.

Schlurfende Schritte waren zu hören, die Küchentür öffnete sich, und Cocos Mutter schob sich mithilfe ihres Rollators in den Flur. »Schau, wie gut das klappt.« Wackelig bewegte sie sich auf ihre Tochter zu.

»Maman, du solltest doch warten, bis ich da bin. Was ist, wenn du stürzt? Du kommst nicht mehr alleine hoch. Wir sollten das zusammen trainieren. Aber du hast recht, du kommst schon sehr schön voran«, fügte sie hinzu, als sie sah, wie der hoffnungsfrohe Blick ihrer Mutter sich bei ihren Worten verdüsterte.

»Nein. Es stimmt ja. Aber ich habe immer mein Handy bei mir und kann dich anrufen, wenn was passiert. Na komm, wir wandern langsam in die Küche, und du erzählst mir, was es Neues da draußen in der Welt gibt. Ich habe gehört, Marc Corion ist mal wieder auf Abwegen. Ich hatte in der Apotheke angerufen wegen meiner Tabletten. Du kannst sie mir morgen mitbringen. Und deine Erkältung? Geht es dir ein wenig besser, *ma puce?*«

Coco wurde rot. *Ma puce.* So nannte ihre Mutter sie, wenn sie sich sorgte. Sie nickte und half ihr, sich vorsichtig auf einen Küchenstuhl zu setzen.

»War wohl doch ein bisschen viel für mich. Machst du uns einen Kaffee?«

Während Coco die Kaffeemaschine in Gang setzte, fragte sie beiläufig: »Maman, du hast doch mal erwähnt, dass eine Cousine von Papa in einer der Seniorenwohnungen der Lichttempler lebt. Warum habt ihr keinen Kontakt?«

»Du meinst Catherine. Nun, sie ist dort erst eingezogen, als dein Vater bereits tot war. Das muss jetzt etwa vier Jahre her sein. Sie ist auch keine direkte Cousine, sondern eine Verwandte um zig Ecken. Wir haben uns zwei-, dreimal getroffen, natürlich bevor dieses verdammte Parkinson mich ans Haus gefesselt hat. Wir haben uns allerdings nie viel zu sagen gehabt. Ich habe von deinem verstorbenen Vater erzählt, sie von ihrer toten Schwester. Ich glaube, irgendwann konnten wir beide es nicht mehr hören, nur Monologe über unsere Verluste. Da haben wir es sein lassen. Eigentlich schade. Vielleicht hätten wir uns mehr Zeit geben sollen. Catherine ist, wenn ich mal nicht mehr bin, deine einzige Verwandte in der Nähe.«

Coco umarmte ihre Mutter. »Maman, sag doch so was nicht.« Plötzlich brach sie in Tränen aus. Christian tot, ihre Mutter, die so tapfer dem Schicksal trotzte, unheilbar krank. Die Tränen strömten über ihr Gesicht, und nur langsam beruhigte sie sich wieder.

»Kind, das wollte ich nicht. Noch bin ich ja da.«

»Ist schon gut, Maman. Ich glaube, ich werde Catherine einfach mal besuchen. Gibt es irgendwas, was ich ihr dann von dir erzählen oder ausrichten soll? Und über was kann ich mich mit ihr am besten unterhalten? Mag sie Tiere, Pflanzen, Reisen?«

»O ja, Reisen ist sicherlich ein gutes Thema. Catherine ist in der ganzen Welt herumgekommen. Vor allem die asiatischen und afrikanischen Länder haben es ihr angetan. Catherines Zwillingsschwester hat in Vietnam, Laos und ich weiß nicht wo große Hotels geleitet, und wann immer sie konnte, hat Catherine sie besucht. Es war ein schlimmer Schlag für sie, als Alice vor ein paar Jahren starb. Ich glaube, das war auch ein Grund, warum sie sich in diese Templerburg zurückgezogen hat. Man lebt ja dort fast wie in einem Kloster. Ja, das ist doch eine gute Idee, sie zu besuchen. Du grüßt sie von mir, und wenn sie Lust hat, freue ich mich über einen Besuch.«

*

Mit einer Kanne Tee, ein paar Scheiben Baguette mit Salami und Käse und der Fernbedienung für den Fernseher brachte Coco ihre Mutter zu Bett. »Warte nicht auf mich. Schlaf schön ein. Hier liegen deine Tabletten. Kann ich sonst noch was machen? Und pass gut auf dich auf, wenn du zum Klo musst. Hörst du, Maman? Heute keine weiten Ausflüge mehr mit dem Rollator.« Sie verabschiedete sich mit drei Küsschen, verließ das Haus, schwang sich auf ihr Fahrrad und fuhr zur Templerburg.

Der gemeinsame Nenner ist offensichtlich der Orden.

Coco schob ihr Rad durch die Fußgängerpforte und lehnte es an einen üppig wuchernden Oleanderbusch. Das Vehikel war uralt, hatte keinen Diebstahlschutz. Doch wer sollte das olle Ding hier auch stehlen? Das Kassenhäuschen war geschlossen. Coco kannte die alte Templerkomturei von ihren Konzertbesuchen. Sie musste ihrer Mutter recht geben. Die Anlage hatte wirklich etwas von einem Kloster. Alles strahlte Ruhe und Zufriedenheit aus. Die kleine Kirche, der alte Friedhof, der große Palas, die riesige alte Scheune und das Pilgerhaus, hinter deren Mauern die Zimmer und kleinen Appartements der Bewohner und Gäste lagen. Wie die Zellen eines Klosters, nur komfortabler. Und als Oberhaupt Jourdain Cabasse, der dies alles leitete wie ein Abt seine Abtei. Mönche und Nonnen, die ihm direkt unterstanden, Laienbrüder und Laienschwestern, die den Orden vor allem finanziell und mit ihrer Arbeit unterstützten.

Suchend schaute sich Coco auf dem gepflegten kiesbestreuten Hof um. Keine Menschenseele war zu sehen. Wo fragte man wohl am besten nach, in welcher der Wohnungen die Cousine ihres Vaters wohnte? Sie ging zum Palas, in dem die Ordensanhänger lebten. Unschlüssig stand sie vor dem gewaltigen Holzportal. Keine Klingel, kein Türklopfer. Ob sie einfach so eintreten durfte? Noch bevor sie eine Entscheidung treffen konnte, ging die Tür plötzlich auf. Coco sprang erschrocken zur Seite.

»Ah, Mademoiselle Mollard. Haben Sie auch einen Termin mit dem Meister? Ich muss Sie warnen, er hat keine gute Laune.«

»Sie ja wohl auch nicht, Maire Fricon«, wollte Coco entgegnen, als sie die sichtlich genervte Miene des Bürgermeisters bemerkte. Was wollte der denn hier? Doch sie hielt die Klappe.

»In neun Tagen ist unsere *Fête des Châtaignes*. Und wir haben immer noch keine Zusage, ob die Torres sich die Ehre gibt. Dieses divenhafte Getue kann sehr, sehr anstrengend sein, nicht wahr?«

Wen meinte Fricon denn jetzt? Die Sängerin oder Cabasse?

»Kann ich einfach so hier rein? Ich habe keine Klingel entdeckt.« Coco Mollard ging erst gar nicht auf Fricons Gerede ein.

Auch er war ungenießbar, wenn ihm eine Laus über die Leber gelaufen war.

»Ja, gehen Sie nur. Sie kommen an eine Zwischentür, und dort können Sie dann klingeln. Wollen Sie jemanden besuchen? Oder sind Sie etwa dienstlich hier?«

Fricons nörgelnder Ton war einer strengen Autorität in der Stimme gewichen. Schließlich war er der direkte Vorgesetzte seiner beiden Mitarbeiter der Police municipale.

»Nein. Ich habe frei und besuche die Cousine meines Vaters. Sie lebt seit ein paar Jahren hier.«

»Das ist mir neu. Wer ist diese Cousine? Meine Pflicht als Bürgermeister ist es, alle Neubürger von Montauban willkommen zu heißen. Und die alten Bewohner an ihren Geburtstagen zu besuchen. Nicht, dass mir Ihre Tante – ist sie Ihre Tante? –, wie soll ich sagen, durch die Lappen gegangen ist.« Fricon schaute sich suchend um.

Coco rollte mit den Augen, als der Bürgermeister sich abwandte und prüfend, wahrscheinlich besaß er einen Röntgenblick, auf die hinter den Scheunenmauern liegenden Appartements der Bewohner sah.

»Catherine Regnier. Ich glaube kaum, dass sie Ihnen entgangen ist. Sie lebt bereits fast vier Jahre hier. Da müssen Sie ihr zwangsläufig schon mal begegnet sein.«

Coco hielt den Atem an. Eigentlich ganz schön frech, was sie da von sich gab. Doch Fricon lachte gutmütig.

»Nein, sie ist mir nicht entgangen. Natürlich kenne ich Madame Regnier. Mir war nur nicht klar, dass Sie verwandt sind, aber woher auch? Ach, bevor ich's vergesse: Ich komme morgen in Ihrer Dienststelle vorbei. Dédé muss eine Umleitung während der Festtage planen und einrichten. Wir verlängern kurzfristig die Standplätze um hundert Meter über den Markt hinaus. Das betrifft die Zufahrtsstraße von der Schule aus. Samstag und Sonntag dürfte dies kein Problem sein, aber an den Wochentagen. Überlegen Sie schon mal, ob wir über die Rue Saint-Maure umleiten oder besser die Rue des Tourelles nehmen. Und grüßen Sie

Ihre Tante von mir. *À bientôt,* Mademoiselle Mollard. Und bitte auch liebe Grüße an Ihre Mutter. Ich vergaß ganz, mich zu erkundigen, wie es ihr geht.«

Das ist dir ja gerade noch eingefallen, dachte Coco bei sich. Schließlich würde ihre Mutter im nächsten Jahr fünfundsechzig und fieberte jetzt schon dem Besuch und den Glückwünschen Fricons entgegen.

»Danke, geht so. Sie hat mal gute, mal schlechte Tage. Aber wir machen das Beste draus. Und ich sag Dédé Bescheid. *Au revoir,* Monsieur le Maire.«

Fricon hob die Hand zum Abschiedsgruß, und Coco schob die schwere Tür auf. Hinter einer Glastür konnte sie einen breiten Flur mit großen ausgetretenen Steinplatten auf dem Boden und buckeligem Wandmauerwerk erkennen. Rechts davon der Klingelknopf, in den Coco ihren Finger bohrte. Eine junge Frau in einem blauen Ordensgewand erschien. Sie kannte sie vom Sehen.

»Coralie, *bonjour.* Was wollen Sie denn hier? Hoffentlich nichts Dienstliches.«

Was hatten nur alle? Nur weil sie bei der Polizei war, musste doch nicht jeder Besuch gleich dienstlich sein. Außerdem trug sie auch keine Uniform.

»Entschuldigen Sie, aber das ist die menschliche Natur. Wenn ein Ordnungshüter erscheint, fragt man sich unweigerlich, ob es sich um eine polizeiliche Angelegenheit handelt. Aber Sie kommen ja in Zivil. Also, was kann ich für Sie tun?« Die junge Frau lächelte versöhnlich, als sie sah, wie sich Cocos Miene verdunkelt hatte.

»Meiner Mutter geht es gesundheitlich nicht so gut …«

Sie unterbrach Coco: »Oh, das tut mir leid. Wenn wir irgendetwas für sie tun können …«

»Nein, ihretwegen bin ich nicht hier. Die Cousine meines Vaters lebt bei Ihnen. Catherine Regnier. Ich wollte sie einfach mal besuchen, ihr ein wenig von Maman berichten, sie einladen, bei uns einmal vorbeizuschauen.«

»Wie wunderbar. Stimmt, Ihre Mutter war früher das eine oder andere Mal hier. Nun, jetzt erklärt sich auch, warum Catherine keinen Besuch mehr von ihr erhalten hat. Umso schöner, dass Sie nun da sind. Ich werde es Jourdain erzählen. Er wird sich sehr darüber freuen, dass Sie Catherine heute ein wenig Ihrer Zeit schenken.« Coco wurde rot. »Ich bitte Sie, Coralie. Das ist doch nicht schlimm. Catherine hat hier einen großen Freundeskreis, ihr fehlt es in jeder Hinsicht an nichts. Sie wohnt in dem großen Gebäude, wenn Sie nach draußen kommen, rechts. Die ehemalige Scheune. Appartement 18. Die Namen der Bewohner finden Sie auf dem Klingelschild. Grüßen Sie Catherine von mir, und sagen Sie ihr, wir würden uns freuen, wenn sie mal wieder mit uns zusammen isst. Sie weiß ja, einfach Bescheid sagen, und der Tisch wird für sie gedeckt. *Salut*, Coralie.«

Coco hatte kurz das Gefühl, als wolle die Frau sie zum Abschied umarmen. Doch sie nickte ihr dann nur lächelnd zu, schloss die Glastür hinter sich und ging zu einer Treppe, die am Ende des Flurs offenbar in die Obergeschosse führte. Coco spazierte zur Scheune. Weiterhin keine Menschenseele auf dem großen Hof. Appartement 18. Catherine Regnier. Sie klingelte, und eine Stimme ertönte durch die Gegensprechanlage. »Ja, bitte?«

»Ich bin's. Coralie Mollard. Coco, die Tochter von Frédéric. Ich wollte dich besuchen.«

Mit so viel Fröhlichkeit in der Stimme Catherines hatte Coco nicht gerechnet. »Oh, das ist ja eine Überraschung. Ich freue mich. Warte, ich öffne sofort. Appartement 18, in der ersten Etage.«

Die Stimme verstummte, der Türöffner summte, und Coco trat ein. Eine Mischung aus altehrwürdig und modern empfing sie in der großzügigen Eingangshalle. Alte Terrakottafliesen auf dem Boden, die Wände wie im Palas buckelig und getüncht. An ihnen waren Messingleuchter angebracht, in denen allerdings LED-Kerzen steckten. Ultramoderne Zapfenlampen hingen von der Decke. Gegensätzlicher hätten die Beleuchtungskörper nicht ausfallen können. Coco stieg die Treppe ins erste Obergeschoss. Mit weit ausgebreiteten Armen stand sie da, Catherine, die Cousine ihres Vaters.

»Kind, wie schön, dich zu sehen. Ich habe so viel an euch gedacht. Ihr seid doch meine einzigen Verwandten hier. Und ich habe so ein schlechtes Gewissen. Melde mich überhaupt nicht bei euch. Herein, herein. Erzähl mir, wie geht es euch?«

Catherine umarmte Coco herzlich, drückte ihr einige Küsschen auf die Wangen und zog sie in ihre vier Wände.

»Gut, das heißt nicht so gut. Maman ist erkrankt und würde sich sehr über einen Besuch von dir freuen.« Da fiel sie ja ganz schön mit der Tür ins Haus. Doch Catherine lachte nur.

»Wie lieb von euch, mich einzuladen. Morgen könnte ich, nein übermorgen, ich freue mich so.« Eine Träne stahl sich aus ihrem Auge. »Weißt du, seit dem Tod von Alice bin ich nur noch ein halber Mensch. Im wahrsten Sinne des Wortes. Ich konnte und wollte niemanden sehen. Deswegen habe ich mich hierher zurückgezogen. Ich glaube, deine Maman hat sich sehr über mich gewundert. Sie hat mich aus meiner Trauer herausreißen wollen, hat von deinem Vater erzählt. Aber wir haben nur noch über Tote geredet. Ich befürchte, ich habe sie regelrecht vergrault. Doch nun bist du da, meine Kleine. Wie wunderbar.« Catherine klatschte vor Freude in die Hände. »Jetzt setz dich, setz dich doch, Coco. Was möchtest du trinken. Kaffee? Tee? Einen kleinen Aperitif? Aber ja doch, einen *Rinquinquin*? Diesen Pfirsichlikör musst du kosten.«

Coco ließ sich zu einem Sessel mit geblümtem Polster führen, Catherine schob sie sanft hinein. Widerstand war zwecklos. »Ja, gerne einen *Rinquinquin*.« Wie sollte sie bei dieser Wortgewalt zum Thema kommen? Alice! Alice, das war der Aufhänger. Allerdings sollte sie behutsam vorgehen.

Catherine schenkte ihnen zwei an kleine Biertulpen erinnernde Gläser bis an den Rand voll mit dem fruchtigen Getränk. Sie nippten daran, dann verschwand der Inhalt ihres Glases in atemberaubender Geschwindigkeit.

»Und nun erzähl, Coralie. Wie geht es euch?«

Coco berichtete von der Krankheit ihrer Mutter, von ihrem Job. Erkundigte sich bei Catherine, ob sie sich hier wohlfühle, Reisen plane. Was wie ein Small Talk begann, entwickelte sich bald zu einem lebhaften Gespräch.

Nach zwei Stunden wusste Coco, dass sie mit ihrem Besuch die richtige Idee gehabt hatte. Catherine war einfach nur glücklich über die neu gefestigte Beziehung zu ihrer Familie, und Coco war sich sicher, einiges über den Orden in Erfahrung bringen zu können. Und sie nahm sich vor, die Cousine ihres Vaters von nun an regelmäßig zu besuchen. Es war unglaublich, wie viele Länder sie bereist hatte, und überall standen und lagen Andenken an diese Aufenthalte in der kleinen Wohnung herum.

»Darf ich?« Coco zeigte auf eine geschnitzte Holzstatuette.

»Natürlich, das ist Mawu, die Mondgöttin der Dahomey. Ich habe sie während der letzten Reise mit Alice gekauft.«

Coco nahm die Statuette vorsichtig in die Hand. Wie leicht sie war. »Bist du gläubig oder religiös, Catherine? Du hast einige solcher Figuren.«

Es hatte nur des Stichwortes »gläubig« bedurft, und Catherine wurde zum sprudelnden Quell der Information über den Orden. Gespannt erfuhr Coco von dem innigen Glauben des Ordens an die Wiederkehr der Seele, an die Reinkarnationen durch die Jahrhunderte, von den Erquickungsstunden, während derer der Lichtbringer erschien. Mit einem Leuchten auf dem Gesicht erzählte Catherine, wie die Gestalt sozusagen aus dem Nichts auftauche und zu ihnen spreche. Licht, Nebel, Blitze begleiteten sein Erscheinen. Wenn der Lichtbringer wieder verschwunden war, sei sie erfüllt vom tiefen Glauben an ihre Wiedergeburt, alle Angst vor dem Tod sei verflogen. Ein unbeschreibliches Gefühl der Zufriedenheit bleibe zurück.

»Und wer ist das, dieser Lichtbringer?«

»Das, mein Kind, weiß niemand. Der Zauber würde brechen, wenn wir es erfahren.«

Ort des Geschehens sei die alte Templerkirche. Und man wisse nie genau, wann und ob überhaupt der Lichtbringer erscheine. Licht, Nebel, Blitze. Coco konnte sich denken, wer dafür verantwortlich gewesen war. Christian.

»Und sonst passiert nichts? Also, ich meine, man macht euch den Tod nicht direkt schmackhaft?«

»Schmackhaft? Was denkst du denn? Uns wird die Angst davor genommen, aber man macht ihn uns doch nicht schmackhaft.« Catherine schüttelte verblüfft den Kopf. »Wir alle lieben das Leben, genießen es so lange wie möglich, und das in vollen Zügen. Also, Coralie, was hast du nur für merkwürdige Ideen?«

»Glaubst du, auch Alice ist bereits wieder zurückgekehrt? Sie war deine Zwillingsschwester. Würdest du es spüren?« Coco wusste, hier sprach sie einen sehr wunden Punkt im Leben Catherines an. Doch es interessierte sie wirklich, wie tief Catherine im Glauben an die Wiederkehr verwurzelt war. Diese zögerte mit einer Antwort.

»Nun, ich weiß es ehrlich gesagt nicht. Manchmal habe ich das Gefühl, als wäre sie hier in diesem Raum, als säße sie mit mir zusammen unten auf einer Bank. Doch das ist einfach nur ein Gefühl. Weißt du, die Bindung zwischen Zwillingen ist sowieso ungeheuer stark. Wahrscheinlich sogar über den Tod hinaus. Doch bis jetzt hat sich Alice mir noch nicht in einer anderen Gestalt zu erkennen gegeben. Wenn sie glaubt, die Zeit dafür ist gekommen, wird sie es tun. Vorher nicht. Albert Einstein hat einmal formuliert: ›Realität ist eine Illusion, allerdings eine sehr hartnäckige.‹ Der Satz hat seine Berechtigung.« Coco verstand überhaupt nichts. Doch bevor sie fragen konnte, was Catherine damit meinte, fuhr diese fort: »Doch umgekehrt, also, die Illusion ist Realität, das ist absurdes Zeug. Absolut absurd.«

Coco wartete ab, was das nun wieder bedeuten sollte. Doch Catherine schloss die Augen und schwieg. Die Polizistin befürchtete bereits, die alte Frau sei in einen Tiefschlaf gefallen. Sie überlegte, ob sie sie ansprechen oder vielleicht einfach still die Wohnung verlassen sollte. Unruhig rutschte sie auf ihrem Sessel herum. Ob die Erinnerungen an Alice die alte Frau übermannt hatten? Sie griff nach ihrer Tasche und stand langsam auf.

»Nein, bleib noch, Coralie.« Catherine schaute sie mit großen, wachen Augen an. »Wie würdest du reagieren, wenn man dir verspräche, eine geliebte verstorbene Person wieder zurückzubringen? Ich meine jetzt nicht das, worüber wir eben gesprochen haben. Dass Geist und Seele wiederkehren, in einer anderen Gestalt, davon bin ich überzeugt. Ich rede davon, dass jemand genau als die Person wiederkehrt, als die sie gegangen ist, und zwar völlig unversehrt. Weder durch eine schlimme Krankheit, an der sie verstorben ist, ausgezehrt, noch von Verletzungen durch einen Autounfall verunstaltet.«

Coco durchzuckte es schmerzlich. Sie dachte an Christian. »Ich würde sagen, diejenigen, die mir so etwas versprechen, sind Lügner und Betrüger.«

»Genau das habe ich mir auch gesagt.«

*

Als Coco eine halbe Stunde später Catherines Appartement verließ, stand sie noch ganz unter dem Eindruck des eben Gehörten. Sie hatte sich noch nie mit dem Thema beschäftigt. Warum auch? Doch Catherine hatte so einiges über die Hologrammtechnik gelesen, die Tote wiederauferstehen ließ. Einfach absurd. Doch Auftritte von Michael Jackson oder Freddy Mercury bewiesen, dass es einen Markt dafür gab. Gut, wenn es den Leuten gefiel. Ihr Ding war es jedenfalls nicht. Doch mit Hinterbliebenen ein solches Schindluder zu treiben ging zu weit. Wahrscheinlich war es noch nicht mal strafbar. Die Inszenierung kostete einen Haufen Geld. Catherine hatte keine Ahnung, wen Cabasse sonst noch angesprochen hatte. Wahrscheinlich Personen, die wie sie ein besonders enges Verhältnis zu ihren Verstorbenen hatten. Sie hatte es einfach abgelehnt, Alice so wiederaufleben zu lassen. Und als sie den Mélenchon-Auftritt im Fernsehen gesehen hatte, war sie froh darüber. Damit war für Catherine die Sache erledigt gewesen. Nichts, was man an die große Glocke hängte.

Coco schüttelte sich. Sie war sich jetzt sicher, für den Hologrammzauber war Christian verantwortlich gewesen. Und er musste gewusst haben, wer die Idee zu dieser Leichenfledderei gehabt hatte und den Leuten damit das Geld aus der Tasche zog.

Und er hatte selbst wohl nicht schlecht daran verdient. Hatte sein schlechtes Gewissen ihn Kontakt zu Maille aufnehmen lassen? Mussten die beiden deswegen sterben?

Sie musste Lieutenant Tourrain informieren, was sie eben Unglaubliches von Catherine erfahren hatte. Coco drehte sich um. Catherine stand mit zu einem Abschiedsgruß erhobener Hand am Fenster. Sie winkte zurück, zog ihr Fahrrad aus dem Oleanderbusch, schob es nach draußen und radelte die ersten Meter los. Allerdings, wenn sie schon einmal hier war, sollte sie da nicht versuchen, sich Zutritt zur Kirche zu verschaffen? Einen Blick auf die Bühne werfen, auf der der Lichtbringer und Konsorten ihr Unwesen trieben? Jedoch sollte sie dabei so unauffällig wie möglich bleiben. Coco schaute sich um. Rechts der Komturei führte ein Weg in den angrenzenden Wald. Gefällte Baumstämme lagen am Rand, warteten darauf, abtransportiert und verarbeitet zu werden. Der Weg war als Wanderweg gekennzeichnet und führte von Montauban an der Komturei entlang bis Ganges. Coco verstaute ihr Rad hinter den Baumstämmen und kehrte die zweihundert Meter zu Fuß zur Burg zurück.

Vorsichtig spähte sie in den Hof. Keine Menschenseele zu sehen. Auch Catherine hatte sich vom Fenster zurückgezogen. Coco huschte zur Mauer, die den alten Friedhof umgab. Die Kirche aus grobem Bruchstein lag verschlafen in der Abenddämmerung. Coco ließ das Hauptportal links liegen. Es war ganz sicher verschlossen. Doch es gab eine weitere Tür. Dieser kaum mannshohe schmale Eingang führte in den hinteren Bereich der Kirche, unter dem die Krypta lag. Coco drückte die Klinke herunter. Nichts. Das war zu erwarten gewesen. Doch jede Tür besaß ein Schloss, das Coco würde knacken können. Im Laufe ihrer Ausbildung war sie auch mit den Einbruchswerkzeugen eines Diebes vertraut gemacht worden. Der Dietrich war immer noch ein Standardutensil. Und vielleicht durch eine stabile Haarklammer zu ersetzen. Sie fummelte in ihrer Tasche. Irgendwo mussten die Dinger doch sein. Sie hatte immer Haarklammern dabei.

»Coralie. Kann ich Ihnen helfen?«

Coco fuhr erschrocken herum. Sie hatte die Schritte, die sich ihr von der Rückseite der Kirche näherten, nicht gehört. Gerade noch mal Glück gehabt. Wenn sie jetzt mit der Klammer im Schloss herumgefuhrwerkt hätte. Wie peinlich, ein Gesetzeshüter beim Einbruchsversuch.

»Ähm, danke, nein. Oder ja. Catherine …«, Coco nickte in Richtung Speicher, »… hat mir so von der alten Templerkirche vorgeschwärmt. Man kann wohl keinen Blick hineinwerfen?«

»Eigentlich nicht. Aber Sie haben sie doch sicherlich schon mal von innen gesehen? Während eines Konzerts, einer Lesung?«

»Aber ja, natürlich. Doch Catherine meinte, es wäre ein ganz besonderes spirituelles Erlebnis, sie einmal ohne Besucher genießen zu können.«

»Na, wenn das so ist. Dann möchte ich Ihrer spirituellen Erfahrung nicht im Wege stehen.«

»Sie haben einen Schlüssel dabei?«

Schon drehte sich der schwere Schlüssel im Schloss. Es war gut geölt, kein Quietschen und kein Kratzen.

»So, bitte sehr. Schauen Sie sich nur um, lassen Sie es auf sich wirken.«

Coco betrat mit einer gewissen Ehrfurcht das ehemalige Gotteshaus. Enttäuschung machte sich augenblicklich breit. Hier war nichts, rein gar nichts. Sie durchschritt den Raum, warf einen Blick auf die Decke, berührte mit den Fingern eine Säule. Dann verharrte sie regungslos mit geschlossenen Augen. Schließlich musste sie spirituelle Ergriffenheit zeigen.

»Und die Krypta, darf ich sie mir auch anschauen?«

»Die Krypta? Das ist nur ein dunkler, kalter Ort. Dort lagen zum Teil die Gebeine der hier verstorbenen Tempelritter. Keine Ahnung, wann zuletzt jemand da unten war. Aber wenn Sie unbedingt wollen. Hier unter der Falltür ist der Zugang. Wir ziehen am besten zu zweit, sie ist, glaube ich, ganz schön schwer.«

Coco war die in den Boden eingelassene Tür bisher nicht aufgefallen. Ein ovaler Metallring war an ihr angebracht. Nun zogen beide links und rechts der Falltür. Merkwürdig. Coco hatte einen dumpfen, modrigen Geruch erwartet, doch die Luft, die ihr entgegenschlug, war frisch und sauber, so als ob die Krypta öfter gelüftet wurde.

»Erstaunlich frisch die Luft da unten.«

»Jetzt, wo Sie es sagen, tatsächlich. Aber dunkel ist es.«

Coco bückte sich zu der Steintreppe, die nach unten führte, und spähte hinunter.

Ein harter Schlag auf den Kopf ließ sie fast augenblicklich ohnmächtig werden. Sie spürte nichts, als ihr Körper die Stufen hinunterstürzte und sie mit einem dumpfen Aufprall auf dem kalten, harten Boden aufschlug.

Kapitel 42

»Maman, sie ist weg. Einfach verschwunden. Taucht nicht mehr auf. Ich will, dass sie wieder rauskommt. Hörst du, Maman?«

»Wer ist weg?«

Vivienne hörte nur mit einem Ohr zu. Sie verstaute ihre Kleidung im Wäscheschrank. Ein wenig komfortabler hätte das Appartement gerne sein dürfen. Aber sie hatte es ja so gewollt. In einer halben Stunde würde sie Jourdain Cabasse kennenlernen. Vivienne war schon sehr gespannt. Und Mathilde konnte sie mal. Wieder stieg der Ärger in ihr hoch. Das Telefonat hätte Mathilde sich schenken können. Was bildete sie sich nur manchmal ein? Hier war alles in bester Ordnung, und sie freute sich auf ein paar Wochen, in denen ihr niemand in irgendetwas hineinredete. Doch da war noch Sébastien. Hoffentlich übertrieb er es mit seiner Nörgelei und schlechten Laune nicht.

Als sie ankamen, hatte Regine sie in Empfang genommen und zur Wohnung gebracht. Der Kühlschrank war mit dem Nötigsten gefüllt, und morgen könne Vivienne sich ein Fahrrad leihen, um sich im Dorf umzuschauen und das einzukaufen, was sie noch benötigte.

»Wir finden es wunderbar, wenn Sie während Ihres Aufenthalts auf ein Auto verzichten. Dafür stehen unseren Gästen auch die Räder zur Verfügung«, erklärte Regine zufrieden.

Sébastien zeigte sich derweil so übellaunig, dass Vivienne es schon fast bereute, ihn gezwungen zu haben mitzukommen. Er saß auf dem Sofa und starrte Regine missmutig an. »Und was soll ich hier den ganzen Tag machen?«

»Sébastien, ich darf Sie doch Sébastien nennen? Da gibt es tausend Möglichkeiten. Sie können wandern, einfach nur spazieren gehen, die Vögel beobachten. Wenn Sie Glück haben, entdecken Sie sogar einen Bartgeier. Bald ist das *Fête des Châtaignes*, ein tolles Fest. In drei Tagen beginnt der neue Töpferkurs. Wir haben eine gut ausgestattete kleine Bibliothek. Wir werden schon etwas für Sie finden, nicht wahr, Vivienne?«

Vivienne hatte zustimmend und mit fröhlicher Miene genickt. Doch sie kannte ihren Sohn. Er konnte bockig wie ein alter Maulesel sein. Und sie musste ihn im Auge behalten. Es würde sie nicht wenig wundern, wenn er einfach seinen Rucksack packen und auf eigene Faust versuchen würde, wieder nach Hause zu kommen.

»Sébastien, ich habe dich was gefragt. Wer ist weg?« Sorgfältig hängte Vivienne das dunkelrote Etuikleid mit den halblangen Ärmeln in den Schrank. Sie hatte es extra eingepackt. Am ersten Abend des Kastanienfestes gab es eine Tanzsoiree. Natürlich mit Maire Fricon.

»Die Frau. Sie ist um die Kirche rum nach hinten. Und kommt nicht mehr zurück.«

»Vielleicht ist sie ja einfach von dort aus weitergegangen.«

»Nein, das geht nicht. Ist doch die Mauer drum. Warum soll sie drüberklettern, wenn vorne ein Törchen ist, durch das sie bequem gehen kann?«

Vivienne seufzte. Wenn Sébastien solch schlechte Laune hatte, machte es nicht viel Sinn, mit ihm zu diskutieren. Sie war sowieso davon überzeugt, dass ihr Sohn diese Geschichte erfunden hatte, um seine Abreise zu erzwingen. Sie versuchte es noch einmal. »*Mon chéri*, du hast bestimmt einen Augenblick nicht aufgepasst, und dann ist sie durch das kleine Tor wieder raus. Bestimmt gibt es hinten in der Mauer ein Schlupfloch. Und da ist sie dann, husch, husch, durch.«

»Nenn mich nicht *chéri*. Ich heiße Sébastien. Und es war keine Maus, es war eine Frau.« Sébastien drückte die Stirn an das kühle Fensterglas und spähte angestrengt nach draußen. Maman glaubte ihm nie etwas. Daher hatte es auch keinen Zweck, ihr zu sagen, dass es sogar zwei Personen waren. Nur war eine wieder hinter der Kirche verschwunden. Mit einem grimmigen Blick in Richtung Vivienne gab er seinen Beobachtungsposten auf. Nieselregen hatte eingesetzt, und er konnte in der zunehmenden Dunkelheit sowieso nicht mehr viel sehen.

»So, nun hör auf zu quengeln und pack endlich deine Koffer aus. Wenn ich wiederkomme, kochen wir uns was Schönes. Oder wollen wir ins Dorf essen gehen?«

»Das ist mir zu weit. Und ich habe keinen Hunger.«

»Möchtest du mitkommen, Jourdain kennenlernen?«

»Dein Jourdain kann mir mal den Buckel runterrutschen. Ich will nach Hause.« Sébastien warf sich auf das Sofa und drehte seiner Mutter den Rücken zu.

Oh, là, là, das konnte ja heiter werden. Selten hatte Vivienne ihn so ablehnend erlebt. »Ich geh dann mal. Bin bald wieder da. Und dann machen wir einen Plan, was wir unternehmen wollen, *d'accord?*«

Sébastien gab keine Antwort. Vivienne verließ die Wohnung, und kurz überlegte sie, ob sie abschließen solle. Vorsichtshalber. Nein, Sébastien war doch kein Gefangener. Und er würde ganz sicher so vernünftig sein, nicht einfach in der Dunkelheit das Weite zu suchen.

Regine hatte Vivienne gebeten, zur Abwicklung der Formalitäten noch kurz im Büro vorbeizukommen. Alles musste seine Ordnung haben, ein Anmeldeformular ausgefüllt werden, die Personalien wurden registriert, die Hausordnung ausgehändigt. Und Jourdain nehme diese Gelegenheit wahr, die Gäste des Ordens persönlich kennenzulernen.

Die wuchtige Holztür zum Palas war nur angelehnt. Vivienne drückte sie auf. Dahinter war eine Glastür. Musste sie hier klingeln? Doch schon näherte sich eine junge Frau und öffnete.

»Vivienne, kommen Sie doch bitte mit. Ich bin Sonja. Jourdain hat mir gesagt, dass Sie und Ihr Sohn unsere letzte freie Wohnung beziehen werden. Er ist in ein paar Minuten für Sie da. Ich habe bereits alles, was Sie ausfüllen müssen, bereitgelegt.« Sie öffnete die Tür zu einem kleinen Büro, zeigte auf ein paar Blätter, die auf einem Schreibtisch lagen, und verabschiedete sich. »Dann bis bald, wir freuen uns sehr, dass Sie und Sébastien bei uns sind.«

Vivienne füllte die Anmeldeformulare aus. Wie in einem Hotel. Neugierig schaute sie sich im Büro des Ordensoberhauptes um. Alles sehr spartanisch. Wenn sie da an das opulente Arbeitszimmer von Rémy dachte ... Auf dem einfachen Schreibtisch aus Holz war nichts außer den Zetteln und einem Stift. Altmodische Aktenschränke mit Rolljalousien standen an der Wand. Einzig die Fotos an den glatt verputzten Wänden verliehen dem Raum eine kleine behagliche, vielleicht auch persönliche Note. Es waren Fotografien diverser Veranstaltungen.

Marta Torres in wallendem Gewand bei einem Auftritt, ein bekannter Autor, Vivienne fiel der Name trotzdem nicht ein, vor zahlreichem Publikum, der Bürgermeister strahlend, mit einem üppigen Blumenstrauß in der Hand, den er einer alten Frau überreichte. Im Hintergrund auf dem Foto ein Banner mit der Aufschrift *Geneviève 70*. Und noch mal der Bürgermeister zwischen älteren Damen an einer Kaffeetafel. Und das musste Jourdain Cabasse sein. Ein attraktiver Mann mit wuscheligen Haaren, links und rechts ein Dutzend Männer und Frauen. Sie standen vor einem alten Gehöft. Unter das Foto hatte jemand ABSCHIED geschrieben.

»Unser Hof. Am nächsten Tag sind wir hierhergezogen.«

Vivienne zuckte zusammen. Der Mann war ins Zimmer gekommen, ohne dass sie es bemerkt hatte.

»Ich bin Jourdain. Sie müssen Vivienne sein.«

Strahlend kam er auf sie zu, hielt ihr beide Hände hin. Vivienne wusste im ersten Moment nicht, wo sie hinschauen sollte. Die beiden in ihrer Farbe unterschiedlichen Augen irritierten sie. Dann nahm sie Jourdains Rechte und schüttelte sie.

»Ja, Vivienne. Ich bin mit Sébastien, meinem Sohn, für ein paar Wochen hier. Wunderbar, dass es geklappt hat. Ich habe nicht damit gerechnet, so schnell eine Wohnung mieten zu können.«

Jourdain Cabasse lächelte. »Sie hatten einen Fürsprecher, wenn ich das so sagen darf. Ich weiß auch gar nicht, ob ich Ihnen das überhaupt verraten darf. Unser Bürgermeister hat Sie uns wärmstens empfohlen. Und auch mit Hinblick auf Sébastien haben wir es nur allzu gerne möglich gemacht. Menschen wie Sébastien liegen uns besonders am Herzen. Sie werden sehen, wie viele Möglichkeiten er hier hat. Kunst, Musik, Kreativität, Natur, liebevolle Menschen. Er wird sich wohlfühlen. Und Sie können sich ganz und gar entspannen. Das verspreche ich Ihnen.«

Vivienne war begeistert und zugleich gerührt. Endlich dachte auch mal jemand an ihre Bedürfnisse. Absolute Ruhe und Sébastien betreut in den besten Händen.

»Ah, ich sehe schon. Sie haben die Formulare bereits alle ausgefüllt. Bestens. Sie können also hier tun und lassen, was Sie wollen. Sie sind Ihr eigener Herr. Sollten Sie an unseren Mahlzeiten teilnehmen wollen, einfach am Vortag Bescheid sagen. Wenn Sie sich die Hausordnung auch kurz durchlesen würden, wäre das ganz wunderbar. Es geht darin hauptsächlich darum, welche Bereiche für Sie und Ihren Sohn zugänglich sind und welche uns vorbehalten sind. Das ist eigentlich schon alles. Haben Sie irgendwelche Fragen? Wenn nicht, wünsche ich Ihnen eine erholsame erste Nacht. Wir haben alle noch sehr viel Zeit, uns besser kennenzulernen.«

Vivienne fühlte sich etwas überfordert. Cabasse hatte ohne Punkt und Komma auf sie eingeredet. Gerne hätte sie sich bedankt oder vielleicht tatsächlich die eine oder andere Frage gestellt. Ob es vielleicht einen Service für frisches Brot zum Frühstück gab, wo sie sich für einen Kurs anmelden konnte. Doch Jourdain hatte recht. Sie würde genügend Zeit hier verbringen, um auf alle ihre Fragen auch eine Antwort zu bekommen. Und so verabschiedete sie sich einfach von ihm, wünschte auch ihm eine angenehme Nacht und wurde vom Oberhaupt der Lichttempler bis zur Eingangstür gebracht.

*

»Sébastien, du glaubst nicht, wie nett Jourdain ist.« Vivienne öffnete die Tür zu ihrem Appartement. Alles war dunkel. Das konnte doch wohl jetzt nicht wahr sein! Wo war der Junge? Mit klopfendem Herzen stürmte sie zu Sébastiens Zimmertür und riss sie auf. Gott sei Dank. Er war da.

»Kannst du nicht anklopfen?« Sébastien war wütend. »Du hast überhaupt keine Manieren, Maman.«

»Was versteckst du da hinter deinem Rücken?«

»Nichts.«

»Sébastien! Was?«

Er kam gegen seine Mutter einfach nicht an. Er streckte die Hand nach vorne, darin sein Handy.

»Sébastien«, Vivienne schlug einen versöhnlichen Ton an, »du musst doch dein Handy nicht vor mir verstecken. Aber wir wollen uns hier erholen. Steck das Ding also weg. Niemand soll uns stören können. Am besten, du gibst es mir. Wir legen unsere Handys in den Schrank. Und wenn wir glauben, telefonieren zu müssen, überlegen wir zuerst, ob es wirklich wichtig ist. Wir beide.«

Sie streckte ihre Hand aus, und Sébastien gab sein Handy widerstandslos ab. Er hatte *sein* wichtiges Gespräch bereits geführt. Martin wusste Bescheid. Er würde hier keinen Tag länger bleiben. Und Martin hatte ihm versprochen, ihn abzuholen. Er blieb doch nicht da, wo die Leute einfach verschwanden.

Kapitel 43

Felix stand schon vor der Öffnungszeit der Bank vor dem Eingang der BNP Paribas. Brigitte Pibarot erwartete ihn bereits und schloss von innen die Tür zum Schalterraum auf. Sie führte ihn in ihr Büro und ließ ihn deutlich spüren, dass sie dieses Gespräch für mehr als überflüssig hielt.

»Wenn Sie mir bitte vorher Ihren Ausweis zeigen würden.«

Der junge Lieutenant zog seinen Dienstausweis aus seiner Jacke, Madame Pibarot inspizierte ihn eingehend und gab ihn wieder zurück.

»Das sage ich Ihnen gleich, Lieutenant Tourrain, unseren Kunden gilt unsere erste Priorität, sie müssen sich hundertprozentig auf uns verlassen können. Und Sie können hier nicht so einfach hereinspazieren und eine Kontoabfrage vornehmen.«

Felix war vorgewarnt. Er würde sich von Brigitte Pibarot nicht einschüchtern lassen. Er legte der Filialleiterin die Aufforderung der Untersuchungsrichterin Mathilde de Boncourt vor, ihm Kontoeinsicht zu gewähren. Madame Pibarot verzog nur das Gesicht und nickte dann schmallippig. Die Frau war Felix auf den ersten Blick unsympathisch gewesen. Das dunkle, von Grau durchzogene Haar war ganz kurz geschnitten und leicht verstrubbelt, was ihr wohl einen kühn-jugendlichen Ausdruck verleihen sollte. Dazu die randlose Brille und das falsche Lächeln – nein, sein Fall war die Dame nicht.

»Das lassen Sie mal unsere Sorge sein. Wir sind mitten in einer Ermittlung, zu der ich Ihnen keine Auskunft geben kann. Es muss Ihnen genügen, wenn ich sage, dass uns die Kontobewegungen der Lichttempler interessieren. Also, darf ich darum bitten?«

Widerwillig stelzte Madame Pibarot zu ihrem Computer. Ein paar Klicks, und sie war im Konto des Ordens. Sie drehte Felix den Bildschirm hin.

»Für einen Ausdruck drücken Sie einfach hier auf den Knopf.« Sie zeigte auf den angeschlossenen Drucker. »Und wenn Sie damit fertig sind, sagen Sie Bescheid. Ich rufe Ihnen dann das Konto der Stiftung auf. Sie werden allerdings Verständnis dafür haben, wenn ich hier in meinem Büro bleibe.«

Felix zuckte mit den Achseln, setzte sich an den Schreibtisch und begann, sich aufmerksam mit den Zahlen zu beschäftigen.

Nach zwei Stunden brannten ihm die Augen. Brigitte Pibarot saß gelangweilt auf einem Sessel in ihrer Besucherecke, trank einen Kaffee nach dem anderen, ohne Felix eine Tasse anzubieten. In ein Buch vertieft, hob sie nur dann ab und zu den Kopf, wenn es an ihrer Tür klopfte und ein Mitarbeiter etwas von ihr wollte. Die Blicke blieben neugierig an Felix hängen, doch die Filialleiterin schaffte die Angestellten mit einem knappen »Jetzt nicht« in Sekundenschnelle aus ihrem Büro.

Der Drucker brummte und spuckte massenweise Papier aus.

»Und jetzt bitte die Stiftung.«

Ohne ein Wort zu sagen, stand Madame Pibarot von ihrem Sessel auf und drückte ein paar Tasten an ihrem Computer. Das Konto der Stiftung erschien. Felix scrollte sich durch die Geldbewegungen, ließ den Drucker seine Arbeit machen. Ein Blick auf die Wanduhr zeigte ihm, dass es schon Mittag war. Sein Magen grummelte, doch er war fertig. Für das erste Auswerten der Ein- und Ausgänge auf den Konten hatte er bis zum Treffen mit Rachid im Büro der Untersuchungsrichterin nicht mehr viel Zeit.

*

»Madame le Juge und der Commandant sind schon im Büro. Wollen Sie auch einen Kaffee und ein Eclair?« Christine, Mathildes Sekretärin, verteilte eben aus einer Pappschachtel das mit Vanillecreme gefüllte Gebäck auf Teller. »Wenn Sie die schon mal mit hineinnehmen? Ich bringe dann den Kaffee.«

Felix balancierte das Tablett mit den Tellern auf der einen Hand, unter dem anderen Arm klemmte ein Umschlag mit den Kontoausdrucken. Christine öffnete ihm die Tür.

»Ah, da sind Sie ja, Felix. Stellen Sie die Eclairs bitte auf dem kleinen Tisch ab. Zuerst die Arbeit, dann das Vergnügen.«

Mathilde und die beiden Ermittler setzten sich an den Besuchertisch, auf dem nun die verlockenden Cremeteilchen auf ihren Verzehr warteten. Sehnsüchtig warf Felix einen Blick auf den Teller. Dann schob er ihn weit von sich und legte den Umschlag hin. Doch zunächst berichtete Rachid vom Besuch bei Marta Torres, der nicht wirklich etwas für den Weitergang der Ermittlungen gebracht hatte.

»Sie sagt, sie hat keine Ahnung, wer sich hinter dem Lichtbringer verbirgt. Es ist der Torres auch egal, wer es ist. Das Einzige, was für sie Bedeutung hat, ist, an einer Gemeinschaft teilzuhaben, die fest an die Wiederkehr der Seele glaubt. Darum ist sie so oft dort, damit man ihr dieses Vertrauen in die Reinkarnation immer und immer wieder bestätigt.«

»Sie ist schon eine faszinierende Frau«, ergänzte Mathilde. »Die Torres kommt aus ganz einfachen Verhältnissen. Sie wirkt auf den ersten Blick etwas überkandidelt, aber mir hat sie imponiert. Und wissen Sie, Rachid, was mir die ganze Zeit im Kopf herumgeistert? Die Hologrammtour der Callas, von der sie erzählt hat. Es ist schon merkwürdig. Immerhin war Flaubert ja ein Kenner der Materie.«

»Nur bringt uns das auch nicht weiter.« Rachid hob bedauernd die Schultern.

»Nein, leider. Aber es war schon berührend, wie offen Marta Torres über ihren Glauben an die Wiederkehr gesprochen hat.«

»Pff«, Felix stieß die Luft aus. »Also, ich tu mich einfach schwer mit diesem ganzen esoterischen Zeug. Und von diesen Hologrammtouren halte ich auch nichts. Filmmaterial zusammengeschnippelt. Mehr ist es doch nicht. Da kann ich mir auch Fernsehaufnahmen oder alte Videos anschauen. Ich habe wenigstens was Handfestes mitgebracht.« Er zog einen Stapel Papier aus dem

Umschlag. »Die Kontobewegungen, die mir interessant erschienen, sind gelb markiert. Dies sind die Auszüge, die die Stiftung betreffen.« Felix legte einige Blätter auf die linke Seite. »Das Stiftungskapital von zwei Millionen Euro ist fest angelegt. Hier sind die Zinseingänge verzeichnet. Mit ihnen wurden, so die Pibarot, die größeren Ausgaben bezahlt. Die jüngste war die Erneuerung des Dachs eines Taubenturms. Allerdings reichen die Zinsen bei dem Niveau nicht mehr lange aus. Und das Stiftungskapital darf nur im Notfall angegriffen werden. Ich vermute mal, die Reserven schmelzen drastisch. Ansonsten geht als Fixposten lediglich das Geld für ein Stipendium ab. Tausenddreihundert Euro im Monat. Und jetzt raten Sie mal, wer das Geld bekommen hat?«

Rachid nickte. »Ich hatte es mir schon irgendwie gedacht, als ich von dieser Stiftung hörte, die Stipendien vergibt. Christian Flaubert war also der Nutznießer, wenn ich mich nicht irre?«

»Genau. Seit etwas mehr als einem Jahr. Davor gab es ein Stipendium für eine Studentin, die an einer Doktorarbeit über Freskomalerei schrieb, soweit sich Madame Pibarot erinnerte. Es wird immer nur eins für die Dauer von zwei Jahren vergeben. Ansonsten gibt es auf dieser Seite …«, er schob das Papier zurück in den Umschlag, »… nichts von Interesse. Doch nun schauen Sie sich das laufende Konto an.« Felix drehte die Blätter so, dass Rachid und Mathilde sehen konnten, was er markiert hatte. »Das meiste ist Kleinkram. Überweisungen an Lieferanten, Auszahlungen an Mitarbeiter, Bezahlungen von Handwerkerrechnungen, Strom, Wasser, Gas, Steuern. Das, was bei jedem von uns anfällt. Doch diese Brocken hier …«, er tippte mit dem Finger heftig auf eine der Zahlen, »… die haben es in sich. In den letzten drei Jahren, vorher gab es auch höhere Summen, die eingegangen sind, aber nicht in dieser Größenordnung, also, in den letzten drei Jahren gab es mehrere Eingänge in Höhe zwischen zweihundertsiebzigtausend und knapp neunhunderttausend Euro. Insgesamt fast drei Millionen Euro.«

Zufrieden schaute Felix in die Runde. »Eine stattliche Summe. Mit diesem Geld finanziert Cabasse beziehungsweise der Orden,

den größten Teil der kulturellen Veranstaltungen. Und die sind so hochkarätig, dass ein ordentliches Sümmchen dafür ausgegeben wird. Die Schenkungen sind also gut angelegt.«

»Das sind Schenkungen? Keine Erbschaften? Also leben diese großzügigen Menschen noch?«, fragte Mathilde verdutzt.

»Ja und nein. Das habe ich Madame Pibarot, sie hat übrigens Haare auf den Zähnen, auch gefragt. Das Geld wurde zu Lebzeiten verschenkt an den Orden. Hatte alles seine Richtigkeit. Sechzig Prozent Steuern an den Staat wurden fällig. Sind auch immer brav bezahlt worden. Das heißt, von den ehemals drei Millionen liegen noch fast 1,2 Millionen Euro auf dem Konto. Aber, und jetzt kommt es, die schenkenden Personen, alles Frauen, sind nach einer gewissen Zeit verstorben.«

»Das hat diese Bankmitarbeiterin dir gesagt? Obwohl sie Haare auf den Zähnen hat? Da sieht man mal wieder, wie charmant unser Felix sein kann.« Rachid grinste breit, wurde aber sofort wieder ernst.

»Hier ist eine Liste der Gönnerinnen, die in letzter Zeit ihr Geld dem Orden übereignet haben.«

Mathilde griff nach dem Blatt. Sie hatte es geahnt. Ganz unten auf der Liste standen die Namen Geneviève Saint-Maclou und Rosalie Guermont.

»Diese zwei …«, sie tippte auf die Namen, »… waren Freundinnen von Odile, keine engen Freundinnen, aber … Nun ja. Beide sind eines natürlichen Todes gestorben. Ohne jeden Zweifel, bestätigt von Docteur Victorine Salagou. Wahrscheinlich hat sie auch die Totenscheine für die vier anderen Frauen ausgestellt. Wir werden es gleich erfahren. Und ich will wissen, woran die sechs alten Damen gestorben sind.«

Rachid beugte sich über die Kontoausdrucke und studierte sie mit gerunzelter Stirn. »Und was könnte das sein?« Er zeigte auf zwei immer wiederkehrende Beträge – in Abständen von vier bis fünf Wochen eine Überweisung in Höhe von zweitausend Euro auf ein Konto der Société Marseillaise de Crédit Montpellier und auf dasselbe Konto im Februar, Mai und September je zehntausend Euro.

Felix lehnte sich zufrieden zurück. »Gut beobachtet, mein lieber Watson. Das ist das Konto von Christian Flaubert. Es ist nicht das Geld aus dem Stipendium, das Geld hat er für etwas anderes bekommen. Diese regelmäßigen Überweisungen von zweitausend Euro sind, wenn du mich fragst, wohl für die Showeinlagen, die er für den Lichtbringer inszeniert hat. Doch wozu jeweils diese zehntausend Euro? Das wird uns hoffentlich euer Guru sagen können.« Felix hatte jetzt seine Stimme zu einem Flüstern gesenkt.

»Docteur Salagou? Hier Mathilde de Boncourt. Ich habe ein paar Fragen zu mehreren Frauen, die in den letzten drei Jahren verstorben sind und dem *Ordre du Temple de la Lumière* sehr viel Geld haben zukommen lassen ...«

Mathilde bedeutete Felix und Rachid, ihr Gespräch kurz zu unterbrechen, und stellte das Telefon auf Lautsprecher um. Sie las die Namen der Verblichenen laut und deutlich von der Liste ab, zuletzt den von Rosalie Guermont. »Docteur Salagou, meine Leute hören jetzt mit. Die sechs Damen haben also in der Komturei gelebt und sind auch dort gestorben?«

»Ja.«

»Und Sie haben die Totenscheine ausgestellt. Und nie gab es auch nur den leisesten Zweifel an der Todesursache? Damit will ich sagen, auch Sie hatten nie einen Grund, anzunehmen oder zu befürchten, dass eine der Frauen durch die Hand Dritter zu Tode kamen?«

»Nein, Madame le Juge. Nie. Alle waren in einem gesegneten Alter, als sie gingen. Kein Zweifel an einem natürlichen Tod.«

»Und welche Todesursache haben Sie eingetragen?«

Die Ärztin schwieg einen Moment. Musste sie überlegen?

»Sie haben doch sicher Aufzeichnungen, Kopien der Totenscheine, aus denen Sie ersehen können, woran die alten Leute starben?«, sagte Mathilde.

»Die brauche ich nicht. Ich kann Ihnen genau sagen, woran die Frauen gestorben sind. Letztendlich starben alle, als ihr Herz nicht mehr mitmachen wollte.« Wieder schwieg Docteur Salagou.

Mathilde wurde ungeduldig. »Docteur, das ist ja wohl immer so, das Herz bleibt stehen und aus. Aber was war vorher?«

»Vorher? Vier schwere Lungenentzündungen. Lungenentzündungen landen öfter im Krankenhaus als Schlaganfälle oder Herzinfarkte. Wussten Sie das? Doch das Problem ist das Alter. Jenseits der fünfundsechzig ist das Immunsystem deutlich schwächer als bei jüngeren Menschen. Und der Tod kommt daher häufiger. Also, Lungenentzündungen waren hauptsächlich die Todesursache. Bei zwei meiner Patientinnen lag die Sache allerdings anders. Sie wollten nicht mehr leben und haben jede Nahrungsaufnahme verweigert. Und wenn sie jenseits der achtzig sind, hilft auch kein Tropf, keine Sonde. Das heißt, natürlich könnten wir unsere Patienten künstlich am Leben erhalten. Doch ich respektiere den letzten Willen meiner Patienten, wenn er klar und deutlich ausgesprochen wird. Die beiden sind sanft eingeschlafen, ihr Herz ist einfach stehen geblieben.«

Mathilde spürte die Müdigkeit und Trauer hinter den Worten der Ärztin. »Ich danke Ihnen, Docteur Salagou. Das war dann so weit alles. *Au revoir.*« Und geben Sie sich nicht auf, hätte sie gerne hinzugefügt. Sie setzte sich wieder zu Rachid und Felix. Ein langer Tag ging zu Ende, an dem die drei Ermittler nicht wirklich weitergekommen waren.

Und der winzige Gedankenblitz – ein Wort. Von Felix? Von Rachid? –, der vorhin durch Mathildes Kopf gezuckt war, den sie eigentlich festhalten wollte, war verschwunden.

Kapitel 44

Mathilde fühlte sich wie erschlagen, als sie ihr Büro im Palais de Justice am späten Abend verließ. Christine hatte ihr noch Akten aus dem Büro des Staatsanwalts auf den Schreibtisch gelegt, deren Inhalt sie wie immer lieber gestern als heute noch einmal überprüfen sollte. Sie hielt sich also besser den nächsten Vormittag dafür frei. Felix und Rachid würden derweil nach Montauban fahren, um Cabasse wegen der hohen Summen, die an Christian Flaubert geflossen waren, zu befragen. Mittlerweile gab ihnen auch das Verschwinden des Apothekers einige Rätsel auf. Auf Nachfragen hatte Rachid von seinem Kollegen Dédé Borie erfahren, dass dieser immer noch nicht wiederaufgetaucht war. Vier, sogar fünf Tage auf Abwegen waren keine Seltenheit. Doch Madame Corion machte sich mittlerweile echte Sorgen um den Verbleib ihres untreuen Gatten. Rachid hatte vorgeschlagen, auch Madame Corion ein wenig in die Mangel zu nehmen. Schließlich war ihr Ehemann derjenige, der nicht nur Medikamente an den Orden lieferte.

Ein leichter Nieselregen hatte eingesetzt. Der Herbst ließ keinen Zweifel mehr aufkommen, dass er die Vormachtstellung beanspruchte. Mathilde setzte sich in ihr Auto und fuhr los. Der Regen wurde stärker, trommelte auf das Stoffdach ihres Cabrios, die Scheibenwischer kämpften unermüdlich gegen die Wassermengen, die immer stärker auf die Windschutzscheibe einprasselten.

Noch sieben Kilometer bis zum Château de Boncourt. Draußen herrschte nun Weltuntergangsstimmung. Kurz entschlossen bremste Mathilde, setzte den Blinker und bog ab. Saint-Fons war ihr Ziel. Plötzlich hatte sie Lust, Martin aufzusuchen, einfach ein wenig zu plaudern und ein Glas Wein mit ihm zu trinken. Und natürlich war sie auch neugierig, was er von seinem gemeinsamen Ausflug mit Vivienne zum Orden der Lichttempler zu berichten hatte.

Martin hatte wirklich Glück gehabt, am Rande von Saint-Fons sein Traumhaus gefunden zu haben. Hier war die Welt noch in Ordnung, meinte zumindest Martin, der sich, wie er sagte, schon vollkommen akklimatisiert hatte und allmählich in das Dorfgeschehen einbezogen wurde. Licht drang aus dem alten Steinhaus. Ihr Freund war also zu Hause. Mathilde stellte ihren Wagen neben Martins Golf ab, sprang heraus, rannte zur Haustür und wurde trotz ihrer Sprinteinlage in Sekundenschnelle pitschnass. Sie hämmerte an die Tür, der Regen lief ihr nun in den Nacken. Noch einmal klopfte sie mit allem Nachdruck.

»Ja, ich bin ja schon da.« Martin öffnete. »Mathilde, wie schön. Schnell rein mit dir, du bist ja klatschnass. Du holst dir noch den Tod. Warte, ich bring dir ein Handtuch.«

Ein paar Minuten später saß Mathilde, eingehüllt in eine Decke, mit Martin vor dem Kamin. Zwei Gläser Rotwein und ein Holzbrett mit Käse, Brot und einem Schälchen Oliven standen auf dem Couchtisch. Sie streckte ihre Füße, die nun in dicken Wollsocken steckten, vor das lodernde Feuer.

»Ah, tut das gut. *Santé.*« Mathilde hob ihr Glas und prostete Martin zu. »Wie wunderbar, einen Freund wie dich zu haben, den man einfach so überfallen kann.«

Gerne wäre Martin ganz dicht an Mathilde herangerückt, um den Arm um ihre Schultern zu legen. Natürlich in aller Freundschaft! Doch er ließ es sein, trank einen Schluck Wein und schnitt sich ein Stück des würzigen Roqueforts ab.

»Den musst du probieren. Ein *Cave des Templiers*. Ich glaube, ich habe noch nie einen so kräftigen Käse gegessen.«

Mathilde pikste sich ein Stückchen des cremigen Käses auf die Gabel und kostete ihn.

»Mmh, wirklich gut.« Sie lachte. »Den ganzen Tag Templer um

mich herum und jetzt auch noch einen zum Anknabbern. Wie hat dir die Templerburg gefallen? Wusstest du, dass Vivienne heute schon mit Sébastien kurz entschlossen hingefahren ist, um ein paar Wochen dort zu verbringen?« Mathilde legte sich eine Portion *Pélardon* auf ein Stück Brot und schob es sich genüsslich in den Mund.

»Eine grandiose Anlage.« Martin beschrieb jedes Detail und kam aus dem Bewundern der mittelalterlichen Templerkomturei gar nicht mehr heraus. Und was Vivienne betraf, ließ er Mathilde mit einem Augenzwinkern wissen, habe ein gewisser Maire Fricon es ihr wohl angetan. Mathilde hätte sich fast an ihrem Bissen verschluckt. Ihre Tante und der Bürgermeister von Montauban? Doch sie sagte nichts dazu. Mathilde wollte einfach abschalten. Und auch ihren Freund weder mit Odiles Verdacht und schon gar nicht mit ihren Ermittlungen belasten.

Doch Martin machte ihr einen Strich durch die Rechnung. Er musste ihr sagen, dass Sébastien nach Hause wollte. Er hatte Vivienne über dessen Anruf informiert. Und natürlich lehnte sie es rundweg ab, ihren Sohn gehen zu lassen. Was sollte Martin also tun? Vivienne war schließlich Sébastiens Mutter. Als er ihr am Telefon sagte, der Junge ängstige sich wohl auch, weil er gesehen haben wollte, wie eine Frau verschwunden sei, hatte Vivienne nur durch die Nase geschnaubt.

»Typisch Sébastien, du kennst ihn doch. Er besitzt eine ausgeprägte Fantasie. Denk doch nur an die Geschichte, als er im Schlosspark den Eingang zur Hölle entdeckt hat. Tagelang, wochenlang hat er uns davon erzählt, stand Stunden da und hat darauf gewartet, dass der Teufel raussteigt. Nein, Martin, das sagt er nur, um sich wichtigzumachen. Sébastien bleibt hier.«

Martin räusperte sich. »Sébastien hat mich angerufen. Heimlich. Er möchte nach Hause. Ich soll ihn abholen.«

Mathilde hatte es geahnt. Der Junge würde einen Aufstand machen. Es war unmöglich von Vivienne gewesen, ihn einfach wie ein Gepäckstück einzuladen und mitzuschleppen. Und mittlerweile fühlte sich Mathilde auch nicht mehr wohl bei dem Gedanken, dass die beiden mehrere Wochen bei den Lichttemplern verbringen würden. Es gab keinen Grund zur Panik, doch ihr wäre es lieber gewesen, Vivienne hätte sich ein anderes Ziel für ihre Auszeit ausgesucht.

»Was gefällt ihm denn nicht?«

»Alles. Nur alte Leute und kleine Kinder, sagt er. Und einen doofen Töpferkurs macht er schon mal gar nicht mit.« Martin grinste. »Aber wie du dir denken kannst, möchte Vivienne natürlich nicht, dass ich ihn abhole.«

Mathilde seufzte. »Ich werde mit ihr sprechen. Mir wäre es sowieso lieber, Vivienne hätte sich woanders eingemietet. Doch was diese Lichttempler anbieten, hat sie sehr angesprochen. Was sage ich. Sie war überwältigt. Entspannung pur, Kulturangebote ohne Ende. Wenn da nicht diese Erquickungsgeschichten wären.« *Zut*, nun war sie doch schon wieder bei ihrem Job gelandet. Und natürlich wollte Martin sofort wissen, was es damit auf sich hatte. Mathilde erzählte von Jourdain Cabasse, seinen Anhängern und dem Orden, den Besonderheiten, wie dem Verzicht auf Fleisch, dem unerschütterlichen Glauben an die Wiederkehr und dem Lichtbringer, der diesen Glauben durch seine Inszenierungen und Worte noch vertiefte und bestätigte. Martin hörte mit wachsendem Staunen zu.

»Aber alles in allem ist das doch harmlos, oder?«

»Ich weiß es nicht, Martin. Immerhin haben wir drei Tote, die in irgendeiner Weise mit dem Orden zu tun hatten. Ich habe schon versucht, Vivienne zu überreden, mit Sébastien wieder abzureisen. Aber im Gegensatz zu ihr ist ein Maulesel die Nachgiebigkeit in Person. Diese Erquickungsstunden werden in der nächsten Zeit nicht stattfinden, da bin ich mir sicher. Trotzdem werde ich noch mal mit ihr reden. Es behagt mir einfach nicht, die beiden dort zu wissen.«

Martin schenkte Rotwein nach. »Die drei Toten, von denen du gesprochen hast, sie sind aber nicht in der Komturei zu Tode gekommen?«

»Nein, das heißt, eine Frau hat sich dort das Leben genommen, die beiden anderen starben nicht dort, nein. Dort sterben eigentlich nur die Alten.« Mathilde seufzte tief. Sie war müde. »Und die alle eines natürlichen Todes. Die einen wollen nicht mehr essen, die anderen holen sich eine Lungenentzündung.« Sie stellte mit einem Knall ihr Glas ab. Ein Gedanke war ihr durch den Kopf geschossen, setzte sich fest.

»Martin, du hast vorhin, als ich kam, gesagt, ich würde mir noch den Tod holen. Wenn ich mich nicht abgetrocknet hätte, mit nassen Haaren draußen in der kalten Nacht geblieben wäre, und das mit einem im hohen Alter geschwächten Immunsystem, dann wäre eine Lungenentzündung unausweichlich, und ich würde wohl daran sterben können.«

»Du willst doch damit nicht etwa sagen, die Lichttempler setzen die alten Leute absichtlich dieser Gefahr aus. Stecken sie in die Badewanne und setzen sie dann frierend in die Kälte. Das hört sich ja an wie aus einem billigen Schauerroman.«

Mathilde nahm ihr Glas wieder auf und wischte mit der Decke ein paar Tropfen Wein von der Platte, die herausgespritzt waren, als sie das Glas so unsanft auf den Tisch gestellt hatte. »Nein, du hast wahrscheinlich recht. Aber ich weiß nicht …« Sie nippte an ihrem Wein und meinte dann grübelnd: »Und wenn es vielleicht doch so war? Nur dass die Frauen sterben wollten und sich freiwillig dem ausgesetzt haben?«

Noch bevor Mathilde den Satz beendet hatte, war Martin aufgesprungen. Er steuerte seine gut bestückte Bücherwand an, ließ den Blick über die Buchrücken schweifen und kam mit einem Taschenbuch zurück, in dem er wie wild herumblätterte. Mathilde warf einen Blick auf den Titel. Er war in deutscher Sprache, doch zwei Worte, die sie kannte, sprangen ihr ins Auge. Katharer und Montségur. Der Autor war wohl ein Franzose, Jean Markale. Welcher Südfranzose kannte nicht die Geschichte der von der katholischen Kirche als Ketzer ausgerotteten Katharer, von denen mehr als zweihundert in den Pyrenäen auf der Burg Montségur verbrannt worden waren, weil sie ihrem Glauben nicht abschworen. Allerdings hatte sich Mathilde mit Details zu dieser mittelalterlichen Glaubensgemeinschaft noch nie beschäftigt.

»Hier, das ist es. Du weißt ja, mein Herz schlägt für das Mittelalter. Und ein Buchprojekt soll irgendwann auch den Katharern gewidmet werden. Ich habe schon einiges an Fachliteratur zusammengetragen und auch schon gelesen. So weit liegen die Geschichte der Templer und die der Katharer ja nicht auseinander. Beide sind durch die Machenschaften der katholischen Kirche vernichtet worden. Aber schau, die Katharer waren, wie deine Lichttempler, fest davon überzeugt, wiedergeboren zu werden. Okay, diese Vorstellung existiert in einigen Religionen. Aber was du eben gesagt hast, das mit den Todesursachen, Verhungern oder Lungenentzündung. Das haben wir hier auch. Die Endura.«

Mathilde hatte das Wort noch nie gehört.

»Also, um es kurz zu machen: Die Katharer glaubten an die Wiederkehr. Und so sind sie auch freiwillig auf die Scheiterhaufen gegangen, in der Gewissheit, wiedergeboren zu werden. Sie sahen darin eine besondere Möglichkeit, die Fesseln des Irdischen zu überwinden, die Vollkommenheit zu erreichen. Eigentlich bedeutete die Endura das Fasten, doch es führte nicht selten zum Freitod, wieder im Glauben an die Wiedergeburt, durch Verhungern, aber auch sich der Nässe und Kälte auszusetzen, um dann an einer Lungenentzündung zu sterben.« Martin klappte das Buch zu und legte es auf das Sofa.

»Du meinst also, es könnte sein, dass die sechs alten Leute auf diese Art Suizid begangen haben? Überzeugt von ihrer Wiedergeburt? Dann hat der Lichtbringer ja ganze Arbeit geleistet.« Sie biss sich auf die Lippen. »Es ist nur die Frage, wie frei der Wille war. Oder hat jemand Überzeugungsarbeit geleistet? Was weißt du sonst noch über die Katharer? Könnten sie das Vorbild für unsere Lichttempler sein?«

Martin hatte sofort eine Antwort parat. »Das musst du den Chef des Ordens selbst fragen. Die Katharer waren Vegetarier, das passt ja schon mal. Aber auch Pazifisten. Sie lehnten es ab, Gewalt anzuwenden oder gar zu töten. Wenn der Orden nach diesen Maximen lebt, hat niemand etwas von ihm zu befürchten.«

Kapitel 45

Mathilde hatte Martins Angebot, bei ihm zu übernachten, dankbar angenommen. Es war nicht bei zwei Gläsern Wein geblieben, und sie war wie ein Stein ins Gästebett gefallen, hatte ein paar Stunden geschlafen, um dann aufzuwachen und ohne Ergebnis Fäden zu verknüpfen – Morde, Selbstmord, Todesfälle, Glauben an das Leben nach dem Tod, Seelenwanderung. In den frühen Morgenstunden hatten sich die Fäden zu einem nicht mehr zu entwirrenden Knäuel verheddert, und sie schlief wieder ein, bis ihr Handy um halb sieben seinen Weckton von sich gab.

Martin hatte frisches Brot besorgt, und der Duft eines starken aromatischen Filterkaffees erfüllte die gemütliche Küche. Um halb neun saß Mathilde an ihrem Schreibtisch in Nîmes, zwei Stunden später waren die Akten des Staatsanwalts gelesen und auf den Weg in sein Büro gebracht.

Rachid hatte noch nicht zurückgerufen. Mathilde hatte ihm, bevor sie sich auf den Weg nach Montauban machte, auf dem AB hinterlassen, sie fahre ebenfalls noch zur Templerburg, erstens aus familiären Gründen, wegen Vivienne und Sébastien, und zweitens, weil sie noch einige Fragen an Jourdain Cabasse habe, die sich erst gestern ergeben hätten.

Als sie auf dem Parkplatz der Komturei ankam, stand dort Rachid neben seinem Wagen und wartete auf sie.

»*Bonjour*, Mathilde.« Er sah sie aufmerksam an. »Sorgen wegen Vivienne und Sébastien? Ich kann mir vorstellen, dass Sie nicht gerade glücklich sind, die beiden hier zu wissen.«

»*Bonjour*, Rachid. Da haben Sie den Nagel auf den Kopf getroffen. Doch Vivienne lässt sich einfach nichts sagen. Ich möchte ihr ja keine Angst einjagen, und je mehr ich sie dränge, mit Sébastien wieder heimzufahren, desto störrischer wird sie. Ich weiß auch nicht, was ich tun soll. Sébastien will zurück, er hat gestern Martin angerufen. Der soll ihn abholen. Doch Vivienne ist sein Vormund. Wenn sie es ihm nicht erlaubt ...« Mathilde schnaubte resigniert. »Ich werde noch mal mit Engelszungen auf sie einreden. Und dann, wenn sie bleiben möchte, Vivienne darum bitten, sich täglich bei uns zu melden. Es ist ja immer jemand erreichbar.« Jetzt grinste sie. »Und eins kann ich Ihnen flüstern, Sébastien wird keine Ruhe geben, er wird diesen Aufenthalt für sie nicht gerade zur Entspannungskur werden lassen. Nun, mit der Familie kann man sich auch mal ganz schön herumplagen. Davon wissen Sie ja auch ein Lied zu singen. Was gibt es denn hier Neues?«

»Nichts, einfach nichts. Ich werde Felix gleich im Dorf einsammeln. Corion, unser Apotheker, ist immer noch verschwunden. Madame Corion ist außer sich, allerdings vor Wut. Und natürlich versorgt ihr Mann den Orden nur mit Medikamenten. Borie macht sich keine Sorgen, schließlich ist Corion bereits zweimal länger als fünf Tage verschwunden gewesen. Mir gefällt die Sache nicht, aber Corion ist ein Schwerenöter und Ehebrecher, wie er im Buche steht. Und was die zehntausend Euro angeht – Cabasse sagt, es waren Sonderzahlungen an Flaubert für besondere Spezialeffekte beim Auftritt des Lichtbringers.« Der Commandant schüttelte unwillig den Kopf. »Und der will nicht wissen, wer der Lichtbringer ist. Ich kann mich an keinen Fall erinnern, bei dem ich mir vorgekommen bin wie ein Nichtschwimmer im Ozean und mindestens einen Kilometer vom rettenden Ufer entfernt. Und die Fragen, die sich gestern noch ergeben haben, werden die Antworten darauf uns weiterbringen?«

»Keine Ahnung.« Mathilde wühlte in ihrer Tasche, zog ihre Zigarettenschachtel hervor, wollte sich eine Zigarette anzünden. »*Zut*, wo ist denn schon wieder mein Feuerzeug?« Sie kramte weiter. Rachid beobachtete sie amüsiert. Kassenbons, Taschentücher, Kugelschreiber, Hustenbonbons wurden durcheinandergewühlt, doch das Feuerzeug blieb verschwunden. »Rachid, retten Sie mich.« Sie hielt ihm ihre Zigarette entgegen.

»Ich könnte zwei Feuersteine aneinanderschlagen, mehr nicht. Tut mir leid, ich habe weder Feuerzeug noch Zündhölzer dabei.«

Mathilde warf dem Commandant einen misstrauischen Blick zu. »Habe ich das Odile zu verdanken, stecken Sie beide unter einer Decke?« Mit gespielter Empörung stopfte sie die Zigarette zurück in die Packung. »Sehen Sie nur, was Sie angerichtet haben, jetzt ist sie total zerdrückt.« Sie grinste, fuhr dann aber ernst fort: »Ich weiß nicht, ob Cabasse überhaupt Antworten auf diese Fragen hat. Gestern habe ich mich noch kurz mit Martin über die sechs Todesfälle, die alten Frauen, unterhalten. Sowohl das Verweigern von Nahrung als auch die tödlich verlaufenden Lungenentzündungen hatten ihn an etwas erinnert, was sich Endura nennt.« Mathilde berichtete Rachid von den Katharern, der religiösen Gemeinschaft aus dem Mittelalter, die der Kirche in Rom ein solcher Dorn im Auge gewesen war, dass man sie mit Stumpf und Stiel ausgerottet hatte.

»Nun, und wenn sich diese Frauen auf diese Weise selbst, wie soll man es ausdrücken, in den Tod begeben haben? Kann man es nachweisen? Wohl kaum. Und nur dann, wenn jemand sie dazu überredet hätte, sind wir gefragt. Glauben Sie, unterlassene Hilfe könnte im Spiel sein?«

»Genau das ist der springende Punkt, Rachid.« Mathilde rieb sich müde die Augen. »Docteur Salagou hat die Frauen bis zu ihrem Ende begleitet, hat alles in ihrer Macht Stehende getan. Sagt sie, und ich glaube ihr. Doch was könnte sich vorher abgespielt haben? Hat jemand die Alten dahin geleitet, verleitet, ihrem Leben bewusst ein Ende zu setzen? Oder fangen wir einfach nur an, Gespenster zu sehen? Konzentrieren wir uns also zunächst auf unsere beiden offensichtlichen Morde. Alles andere ist für uns nicht greifbar, liegt wie ein unheimliches Gespinst darüber, daneben. Ich werde Cabasse auf die Endura ansprechen, mal schauen, wie er reagiert. Doch zuerst werde ich mir Vivienne vorknöpfen und versuchen, sie zur Vernunft zu bringen. Zumindest sollte sie Sébastien gegenüber fair sein und ihn nach Hause lassen.«

Sie reichte Rachid zum Abschied die Hand. »Wir sehen uns morgen Vormittag bei mir im Büro. Wir sollten alles gedanklich wieder von vorne aufrollen, denn wir stecken ganz schön fest. Bitten Sie doch Regis, sich umzuhören, ob es in letzter Zeit noch andere Todesfälle nach dem Genuss von Bilsenkraut gab. Es ist schließlich ein Rauschmittel. Und vielleicht gibt es ja eine Szene dazu. Vielleicht liegen wir ganz falsch, und Maille war einfach nur süchtig nach dem Zeug. Und der Überfall auf Flaubert war doch ein ganz gewöhnlicher Raubmord.«

»Mathilde, das glauben Sie doch nicht wirklich?«

»Ich weiß überhaupt nicht mehr, was ich glauben soll.«

Sie winkte dem Commandant noch einmal zum Abschied zu und machte sich auf den Weg, ihre widerspenstige Tante zur Heimkehr zu bewegen.

Kapitel 46

Nach einer halben Stunde war Mathilde klar, dass sie sich ihren Atem hätte sparen können. Vivienne fühlte sich hier wohl, morgen würde sie einen Aquarellkurs beginnen, für den extra der Schüler eines Schülers von Cézanne – Mathilde wusste gar nicht, dass der Künstler Schüler gehabt hatte – gewonnen werden konnte. Sie, Vivienne, würde sich doch von Mathilde nicht diese Tage und Wochen, auf die sie sich so freute, madig machen lassen. Und die Entspannung habe sie bitter nötig. Und Sébastien bliebe hier. Basta.

»Nicht wahr, *chéri?*«

Sébastien wurde ein wenig rot, nickte dann aber bekräftigend. Was war denn hier los? Mathilde musste nicht lange nachbohren. Vivienne hatte ihrem Sohn ein kleines eigenes Auto versprochen, ein Auto, das ohne Führerschein gefahren werden konnte. Zumindest auf dem Schlossareal. Und wer weiß, vielleicht könne er sogar in absehbarer Zeit einen richtigen Führerschein machen. Für Sébastien *der* Herzenswunsch schlechthin. Mathilde hatte nur den Kopf geschüttelt. Es war per Gesetz nicht verboten, Menschen mit Downsyndrom eine Fahrerlaubnis zu erteilen. Doch wäre Sébastien wirklich in der Lage, ein Fahrzeug im alltäglichen Verkehr zu steuern? Sie hatte, sosehr sie ihren Cousin liebte und so selbstständig er in den letzten Monaten geworden war, ihre Zweifel.

Vivienne hatte Mathilde nach draußen begleitet und mit ausgebreiteten Armen, als handele es sich um ihren eigenen neu erworbenen Besitz, über den Hof und die Gebäude gezeigt. »Hör nur, wie ruhig es hier ist. Alles in Harmonie.«

Mathilde konnte Vivienne noch das Versprechen abringen,

jederzeit erreichbar zu sein und sich sofort zu melden, wenn sie sich aus irgendeinem Grund hier nicht mehr wohlfühlten.

Ja, es war still, wirkte friedlich. Eine junge hochschwangere Frau saß, eingehüllt in einen weiten Wollmantel, auf einer Bank und las, die Vögel tirilierten aus Leibeskräften in der Herbstsonne, die sich heute Vormittag wieder den dunklen Regenwolken des gestrigen Abends trotzig entgegenstellte. Mathilde konnte sich nicht erinnern, jemals im Oktober einen solchen Wetterwechsel erlebt zu haben. Sie ging über den Hof, um Cabasse aufzusuchen, als ihr Blick an der jungen Frau in dem weiten Mantel hängen blieb. Sie versuchte mühsam, sich nach dem Buch, das ihr eben aus der Hand gefallen war, zu bücken. Mathilde sprang eilig dazu, hob das Buch auf und reichte es der werdenden Mutter, die bleich und mit dunklen Schatten unter den Augen vor ihr stand.

»Wann ist es denn so weit?«

Die Schwangere bedankte sich für Mathildes Hilfe und strich sich über den Bauch. »Keine sechs Wochen mehr. Dann wird es aber auch Zeit. Es tritt und strampelt und lässt mir keine Ruhe mehr. Jourdain glaubt deswegen auch, dass es ein Junge wird. Ich habe ihm gesagt, das sei vollkommener Blödsinn. Mädchen wissen sich schließlich auch zu behaupten. Nicht wahr, *ma petite?*« Zärtlich streichelte sie wieder über ihren Bauch und setzte sich auf die Bank.

Das war also Madeleine. Die Partnerin von Cabasse. Wegen ihrer Schwangerschaft hatte er sich von Leonice getrennt. Und Madeleine war es gewesen, die Leonice, vollgepumpt mit Medikamenten, gefunden hatte.

»Sie sind also eine Lichttemplerin?«

Die junge Frau lächelte. »Wie merkwürdig sich das anhört. Als wäre es ein Beruf. Nun ja, es ist ja etwas Ähnliches. Eine Berufung. Seit ein paar Jahren bin ich dabei. Jourdain hatte mich ziemlich schnell davon überzeugt. Kennen Sie ihn?« Ein Strahlen erleuchtete ihr Gesicht, als sie von Cabasse sprach. Die Müdigkeit war wie weggefegt.

»Ja, ich habe ihn kennengelernt. Er ist ein bemerkenswerter Mann. Und ein gut aussehender dazu.«

»Das kann man wohl sagen. Ich glaube nicht, dass ich einem hässlichen Zwerg in den Orden gefolgt wäre«, ließ die junge Frau Mathilde ganz offen wissen. »Mein Name ist Madeleine. Haben Sie jemanden besucht?«

»Ja, meine Tante. Sie ist gestern hier eingezogen. Sie und mein Cousin machen ein paar Wochen Urlaub.« Mathilde überlegte kurz. Das, was sie von Cabasse erfahren wollte, könnte ihr wahrscheinlich Madeleine genauso gut sagen. »Madeleine, darf ich Sie etwas fragen? Ihr Orden scheint mir etwas ganz Besonderes zu sein. Wie ich hörte, leben Sie vegetarisch, bauen das, was Sie essen, selbst an. Und Ihr Glaube basiert ganz stark auf dem Vertrauen in die Wiederkehr der Seele. Wie bei den Katharern des Mittelalters, nicht wahr?«

Madeleine sah sie verblüfft an. »Wie kommen Sie denn darauf? Diese Frage wurde mir noch nie gestellt. Sind Sie Religionswissenschaftlerin? Ich habe selbst ein paar Semester Religionsgeschichte studiert.«

»Nein, ich bin einfach nur neugierig.«

Madeleine dachte einen Moment nach. »Nun, es gibt Parallelen. Wie Sie schon sagten, der Glaube an die Wiedergeburt, wir essen kein Fleisch. Doch schon beim Sex hört die Gemeinsamkeit auf.« Mathilde schmunzelte. Madeleine war sehr geradeheraus. »Der war nämlich verboten. Wir hingegen können mit mehreren Partnern zusammenleben, wenn uns das gefällt. Und auch das Consolamentum oder die Endura, das alles ist uns fremd.«

Da war schon das Stichwort. Mathilde hatte es noch nicht einmal selbst ins Gespräch bringen müssen. »Das würde Ihnen also nicht einfallen, sich beispielsweise zu Tode zu hungern, um damit die Erfahrung der Reinkarnation zu beschleunigen?«

Madeleine rollte mit den Augen. »Ganz ehrlich, der Gedanke ist vollkommen abstrus. Nein, niemals. Aber warum wollen Sie das wissen?«

»Ich sagte es Ihnen, Neugierde. Berufliche Neugierde. Ich bin

Untersuchungsrichterin. Mathilde de Boncourt. Ich ermittle in den beiden Todesfällen Luc Maille und Christian Flaubert.«

Madeleine zuckte zusammen, und ihr Blick wurde misstrauisch. »Das hat doch alles nichts mit uns zu tun.« Schwerfällig stand sie auf, wandte sich zum Gehen.

»Bitte warten Sie, Madeleine. Sie waren es doch, die Leonice Howard gefunden hat.«

»Und was hat das damit zu tun? Mit den beiden Toten?« Unwirsch drehte sich die junge Frau um. »Ja, ich habe Leonice gefunden. Sie war meine Freundin. Zumindest so lange, bis ich schwanger wurde und Jourdain sich von ihr getrennt hat. Ich habe das gar nicht von ihm verlangt. Es war seine Entscheidung. So wie er sich auch von Joceline getrennt hat, ein Jahr zuvor von Regine, und ich weiß nicht, von wie vielen im Laufe der letzten Jahre. Leonice war krank, sehr krank. Im Kopf und im Geist. Sie hat das Zeug geschluckt. Ist daran gestorben. Ich konnte ihr nicht helfen, Victorine konnte ihr nicht helfen. Niemand konnte es. Und das ist die ganze Geschichte. Und jetzt entschuldigen Sie mich, Madame le Juge. Ich bin müde. Ich muss mich ausruhen.«

Hoch erhobenen Hauptes marschierte Madeleine davon. Und Mathilde war genauso schlau wie vorher.

»Sie wird eine wunderbare Mutter werden. Ich beneide Madeleine.«

Mathilde fuhr herum. Sie hatte die Frau, die plötzlich hinter der Bank stand, nicht kommen gehört. Ganz sicher kein gewöhnlicher Feriengast. Eine elegante Erscheinung. Die weit geschnittene Hose à la Marlene Dietrich umspielte eine schlanke, feingliedrige Figur, der teuer aussehende Kaschmirpullover mit V-Ausschnitt betonte den schlanken Hals. Selten hatte Mathilde eine solche Haarpracht gesehen. Die blonden Locken reichten der Frau bis an die Hüfte. Sie fühlte sich an eine Primaballerina erinnert. Aber da war noch mehr. Die Frau kam ihr bekannt vor. Aus dem Fernsehen? Eine Moderatorin? Eine Schauspielerin? Sie kam nicht drauf. Sie zeigte auf den Platz neben sich.

»Warum beneiden Sie Madeleine?«

Die Blondine setzte sich. »Es ist doch kälter, als ich dachte.« Sie umschlang mit den Armen ihren Oberkörper. »Warum ich sie beneide? Weil sie Mutter wird. In ein paar Wochen wird sie dieses überwältigende Glücksgefühl durchströmen, das man hat, wenn man das Baby erstmals in den Armen hält. Sie wird es ernähren, wachsen sehen, an seinem Bettchen sitzen, wenn es krank wird, es trösten beim ersten Liebeskummer. Sie wird immer für es da sein, es beschützen. Ich konnte mein Kind nicht beschützen.«

Jetzt wusste Mathilde, woher sie das Gesicht kannte. Das war Nora Tonnier. Mathilde erinnerte sich an die Artikel im Feuilleton, die Aufrufe im Fernsehen, die flehentlichen Bitten einer Mutter, ihr ihre geliebte Tochter wiederzugeben. Es war vergebens gewesen. Amandine Tonnier war und blieb verschwunden. Auch Mathilde glaubte, dass die Kleine bereits kurz nach der Entführung getötet worden war. Und Nora Tonnier hatte offensichtlich Trost und Zuflucht beim *Ordre du Temple de la Lumière* gefunden.

»Ich bin Mathilde de Boncourt. Ich weiß, wer Sie sind, Madame Tonnier. Ganz Frankreich hat mit Ihnen gelitten. Auch ich kann mich noch gut an alles erinnern, was in den Medien über die Entführung Ihrer Tochter berichtet wurde. Ich hatte zu der Zeit gerade mein Jurastudium begonnen.«

»Sie sind Anwältin?«

»Nein, Untersuchungsrichterin.«

Nora Tonnier schwieg. Sie bückte sich und hob ein Blatt auf, das Sekunden vorher vom Maulbeerbaum gesegelt war. Sie zerzupfte es in winzige grüne Krümel, blies diese von ihrer Hand. Sachte rieselten sie auf den Kies.

»Ich warte hier auf Amandine. Jeden Tag, jede Nacht. Auf wen warten Sie?«

»Auf niemanden. Vielleicht habe ich auf Sie gewartet. Erzählen Sie mir von Amandine.« Noch nie hatte Mathilde einen Menschen getroffen, der ihr so verletzlich erschien. Das Aussehen einer Fee, die Stimme, die Augen, als wäre Nora Tonnier nicht von dieser Welt. Ein Wesen aus einer anderen Sphäre. Sie konnte sich gut vorstellen, warum Madame Tonnier gerade hier lebte. Gewiss wartete sie auf die Wiederkehr ihrer Tochter. Doch was erwartete sie? Dass Amandine in ihrer Gestalt als Amandine wiederkam?

Nora Tonnier erzählte. Von den Schmerzen der Geburt, vom ersten Urlaub in der Bretagne, vom ersten Schultag, von der Freude Amandines über ein Kinderarmband mit einer blauen Kugel aus Stein, das sie bei einem Kindergeburtstag gewonnen hatte.

»Dieses Armband trägt sie immer noch.«

Hierauf wusste Mathilde nichts zu entgegnen.

»Als ich sie das letzte Mal gesehen habe, schimmerte die blaue Kugel in der Sonne. Amandine hob die Hand und winkte mir zu. Es war Anfang Mai. Die Weide an dem kleinen See hatte ihre Blätter entfaltet. Und Fische sprangen wie silberne Kobolde aus dem Wasser, um nach Mücken zu schnappen. Beim Eintauchen entstanden winzige Regenbogen.« Nora verstummte mit entrücktem Blick.

Vorsichtig stellte Mathilde die Frage, wo Nora ihre Tochter denn gesehen habe. Fast schon hatte sie mit der Antwort gerechnet.

»Hier, Amandine ist hier bei uns. Der Lichtbringer ist erschöpft. Doch wenn er wieder zu Kräften gelangt ist, bringt er mir meine kleine Tochter wieder. Vielleicht darf ich sie dann sogar berühren. Ich sehne mich so danach, ihre weiche Haut zu spüren. Wenigstens noch einmal. Ich weiß, sie wartet auf mich. Und sie wird mir sagen, wann ich zu ihr kommen darf. Der Lichtbringer hat es mir versprochen.« Versonnen schloss Nora Tonnier die Augen, streckte ihr Gesicht der Sonne entgegen. Sie lächelte. Doch das Lächeln galt nicht Mathilde. Es war ein zartes Strahlen aus dem Innersten heraus, ein Strahlen für Amandine.

Mathilde war fassungslos. Da saß diese Frau, durchscheinend wie ein Blatt im Herbst, beseelt von der Idee, ihre Tochter weile unter ihnen.

»Wie meinen Sie das, Nora? Wo haben Sie Amandine gesehen? Was hat der Lichtbringer damit zu tun?«

Nora Tonnier öffnete die Augen. Ihr Blick war klar, ihre

Augen leuchteten. Zumindest stand sie nicht unter Drogen, stellte Mathilde einigermaßen beruhigt fest. Nora hielt einen Zeigefinger an die Lippen. »*Chut.* Amandine mag es nicht, wenn wir darüber reden. Sie wird dann nicht zu mir kommen.« Die Frau stand auf, wandte sich zum Gehen. Mathilde kam es vor, als schwebe sie davon. Noch einmal drehte sich Nora Tonnier um. »Dann ist mein Liebling verschwunden wie eine kleine Maus, wie ein Vögelchen.«

Oder wie ein kleines Füchslein, dachte Mathilde, und eine unbändige Wut überkam sie. Was erzählte man hier dieser armen Frau? Welche Hoffnungen schürte dieser Lichtbringer? Sie sprang auf. Mit Nora Tonnier zu reden hatte keinen Sinn. Diese Frau lebte tatsächlich in einer anderen Welt. Aber Cabasse war ihr eine Erklärung schuldig. Mathilde stürmte in den Palas, klingelte Sturm und gab nicht eher Ruhe, bis sie im Büro des Ordensoberhauptes stand. Gelassen saß er in einem der Besuchersessel, als habe er sie erwartet.

»Ich weiß, warum Sie hier sind, Madame le Juge. Ich habe Sie mit Nora gesehen. Was hat sie Ihnen erzählt? Dass sie ihr Kind wiedersehen wird? Bitte entschuldigen Sie, wenn ich es Ihnen so ganz unverblümt sage. Nora ist seit dem Verschwinden oder sagen wir lieber Verlust ihrer Tochter nicht mehr bei Sinnen. Sie sieht das Kind immer und überall. Hat sie von diesem Armband gesprochen? Ein Bindeglied zwischen der Vergangenheit und dem Jetzt. Dieses Armband existiert wirklich. Es liegt in Noras Zimmer. Oft hält sie es in der Hand wie einen Rosenkranz, eine Gebetskette.«

»Sie hat nicht nur von diesem Armband gesprochen, sie beschreibt jedes Detail. Einen See, einen Baum.« Mathilde ließ nicht locker.

»Madame le Juge, die Erklärung ist ganz einfach. Obwohl ich ihr davon abrate, schaut sich Nora immer wieder alte Videofilme an. Amandine am Meer, Amandine auf einem Pony, Amandine bei einem Kindergeburtstag.«

»Und was hat der Lichtbringer damit zu tun? Was hat er Nora versprochen? Dass sie ihre Tochter wiedersieht?«

Cabasse lächelte spöttisch. »Madame le Juge. Machen Sie sich doch bitte nicht lächerlich. Nichts, rein gar nichts hat dieses Gerede zu bedeuten. Wir hatten das Thema doch schon. Das, was Sie offenbar von Nora gehört haben, existiert nur in Ihrer Fantasie. Und jetzt entschuldigen Sie mich bitte. Ich habe zu tun.«

Mathilde funkelte den Mann im Sessel zornig an. Doch was sollte sie machen? Ihn festnehmen lassen? Wegen was? Sie hatte nichts gegen Cabasse in der Hand. Wütend drehte sie sich um und verließ das Büro.

Müde stand Jourdain Cabasse auf, fuhr sich mit den Händen durch die dichten Haare. Es war ein Punkt erreicht, an dem er nicht mehr weiterwusste. Diese Untersuchungsrichterin würde nicht lockerlassen, so lange Fragen stellen, bis sie alles wusste. Und dann? Alle Welt würde es erfahren. Und er, das Oberhaupt des Ordens, wäre der Lächerlichkeit preisgegeben. Er sah sich mit Spott und Häme überschüttet. Lichtbringer. Was für ein Nonsens, was für ein Betrug, würde die Öffentlichkeit urteilen. Er musste endlich handeln.

Kapitel 47

Tagebucheintrag Luc Maille

Einen winzigen, kurzen Moment haben mich wieder Zweifel überkommen. Er sagte, er habe mich sofort erkannt, als er mich in Begleitung von Cabasse auf dem Anwesen des Ordens gesehen hat. Er wolle mich gerne treffen. Natürlich habe ich sofort an Leonice gedacht.
Am Telefon wollte er nicht mit der Sprache herausrücken. Nur so viel, es gehe nicht um meine Schwester. Aber um eine Story, die mich ganz sicher interessieren würde.

*

Wir haben uns an einem belebten Platz getroffen, weit genug von Montauban-sur-Vidourle entfernt. In Nîmes in den Jardins de la Fontaine, auf einer Bank an einem der terrassenförmig angelegten Gartenbereiche, von dem aus ein Weg hoch zum antiken Tour Magne führt.
Mir kam der Typ nicht bekannt vor. Er sah aus wie ein Student, und er war ein Student. Jeans, T-Shirt, ausgelatschte Sneaker. Fast musste ich über seine riesige Sonnenbrille lachen. Eine Baseballkappe hatte er zusätzlich noch tief ins Gesicht gezogen. Das Erkennungszeichen, die knallig blau-orange Kappe der Barracudas aus Montpellier, einer Baseballmannschaft, führend in der Division 1.
Er saß da auf der Bank und wartete auf mich. Ich habe mir Zeit gelassen, ihn zunächst eine Weile aus der Ferne beobachtet. Er war nervös, keine Frage. Kopf nach links, Kopf nach rechts, nach

hinten. Den großen Umschlag, den er in der Hand hielt, öffnete er mehrfach und schaute hinein, als ob er sich vergewissern wolle, dass sein Inhalt noch vorhanden war.
Die Leute, die an ihm vorbei zum Tour Magne spazierten, beachteten ihn nicht. Ein Müßiggänger in der Sonne. Ich setzte mich stumm neben ihn. Links von mir ein Kissen blauer Blüten, von denen ein unbeschreiblicher Duft ausging, der meine Sinne einen Moment in Anspruch nahm. Bienen tummelten sich in den kleinen Blütenglocken.
»Salbei, Salvia officinalis.«
»Sie sind Botaniker?«
»Physiker. Der Name der Pflanze steht auf dem kleinen Schild daneben.«
Das Gespräch war eröffnet. Der Name meines Informanten ist Christian Flaubert, und er redete nicht lange um den heißen Brei herum.
Angefangen habe alles mit seinem Fachartikel zum Thema Avatar – virtuelle Figuren in der Hologrammtechnik.
Mir war sofort klar, wovon er sprach. Ich war live dabei gewesen, als ein Avatar des Politikers Jean-Luc Mélenchon in Montpellier auftrat. Ein faszinierendes Erlebnis. Und Flaubert ist ein Fachmann auf diesem Gebiet. Er hat das Know-how, solche Spektakel zu inszenieren. Es dauere zwar seine Zeit, man brauche das notwendige Equipment, eine gute Vorlage. Aber dann sei es keine Hexerei, eine Person, ob tot oder lebendig, auf einer Bühne erscheinen zu lassen. Alles nur ein kleiner Taschenspielertrick. Und genau diesen wendet Flaubert seit geraumer Zeit an. Wo? In der Kirche der ehemaligen Templerkomturei des Ordre du Temple de la Lumière. *Warum? Um eine Mutter glauben zu lassen, ihre kleine Tochter wäre noch am Leben. Wieso? Weil diese Mutter Unmengen an Geld dafür bezahlt.*
Also doch. Auch wenn ich mit meinem Verdacht, was den Tod von Leonice angeht, offenbar falschliege, ist der feine Orden doch nicht über jeden Zweifel erhaben.

Amandine Tonnier ist als Kind im Alter von acht Jahren entführt worden. Die Eltern zahlten eine Summe von drei Millionen Francs, doch das kleine Mädchen blieb verschwunden. Die Polizei ging davon aus, dass das Kind schon kurz nach der Entführung getötet worden war. Nora Tonnier, die Mutter, hat bis heute die Hoffnung nicht aufgegeben, ihre Tochter wiederzubekommen. Und nun, nach so vielen Jahren, präsentiert man ihr, herausgezaubert aus einem alten Video, die Kleine in einer makabren Show, lässt die arme Frau hoffen, ihr Kind steige irgendwann von der Bühne, lässt sie davon träumen, Amandine wieder in ihre Arme schließen zu können. Dieses elende Dreckspack.

Skrupel haben sich nun bei Flaubert breitgemacht. Immer weiter sei er in die Strukturen des Ordens hineingeraten. Doch mit diesem Hokuspokus wolle er nichts mehr zu tun haben. Die brauchen Flaubert, denn nur er kennt sich mit der Hologrammtechnik aus. Man bezahlt ihn fürstlich dafür. Und auch dafür, dass er den Mund hält.

»Das ist noch nicht alles. Da sind noch die Erquickungsstunden. Ordensanhänger und Bewohner treffen sich regelmäßig in der Kirche. Vorher wird der Raum ausgeschmückt, rote Stoffe mit goldenen Lilien an den Wänden. Dann erscheint wie aus dem Nichts – ist natürlich auch alles nur ein Trick – der Lichtbringer inmitten eines riesigen Brimboriums mit Nebelschwaden, Weihrauch, Sphärenklänge im Hintergrund. Zu Beginn der Show gleitet ein Schwert durch die Dunkelheit in seine Hand. Eine Illusion. Die Teilnehmer werden dabei einem plötzlich auftretenden gleißenden Licht ausgesetzt. Damit niemand den Schwindel durchschaut.«

Ich muss ihn wohl mit offenem Mund angestarrt haben. »Wer, bitte, fällt denn auf so was rein?«

»Wenn man an das Übersinnliche unbedingt glauben will, in der richtigen Stimmung dafür ist. Kein Problem. Ich habe keinen Beweis, aber ich kann mir vorstellen, dass auch bewusstseinserweiternde Stoffe im Spiel sind. Ich bin nur für die Technik

zuständig. Auf jeden Fall nimmt das Erlebte die Teilnehmer oft sehr stark mit. Manche kippen einfach um wie in Trance.«
»Und was hat dieser Lichtbringer bei alldem zu verkünden?«
»Ihr seid die Auserwählten, ihr dient einer großen Sache, eure Belohnung wird das ewige Leben sein, und schon jetzt gehört ihr zu den Glücklichen, die wiederkehren werden. So in etwa. Er wiederholt alles wie ein Mantra.«
Flaubert sagt, er weiß nicht, wer dahintersteckt. Jourdain Cabasse hat ihn angeheuert, die Hologramm-Show zu inszenieren, und von ihm erhält er auch die Anweisungen für die Vorstellung des Lichtbringers. Als Beweis für den Auftritt in der Kirche hat er mir ein Foto präsentiert. Es zeigt lediglich eine Person, von der ich beim besten Willen nicht sagen könnte, ob es eine Frau oder ein Mann ist. Sie trägt eine Art purpurrotes Messgewand, das weit am Körper herabfällt. Der Oberkörper ist zusätzlich durch einen bodenlangen schwarzen Umhang verdeckt. Das Gesicht ist nicht zu erkennen, ein goldener Helm – wie ich jetzt weiß, die Nachbildung eines korinthischen Helms – sitzt auf dem Schädel. Die Wangenklappen laufen wie ein Schnabel nach vorne spitz zu. Links und rechts vom Nasenschutz durchbrechen zwei Augenöffnungen den Helm. Ein Aufzug, wie man ihn am Mardi Gras erwarten würde. So albern, man kann schon fast darüber lachen. Meinen Verdacht, Cabasse stecke vielleicht hinter diesem Mummenschanz, konnte Flaubert nicht bestätigen. Ich glaube, er weiß es wirklich nicht. WIE RAFFINIERT MUSS DIESE PERSON SEIN!
Doch abgesehen davon, dass man der armen Madame Tonnier die Tausender nur so aus der Tasche zieht, gibt es keinen Anhaltspunkt, ob der Orden, in welcher Form auch immer, mit seinem Hokuspokus gegen irgendein Gesetz verstößt.
Und das, was der Lichtbringer verkündet, kommt einem doch auch bekannt vor. Hat nicht ein gewisser Jesus von Nazareth so gesprochen? Das muss ich wohl in einer Bibel nachschlagen. Auserwählte, ewiges Leben, Wiederkehr.
Was Flaubert sich nun von mir erhofft, war mir nicht ganz

klar. Ihm zunächst auch nicht. Anzeigen könnte er den Betrug an Madame Tonnier selbst. Aber er wird es nicht tun, er steckt persönlich zu tief drin. Seine Karriere als Physiker kann er sich dann abschminken. Und die Inszenierungen dieses Lichtbringers – wem schaden sie? In den USA steigern sich die Gläubigen mit jedem gesprochenen Halleluja in Trancezustände.
Wir sind dann so verblieben, dass ich die Betrügereien aufdecken und publik machen werde – was mir eine große Genugtuung sein wird –, ohne Flaubert hineinzuziehen. Doch bevor ich irgendetwas – WAS? – unternehme, muss ich noch ein wenig mehr erfahren.
1. Wer ist dieser Lichtbringer?
2. Flaubert meinte, Drogen könnten bei dessen Kundgebungen im Spiel sein. Wie weit bewusstseinsverändernde Drogen Anhänger jedweder Glaubensrichtung beeinflussen können, ist bekannt. Charles Manson machte seine »Family« mit LSD gefügig, sie folgten ihm bis hin zur Ermordung zahlreicher Menschen. Und er war nicht der Einzige. Könnte es so weit kommen???
Flaubert hat meine Visitenkarte. Wenn ihm noch was einfällt, wird er anrufen.

Kapitel 48

Tagebucheintrag Luc Maille

Flauberts Anruf kam um halb drei morgens.
»Ich habe es schon erwähnt, glaube ich jedenfalls. Vielleicht ist es für Sie von Interesse. Ich selbst halte es für blanken Unsinn, aber die Anhänger des Ordens und einige der Bewohner sind von ihrer Wiederkehr überzeugt. Sogar davon, eine solche Wiedergeburt schon einmal oder sogar mehrfach erlebt zu haben.«
Sofort hatte ich das Bild des Schmetterlings vor Augen. Aponi. Der Schmetterling. Die Seele des Verstorbenen kehrt im Schmetterling wieder. Ob Leonice daran geglaubt hat?
»Und sie werden nicht als Ameise oder ähnlich Schlichtes wiedergeboren. Nein, die greifen ganz tief in die Historienkiste. Cabasse hält sich für die Reinkarnation von Jacques de Molay, letzter Großmeister des Templerordens, seine Partnerin, Madeleine Blanchard, die der Maria Magdalena, und seine zweite Bettgenossin, Joceline Helier, ist die wieder auferstandenen Nofretete. Da ist Regine direkt bescheiden – Hildegard von Bingen. Und Alphonse bleibt beim Namen – Alfons von Kastilien. Und das verkünden sie ganz offen. Na ja, zumindest in der Gemeinschaft der Lichttempler. Und der Lichtbringer soll Artus sein, deswegen immer das schwebende Schwert, verstehen Sie?«
Ich verstand. Doch über so etwas kann ich nur den Kopf schütteln. Wenn es die Leute glücklich macht, sollen sie glauben, was sie wollen. Fast tröstet mich der Gedanke sogar, Leonice könnte mit der Überzeugung gestorben sein, wieder auf diese Erde zurückzukehren.

Ich sagte Flaubert, dass mich seine Andeutung, einige der Lichttempler und Alterchen könnten während der Zeremonien des Lichtbringers unter Drogeneinfluss stehen, beschäftigt. Und wer wohl dafür infrage kommt, ihnen bewusstseinsverändernde Substanzen zu verabreichen? Docteur Salagou?

»Victorine? Nein, niemals. Sie ist eine Ärztin, die ihren Eid niemals brechen würde. Nie würde sie jemanden einer körperlichen oder psychischen Gefahr aussetzen, dessen bin ich mir sicher. Sie ist übrigens ebenfalls eine Anhängerin des Lichtbringers. Nur hat sie wohl noch keine Reinkarnation erfahren. Sie hat jedenfalls noch keine erwähnt. Aber fühlen Sie dem Apotheker mal auf den Zahn. Der wiedergeborene Charlemagne kommt einmal in der Woche mit seinem Sprinter, beladen mit einem Haufen Kartons, voll mit Medikamenten. Wer weiß, was da sonst noch so drin ist. Auch er ist ein Anhänger des Ordens, lebt aber im Ort. Wenn jemand den Lichtbringer mit Drogen für seine Gefolgschaft versorgt, dann er.«

Charlemagne. Da hat es aber jemand gut mit dem Apotheker gemeint, ihn als Karl den Großen auf die Erde wiederkehren zu lassen.

Interessant, es gibt also auch Anhänger, die nicht in der Komturei leben. Ich hatte mir die Frage, wie der Orden aufgebaut ist, noch gar nicht gestellt.

Flaubert erklärte, man müsse sich konzentrische Ringe vorstellen, den Kern bilden Cabasse und der Lichtbringer, ähnlich wie Gottvater und der Heilige Geist, so stelle er es sich jedenfalls vor. Es folgen die engsten Vertrauten, also die Frauen in den langen Gewändern und die Männer in den Leinenanzügen. Sie alle sind gleichrangig. Dann die Anhänger, die dem Orden besonders eng verbunden sind, wie der Apotheker Marc Corion oder Victorine Salagou. Wie viele das sind und wo sie überall wohnen, wusste Flaubert nicht. Manche wollten wohl auch unerkannt bleiben. Sie könnten in Nîmes leben, in Sète, in Avignon, einfach überall. Auf jeden Fall bilden diese Gruppen einen innersten und einen inneren Zirkel. Es folgen die, die den Orden

unterstützen, zumeist finanziell, ihm aber nicht angehören, wie Madame Tonnier. Arbeitskräfte, die für das Funktionieren der normalen Lebensbereiche zuständig sind wie Instandsetzen, Putzen, das Feld bestellen, Kochen, werden aus der Mitte der Dorfbevölkerung gewonnen. Sie sind keine Ordensmitglieder, können es aber auf Wunsch werden. Flaubert wusste nicht, wie viele aus dieser letzten Gruppe sich schon dazu entschlossen hatten, dem Orden anzugehören.
Ein kleiner Staat. Präsident, Regierungschef, Kabinett, Steuer zahlende Bürger und fleißige Arbeiter und Arbeitsmigranten, ohne die das Gefüge zusammenbrechen würde.
Alors. Zuerst werde ich einen Blick auf den Apotheker Marc Corion werfen. Und dann den Lichtbringer, der tote Kinder auf seine Bühne »zaubert«, aufspüren.

Kapitel 49

Es kam selten vor. Doch es gab diese Tage, an denen Mathilde de Boncourt unumwunden zugab, dass sie die Schnauze gestrichen voll hatte. *J'en ai marre.* Doch im Gegensatz zu Georges Moustaki, der dann in seinem Lied *Le Quotidien* einfach seine Gitarre bearbeitete, spielte sie kein Musikinstrument, um auf diese Weise ihren Frust abzubauen. *Et lorsque j'en ai marre, je gratte ma guitare.* Und wie Moustaki im Liedtext ein paar Flaschen zu leeren, wenn er etwas satthatte, kam leider auch nicht infrage. Eine vielleicht. Kurz hatte sie überlegt, zum Château zu fahren, doch dort würde ihr Odile wegen Vivienne und vor allem wegen Sébastien in den Ohren liegen. Die beiden und ihr Aufenthalt in der alten Komturei – noch etwas, was Mathilde Bauchschmerzen verursachte. Und wieder bei Martin aufzutauchen war auch keine wirklich gute Idee.

Sie fuhr zum nächsten Supermarkt. Der Kühlschrank musste aufgefüllt werden. Ohne Plan steuerte sie den großen Einkaufswagen durch die Gänge. Pizza im Angebot, drei für den Preis von zwei. Rein in den Wagen. Odile würde sie steinigen. Mmh, was gab es denn da Leckeres? Mathilde hielt am Stand für Wurst und Käse. Auf einer alten Schultafel, die auf der Theke stand, empfahl in schnörkeliger Schrift ein gewisser *Traiteur* Alexandre heute frisch zubereitete Paella zum Mitnehmen, die in einer riesigen Pfanne mit ihren bunten Gemüsen, Muscheln und Krabben ein wahrer Augenschmaus war. Die würde sie sich heute Abend munden lassen. Schnell noch zwei Scheiben Paté – grobe mit grünem Pfeffer und Hasenpastete mit Nüssen – aus den großen Steingutschüsseln, Brot, schwarze getrocknete Oliven mit Kräutern, getrüffelte frische Nudeln, Trauben, Tomaten. Das sollte für die nächsten Tage reichen.

Die Schlange an der Kasse war lang. Doch Mathilde wusste, wenn sie jetzt die Kasse wechseln würde, wäre dort direkt vor ihr ein Kunde, der vergessen hatte, sein Obst abzuwiegen, oder das Papier für den Ausdruck des Kassenbons wäre alle. Sie wagte es trotzdem. Und stöhnte auf. Alles abgewogen, die Papierrolle ausreichend. Aber die Kundin hatte unzählige Bons, die für diesen und jenen Artikel einen kleinen Rabatt brachten und die die Kassiererin gewissenhaft kontrollierte und eingab.

Aus Mathildes Handy ertönte die Marseillaise. Rachid. Sie teilte ihm mit, sie sei beim Einkaufen, rufe in zehn Minuten spätestens zurück. Endlich war sie draußen, verstaute ihre Einkäufe im Wagen und rief den Commandant an.

»*Bonsoir*, Mathilde. Es gibt Neuigkeiten. Borie hat mich angerufen. Man hat die Leiche des Apothekers gefunden. Marc Corion ist offenbar schon seit einigen Tagen tot.«

Mathilde ließ sich auf den Fahrersitz ihres Autos plumpsen. Also doch kein ausgedehnter Fremdgang. »Seine Frau hat hoffentlich ein Alibi?«, fragte sie trocken.

Rachid lachte. »Das muss erst überprüft werden. Noch kennt man nicht den genauen Todeszeitpunkt.«

In Kürze berichtete er, was er von Borie erfahren hatte. Wanderer hatten eine Hütte im Wald aufgesucht. Zwar hing ein Vorhängeschloss an der Tür, doch das war offen. Die vier Urlauber betraten die Hütte, um dort eine kleine Rast einzulegen. Corion lag tot auf dem Boden. Jemand hatte ihm offenbar mit der Axt, die neben der Leiche lag, den Schädel zertrümmert. Die Axt war schon bei den Kriminaltechnikern, Borie hatte Corion umgehend nach Nîmes transportieren lassen. Morgen früh würde Regis mit der Obduktion beginnen.

»Gibt es schon Hinweise auf die Person, mit der Corion in der Hütte war? Kann es eine Frau gewesen sein? Ich meine, eine Tat aus Eifersucht ist immer naheliegend. Zumal beim Lebenswandel unseres Apothekers. Und dafür kommen sowohl die Ehefrau wie auch eine Geliebte infrage.«

»Corions Ehefrau hat einen Nervenzusammenbruch erlitten,

als Borie sie vom Tod ihres Mannes unterrichtete. Gut, das will nichts heißen. Und wer die aktuelle Geliebte gewesen sein könnte, wissen wir nicht. Ich glaube, Frau und Gespielin können wir außer Acht lassen. Der Tod Corions hängt mit unseren beiden anderen Todesfällen zusammen. Corion ist eng verwoben mit dem Orden, hat sowohl die Bewohner mit Medikamenten beliefert als auch ...«, Rachids Stimme wurde ironisch, »... zumindest einmal mit seinem Tee den alten Leuten zu einer ganz neuen Bewusstseinsebene verholfen. Und dieses Gebräu war ein Aufguss aus Bilsenkraut.«

Mathilde hatte sich eine Zigarette angezündet und blies nun den Rauch hinaus auf den Parkplatz. »Wenn der Mord an Corion uns in den beiden anderen Fällen weiterbringt, ist er wenigstens nicht umsonst gestorben.« Kaum hatte sie die Worte ausgesprochen, bereute sie sie schon. Da konnte man einmal sehen, wie genervt sie von diesen Ermittlungen war. »Sie wissen, wie ich das meine, Rachid«, fügte sie entschuldigend hinzu.

»Uns geht es doch nicht anders. Treffen wir uns morgen um zehn bei Regis zur Obduktion. Felix wird mit Madame Corion sprechen, sobald sie wieder dazu in der Lage ist. Und auch auf ein Gespräch mit Cabasse können wir leider nicht verzichten. Auch wenn er für mich wie ein rotes Tuch ist. Und gehen Sie früh schlafen, Mathilde. Sie brauchen dringend mehr Ruhe.«

»Das werde ich, Rachid. *Bonne nuit.*«

Besorgt schaute Mathilde zum Himmel. Dunkle Wolken schoben sich wieder zusammen. Das Wetter spielte in den letzten Tagen wirklich verrückt. Ob dies ein Zeichen für den Klimawandel war? Sonne und Regen wechselten sich ab, warme Temperaturen und kalter Wind sorgten dafür, dass man nicht wusste, was man am Morgen anziehen sollte. Und nun waren für die kommende Nacht schwere Gewitter vorausgesagt. Aus den Bergen der Cevennen war schon Donnergrollen zu hören. Und zuckte da nicht schon ein erster Blitz am immer schwärzer werdenden Himmel? Mathildes Sorge galt dabei weniger dem Unwetter, das über dem Land hereinbrechen würde, als Sébastien. Seine Furcht vor Blitz und Donner war groß. Und nun war er allein mit seiner Mutter innerhalb der mittelalterlichen Mauern. Mathilde fröstelte plötzlich. Rachid hatte recht, sie sollte heute früh ins Bett.

Kapitel 50

Tagebucheintrag Luc Maille

Zuerst habe ich mir Charlemagne aus gebührender Entfernung angeschaut. Ein spindeldürres Männlein in einem weißen Kittel. In der Bar hat mir die Wirtin, nicht ohne einen Hauch von Gehässigkeit in der Stimme, erklärt, Madame Corion sei der eigentliche Chef, wäre aber auf ihren Mann angewiesen. Sie habe die Apotheke von ihrem Vater geerbt, den Studienabschluss in Pharmazie aber nie geschafft. Ganz im Gegensatz zu ihrem Gatten. Beide bilden eine Art Zweckgemeinschaft. »Wie diese Vögel, die die Parasiten vom Rücken des Nilpferds picken«, ließ sie mich wissen. Irgendwie hinkt dieser Vergleich.
Und Corion nimmt es mit der Treue nicht so genau. Ein Teil des Gewinns, den die Apotheke abwirft, investiert er in Nutten. Soweit man weiß. Tiens. Man, das sind in diesem Fall die Stammgäste der Bar. Corions Frau duldet das, aber nur einmal im Monat, wie jemand, der es genau wusste, unter allgemeinem Gelächter kundtat.
»Wahrscheinlich ist seiner Frau eine Nutte im Monat immer noch lieber, als wenn er mit den Lichtspinnern rumhängt.«
»Was soll das denn? Das sind doch keine Spinner. Vielleicht ein bisschen eigen …«
»Was ihr schon wieder habt. Wenn die nicht wären, wüsste ich nicht, wo dieser Nichtsnutz von Sohn eine Arbeit findet. Ich bin froh, dass die Lichttempler hier sind.«
»Lichttempler. Esodingsda-Quatsch.«
»Esoterisch, du meinst esoterisch.«

»Egal, was ihr sagt. Ich geh jedenfalls nächste Woche zum Konzert.«
Man einigte sich darauf, dass die Lichttempler schon ein wenig merkwürdig, aber im Großen und Ganzen ein Gewinn für Montauban seien.
Ich bin dann rüber in die Apotheke und habe mir eine Packung Aspirin gekauft. Corion hat mich bedient. Er trägt eingefärbte Kontaktlinsen und hat seine Resthaare quer über der kahlen Schädeldecke verteilt. Ein Luftzug, und der Schwindel fliegt auf.
Wenn meine Menschenkenntnis mich nicht trügt, ist er das, was man landläufig einen Klugscheißer nennt. Und er hält sich für einen unwiderstehlichen Witzbold. Er erdreistete sich doch tatsächlich, einer jungen hübschen Frau mit blondem Pferdeschwanz, die eine Packung Antibabypillen kaufen wollte, einen saublöden Witz zu erzählen.
»Na, Mademoiselle, wissen Sie eigentlich, wie Blondinen russisches Roulette spielen? Nein? Fünf Antibabypillen und ein Smartie!«
Das Mädchen hat das einzig Richtige getan. Hat ihm die Packung auf die Theke geknallt und ist gegangen. Chapeau.
Von den Stammgästen weiß ich, dass Corion pünktlich nach Ladenschluss in der Bar ein Glas Weißwein trinkt. Dort werde ich ihn mir vorknöpfen.

*

Ich habe mich einfach zu ihm gesetzt, ihn zu einem Glas Wein eingeladen. Und ihm dann ganz offen gesagt, wer ich bin. Dass ich verstehen möchte, welche Faszination der Ordre du Temple de la Lumière *auf die Menschen ausübt, was Leonice daran so beeindruckt hat. Was das Besondere an dieser Gemeinschaft ist. Zunächst war er sehr reserviert, misstrauisch. Warum ich nicht mit Jourdain Cabasse darüber sprechen würde.*
»Ich habe es versucht, Monsieur Corion, aber Jourdain ist von den Erinnerungen an Leonice immer noch zu überwältigt. Er

konnte nicht mit mir über sie sprechen.« Auch oder vielleicht gerade einem Mann von der Presse gehen Lügen schon mal ganz glatt von der Zunge. Zumindest war der Apotheker beruhigt. Doch er möchte sich nicht in der Bar mit mir unterhalten. Zu viele Ohren. Wir werden uns morgen in Corions Refugium – so hat er es genannt – treffen. Eine aufgegebene Schäferhütte. Wie passend. Wahrscheinlich eher eine aktive Schäferstündchenhütte.

Kapitel 51

Sébastien erwachte, als sein Zimmer plötzlich für Sekunden taghell erleuchtet war. Der heftige Donner folgte nur wenig später. Das Gewitter war nicht weit entfernt. Wenn er doch jetzt nur zu Hause wäre. Die Hunde würden an seiner Tür kratzen, schnell würde er aus dem Bett springen und sie hineinlassen. Auch sie fürchteten sich vor dem Gewitter. Sie beschützten ihn, und er beschützte sie. Kurz überlegte er, ob er bei seiner Mutter anklopfen sollte. Die schlief wie ein Murmeltier, ihr heftiges Schnarchen drang bis in sein Schlafzimmer. Nein. Er war erwachsen. Er würde sich dem Unwetter stellen. Sébastien krabbelte aus seinem Bett und ging ins Wohnzimmer. Von hier aus hatte er einen guten Blick auf die Berge. Das Gewitter sollte nur näher kommen.

Der nächste Blitz zuckte über den schwarzen Himmel, tauchte den Hof in blendende Helligkeit, der Donnerschlag, der folgte, war so gewaltig, dass das Glas in den Fensterscheiben zu vibrieren schien. Voller Angst und doch zugleich fasziniert starrte Sébastien in die Dunkelheit. Nein, er wollte sich nicht fürchten. Doch alles um ihn herum war so anders. Diese Burg, die dicken Mauern, die Türme. Wie in einem Ritterfilm. Grelles Licht, ein neuer Blitz, seine Augen schmerzten, und doch konnte er sie nicht vom Hof abwenden. Er musste zurück ins Bett, sich ganz tief in seiner Decke vergraben. Und wenn sie nun hierherkamen? Er hatte sie ganz deutlich gesehen. Ritter in langen weißen Umhängen. Mit Schwertern in der Hand. Sébastien rannte die wenigen Meter zu seinem Zimmer, sprang mit einem Satz ins Bett, zog die wärmende Decke über den Kopf und kniff die Augen ganz fest zusammen. Mit dem letzten Donner fiel er in einen tiefen, unruhigen Schlaf.

Kapitel 52

Tagebucheintrag Luc Maille

Was für eine armselige Ratte!!
Das Ganze ist so lächerlich. Corion, die Reinkarnation von Charlemagne. Dieses Würstchen als Wiedergeburt von Karl dem Großen. Mehr an Hybris geht beim besten Willen nicht mehr. Bevor mein Kugelschreiber noch Löcher in das Papier bohrt, brauche ich einen doppelten Whiskey.
Kein Tropfen im Haus.
Ich fasse mich kurz.
Wer die Hütte nicht kennt, wird sie kaum finden. Ich denke, es ist eher eine seit Ewigkeiten verlassene Köhlerhütte. Zu Schäferstündchen genutzt. Corion hat sich mit mir hinter Montauban getroffen, ich bin ihm im Wagen gefolgt. Die Autos mussten wir an einem Fahrweg im Wald stehen lassen. Es ist ein Fußweg von wenigen Minuten. Die Bäume stehen dort so dicht, dass das windschiefe Hüttchen kaum sichtbar ist. Ein Vorhängeschloss verwehrt jedem potenziellen Eindringling den Zutritt.
Die ersten Minuten war Corion sehr gesprächig, es ist alles nur so aus ihm herausgesprudelt. Welch ein Glück es sei, ein Lichttempler werden zu dürfen, wie verheißungsvoll. Das Leben um so viel reicher, und der Tod bedeute nichts. Auch ich solle mir keine Sorgen um meine Schwester machen. Sie kehre zurück, denn der Tod ist nur eine Einbildung, die Seele gehe unvermittelt nach dem Akt des Sterbens auf Wanderschaft. Diese Reinkarnation hätten schon viele Anhänger des Ordens erfahren. In ihm habe sich so Karl der Große manifestiert.

Ich musste einen Lachanfall unterdrücken. Karl, wiedergeboren in der Pelle eines Würstchens.
Ich äußerte Erstaunen, Zustimmung, Faszination, Interesse. Ich ließ diesen geltungssüchtigen Zwerg reden und reden. Und der kleine Mann merkte nicht, wie viel er peu à peu preisgab. Bis hin zu den Beschreibungen, wenn der Lichtbringer, gehüllt in eine Nebelwolke, seinen Auftritt hat.
»Das muss ein unglaubliches Erlebnis sein. Ergreifend und mitreißend. Und niemand weiß, wer der Lichtbringer ist. Eine magische Gestalt, die im Verborgenen eure Geschicke lenkt.«
Und da hatte ich ihn. Ich habe selbst nicht daran geglaubt, aber einen Versuch war es wert. Packt die Menschen bei ihrer Eitelkeit.
Charlemagne blies sich auf wie ein Ballon. »Niemand?« Einfach und ganz selbstzufrieden nur dieses eine Wort. »Niemand?«
Doch zunächst musste ich etwas anderes in Erfahrung bringen. Noch immer war der Apotheker in Redelaune.
»Um all das begreifen zu können, muss das Bewusstsein sich öffnen«, schwadronierte ich vor mich hin. Reizwörter, die auf fruchtbaren Boden fielen.
»O ja, doch es gibt für die, die noch nicht bereit sind, kleine Helferlein. Der Lichtbringer entscheidet, wen ich unterstütze. Und dann ein kleiner Schluck aus dem Becher der Erkenntnis. Er führt alle, die sich noch nicht so recht öffnen können, auf den richtigen Weg.«
Dieser Mann war noch mehr von sich eingenommen, als ich zu hoffen gewagt hatte. Und dumm wie ein Schaf. Nein, Entschuldigung, lieber Vierbeiner. Der Typ ist blöd wie ein Besen.
Alors, nun wirklich den Rest in aller Kürze.
Ich habe ihm dann irgendwann einfach ganz offen gedroht, dass ich seine Drogengeschäfte öffentlich mache, wenn ich nicht erfahre, wer der Lichtbringer ist. Er wäre geliefert.
Karl der Große mutierte zu Marc dem Winzigen und redete. Er bestätigte, was ich wusste oder ahnte. Die Erquickungsstunden, alles ein fauler Zauber. Mithilfe Flauberts, dem Fachmann auf

dem Gebiet der Hologrammtechnik, schwebten Schwerter durch die Luft, und der ganz große Knüller war ein Ritter im weißen Gewand, den er auf die Bühne zauberte. Mit Schwert, aus dem Blitze zuckten, und mit einem, alle saßen mit offenen Mündern da, herbeischwebenden Kelch – der Heilige Gral!! Und besonders zum Kotzen: Für einen kleinen Kreis ließ Flaubert Amandine Tonnier auf der Bühne erscheinen, wie sie auf einer Geburtstagsfeier strahlend ein Armband mit einem blauen Stein an ihrem Handgelenk zeigt.

Doch wer der Lichtbringer ist, davon kein Wort. Ich hätte ihn erwürgen können. Doch was hätte es gebracht? Die Ratte hat mich vertröstet. Er müsse sich noch über ein paar Dinge klar werden. Klar werden? Über was?

Kapitel 53

Das Gewitter hatte sich in der Nacht zwischen den Bergen der Cevennen festgesetzt. Außer einem stürmischen Wind, der einmal mehr an den alten Fensterläden rüttelte, und einem ergiebigen Regen hatte Nîmes von dem Unwetter jedoch nichts abbekommen.

Der Gedanke, der gestern während der Besprechung in ihrem Büro aufgeblitzt und wieder verschwunden war, war zurückgekehrt. Filmmaterial! Filmmaterial, das benutzt wurde, um einen Hologrammauftritt zu inszenieren. Die Callas, ihr Auftritt als Show, mit der man durch die Welt tingelte und Millionen verdiente. Sie hatte nichts mit dem Lichtbringer zu tun. Aber die kleine Filmsequenz auf dem Handy von Palice, Tessa, seine Frau, die er wiederzusehen hoffte, Nora Tonnier, die ihre Tochter in die Arme schließen wollte, alte Videos aus Amandines Kindheit. Konnte es sein, dass der Lichtbringer dieses Material benutzte? Konnte Flaubert der Lichtbringer gewesen sein? Flaubert war tot. Waren mit ihm auch diese Auftritte zu Ende? Sie musste mit Rachid und Felix darüber sprechen. Dann war Mathilde ins Bett gefallen und nach einer traumlosen Nacht – sie hatte noch nicht einmal das Klappern der Holzläden gehört – erstaunlich frisch wieder aufgewacht.

Sie brach ein Stück Baguette ab und tunkte es in ihren Kaffeebecher. Mehr Appetit hatte sie nicht. Die Paella stand unberührt im Kühlschrank. Eine Zigarette und ein Glas Rotwein waren Mathildes ganze »Abendmahlzeit« gewesen. Sie informierte Christine darüber, dass sie einer gerichtsmedizinischen Untersuchung beiwohnen und heute wahrscheinlich nicht mehr im Palais de Justice auftauchen würde.

Still standen die Untersuchungsrichterin und der Commandant im Obduktionssaal, während der Gerichtsmediziner mit seiner Arbeit begann. Nach zwei Stunden, in denen die beiden Ermittler einige Tassen Kaffee tranken, sich draußen die Beine vertraten und Mathilde zwei Zigaretten rauchte, fasste Regis die ersten Ergebnisse knapp zusammen. Marc Corion war seit mehr als einer Woche tot, die Fäulnis hatte sich bereits über den ganzen Körper ausgebreitet. An den Gliedmaßen waren Fraßspuren, so wie es aussah, von einem Waschbären, der in die Hütte gelangt war. Todesursache – ein gezielter Hieb mit der scharfen Kante einer Axt auf den Schädel des Apothekers. Auf dem Stiel der Axt waren verwischte, unbrauchbare Fingerabdrücke gefunden worden. Die Axt traf seinen Kopf, als Corion saß, der Hieb könnte sowohl von einem Mann als auch von einer Frau ausgeführt worden sein. Der Täter hatte sich seinem Opfer von hinten genähert.

»Das war's. Mehr gibt es von meiner Seite vorerst nicht zu berichten. Sobald ich weiß, was sich in seinem Blut befindet, melde ich mich bei euch. Wenn ihr mich nun bitte entschuldigt. Ein alter Mann mit Herzstillstand und einer gebrochenen Nase wartet auf mich. Bin gespannt, was die Kriminaltechnik mir über das Kissen erzählen wird, das neben seinem Bett lag. Und eine Bilsenkraut-Szene könnt ihr euch abschminken.«

Wie befreit atmeten Mathilde und Rachid auf dem Parkplatz aus.

»Wenn Corion brav auf seinem Stuhl saß, als der Mörder ihn von hinten erschlug, hat er wohl kaum mit dem Angriff gerechnet. Er war nicht gefesselt, hätte also jederzeit flüchten können, wenn er Gefahr witterte. Vielleicht also doch ein Eifersuchtsdrama?«

Rachid lachte trocken. »Ja, das wär's doch. Drei Tote, und am Ende stellt sich heraus, die Todesfälle haben nichts miteinander zu tun. Ein Unfall im Drogenrausch, ein Raubüberfall, ein Verbrechen aus Leidenschaft.«

»Rachid, mir spukt da noch so was im Kopf herum. Es klingt absurd, aber ich glaube, Flaubert hat Hologrammauftritte Verstorbener inszeniert. Innerhalb der Mauern der Templerburg. Amandine Tonnier ist wiederauferstanden, die Wiederkehr von Tessa Palice war geplant …« Weiter kam Mathilde nicht, Rachids Handy klingelte. Zunächst lauschte er stumm. Gespannt verfolgte Mathilde, wie sich die Miene des Commandant immer wieder veränderte. Vom entspannten, aufmerksamen Zuhören über Nachdenklichkeit bis hin zu großer Besorgnis waren die Facetten seiner Gefühlslage ablesbar. Er beendete das Gespräch.

»Was ist passiert?«

»Bories junge Kollegin, Coralie Mollard, ist gestern und heute nicht zum Dienst erschienen. Sie hat am Montag eine Verwandte in der Templerburg besucht. Ist von dort mit dem Fahrrad weggefahren, wie diese beobachtet hat. Coralies Mutter hat sich gegen Abend etwas gesorgt, dann allerdings kam eine WhatsApp ihrer Tochter, sie sei mit einer Freundin ins Kino. Madame Mollard war schon im Bett. Und sie nahm Schlafmittel. Am nächsten Morgen hat sie sich zwar gewundert, dass Coralie sie nicht geweckt hat, ist aber davon ausgegangen, sie sei bereits zum Dienst. Und dann rief Borie bei Madame Mollard an. Telefonisch ist Coralie nicht zu erreichen, das Handy ist ausgeschaltet. Und die beiden engsten Freundinnen wissen nichts von einem Kinobesuch. Borie hat sich auf die Suche nach Coralie gemacht, hat mit der Verwandten gesprochen und sich auch sonst auf der Templerburg umgehört. Der Bürgermeister hat sie noch gesehen und eine der Lichttemplerinnen. Aber seitdem keine Spur mehr von ihr. Im Moment scheint sie wie vom Erdboden verschluckt. Madame Mollard ist krank vor Sorge. Und Borie weiß sich keinen Rat. Er ist vollkommen von der Rolle«, schloss Rachid mit versteinerter Miene seinen Bericht.

»Zuletzt wurde sie also bei den Lichttemplern gesehen. Wo mag sie von dort aus hingefahren sein? Oder hat sie die Anlage womöglich nie verlassen? Rachid, wir fahren nach Montauban. Beeilen wir uns.« Während Mathilde auf Rachids Wagen zueilte, zog sie ihr Handy aus der Handtasche. »Martin, du musst mir einen Gefallen tun. Fahr sofort zur Templerkomturei, und pack

Vivienne und Sébastien ein. Erzähl ihr irgendwas, aber die beiden müssen nach Hause. Eine Polizistin ist verschwunden, man hat sie zuletzt in der Burg gesehen.«

Die nächsten Worte brüllte sie ins Telefon. Rachid war bereits losgefahren. Die Besorgnis in Mathildes Stimme war nicht zu überhören. Er gab Gas. »Was sagst du da? Sébastien hat gesehen, wie eine Frau verschwunden ist? Wo genau? Gut. Ich werde ihn anrufen. Mach dich bitte gleich auf den Weg. Ich werde mit Sébastien sprechen.« Sie suchte die Nummer ihres Cousins in der Telefonliste. Es dauerte eine gefühlte Ewigkeit, aber dann meldete sich Sébastien.

»Sébastien. Hier Mathilde. Hör mir bitte genau zu. Du hast in der Burg etwas beobachtet. Eine Frau ist verschwunden? Wo?« Mathilde hörte ein Rascheln. Noch bevor Sébastien antworten konnte, drang Viviennes Stimme an ihr Ohr. Was denn nun schon wieder sei. Ob man ihr denn nicht einfach in Ruhe ein paar entspannte Wochen gönnen könne.

Mathilde platzte der Kragen. »Vivienne, Martin wird euch abholen. Eine junge Frau, eine Polizistin, wird vermisst. So wie es aussieht, ist sie innerhalb der Burgmauern verschwunden. Und Sébastien hat etwas gesehen. Stimmt das?« Eine kurze Pause entstand, in der Vivienne auf Mathilde einredete. Sie kenne doch Sébastien mit seiner überbordenden Fantasie. In dieser Nacht habe er sogar Ritter in weißen Gewändern über den Hof marschieren sehen. »Da siehst du mal wieder, Mathilde …«

Mit einem Wort stoppte Mathilde den Redefluss ihrer Tante. *»Merde.«* Dieses Wort hatte Rachid noch nie aus ihrem Mund gehört. »Du packst jetzt deine Koffer und bleibst im Appartement, bis Martin da ist. Ihr steigt sofort in seinen Wagen. Ist das jetzt endlich in deinem Hirn angekommen? Und wo ist diese Frau verschwunden?«

»In der Kirche«, kam es kleinlaut zurück. Vivienne zeigte sich endlich beeindruckt von den Worten ihrer Nichte. »Wir warten auf Martin.« Mathilde legte auf.

»Felix ist vor Ort. Er und Borie sollen sofort zur Burg fahren.

Ich bin sicher, Sébastien hat Coralie gesehen. Sie ist in die Kirche gegangen, aber offenbar nicht wieder herausgekommen. *Mon dieu*, hoffentlich ist ihr nichts zugestoßen. Hoffentlich kommen wir nicht zu spät.«

Rachid zeigte hinter den Beifahrersitz. »Setzen Sie das Blaulicht aufs Dach.« Mathilde ließ die Scheibe herunter. Klong. Das Blaulicht saß, und sie stöpselte das Verbindungskabel im Wageninneren ein.

Rachid versuchte derweil, über die Freisprechanlage Felix zu erreichen. Nichts. Wo steckte er denn? »Verdammt, Felix. Wenn du das abhörst, melde dich. Schnapp dir Borie, und fahrt umgehend zur Templerburg. Coralie Mollard wird wahrscheinlich in der Kirche festgehalten.« Er beendete sein kurzes Telefonat. »Haben wir eine Handynummer von Borie?« Mathilde schüttelte den Kopf. »Wir versuchen es in seinem Büro.« Nach einer Minute war klar, dass die Dienststelle in Montauban verwaist war.

Mathilde stöhnte auf. »Wenn Sébastien recht hat und eine Frau in der Kirche verschwunden ist, dann ist es auch kein Hirngespinst, wenn er Ritter gesehen hat. Ritter mit Schwertern in der Hand. Vivienne hält es für pure Fantasie, aber ich sage Ihnen, der Junge hat tatsächlich in der Nacht Gestalten in weißen Gewändern gesehen. Das waren die Lichttempler. Wo sind sie hin?« Martins Worte über die Katharer kamen ihr in den Sinn. *Sie lehnten es ab, Gewalt anzuwenden oder gar zu töten. Wenn der Orden nach diesen Maximen lebt, hat niemand etwas von ihm zu befürchten.* Doch sie gingen auch freiwillig in den Tod, diese Katharer. *Sie sahen darin eine besondere Möglichkeit, die Fesseln des Irdischen zu überwinden, die Vollkommenheit zu erreichen.* Sollten Jourdain Cabasse und seine treuen Anhänger dazu bereit sein?

Mathildes Handy klingelte. Es war Borie.

»Madame le Juge, ich habe hier etwas. Einen Ordner, gefunden im Zimmer von Coralie. Hören Sie, sie hat die Stelle, die Sie interessiert, markiert. Ich lese vor. *Sekten im apokalyptischen Fieber und die Gefahren, die sie bergen.* So das Thema eines Seminars. Unterstrichen hat sie Davidianer in Waco, sechsundachtzig Sektenmitglieder tot, das Jonestown-Massaker, neunhundertneun Tote …« Weiter kam Borie nicht.

»Wir sind unterwegs, Borie. In ein paar Minuten sind wir da. Wir treffen uns in der Burg.« Sie beendete das Gespräch. »Rachid, geben Sie Gas.« Dann tippte sie auf die Tasten ihres Telefons, beorderte umgehend drei Rettungswagen der SAMU* und alle zur Verfügung stehenden Einsatzkräfte in der Nähe von Montauban-sur-Vidourle zur Templerkomturei.

Rachid steuerte mit verbissener Miene das Auto mit hoher Geschwindigkeit durch die Kurven, hupte vor jeder Verengung zusätzlich zum schrillen Geheul der Sirene, um den entgegenkommenden Verkehr zu warnen.

»Was befürchten Sie, Mathilde?«

Sie gab in knappen Worten das Gespräch mit Borie wieder. »Dieses ganze Bild eines friedlichen Idylls, mit dem Tod von Maille hat es zu bröckeln begonnen, mit dem Tod von Flaubert begann es sich komplett aufzulösen. Was, wenn dieses Sichauflösen für Cabasse das Signal ist, die Existenz seines Ordens und damit seiner Mitglieder endgültig zu beenden?«

»Wie beim Jonestown-Massaker?«

Mathilde stöhnte auf. »Ja. Vielleicht ist es zu weit hergeholt. Aber auch da war die Existenz der Sekte gefährdet, sie standen vor dem Aus. Mehr als neunhundert Menschen sind Jones freiwillig in den Tod gefolgt oder sind ermordet worden, weil sie sich dem entziehen wollten.«

Erneut versuchte Rachid, Felix zu erreichen. »Endlich, Felix. Wo steckst du? Nein, stell keine Fragen. Komm sofort zur Templerburg. Wir sind in ein paar Minuten da. Borie und Kollegen aus Ganges sind ebenfalls unterwegs.«

Die beiden letzten Kilometer schwiegen Mathilde und Rachid. Endlich erreichten sie die Komturei. Das Haupttor war verschlossen. Der Kies spritzte auf, als der Wagen auf dem Parkplatz zum

* Service d'Aide Médicale Urgente

Stehen kam. Nur eine Minute später stoppten das Einsatzfahrzeug der Police municipale und Felix' Wagen daneben.

»Eine Spur von Coco?« Borie stand die tiefe Sorge ins Gesicht geschrieben.

»Vielleicht. Wir müssen uns beeilen. Zur Kirche. Felix, deine Waffe?«

Felix klopfte auf seine Jacke.

Mathilde und die drei Polizisten rannten in den Hof. Die ersten neugierigen Bewohner der Burg standen vor den Türen und am Fenster. Rachid wedelte mit den Armen, forderte lauthals dazu auf, sie sollten sich in ihre Wohnungen zurückziehen. Mathilde sah Vivienne und Sébastien am Fenster stehen. Martin war also noch nicht da. Gott sei Dank, es ging ihnen gut.

»Los, zurück. Alle rein.« Dédé Borie in seiner Respekt einflößenden Uniform überzeugte auch die letzte Bewohnerin, den Hof zu verlassen.

»Die Tür ist abgesperrt.«

»Wir haben keine Zeit. Felix.«

Der Lieutenant zielte auf das Schloss, drückte zweimal ab. Das Holz splitterte. Borie warf sich gegen die Tür. Mit einem Knall landete sie an der Wand.

Die Zeit schien stillzustehen. Als wären ihre Bewegungen in Sekundenschnelle eingefroren, verharrten die vier Ermittler, um das Bild, das sich ihnen bot, aufzunehmen und zu verarbeiten. Borie fasste sich als Erster, eilte in die Mitte des Kirchenraumes. Ein verlegener Sonnenstrahl stahl sich durch eines der oben in der Mauer liegenden kleinen Fenster, tauchte die Szenerie in ein überirdisches Licht.

Sternförmig angeordnet lagen sechs Menschen auf dem durch die Jahrhunderte hindurch ausgetretenen Steinboden. Die Frauen trugen blaue Gewänder, der einzige Mann war in den Leinenanzug gekleidet, in dem Mathilde ihn kennengelernt hatte. Ihre Körper waren in weiße lange Umhänge gewickelt, die am Hals mit einer großen lilienförmigen Brosche geschlossen waren. Die Hände über Kreuz auf der Brust, lagen sie friedlich da, als schliefen sie. Jourdain Cabasse, Victorine Salagou ruhte zu seiner Linken, Nora Tonnier rechts von ihm. Hinter ihren Köpfen waren langstielige weiße Lilien angeordnet, die sich zu einem Kreis schlossen. Die Lilien, die Schwerter, die Sébastien in den Händen der Ritter gesehen hatte. Die Lilien, Kreis der Toten.

»*Mon dieu,* was ist hier passiert?« Borie lehnte an der Wand, seine Beine drohten nachzugeben. Gott sei Dank, Coco war nicht unter den Toten. Er wies auf die Körper, zählte auf. »Cabasse, Victorine, Nora Tonnier, Regine, Joceline, Sonja. Madeleine? Wo ist Madeleine?«

Rachid und Felix bückten sich zu jedem Einzelnen hinunter, suchten vergeblich nach einem Pulsschlag. Jede Hilfe kam hier zu spät.

Borie hatte sich wieder gefangen. »Was ist das, hört ihr das auch?«

»Die Kollegen und die Rettungswagen kommen.« Felix war schon an der Tür, um die Ärzte und Sanitäter in die Kirche zu lotsen.

»Still, seid still.« Und nun hörten es alle. Rufe um Hilfe, die immer lauter wurden. »Da, die Falltür.« Mit einem Satz waren Borie und Rachid bei der hölzernen Tür, die Borie mit Schwung öffnete. In der modrigen Tiefe saß Madeleine auf dem Boden, auf ihrem Schoß den Kopf von Coralie Mollard gebettet.

»Lassen Sie uns vorbei.« Mit einem Blick hatten die ersten Rettungssanitäter, die in den Kirchenraum stürmten, die Lage erfasst. Ein Arzt drängte sich an Borie vorbei, warf einen Blick in die Krypta, winkte Sanitäter herbei und stieg hinunter. Borie hatte Tränen in den Augen, als Coralie vorsichtig nach oben getragen wurde. Er griff nach ihrer Hand, deren Fingernägel abgebrochen waren. Sie war blass, aber sie lebte. Sie schenkte Borie ein schwaches Lächeln und schloss die Augen.

»Wir bringen sie und die werdende Mutter umgehend ins Krankenhaus. Machen Sie sich keine Sorgen.« Beruhigend legte ein Arzt Borie die Hand auf den Arm. Der Mediziner warf einen Blick auf seine junge Kollegin, die neben Cabasse kniete. Sie schüttelte den Kopf. »Alle tot.«

Der kleine Kirchenraum füllte sich mit immer mehr Menschen. Rachid trat ins Freie zu Felix.

»Felix, hast du Mathilde gesehen?«

»Sie ist dahinten.« Da stand Mathilde, umarmte Sébastien, daneben tröstete Martin Endress eine sichtlich geschockte Vivienne.

»Wollen wir hin?«, fragte Felix zögernd.

»Nein, lass die Familie unter sich sein.« Der Commandant wandte sich ab, um in die Kirche zurückzukehren.

»Rachid.«

Er drehte sich um. Mathilde kam auf ihn zu, einen Meter vor ihm blieb sie stehen. Ihre Stimme war nur noch ein Flüstern. »Ich hatte solche Angst. Ein Massenselbstmord. Und wenn Cabasse noch andere dazu überredet, gezwungen hätte, Menschen, die überhaupt nichts mit seinem Orden zu tun haben? Ich habe mir auf den letzten Kilometern vorgestellt, Sébastien könnte da liegen. Tot. Gezwungen, ein Gift zu schlucken, mit dem Messer, mit einer Pistole getötet. Ich hätte es mir nie verziehen, ihn und Vivienne nicht früher hier rausgeholt zu haben. Und auch die anderen. Rachid, stellen Sie sich nur vor, was wir hier hätten vorfinden können.«

Mathildes Gesicht war bleich, ihre Augen füllten sich mit Tränen. Sie kam einen Schritt näher. Wie zerbrechlich sie plötzlich wirkte. Rachid schloss sie in die Arme, und Mathilde ließ ihren Tränen freien Lauf.

Kapitel 54

Sonntag bis Mittwoch hatte Père Émeric in Saint-Hippolyte-du-Fort verbracht. Als er am Nachmittag nach Montauban zurückkehrte, lag in der Sakristei ein Stapel mit der Post der vergangenen Tage. Der braune Umschlag ohne Poststempel hatte sofort sein Interesse geweckt. Er trat ins Kirchenschiff, wo Marion Chrysanthemen in der großen Vase vor dem Altar ordnete.

»Was ist das?«

Marion kicherte. »Eine Briefbombe?«

»Sei nicht albern«, antwortete der Priester streng. »Ich will nur wissen, wo es herkommt. Es ist weder eine Briefmarke drauf noch ein Posttempel.«

»Das hat vor drei Tagen der alte Nicolas gebracht. Es lag einfach morgens in seinem Briefkasten vorne an der Straße. Er hat gesagt, er hat nicht reingeschaut, weil es für Sie sei. Und ich soll Ihnen ausrichten, er hat es nicht früher geschafft, den Umschlag vorbeizubringen. Er hatte es im Rücken, konnte kein Auto fahren.« Sie zuckte mit den Achseln. »Also, mehr weiß ich nicht. Was ist denn drin?«

Père Émeric brummte etwas Unverständliches und zog sich in die Sakristei zurück. Er öffnete den Umschlag, holte neugierig seinen Inhalt heraus. Ein rotes Buch, das kleine goldene Schloss war geöffnet. Er blätterte es kurz durch. Dann begann der Priester zu lesen. Als der alte Mann die Lektüre beendet hatte, schob er das rote Buch mit den grünen Drachen zurück in den Umschlag. Er steckte ihn in seine alte, abgewetzte, braune Aktentasche und verließ mit schweren Schritten die Kirche, ohne auf die neugierige Frage, was denn nun der alte Nicolas vorbeigebracht habe, zu antworten. Er schlug den Weg zum Dienstgebäude der Police municipale ein. Die Tür war geschlossen. Schon wollte der alte Priester wieder zurück zur Kirche, als sich Dédés Einsatzfahrzeug näherte und neben ihm hielt. Wie ein Greis, der keine Gewalt mehr über seine Beine hat, schob sich der Polizist mühsam aus seinem Wagen. So schnell er konnte, sprang Père Émeric ihm zur Seite.

»Dédé, was ist passiert? Kann ich helfen?«

Borie schüttelte den Kopf. »Gehen wir hinein. Es ist kalt geworden.« Er schloss die Tür auf. Das Licht der in die Jahre gekommenen Neonlampe an der Decke seines Büros flackerte, bis es sich entschied, den Raum zu erhellen. Die beiden Männer ließen sich schwer auf die Holzstühle sinken. Borie begann mit einer Mischung aus tiefer Trauer und Erleichterung dem Priester zu erzählen, was sich in den vergangenen Stunden zugetragen hatte.

»So viele Tote. Ich bin nur froh, dass es Madeleine und ihrem Kind gut geht. Sie hat sich in ihrer Panik in die Krypta geflüchtet. Sie muss unvorstellbare Kräfte entwickelt haben, denn die Falltür, die nach unten führt, ist verdammt schwer. Dort hat sie Coco gefunden. Sie war bei Bewusstsein, weiß aber nicht mehr, was passiert ist. Die Ärzte haben mir gesagt, dass sie wieder auf die Beine kommt. Ich war eben bei ihrer Mutter. Wir werden gleich morgen früh zusammen ins Krankenhaus fahren. *Mon dieu*, sie könnte tot sein.« Borie kämpfte mit den Tränen.

Der Priester ergriff das Wort: »Hat Cabasse etwas hinterlassen?«

»Sie meinen einen Abschiedsbrief? Nein. Das wenige, was wir wissen, hat uns Madeleine erzählt. Doch sie braucht jetzt Ruhe. Sie ist ein tapferes Mädchen. Wollte unbedingt alles loswerden, bevor man sie ins Krankenhaus brachte. Aber das hat Zeit. Uns läuft niemand mehr weg. Émeric, wir kennen uns fast unser ganzes Leben lang. Und Sie sind schon länger auf dieser Erde als ich. Wir haben beide schon viel erlebt. Aber so etwas …«

»Ja, es ist unfassbar. Ich frage mich, was hat Victorine und Madame Tonnier veranlasst, sich das Leben zu nehmen? Gerade Victorine. Sie ist doch Ärztin. Ich kann es einfach nicht glauben.«

Père Émeric fuhr sich durch das schüttere Haar. Sein Gesicht war grau, schmerzerfüllt.

»Victorine hatte nicht mehr lange zu leben. Für sie war der Selbstmord der Schritt in ein neues Leben. Sie glaubten ja alle daran. An die Wiedergeburt.«

»Und Madame Tonnier hoffte, wenn sie sich das Leben nimmt, ihre Tochter wiederzusehen?« Père Émerics Stimme war nur noch ein Flüstern.

»Wenn es nur das gewesen wäre. Die Spurensicherung stellt im Moment die ganze Burg auf den Kopf. Die Untersuchungsrichterin und die Kollegen aus Nîmes sind ebenfalls noch vor Ort. Es war ihre Idee, danach zu suchen.«

»Nach was?«

»Nach Filmmaterial. Alte Videoaufnahmen von Amandine Tonnier. Eine total verrückte Geschichte, die viel Geld in die Ordenskasse gespült hat. Und das erste Opfer war Madame Tonnier. Die Nächsten standen wahrscheinlich schon mit geöffnetem Portemonnaie bereit. Ja, Émeric. Sie schauen ganz ratlos. Genauso wie ich. Mit Unterstützung von Christian Flaubert inszenierte Cabasse Auftritte in der Art wie der von Mélenchon während seines Wahlkampfes. Er spielte der armen Frau die Wiederauferstehung ihrer kleinen Tochter vor. Und das mithilfe alten Filmmaterials. Fragen Sie mich nicht, wie es funktioniert. Sie hat wohl daran geglaubt, die arme Frau.«

Bei dem Wort Wiederauferstehung zuckte der Priester zusammen. Er kannte diese Hologrammauftritte. Konnten die Lebenden machen, was sie wollten. Doch die Toten auf einer Bühne tanzen und singen zu lassen erschien ihm wie Gottesfrevel.

»Und gestern gab es für Cabasse wohl keinen anderen Ausweg mehr, als sich und seine Anhänger in den Tod zu führen. Die Ermittlungen der Kollegen aus Nîmes hätten über kurz oder lang seine Betrügereien ans Tageslicht gebracht. Er fühlte sich in die Enge gedrängt, stand schon mit einem Bein im Gefängnis. Die Strahlkraft, die er um sich und den Orden aufgebaut hatte, war dabei, in rasender Geschwindigkeit ihren Glanz zu verlieren. Dazu der Suizid von Leonice Howard, die ungeklärten Morde an Maille und Flaubert, die ihm den unliebsamen Besuch der Polizei, die nicht lockergelassen hätte, beschert haben, das alles hat wohl für ihn ausgereicht, mit seinen Anhängern diesen letzten Schritt zu gehen. Die Lichttempler haben sich das Leben genommen – eine Station auf der Reise mit dem Ziel ihrer Wiederkehr. Ob wirklich alle so fest daran geglaubt haben? Madeleine jedenfalls dachte an ihr ungeborenes Kind. Sie hat die Giftkapsel, die Cabasse ihr gegeben hat, einfach nicht geschluckt. Ob wir jemals eine Antwort auf alle Fragen erhalten? Noch sind zwei Morde ungeklärt. Und auch der Selbstmord von Mailles Schwester erscheint mir nicht mehr ganz so klar und eindeutig.«

Père Émeric zog den braunen Umschlag aus der Aktentasche und schob ihn dem Polizisten hin. »Lesen Sie das, Dédé. Darin werden Sie die Antworten auf viele, vielleicht sogar auf all Ihre Fragen finden. Ich bin nun müde. Wenn Sie mich brauchen, Sie wissen, wo Sie mich finden.« Ohne ein weiteres Wort stand der alte Priester auf und ging zurück zu seiner Kirche.

Borie öffnete den Papierumschlag und zog ein rotes Buch mit grünen Drachen heraus. Er begann zu lesen. Dann legte er das Buch in die oberste Schublade seines Schreibtischs. Die letzten Worte, die er gelesen hatte, murmelnd, griff er zum Telefon und wählte die Nummer seines Kollegen Rachid Bouraada.

Dieu me garde – Gott steh mir bei.

Kapitel 55

Letzter Tagebucheintrag Luc Maille

Corion wollte mir endlich das große Geheimnis anvertrauen. Ein zweites Treffen. Und mein Instinkt hat versagt. Spätestens, als er verlangte, ich solle mein Handy ausgeschaltet auf den Tisch legen, hätte ich misstrauisch werden müssen.

Dies sind die letzten Zeilen. Meine Hand verkrampft. Noch sehe ich alles klar, vermag den Stift zu führen.

Corion. Wieder diese widerliche Selbstzufriedenheit, wie nützlich er dem Orden sei. Man vertraue ihm blind. »Kommen Sie, Maille, trinken wir ein Glas, ich werde Ihnen alles erzählen.«

Aus einer wackeligen Kommode fischte er zwei Gläser, hielt sie gegen das funzelige Licht an der Decke. Dann kramte er eine Flasche Cognac aus seinem Rucksack. Ich habe darauf geachtet. Die Flasche war noch nie geöffnet worden. Er goss die beiden Gläser halb voll und trank sein Glas mit einem Zug leer. Immer wieder schaute er auf seine Armbanduhr. Und ich ahnte, er erwartete noch jemanden.

»Ich höre, Corion.«

Als sich die Tür öffnete, ging alles rasend schnell. Mit einem Hieb sauste die Axt auf den Schädel des Apothekers nieder. Er muss sofort tot gewesen sein.

Ich sprang auf. Mit der blutigen Axt drohend, zeigte sie auf den Stuhl.

»Setzen Sie sich wieder. Sie wollen doch die ganze Geschichte hören. Trinken Sie Ihren Cognac. Dann lässt sich angenehmer plaudern.« Sie lächelte, und in ihren Augen glänzte der Wahn-

sinn. Eine Furie, ein Racheengel, ein Racheteufel. Gnadenlos. Ich setzte mich. Ich wollte die Geschichte hören. Hatte ich eine andere Wahl angesichts dieser Wahnsinnigen mit der Axt in der Hand?
Sie wartete, bis ich mein Glas geleert hatte. Und erzählte dann ihre Geschichte.
»Wissen Sie, was bedingungslose Liebe ist?«
Ich nickte, unfähig, eine Antwort zu formulieren.
»Dann werden Sie mich verstehen.«
Corion musste sterben, weil sie ihm nicht mehr traute. Der kleine geltungssüchtige Mann hatte mich in eine Falle gelockt, nicht ahnend, dass sie ihn, Mittäter und Mitwisser, zuerst aus dem Weg räumen würde. Doch warum diese Falle, in die ich getappt bin? Was wollte sie von mir? Ganz einfach. Zunächst das, was viele Psychopathen auszeichnet. Der Wunsch, über ihre Taten zu reden, sie zu erklären, zu prahlen. Sie musste Leonice töten, weil ich ein Enthüllungsjournalist bin. So einfach ist das. Um zu vermeiden, dass sich meine Schwester mir gegenüber offenbart. Denn Leonice hatte geahnt, was innerhalb der Mauern der Templerburg vor sich ging, wollte mit mir darüber reden. Wäre das ganze Ausmaß dessen jemals an die Öffentlichkeit gelangt, Cabasse wäre erledigt gewesen. Und das konnte Joceline nicht zulassen. Ihre Liebe zu diesem Mann ist der reinste Wahnsinn. Im wahrsten Sinne des Wortes. Nichts und niemand darf ihn und sein Werk zerstören, den Orden verunglimpfen. Und wenn doch jemand es wagt, wird er zerstört, gnadenlos vernichtet. Die Ehre und den Ruhm des einzigartigen Ordensoberhauptes, des Retters, ins Grenzenlose zu steigern ist ihr Ziel. Um dieses Ziel zu erreichen, waren Unmengen an Geld erforderlich, Geld, das dem Orden von Bewohnerinnen geschenkt wurde, die fest an ihre Wiedergeburt glaubten.
Als Joceline mit ruhiger Stimme vom letzten Liebesdienst sprach, wusste ich, dass sie jedes Wort so meinte, wie sie es sagte. Sie hat diese Frauen zu Tode »gepflegt«, zum Sterben animiert. Aus Liebe. Ihre alten, schwachen Körper waren dem baldigen Ver-

fall preisgegeben. Mit ihrem Tod sorgte Joceline gleichzeitig für ihre nahende Wiederkehr. Sozusagen als »Dankeschön« für das übereignete Vermögen, das an den Orden, an Cabasse ging. Mit diesem Geld konnte er all das bezahlen, was den Orden auszeichnete – Sänger von höchstem Niveau, Ausstellungen erstklassiger Künstler. Alles zum Ruhm und zur Ehre des Ordens, zum Ruhm und zur Ehre von Cabasse.

»Sie sehen also, mir blieb überhaupt keine andere Wahl. Übrigens, wie fühlen Sie sich, Monsieur Maille?« Belustigt beobachtete sie, wie ich mir mit der Hand den Schweiß von der Stirn wischte.

Und ich verstand. Keine Ahnung, was in diesem Cognac war, aber ja, ich wusste in diesem Moment, dass ich keine Chance mehr hatte. Corion hatte nicht überprüft, ob die Gläser sauber waren, er hatte sich vergewissert, welches der beiden die todbringende Substanz enthielt.

Joceline Helier ließ mich gehen, in der Gewissheit, dass ich für immer schweigen werde. Keine Rettung.

Doch vorher musste ich noch eins wissen. Wenn sie so fest an die Wiedergeburt glaubte, hatte sie da keine Angst, dass ich wieder auf der Erde erscheinen und mich an ihr rächen würde? Sie lachte nur. Nein, nur die guten Seelen kämen in einem starken Körper wieder zurück. Menschen wie ich höchstens als Ameise oder Schnecke, die sie mit großer Genugtuung zertreten würde. Sie weiß nichts von meinem kleinen roten Buch, Leonice' Vermächtnis.

Dieu me garde – *Gott steh mir bei.*

Epilog

La Toussaint – Allerheiligen. Die Büroräume des Palais de Justice waren verwaist. Mathilde zog die Tür hinter sich zu. Der Fall war abgeschlossen. Es gab niemanden mehr, gegen den Anklage erhoben werden konnte. Sie sehnte sich nach einem ruhigen Tag zu Hause bei ihrer Familie. Mathilde musste schmunzeln, als sie daran dachte, wie Odile wahrscheinlich schon seit heute Morgen ihrer Leidenschaft frönte, für all ihre Lieben ein üppiges Abendessen vorzubereiten. Sie würden auf die Lebenden und vor allem auf die Toten ihr Glas erheben. Die letzten verstorbenen Mitglieder der Familie de Boncourt waren auf dem familieneigenen kleinen Friedhof bestattet worden. Nur für ihre Eltern, deren Leichen nie gefunden worden waren, gab es eine Gedenktafel. In der winzigen Grabkapelle würden eine Vase mit einem üppigen Strauß gelber Chrysanthemen und Kerzen zu Ehren der Toten aufgestellt sein.

Auf dem Weg zum Schloss hielt Mathilde am Cimetière Saint-Baudille an. Auf diesem alten Friedhof hatte El Nimeño seine letzte Ruhe gefunden. Der Matador war von eigener Hand gestorben, nachdem ein Stier ihn so schwer verletzt hatte, dass er seine Passion, den Stierkampf, nicht mehr leben konnte. Mathilde war keine Freundin des blutigen Kampfes, doch die Lebenseinstellung des Mannes imponierte ihr. Sie hatte El Nimeño auf der *manade*, der Stier- und Pferdezucht von Guillaume Rossignol, kennengelernt, als sie, noch ein Kind, mit ihrem Großvater den Züchter besucht hatte. Christian Montcouquiol, so der bürgerliche Name des Matadors, war ebenfalls dort, um sich von der Qualität der Kampfstiere zu überzeugen. Sein Lebensmotto »*Il faut toujours aller jusqu'au bout de sa passion«* hatte Mathilde zuerst nicht verstanden. El Nimeño hatte ihre Hand genommen und ihr erklärt, man müsse immer bis zum Ende seiner Leidenschaft gehen, das heißt, man müsse seine Leidenschaft auch leben, bis in die letzte Konsequenz. Der Stierkampf sei sein Leben, seine Passion, und für diese Passion wäre er auch bereit, ohne Angst zu sterben.

Mathilde stieg aus ihrem Wagen und nahm den kleinen Strauß dunkelroter Chrysanthemen vom Beifahrersitz. Ob die Toten in der Templerkirche ohne Angst gestorben waren? Sie war nicht die einzige Besucherin auf dem Friedhof. Zahlreiche Gräber waren bereits mit Blumen geschmückt.

Und das ewige Licht leuchte ihnen, fuhr es Mathilde durch den Kopf, als sie die zahlreichen brennenden Grablichte sah. Sie legte ihren Strauß auf der Grabplatte ab, schickte dem Matador einen Gruß, verharrte noch eine Minute und wandte sich zum Gehen.

»Madame le Juge?« Jemand näherte sich Mathilde mit eiligen Schritten. Sie drehte sich um. Es war ihr Kollege Robert Palice. »Sie haben Angehörige hier?« Palice zog seine dunkelgrauen Wildlederhandschuhe aus und reichte ihr die Hand zur Begrüßung. Er sah besser aus als vor zwei Wochen. Der fiebrige Glanz war aus seinen Augen verschwunden.

»Nein. Ich habe einen Freund besucht. Ihre Frau, Tessa, ist hier beerdigt?«

Palice nickte. »Mathilde, ich bin noch nicht dazu gekommen, mich bei Ihnen zu bedanken. Ich war eine Woche bei meinen Eltern auf Réunion. Allmählich finde ich wieder zu mir selbst. Nicht auszudenken, was geschehen wäre, wenn ich mich weiter in diesen Wahn hineingesteigert hätte. Haben Sie eine Minute Zeit? Wollen Sie mir kurz erzählen, was geschehen ist? Ich wäre Ihnen wirklich sehr dankbar.«

Die Sonne lag wie eine milchig weiße Scheibe hinter dunstigen Wolken. Die Erinnerung an spätsommerliche Tage im Oktober war endgültig verschwunden, der Herbst war da. Palice zeigte auf eine Bank neben einem Brunnen, aus dem man Wasser für die Gießkannen schöpfen konnte. Sie setzten sich, und Mathilde berichtete.

»Eigentlich sind es zwei Geschichten, die einer *Amour fou* und die eines verblendeten, sich selbst überschätzenden Ordensoberhauptes. Das, was wir wissen, haben wir von Madeleine Roussel erfahren. Joceline Helier war Jourdain Cabasse verfallen. Doch das, was sie für ihn getan hat, hat er nicht von ihr verlangt. Es geschah offenbar aus eigenem Antrieb. Und alles fing eigentlich recht harmlos an. Zu Anfang hat Cabasse die vornehmlich alten Menschen, die in der Komturei leben, mit seiner Idee der Wiederkehr nach dem Tod durch Vorträge und Gesprächsrunden vertraut gemacht. Er wollte ihnen die Angst vor dem Tod nehmen, was wohl auch gelungen ist. Irgendwann hat Joceline Helier einen Aufsatz von Christian Flaubert gelesen, der sich darin mit Fragen der Ethik in der Hologrammtechnik auseinandersetzte. Sie hat Cabasse auf den Geschmack gebracht, den Studenten für einige Zaubertricks zu gewinnen. Die Gestalt des Lichtbringers wurde geboren.«

»Das heißt, Joceline war der Lichtbringer?«

»Ja, sie steckte hinter dem ganzen Mummenschanz, mit der Unterstützung von Cabasse. Ob Flaubert wirklich nicht ahnte, dass sie es war, die mit Theaterdonner auf die Bühne kam, ich weiß es nicht. Cabasse hat ihn angeheuert, und Flaubert war für Blitze und Sound und das ganze Brimborium zuständig, ließ das magische Schwert mithilfe dieser Hologrammtechnik durch die Gegend fliegen. Letztendlich diente alles dazu, Cabasse vor den Leuten selbst als Lichtgestalt zu etablieren. Er war es, der den Lichtbringer herbeirufen konnte. Und aus diesem ganzen faulen Zauber erwuchs die Idee, Verstorbene auf die Bühne zu bringen. Amandine Tonnier. Ihre Mutter hat sehr viel Geld dafür bezahlt.«

»Und ich war ebenfalls nahe dran, den Verstand zu verlieren. Ich habe so fest daran geglaubt, Tessa wiedersehen zu können. Ich muss von Sinnen gewesen sein. Sie haben den Stick mit den Filmaufnahmen gefunden. Danke, dass Sie ihn mir einfach zurückgegeben haben, Mathilde. Ich hätte mich der Lächerlichkeit preisgegeben. Aus Liebe.« Er legte seine Hand auf ihre.

»Ja, aus Liebe geschehen viele merkwürdige Dinge, die uns nicht in den Kopf wollen. Aus Liebe hat Joceline sechs Frauen getötet. Das heißt, sie hat sie davon überzeugt, freiwillig in den Tod zu gehen, und war selbst felsenfest davon überzeugt, dass sie alsbald gesund und munter in einem neuen Körper wiederkehren würden. Ihr Tod – ein *merci* für die Großzügigkeit, die sie dem Orden und Cabasse erwiesen haben. Die Taschenspielertricks während der Lichtbringer-Show haben sicher das Übrige dazu beigetragen, dass die alten Damen daran glaubten. Zwei von ihnen haben die Nahrung verweigert, vier sind an einer Lungenentzündung gestorben, die sie wohl selbst provoziert haben. Ja, in der Tat, Suizide. Inwieweit Joceline nachgeholfen hat, können wir nicht abschätzen. Aber sie hat ganz sicher den Keim dafür gelegt, indem sie die Frauen darin bestärkte, zu glauben, dass der Kreis sich schließt, der Kreis aus Geburt, Leben, Sterben, Wiedergeburt. Das Geld, das als Schenkung dem Orden zugutekam, wurde in teure Kulturveranstaltungen investiert. Und im Ruhm dieser Veranstaltungen, die Jahr für Jahr aufwendiger und teurer wurden, sonnte sich Cabasse. Und nichts durfte sich dem Aufstieg des Meisters in den Weg stellen. Wir gehen davon aus, dass Joceline Helier auch hinter dem Selbstmord von Leonice Howard steckte. Ob sie die Depression der jungen Frau dazu genutzt hat, ob sie ihr die Tabletten verabreicht hat, können wir nicht mehr klären. Leonice wurde ihr Opfer, weil ihr Bruder Journalist war. Und Luc Maille starb, weil sie befürchten musste, dass er alles aufdeckt, Flaubert und Corion sind nicht mehr am Leben, weil sie zu viel verraten und geplaudert hatten. Mit Flaubert muss sie sich in Nîmes verabredet haben. Madeleine hat bestätigt, dass Joceline an dem Tag, als Flaubert getötet wurde, in Nîmes war. Und fast wäre es ihr auch gelungen, die Polizistin Coralie Mollard zu töten. Für Joceline hat es keine Rolle gespielt, ob Coralie durch den Sturz über die Steintreppen in die Krypta tödlich verletzt wurde oder ob sie nach ein paar Tagen dort unten verdurstet wäre. Aber Coralie Mollard hatte auf jeden Fall den richtigen Riecher. Sie lag mit ihrem Verdacht richtig, bei den Lichttemplern könne es sich um eine Gruppe handeln, die vor einem Massensuizid nicht zurückschreckte. Wie es dann ja auch leider der Fall war.« Mathilde seufzte tief. »Ich glaube nicht, dass wir es hätten verhindern können. Cabasse ist beileibe kein Einzelfall. Denken Sie an Howell in Waco, an Jim Jones im Dschungel von Guyana. Als sie sich bedroht fühlten, zogen sie es vor zu sterben und nahmen ihre Anhänger mit in den Tod, ob freiwillig oder unfreiwillig. Die Überzeugungskraft von Cabasse muss sehr stark gewesen sein. Auch die beiden Männer, Alphonse und Kevin, die dem Orden angehörten, sind vor zehn Tagen tot in der Schweiz aufgefunden worden. So wie es aussieht, wollte Alphonse am Leben bleiben. Der andere hat ihn getötet und sich dann selbst mit einer Pistole erschossen.«

Mathilde erhob sich. »Ich muss jetzt gehen. Eine furchtbare Geschichte. Wir können nur froh sein, dass Cabasse nicht noch mehr Menschen in den Tod geführt hat. Kommen Sie mit?«

Robert Palice schüttelte den Kopf. »Nein. Ich werde mich noch ein wenig mit Tessa unterhalten. Ich muss ihr sagen, dass es noch einige Zeit dauern wird, bis wir uns wiedersehen.«

Die Richterin ging zum Friedhofstor. Noch einmal drehte sie sich um, ihr Kollege stand am Grab seiner Frau. Er bewegte die Lippen, nahm Abschied. Der Kies knirschte unter ihren Schuhen. Und da sah Mathilde sie, fast wäre sie daraufgetreten. Die Schnecke zog ihre Fühler ein, verkroch sich in ihr braun gestreiftes Haus. Ein solches Exemplar hatte Mathilde noch nie gesehen. Vorsichtig nahm sie das Tierchen in die Hand und setzte es abseits des Fußwegs hinter einen breiten Grabstein. Man wusste ja nie.

FIN

Nachwort

Einige der Orte im Roman sind frei erfunden. So das Dörfchen Saint-Fons, in dem sich Martin Endress niedergelassen hat, sowie Montauban-sur-Vidourle und die Templerkomturei.

Nicht der reinen Fantasie entsprungen ist der Orden der Lichttempler. Die Geschehnisse im Roman »Die Richterin und der Kreis der Toten« orientieren sich am Orden der Sonnentempler – *Ordre du Temple Solaire* –, einer Sekte, die in den Neunzigerjahren des 20. Jahrhunderts für weltweites Aufsehen sorgte. In dieser apokalyptisch ausgerichteten Sekte führten die Oberhäupter ihre Anhänger bei rituellen Mord- und Suizidhandlungen in den Tod. Gegründet wurde der Sonnentemplerorden von Joseph Di Mambro und Luc Jouret. Di Mambro stammte aus Pont-Saint-Esprit im Languedoc, seine Mutter aus Nîmes, wo Di Mambro 1971 wegen Betrugs angeklagt war.

Wie im Roman nahmen die Ordensanhänger an Ritualen ihres Führers Di Mambro teil, der Manifestationen höherer Wesen mithilfe einer ausgeklügelten Tricktechnik inszenierte. Masken, die an Fäden hingen, schwebten durch gleißendes Licht, das die Augen der Kultanhänger irritierte. Ein Schwert in der Hand des Führers glühte mittels unsichtbar angebrachter Glühbirnen, aus der Klinge zuckten mithilfe versteckter elektronischer Vorrichtungen Blitze. Unter einer schwarzen Kutte trug Di Mambro eine Fernbedienung, mit der er Türen öffnete und Blitze auslöste. Gleichzeitig führten tiefenpsychologische Manipulationen zu kollektiven Wahnvorstellungen und Bewusstseinsstörungen der Ordensanhänger.

Was im innersten Kreis des Ordens geschah, blieb geheim. Nach außen wirkten die Anhänger positiv, waren Vegetarier und

Selbstversorger, galten als kultiviert und sanftmütig. Viele lebten nach außen ihr Leben als Familienvater, als Ehefrau, waren heimlich Mitglied der Sekte. Andere Sonnentempler lebten in Wohngemeinschaften, führten ein fast klösterliches Leben mit Andachten und Meditationen. Nicht eben klösterlich war ihr Zusammenleben: Di Mambro trennte Ehen, führte Männer und Frauen neuen Partnern zu. Die Willkür der Sektenführer nahm mit der Zeit immer größere Ausmaße an, ihre Selbstwahrnehmung wurde immer spektakulärer. So wähnte sich Di Mambro als Wiedergeburt von Osiris, Moses und eines mittelalterlichen Rittermönches, der das Schwert Excalibur führte. Die Angehörigen des inneren Zirkels definierte er als Reinkarnationen historischer oder legendärer Persönlichkeiten wie Pharaonin Hatschepsut, die Königin von Atlantis oder Gestalten aus der Bibel wie Josua und Abraham.

Dann geschahen die unfassbaren Massaker. In Kanada und der Schweiz starben durch Mord und Selbstmord achtundvierzig Mitglieder. Einige Tote waren in Kultgewänder gekleidet und lagen kreisförmig ausgerichtet auf dem Boden. Verantwortlich für die Suizide und Morde: Jouret und Di Mambro. Stunden später wurden ebenfalls in der Schweiz in den Ruinen eines abgebrannten Chalets die Überreste von fünfundzwanzig Menschen entdeckt, darunter die beiden Ordensoberhäupter. Es folgten bei Grenoble weitere sechzehn Brandleichen, von denen vierzehn betäubt und durch Kopfschüsse getötet worden waren. Täter: zwei Ordensmitglieder, Angehörige der französischen Polizei. Zuletzt wurden in Kanada weitere fünf Leichen entdeckt.

Die Sektenführer hatten es vorgezogen, unter anderem durch polizeiliche Ermittlungen in die Enge gedrängt, in den Tod zu gehen, um auf dem Stern Sirius eine neue Menschheit zu begründen. Wer nicht freiwillig folgte, wurde ermordet.

Geraten diese rigide strukturierten Gruppen – gemeint ist der Orden – *durch innere oder äußere Feinde unter Druck, ist ein Abgang in Würde nur noch durch Suizid möglich*, so der Rechtsanwalt Walter Lehmann, Vorstandsmitglied der *ARCHE – Zentrale für Selbstmordverhütung und Lebenshilfe* in München.